EIN HELD FÜR KINLEY

Delta Team Zwei, Buch 2

SUSAN STOKER

Englischer Originaltitel: »Shielding Kinley (Delta Team Two Book 2)«
Deutsche Übersetzung: Daniela Mansfield Translations 2022
Titelbild entworfen von: Chris Mackey, AURA Design Group
eBook ISBN: 978-1-64499-216-6
Taschenbuch ISBN: 978-1-64499-217-3
Besuchen Sie Susan im Netz!
www.stokeraces.com
facebook.com/authorsusanstoker
twitter.com/Susan_Stoker
bookbub.com/authors/susan-stoker
instagram.com/authorsusanstoker
Email: Susan@StokerAces.com

Die Rettung von Macie
Die Rettung von Annie (Feb 2022)

Mountain Mercenaries:
Die Befreiung von Allye
Die Befreiung von Chloe
Die Befreiung von Morgan
Die Befreiung von Harlow
Die Befreiung von Everly
Die Befreiung von Zara
Die Befreiung von Raven

Ace Security Reihe:
Anspruch auf Grace
Anspruch auf Alexis
Anspruch auf Bailey
Anspruch auf Felicity
Anspruch auf Sarah

SEALs of Protection:
Schutz für Caroline
Schutz für Alabama
Schutz für Fiona
Die Hochzeit von Caroline
Schutz für Summer
Schutz für Cheyenne
Schutz für Jessyka
Schutz für Julie
Schutz für Melody
Schutz für die Zukunft
Schutz für Kiera
Schutz für Alabamas Kinder
Schutz für Dakota

Die SEALs von Hawaii:

EIN HELD FÜR KINLEY

Für Shawn
Man weiß nie, wie stark man ist, bis Starksein die einzige Wahl ist,
die man hat.

KAPITEL EINS

»Hast du sie schon gesehen?«, fragte Trigger Lefty, während sie an der Wand lehnten und beobachteten, wie die Politiker den großen Raum betraten, der an diesem Morgen als Versammlungsort genutzt wurde.

»Nein«, antwortete Lefty, ohne näher darauf einzugehen. Er wusste, von wem sein Freund sprach. Kinley Taylor. Sie war die Assistentin von Walter Brown, dem stellvertretenden Minister für insulare und internationale Angelegenheiten.

Als Teil seines Jobs wurde das Delta-Force-Team manchmal nach Übersee geschickt, um wichtige politische und militärische Persönlichkeiten zu schützen. Die Männer waren sogar bei den letzten Olympischen Spielen dabei gewesen, um für die Sicherheit der amerikanischen Athleten zu sorgen. Das Babysitten von politischen Persönlichkeiten gehörte nicht zu ihren Lieblingsaufgaben, aber Lefty freute sich sehr darüber, heute in Paris zu sein.

Es gab eine große Versammlung von hohen Tieren aus der ganzen Welt. Lefty wusste nicht genau, worüber sie diskutierten, und ehrlich gesagt war es ihm auch egal. Er war kein politisch interessierter Mensch, was manche Leute vielleicht für eigenartig hielten, wenn man bedenkt, dass der Präsident der

Vereinigten Staaten letztlich über sein Schicksal entscheiden konnte, aber es war ihm einfach egal. Was für ein Job auch immer ihm zugewiesen wurde, er tat einfach sein Bestes. Punkt.

Aber diese Mission fühlte sich anders an. Er war unruhig und zappelig, und den zweiten Morgen in Folge war er übermäßig wachsam – und das lag nicht daran, dass Johnathan Winkler, stellvertretender Landwirtschaftsminister und der Mann, den sie beschützen sollten, in Gefahr sein könnte.

»Vielleicht ist sie dieses Mal nicht mit Brown gekommen.«

»Sie ist hier«, antwortete Lefty. Er wusste, dass Brown ohne Kinley nirgendwo hinreisen würde. Obwohl Lefty sie vor Monaten, als sie sich in Afrika kennengelernt hatten, nur ein paar Tage um sich gehabt hatte, wusste er, dass sie für den Politiker von entscheidender Bedeutung war. Sie war klug und organisiert. Sie tat, was Brown von ihr verlangte, ohne zu klagen und ohne zu zögern. Selbst wenn das bedeutete, sich selbst in Gefahr zu begeben ... wie damals in Afrika.

Brown schmeckte der Kaffee in dem Regierungsgebäude, in dem er an Besprechungen teilnahm, überhaupt nicht und er hatte Kinley zurück ins Café ihres Hotels geschickt, um ihm einen anderen zu holen. Zur gleichen Zeit hatte sich jedoch ein Protestmarsch formiert und Kinley war unbeabsichtigt hineingeraten. Zum Glück hatte Lefty gesehen, wie sie sich aus dem Gebäude schlich. Er war ihr gefolgt und hatte verhindert, dass sie von den aufgebrachten Demonstranten schikaniert und misshandelt wurde.

Lefty wusste aus Gesprächen mit Kinley, dass sie für ihren Chef oft über sich hinauswuchs. Sie stellte Brown nie infrage, wenn er sie bat, Dinge zu tun, die vielleicht außerhalb ihrer beruflichen Pflichten lagen. Deshalb war Lefty sich ziemlich sicher, dass Brown Kinley überall hin mitnahm, wo er hinging.

Und außerdem stellten sich in diesem Moment die Haare in seinem Nacken auf, eine Reaktion, die er in ihrer Nähe auch in Afrika gehabt hatte. Es war, als wüsste sein Körper, dass sie in der Nähe war, und verhielt sich entsprechend.

»Du hast letzte Nacht Wache gehalten«, sagte Trigger. »Ich habe bereits mit Grover und Doc gesprochen ... sie sind bereit, für uns zu übernehmen, solange die Sitzungen andauern, damit du dich darauf konzentrieren kannst, sie zu finden und mit ihr zu reden, anstatt dich um den Schutz von Winkler zu kümmern.«

Lefty schaute überrascht zu seinem Freund hinüber. Er dachte, er könnte gut verbergen, wie gern er mit Kinley reden wollte. Wie gern er herausfinden wollte – nein, *musste* –, warum sie sich nach ihrer Rückkehr aus Afrika nicht mehr bei ihm gemeldet hatte. Er hatte geglaubt, sie hätten eine Verbindung, und als sie auf keine seiner E-Mails oder SMS geantwortet hatte, war er enttäuscht gewesen.

Er hatte die besten Freunde, die man sich wünschen konnte. Er kannte einige Deltas, die sich nicht wirklich mit ihren Teamkameraden verstanden. Zum Glück wusste Lefty, dass er bei allem auf Trigger, Brain, Oz, Lucky, Doc und Grover zählen konnte, egal zu welcher Tageszeit, egal worum es ging. Sie arbeiteten schon so lange zusammen, dass sie fast die Gedanken der anderen lesen konnten. Was sowohl ein Segen als auch eine Last für sie war.

»Komm schon«, sagte Trigger mit einem leisen Lachen. »Meinst du nicht, dass es offensichtlich ist, dass du darauf brennst, sie zur Seite zu nehmen und mit ihr zu reden?«

Leftys Lippen zuckten. Er hätte wissen müssen, dass seine Freunde seinen Plan durchschauen würden. »Das tue ich tatsächlich, du hast recht. Aber ich werde die Mission nicht in Gefahr bringen, um das zu erreichen.«

Trigger schüttelte den Kopf. »Du weißt, dass das auch keiner von uns tun würde. Wir mögen den Job als Leibwächter vielleicht nicht, aber das heißt nicht, dass wir nicht hundert Prozent geben werden.«

Lefty nickte. Das wusste er. »Ich würde es zu schätzen wissen. Ehrlich gesagt glaube ich, sie geht mir aus dem Weg.«

»Sie weiß, wie der Personenschutz funktioniert. Brown hat doch sein eigenes Team um sich, oder nicht?«, fragte Trigger.

»Ja. Merlins Team kümmert sich um ihn.«

Trigger nickte. Merlin und seine vier Teamkameraden waren in Washington, D.C. stationiert, also wurden sie häufig für diese Art von Missionen eingesetzt. »Wissen sie, was in Afrika passiert ist?«, fragte er.

»Ja. Und sie waren nicht glücklich«, entgegnete Lefty. Assistenten wurden offiziell nicht in die Schutzmaßnahmen einbezogen, aber die meisten der Teams, denen diese Aufträge erteilt wurden, taten ihr Bestes, um jeden zu schützen, der mit der Person reiste, die sie bewachen sollten. In Afrika waren die Delta-Teams wegen der Unruhen außerhalb des Gebäudes, in dem die Gespräche stattfanden, ziemlich spärlich besetzt gewesen, und Kinley hatte sich fast unbemerkt hinausschleichen können.

Nicht zum ersten Mal war Lefty sehr froh, dass er sie in letzter Sekunde gesehen hatte und ihr gefolgt war.

»Gut. Wie auch immer, ich wollte dich nur wissen lassen, dass wir bereit sind, dir etwas Zeit und Raum zum Reden zu verschaffen, sobald du sie gefunden hast«, sagte Trigger.

Lefty wusste, dass sein Freund das wirklich ernst meinte und gern für ihn einsprang. Jetzt, wo Trigger glücklich mit Gillian zusammenlebte, einer Frau, die er während einer Mission kennengelernt hatte, wollte er, dass alle so glücklich waren wie er selbst.

»Danke«, sagte Lefty zu ihm. Er war sich ziemlich sicher, dass er und Kinley nicht füreinander bestimmt waren, nicht so, wie sie ihn abserviert hatte, aber er wollte herausfinden warum. Herausfinden, was er getan hatte, um sie so vollkommen abzuschrecken.

Zehn Minuten später bog die Frau, an die er ununterbrochen gedacht hatte, seit er von Walter Browns Teilnahme an der Konferenz gehört hatte, um eine Ecke im Flur. Sie kam zum Stehen, als sie Lefty und Trigger an der Wand stehen sah.

Sie gewann schnell ihre Fassung wieder und ging weiter auf die beiden zu. Sie hatte eine Handvoll Aktenordner im Arm und sah ausgesprochen zerzaust aus.

Ihr schulterlanges schwarzes Haar war ein wenig verstrubbelt, als wäre sie vor Ärger mit der Hand hindurchgefahren. Sie trug nie viel Make-up und dieser Morgen war keine Ausnahme. Lefty vermutete, sie hatte Lipgloss und ein wenig Wimperntusche aufgetragen, aber das war alles. Sie war zierlich, nur knapp eins siebzig groß. Er hatte das Gefühl, sie zu überragen, und er war noch nie so froh über ihre schlanke Statur gewesen wie an diesem Tag in Afrika. Er hatte sie mit Leichtigkeit dem Mistkerl entreißen können, der versucht hatte, seine Hand in ihre Hose zu stecken, und sie vor den schlimmsten Protesten in Sicherheit bringen können.

Heute trug sie ein Paar Schuhe mit niedrigen Absätzen, die sie ein wenig größer erscheinen ließen. Außerdem trug sie eine schwarze Hose und eine kurzärmelige, erdbeerrote Bluse. Ein Paar goldene Ringe schmückten ihre Ohren, der einzige andere Schmuck war eine Uhr an ihrem linken Handgelenk. Lefty stimmte im Stillen zu; es war nie eine gute Idee, viel auffälligen Schmuck zu tragen, wenn man im Ausland war, nicht einmal in Paris … einer Stadt, in der es überdurchschnittlich viele teure Geschäfte gab, in denen die Bürger einkaufen konnten.

Kinley weigerte sich, seinen Blick zu erwidern, was Lefty frustrierte. Er hatte unzählige Fragen an sie, aber hier im Korridor, wo sie offensichtlich in Eile war, war weder der richtige Ort noch der richtige Zeitpunkt. Es gefiel ihm wirklich nicht, dass sie sich nicht einmal dazu durchringen konnte, ihn zu begrüßen. Er zermarterte sich das Gehirn, um herauszufinden, was er getan oder gesagt hatte, dass sie nichts mit ihm zu tun haben wollte, aber es fiel ihm nichts ein.

Sie schlüpfte in den Besprechungsraum, ohne auch nur einmal zu ihm aufzublicken.

Seufzend presste Lefty die Zähne zusammen. Ihn zu ignorieren würde ihn nicht verschwinden lassen. Früher oder später würde sie mit ihm reden müssen.

»Wow«, sagte Trigger fast flüsternd. »Das war die kälteste kalte Schulter, die ich seit sehr langer Zeit gesehen habe.«

»Ich werde auf dein Angebot von vorhin zurückkommen«, sagte Lefty zu seinem Freund. »Ich schwöre bei Gott, ich habe nichts gesagt oder getan, was es rechtfertigen würde, dass sie sich in meiner Gegenwart so schreckhaft verhält.«

»Ich weiß, dass du das nicht getan hast«, entgegnete Trigger und legte als Geste der Unterstützung und des Verständnisses seine Hand auf Leftys Schulter. »Von uns allen bist du der Sympathischste.«

Lefty nickte und seine Entschlossenheit nahm zu. Wenn Kinley dachte, sie könnte ihn ignorieren und so tun, als hätten sie in Afrika keine Verbindung gehabt, irrte sie sich gewaltig.

Er war nicht in der Lage gewesen, sie zu vergessen. Sie war hübsch, sprach normalerweise eher leise und hatte ihn nicht voller Ehrfurcht behandelt, nur weil er ein Delta-Force-Soldat war. Er hatte mehr als genügend Frauen gehabt, die sich ihm an den Hals geworfen hatten, nachdem sie erfahren hatten, welche Stellung er in der Armee bekleidete. Er mochte es, dass sie ihn wie einen »normalen Menschen« behandelte, dass sie sich von seinem Job nicht beeindrucken ließ. Er kam sich aufgrund ihrer Größe als Beschützer vor und weil sie im wahrsten Sinne des Wortes nicht zögerte, alles zu tun, was von ihr verlangt wurde.

Auch ihre Verletzlichkeit hatte ihn beeindruckt. Am liebsten wollte er sie in die Arme nehmen und sie vor der großen, bösen Welt beschützen.

Kinley Taylor atmete erleichtert auf, als sie es geschafft hatte, in den Besprechungsraum zu schlüpfen, ohne mit Gage Haskins reden zu müssen.

Lefty.

Sie wusste, dass er diesen Spitznamen während der Grundausbildung erhalten hatte, als einer der Offiziere herausfand, dass er Linkshänder war. Es kam ihr ziemlich diskriminierend vor, aber er hatte ihr versichert, dass er erleichtert gewesen war, einen so harmlosen Spitznamen zu bekommen.

Aber sie konnte sich nicht vorstellen, ihn »Lefty« zu nennen. In ihren Augen passte das nicht. Er würde immer Gage für sie sein.

Sie erinnerte sich an alles über ihn, seit sie ihn zum ersten Mal gesehen hatte. Sie waren in Afrika gewesen, er stand an einer Wand und ließ den Blick unaufhörlich durch den Raum schweifen, immer auf der Suche nach Gefahr. Er hatte sie nicht bemerkt, da er zu sehr auf mögliche Bedrohungen konzentriert war, aber Kinley hatte ganz sicher *ihn* wahrgenommen.

Er hatte sich schon eine Weile nicht mehr rasiert und die Stoppeln in seinem Gesicht waren ein bisschen zu lang, um für einen normalen Soldaten als angemessen zu gelten, aber nach allem, was sie gelesen und im Fernsehen gesehen hatte, nahm sie an, dass Soldaten der Spezialeinheit ein bisschen mehr Spielraum in Bezug auf ihre Körperpflege hatten. Sein dunkelbraunes Haar war an den Seiten kurz gehalten und oben etwas länger, ein typischer Militärhaarschnitt. Er hatte dichte Augenbrauen und der konzentrierte Blick, den er gewöhnlich aufsetzte, ließ sie erschauern ... vor Erregung. Er sah in seiner schwarzen Cargohose und seinem Hemd absolut gefährlich aus, und aus irgendeinem Grund hatte Kinley sich sicherer gefühlt, nur weil er im Raum war.

Als sie ihn das zweite Mal sah, wurde sie gerade von einem dieser Männer bedrängt, die aufgetaucht waren, um gegen das Gipfeltreffen zu protestieren, an dem ihr Chef teilgenommen hatte. Walter Brown war sauer gewesen – was nicht gerade selten vorkam –, als sie ihm Kaffee gebracht hatte, der nicht seinen hohen Ansprüchen genügte. Er hatte sie zurück in ihr Hotel geschickt, um ihm einen Becher Kaffee aus dem kleinen Café dort zu besorgen, weil er sich schon am ersten Morgen in diesen Laden verliebt hatte.

Ihr Hotel war etwa vier Blocks entfernt. Sie hatte das Gebäude durch einen Seiteneingang verlassen, aber die Demonstranten schienen überall zu sein. Sie hatte ihr Bestes getan, um sie zu ignorieren und zu versuchen, am Rand der Menge zu bleiben, aber das hatte nicht sehr gut funktioniert. In dem Moment, in dem einige Männer sie sahen, folgten sie ihr, belästigten sie verbal und erschreckten sie zu Tode.

Dann eskalierten die Beschimpfungen. Einer von ihnen packte sie plötzlich und versuchte, sie in eine Gasse zu zerren. Sie hatte sich gegen den Mann und seine Freunde gewehrt, so gut sie konnte, aber sie war ihrer Größe, Stärke und Anzahl nicht gewachsen.

Aber dann war Gage wie aus dem Nichts aufgetaucht. Er schaltete die beiden Männer aus, die sich bemühten, den Knopf an ihrer Hose zu öffnen, und als die beiden anderen sich zurückzogen, legte er einen Arm um ihre Taille und trug sie schließlich eigenhändig aus der Gefahrenzone heraus.

Die nächsten vier Tage verbrachten sie damit, sich zu unterhalten, wann immer es ihr Zeitplan erlaubte – und die Verliebtheit, die sie schon bei ihrem ersten Treffen mit ihm verspürt hatte, war stetig gewachsen.

Aber als sie zurück nach Washington, D.C. kam, begann sie, an sich selbst zu zweifeln. Warum sollte Gage an *ihr* interessiert sein? Sie war nicht die Art von Mensch, dem jemand wirklich nahekommen wollte. Das war ihr oft genug eingebläut worden, angefangen bei ihrer leiblichen Mutter, die sie verlassen hatte, als sie zwei war. Keine der Pflegeeltern, bei denen sie im Laufe der Jahre gelebt hatte, hatte Interesse bekundet, sie zu adoptieren. An der Highschool hatte sie eine beste Freundin, aber selbst dieses Mädchen hatte sich nach einer Weile von ihr abgewandt, weil Kinley ihr wohl zu eigenartig war, um Zeit mit ihr zu verbringen.

Kinley war es gewohnt, allein zu sein. Sie hatte sich in der Highschool den Arsch aufgerissen, gute Noten bekommen und war mithilfe eines Stipendiums aufs College gegangen. Auch auf dem College hatte sie keine engen Freundschaften geschlossen; sie war zu sehr mit dem Studium und der Arbeit beschäftigt gewesen. Sie hatte ein Praktikum in D.C. gemacht und war einfach geblieben, nachdem sie dort ihren ersten Job angenommen hatte.

Irgendwie hatte sie es bis zu ihrem neunundzwanzigsten Lebensjahr geschafft, sich nicht zu verlieben und keinen einzigen Menschen zu treffen, den sie einen echten Freund nennen konnte.

Die meiste Zeit über störte sie beides nicht, aber als sie nach ihrer Rückkehr aus Afrika in ihre einsame Wohnung zurückgekehrt war, hatte sie sich von ihrer Unsicherheit überwältigen lassen.

Gage wollte auf keinen Fall ihr Freund sein. Warum sollte er sich mit ihr anfreunden wollen, wenn es offensichtlich war, dass er bereits eine enge Gruppe von Teamkameraden hatte? Außerdem lebten sie an entgegengesetzten Enden des Landes.

Sie hatte sich eingeredet, dass er nur höflich gewesen war, als er gesagt hatte, er wolle in Kontakt bleiben.

Aber selbst als sie weder seine ersten SMS noch seine Anrufe beantwortete, meldete er sich immer wieder bei ihr. Sie wollte glauben, dass sein Interesse echt war, aber sie war zu misstrauisch, um ein Risiko einzugehen. Sie war schon anderen Leuten begegnet, die Interesse daran gezeigt hatten, sie kennenzulernen, und sie hatte die Chance ergriffen, nur um dann enttäuscht zu sein, wenn sie sich schließlich wieder von ihr entfernten.

Aber es war schwer, sich immer wieder einzureden, dass er nicht wirklich daran interessiert war, sie kennenzulernen, wenn er ständig SMS schrieb.

Kinley hatte sich schließlich dazu durchgerungen zu antworten – doch da hatte er schon aufgehört zu schreiben. Sie hatte ihre Chance verpasst.

Sie wusste, dass sie sich bei *ihm* hätte melden und ihm sagen können, dass ihr Telefon kaputt war oder dass sie einfach nur beschäftigt war, oder sie hätte sich eine andere Ausrede ausdenken können, warum sie nicht geantwortet hatte, aber dann kam sie sich dumm vor.

Ihr Problem war, dass sie zu viel über alles nachdachte. Wenn sie spontaner sein und mit dem Strom schwimmen könnte, hätte sie wahrscheinlich mehr Freunde und wäre weniger einsam.

Nachdem Gage aufgehört hatte, sie zu kontaktieren, obwohl es ihr das Herz gebrochen hatte, hatte Kinley versucht, sich einzureden, dass es irgendwann sowieso passiert wäre, selbst wenn sie ihm zurückgeschrieben hätte. Wie sollten die Dinge zwischen ihnen funktionieren? Sie lebten nicht einmal im selben Bundesstaat.

Kinley war ... seltsam. Sie wusste es und normalerweise war es ihr egal. Sie war ein introvertierter Mensch, der gern alleine war. Sie verbrachte die meiste Zeit in ihrer Wohnung und las. Sie lebte schon seit Jahren in D.C. und hatte bereits alle Museen besucht. Sie liebte Geschichte und verbrachte Stunde um Stunde damit, die Überbleibsel der Vergangenheit in sich aufzusaugen, die die verschiedenen Museen zu bieten hatten. Sie hatte auch einige der beliebten Attraktionen besucht, einige der historischen Touren mitgemacht und alle Denkmäler besichtigt.

Sie genoss auch den Besuch des Nationalfriedhofs Arlington. Sie weinte jedes Mal, wenn sie an den Gräbern vorbeiging, weinte um all die Männer und Frauen, die im Dienst für ihr Land gestorben waren. Es tat ihr im Herzen weh, aber sie tat es trotzdem, einfach weil sie wollte, dass sie wissen, dass sie nicht vergessen worden waren.

In D.C. gab es viel zu tun und Kinley hatte ihr Bestes getan, um sich alles anzuschauen ... aber sie hatte es immer allein getan.

Die meiste Zeit war sie damit zufrieden gewesen, aber in letzter Zeit hatte sie begonnen, die Last ihrer Einsamkeit zu spüren. Sie wollte enge Freundinnen, die sie anrufen konnte, um mit ihnen essen zu gehen. Sie wollte jemanden, mit dem sie über die neuesten Filme und Bücher reden konnte. Sie wollte sich nicht so allein auf der Welt fühlen.

Sie wusste, dass sie es mit Gage vermasselt hatte. Dass sie hätte herausfinden sollen, wohin die Dinge zwischen ihnen führen konnten. In Afrika hatte es zwischen ihnen wirklich gefunkt. Er war witzig und aufmerksam und klug. Aber als sie nach Hause kam, hatte sie sich von ihrer Unsicherheit überwältigen lassen. Sie hielt sich nicht für hübsch genug, nicht für weltgewandt genug, nicht einmal für aufregend genug, um das Interesse eines Mannes wie Gage halten zu können.

Also entschied sie sich für die feige Variante und ignorierte ihn. Und dafür hasste sie sich.

Im Hinterkopf hatte Kinley gewusst, dass es eine Chance geben würde, ihn wiederzusehen. Sie wusste, dass Delta-Force-Teams aus dem ganzen Land gelegentlich mit dem Schutz politischer Persönlichkeiten betraut wurden, wenn sie nach Übersee reisten. Verdammt, er könnte sogar erneut beauftragt werden, ihren Chef zu beschützen ... aber sie hatte den Gedanken verdrängt und beschlossen, dass sie sich damit abfinden würde, Gage wiederzusehen, falls und wenn es sich ergab.

Und jetzt war es so weit. Er war hier. Und Kinley hatte absolut keine Ahnung, was sie zu ihm sagen sollte.

Als sie im Korridor um die Ecke gebogen war und Gage und einen seiner Freunde vor dem Zimmer stehen sah, hatte sie ein extremes Déjà-vu-Erlebnis gehabt. Er war wieder ganz in Schwarz gekleidet und obwohl er weniger Bartstoppeln hatte als bei ihrer ersten Begegnung, war er nicht weniger schön.

Und ja, er war tatsächlich wunderschön. Seit sie ihn das erste Mal gesehen hatte, fühlte sie sich körperlich zu ihm hingezogen, und diese Anziehungskraft hatte im Laufe der Zeit nicht nachgelassen.

Sie spürte seinen Blick auf sich, als sie auf die Tür zum großen Versammlungsraum zuging. Walter hatte einige Ordner vergessen, die er heute Morgen für eine Besprechung brauchte, und sie gebeten, sie zu holen.

Da sie sich unwohl fühlte und betete, dass sie nicht vor Gage auf die Nase fiel, schlüpfte Kinley in den Raum, ohne ihn in irgendeiner Weise zu würdigen. In der Sekunde, in der sie hinter der geschlossenen Tür war, wurde ihr klar, dass sie ihm wahrscheinlich wenigstens hätte zunicken sollen. Oder Hallo sagen oder so ähnlich.

Gott, sie war wirklich schlimm. Kein Wunder, dass sie keine Freundinnen hatte. Sie war sozial vollkommen unfähig.

Da sie deprimiert war und wusste, dass der Rest der Konferenz peinlich verlaufen könnte, wenn sie Gage weiterhin über den Weg lief, legte Kinley die Ordner, die Walter vergessen hatte, wortlos neben ihn auf den Tisch. Er bestätigte ihre Anwesenheit nicht, was für sie in Ordnung war.

Kinley ging in den hinteren Teil des Raumes, nahm Platz und holte einen Schreibblock und einen Stift heraus. Es war ihre Aufgabe, Notizen zu machen und sie später für Walter abzutippen. Sie wusste, dass er sich für die meisten Reden und Diskussionen, die um ihn herum stattfanden, nicht interessierte, aber er musste zumindest die wichtigsten Inhalte kennen, falls er später dazu befragt wurde.

Walter Brown war ein schwieriger Chef. Er war herrisch und nicht sehr scharfsinnig, wenn es darum ging zu erkennen, wann er seine Assistentin überlastete, aber sie blieb, weil er zwar hart, aber fair war – meistens. Er ließ sie vielleicht Überstunden machen, erlaubte ihr aber dann auch, an einem anderen Tag früher zu gehen, um sie abzubummeln. Er machte sie zu seiner Laufbotin, wenn sie auf Reisen wie dieser waren, aber dann brachte er ihr Donuts mit oder lud sie zum Mittagessen ein, wenn sie nach Hause kamen.

Außerdem mochte Kinley ihren Job. Aus erster Hand zu sehen, wie die Regierung arbeitete, konnte frustrierend und irritierend sein, aber es war auch äußerst interessant zu erleben, wie Geschäfte gemacht wurden und wie Beziehungen zu Menschen und Interessengruppen wirklich einen Unterschied machen konnten.

Ihrer Meinung nach war Walter Brown kein großartiger Abgeordneter, aber er hatte Freunde in hohen Positionen, die einige ziemlich erstaunliche Dinge leisten konnten, um den weniger glücklichen Menschen im Land zu helfen. Sie hatte ihr Bestes getan, um Walter subtil dazu zu bringen, mehr Gutes zu tun, aber oft wurde ihre Meinung nicht beachtet. Sie war schließlich nur eine Assistentin.

Um ehrlich zu sein, schwankte sie bei ihren Überlegungen, ob sie bleiben und weiter für Brown arbeiten sollte, zwischen dem Wunsch, sofort zu kündigen, und der Entschlossenheit, zu bleiben und zu versuchen, etwas zu bewirken.

Einen Moment lang dachte Kinley an Gage. Wie auch er für sein Land arbeitete, aber auf eine ganz andere Art und Weise. Er kämpfte für das, was gut und richtig war, und setzte sein Leben aufs Spiel. Er war ehrenhaft, mutig und zögerte nicht, sich in eine gefährliche Situation zu begeben, um einen Menschen wie sie zu retten.

Kinley war sich nicht sicher, ob Walter seinen kleinen Finger rühren würde, um jemand anderem zu helfen, wenn er dabei auch nur einen Splitter abbekommen könnte.

Aber das war wahrscheinlich nicht fair. Politiker waren nicht für die Dinge geschaffen, für die die Soldaten der Spezialeinheit ausgebildet wurden. Aber trotzdem.

Kinley hörte mit halbem Ohr einem Vertreter aus Spanien zu, der über die globale Erwärmung sprach, während sie über ihre eigene Tapferkeit nachdachte. Wenn sie in der Nähe dieser Menschenmenge in Afrika spazieren gegangen wäre und gesehen hätte, wie jemand angegriffen wurde, hätte sie dann angehalten und versucht zu helfen?

Sie wollte Ja sagen, natürlich hätte sie das getan ... aber sie wusste es ehrlich gesagt nicht.

Kinley hielt sich selbst überhaupt nicht für mutig. Sie war nicht abenteuerlustig und hielt sich viel lieber in ihrer sicheren Wohnung oder der vertrauten Umgebung von D.C. auf, als die Welt zu erkunden. Aber sie wollte gern glauben, dass sie, wenn es hart auf hart käme, handeln und die Sicherheit eines anderen über ihre eigene stellen würde.

Sie schüttelte den Kopf und zwang sich, aufmerksam zu sein. Kinley konnte nicht anders, als sich zu fragen, was Gage nach ihrer Begegnung im Korridor gedacht hatte. War er froh, sie zu sehen? War er sauer, dass sie nicht auf seine SMS und E-Mails geantwortet hatte? Dankte er seinem persönlichen Schicksal, dass sie ihm nicht zurückgeschrieben hatte? Sie hasste es, das nicht zu wissen – und freute sich keineswegs auf den peinlichen Moment, wenn sie sich gegenüberstehen würden und sie mit ihm sprechen musste.

KAPITEL ZWEI

Am folgenden Abend war Lefty besorgt, weil er immer noch nicht in der Lage gewesen war, einen Moment allein mit Kinley zu verbringen, um mit ihr zu reden. Die Zeit wurde knapp – die Konferenz würde in anderthalb Tagen zu Ende sein und er hatte das Gefühl, dass jede noch so zarte Freundschaft, die er mit Kinley aufgebaut hatte, für immer verloren sein würde, sollte er keine Gelegenheit bekommen, die Sache zwischen ihnen zu klären.

Und etwas in ihm wusste, dass er es für den Rest seines Lebens bereuen würde, sollte er sie verlieren.

Also brachte Lefty Verstärkung mit ... das Delta-Team, das Kinleys Chef zugeteilt war. Es war schon später am Abend und Walter Brown hatte sich bereits vor Stunden in sein Hotel-zimmer zurückgezogen. Doc hatte sich freiwillig gemeldet, sein Zimmer zu bewachen, um sicherzustellen, dass er keinen nächtlichen Spaziergang machte, während Lefty mit dem anderen Team sprach.

Sie saßen alle in dem Hotelzimmer, das Lefty mit Grover und Oz teilte, die gerade auf Winkler aufpassten, während er sich mit anderen Vertretern auf einen Drink traf. Der Rest seines Teams erkundete entweder Paris oder schlief.

»Okay, wir sind da«, sagte Merlin. »Was gibt's?«

Lefty betrachtete die fünf Männer um sich herum und wusste nicht, wo er anfangen sollte. Er kam sich ein bisschen albern vor zuzugeben, dass er etwas Zeit mit einem Mädchen verbringen wollte und ihre Hilfe brauchte, aber im Grunde war es genau das, worum es ging.

Während er versuchte zu entscheiden, was er sagen wollte, musterte Lefty die anderen Männer. Jangles, der einzige Blonde in der Gruppe, hatte mit seinen blauen Augen und seinem unschuldigen Aussehen kein Problem mit dem anderen Geschlecht – er wurde ständig von Frauen auf der ganzen Welt angemacht. Lefty hatte gehört, wie er sich darüber beklagte, in D.C. zu leben ... und von den Ehefrauen der Politiker »belästigt« zu werden. Er wusste auch, dass der Mann es nicht mochte, wenn Frauen den ersten Schritt machten. Er zog es vor zu jagen, anstatt gejagt zu werden.

Woof hatte braunes Haar und konnte unheimlich gut mit Hunden umgehen, daher auch sein Spitzname. Es spielte keine Rolle, ob das Team auf einer gefährlichen Mission oder wie im Moment als Leibwächter eingeteilt war, Hunde schienen sich immer zu ihm hingezogen zu fühlen. Er ging nie irgendwo hin, ohne ein paar Hundekuchen in der Tasche zu haben.

Zip war mit seinen dreißig Jahren der Jüngste des anderen Teams. Er hatte eine wulstige Narbe an seinem Oberschenkel von einem Unfall während seiner Kindheit, die tatsächlich wie ein Reißverschluss aussah. Der Mann lächelte ständig und war mit Abstand der positivste Mensch, den Lefty je getroffen hatte. Und das hätte eigentlich nervig sein müssen, war es aber irgendwie nicht.

Merlin war der alte Mann in der Gruppe und der inoffizielle Teamleiter, auch wenn er mit fünfunddreißig nicht wirklich alt war. Aber alle machten sich über ihn lustig, weil sein Haar an den Rändern schon ergraut war. Er redete nicht viel, aber wenn er es tat, hörten ihm die Leute zu.

Vervollständigt wurde das Team durch Duff. Er war ein

großer Mistkerl und mürrisch obendrein. Die meisten Leute machten einen großen Bogen um ihn und taten ihr Bestes, sich nicht mit ihm anzulegen.

Merlin und seine Männer verbrachten vielleicht einen Großteil ihrer Zeit als Leibwächter, aber das bedeutete nicht, dass sie bei der Jagd auf Terroristen weniger tödlich waren. Lefty hatte die fünf Männer in Aktion gesehen und konnte nicht leugnen, dass sie gut waren. Verdammt gut. Es gab nicht viele Teams, die er gern in seiner Nähe gewusst hätte, wenn die Kacke am Dampfen war, aber diese Männer zählten definitiv dazu.

»Ich brauche eure Hilfe«, sagte Lefty in die anhaltende Stille hinein, nachdem Merlin seine Frage gestellt hatte. »Es geht zwar nicht um Leben und Tod, aber da ihr Walter Brown bewacht, dachte ich mir, dass ich am besten euch frage.«

Lefty konnte sehen, dass das ihr Interesse weckte.

»Ist Brown in Gefahr?«, fragte Woof.

»Nicht dass ich wüsste«, entgegnete Lefty ehrlich.

»Er ist ein Arsch«, sagte Duff mit einem finsteren Blick. »Es würde mich nicht im Geringsten überraschen, wenn er jemanden verärgert hat, der ihn tot sehen will.«

Lefty gab sich keine Mühe, seine Ansicht zu verbergen. »Ich bin zufällig deiner Meinung«, sagte er zu dem anderen Mann. »Er hat eine Menge Leute reingelegt, die denken, er sei ein guter Kerl, aber wir beobachten ihn schon lange genug, um zu wissen, dass er zwar seine Momente haben mag, aber im Allgemeinen behandelt er jeden, den er für unter seiner Würde hält, wie Scheiße, und das wird ihm früher oder später zum Verhängnis werden.«

»Das kann für uns nicht früh genug kommen«, murmelte Merlin.

»Das Arschloch hat Kinley gestern zum Weinen gebracht«, sagte Jangles mit einem Kopfschütteln. »Und einfach nur, weil er es kann.«

Lefty verkrampfte sich, als er das hörte. »Was hat er getan?«, stieß er hervor.

Entweder bemerkte Jangles Leftys verärgerten Tonfall nicht oder er ignorierte ihn einfach. »Sie hatte fast die ganze Nacht damit verbracht, die Notizen von den Besprechungen am Vortag abzutippen, aber der Drucker im Business-Center des Hotels funktionierte nicht. Sie gab Brown einen USB-Stick mit den Notizen und entschuldigte sich dafür, dass sie sie nicht für ihn ausdrucken konnte, und er rastete aus. Er schrie sie an und warf ihr an den Kopf, dass Dutzende von Leuten Schlange stünden, die für ihn arbeiten wollten.«

Lefty holte tief Luft und versuchte, seine Wut zu kontrollieren, aber es half nicht viel. »Ich muss mit ihr reden«, platzte er heraus. »Ohne dass sie sich ständig umschaut, um zu sehen, wo Brown ist, und sich fragt, ob er sie bitten wird, etwas Dummes zu tun, wie ihm ein weiteres verdammtes Stück Gebäck aus der Bäckerei zu holen.«

Fünf Männer fixierten Lefty mit ihren intensiven Blicken.

»Suchst du nach einem kurzen Abenteuer, während du hier bist?«, fragte Duff.

»Nein ... und fick dich dafür, dass du Kinley für so eine Frau hältst.«

»Interessant, dass er Kinleys Ehre verteidigt, aber nicht seine eigene«, entgegnete Zip mit einem Grinsen.

»Hört zu, ich habe Kinley in Afrika kennengelernt. Brown war schon damals nicht sehr nett und sie landete mitten in einem verdammten Protestmarsch, weil er sie losgeschickt hatte, um ihm einen Becher Kaffee zu holen. Wir unterhielten uns ein wenig und alles schien gut zu sein. Ich mochte sie, wollte sie näher kennenlernen. Wir tauschten Telefonnummern und E-Mail-Adressen aus und ich dachte, sie sei genauso interessiert wie ich, in Kontakt zu bleiben. Aber sie hat keine einzige meiner Nachrichten beantwortet. Und jetzt will sie mich nicht mal mehr ansehen. Ich muss es irgendwie versaut haben und ich will die Dinge einfach wieder in Ordnung bringen. Und außerdem ... braucht die Frau eine Pause. Sie arbeitet ununterbrochen, seit sie hier ist.«

»Also, was willst du von uns?«, fragte Jangles.

»Ich möchte Kinley morgen früh für ein paar Stunden entführen. Die Abgeordneten haben morgen Vormittag eine Art Brunch-Sitzung, es ist nichts Wichtiges, nur eine Menge Geplänkel. Aber Brown wird wahrscheinlich darauf bestehen, dass Kinley während der ganzen Sache in seiner Nähe bleibt, einfach weil er es mag, sie auf Abruf zu haben. Ich möchte mit ihr einen Spaziergang machen. Frische Luft schnappen, ein paar Stunden lang die Sehenswürdigkeiten von Paris besichtigen. Aber ich bin mir nicht sicher, wie ich das machen soll, ohne dass er sich noch mehr wie ein Arsch verhält oder ihr mit der Kündigung droht.«

»Könnte sie ihm sagen, dass sie krank ist?«, fragte Zip.

»Möglicherweise«, überlegte Lefty. »Aber ich bin mir nicht sicher, ob Brown der Typ Mann ist, der Kinley den Vormittag freigeben würde, selbst wenn sie sich nicht wohlfühlt.«

»Sie könnte behaupten, sie hätte leichtes Fieber und Husten«, schlug Duff ohne ein Lächeln auf den Lippen vor. »Wenn er glaubt, sie hat das Coronavirus und könnte ihn anstecken, wäre er vielleicht bereit, sie in Ruhe zu lassen.«

»Autsch, Mann. Das ist heftig«, entgegnete Zip, aber er nickte, als er es sagte.

»Aber es würde ihn nicht davon abhalten, sie anzurufen«, widersprach Lefty.

»Ich könnte ihm ein Abführmittel unterjubeln«, sagte Jangles mit einem bösen Grinsen. »Er würde nicht einmal sein Zimmer verlassen wollen und wahrscheinlich würde er niemandem, nicht einmal seiner Assistentin, verraten, dass er Verdauungsprobleme hat.«

»Ich bin mir nicht sicher, ob es die beste Idee ist, unseren Schutzbefohlenen unter Drogen zu setzen«, sagte Merlin trocken.

»Wenn du dich für die Krankmeldung entscheidest, sag vielleicht nicht, dass sie Fieber hat. Dann müsste sie möglicherweise in Quarantäne«, sagte Woof. »Vielleicht sagst du einfach, sie hat Migräne und muss sich ständig übergeben. Oder ... oh! Ich weiß. Sag, sie hat ganz schlimme Krämpfe. Die meisten Männer reden nicht gern über irgendetwas, was mit der Periode einer Frau zu tun hat. Auf diese Weise ist sie nicht ansteckend und muss sich keine Sorgen machen, in Quarantäne zu kommen oder so, und sie kann sich rechtzeitig für die Nachmittags-Besprechungen ›erholen‹. Ich könnte mich sogar als ihre Vertretung für den Vormittag anbieten. Er wird vielleicht nicht darauf eingehen, aber nach dem zu urteilen, was ich auf dieser Reise gesehen habe, überträgt er Kinley hauptsächlich Scheißaufgaben. Ich könnte allerdings auch Notizen machen, falls das nötig ist.«

Lefty dachte einen Moment lang über den Plan nach. Er war nicht ideal. Brown könnte immer noch beschließen, Kinley zu feuern, weil sie zum falschen Zeitpunkt krank war. Oder er könnte sich weigern, Woof als seinen Assistenten anzunehmen. Aber ihm fiel auch keine annehmbare Alternative ein. Er wollte, dass Kinley ein paar stressfreie Stunden mit ihm verbrachte, aber er wollte dabei nicht ihren Job gefährden.

Dann erinnerte er sich an die Geschichte, die sie ihm über ihren Chef erzählt hatte, der darauf bestand, dass sie sich eine ganze Woche freinahm, als sie vor etwa einem Jahr die Grippe hatte. Sie hatte es in Afrika erwähnt. In einem seltenen Anflug von Freundlichkeit hatte Brown ihr sogar Hühnersuppe in die Wohnung liefern lassen. Es hatte Lefty überrascht, dass ihr Chef so mitfühlend gewesen war. Kinley hatte einfach mit den Schultern gezuckt und gesagt, er hätte seine Momente.

»Okay, dann eben Menstruationskrämpfe«, sagte er zu den anderen Jungs. »Danke, Woof, dass du dich bereit erklärst, heute Vormittag Browns Laufbursche zu sein. Ich stehe in deiner Schuld.«

»Ja, das tust du«, sagte Woof mit einem leisen Lachen.

»Ich werde Jangles an ihrer Tür postieren, damit niemand versucht, sie zu belästigen«, bot Merlin an. »Nur für den Fall, dass Brown beschließt, sie zu besuchen oder so. Ich bezweifle, dass er das tut. Woof hat recht, er wird nicht über ihre Frauenprobleme diskutieren wollen. Es wird ihn nicht davon abhalten, sie anzurufen, aber wir können zumindest eingreifen, falls er doch auftaucht.«

»Danke«, sagte Lefty mit einem erleichterten Seufzer.

»Verarsche sie nicht«, warnte Zip in einem uncharakteristisch ernsten Ton. »Sie ist eine der aufrichtigsten Menschen, die ich in D.C. kennengelernt habe. Sie hat immer ein Lächeln für uns und fragt ständig, ob wir etwas brauchen.«

»Ja. Und wie du weißt, tun viele der Leute, die wir beschützen sollen, so, als wären wir gar nicht da«, fügte Woof hinzu.

Lefty war nicht überrascht. In der kurzen Zeit, die er mit Kinley in Afrika verbracht hatte, war er zu demselben Schluss gekommen. Sie war ruhig und introvertiert, aber sie zögerte nie, jemandem zu helfen, wenn dieser Hilfe brauchte. Nachdem er sie von den afrikanischen Demonstranten weggebracht hatte, hatte sie darauf bestanden, dass sie an einem kleinen Obst- und Gemüsestand einer Frau anhielten, wo sie jedes einzelne Produkt gekauft hatte.

Dann, weil sie keine Verwendung für einen Wagen voller Obst und Gemüse hatte, bat sie darum, die Sachen einer Frau in der Nähe zu geben, die ein Baby an der Brust hielt und ein Kleinkind auf dem Arm trug. Beide Frauen waren überwältigt von Kinleys Großzügigkeit.

Aber anstatt selbstgefällig zu sein, hatte Kinley ihren Dank abgewinkt – und dann gefragt, ob sie sich bei Lefty bedanken könne, weil er sie gerettet hatte, indem sie ihm ein Mittagessen spendierte.

Ja, Kinley Taylor war durch und durch aufrichtig, und er hoffte inständig, dass die Arbeit in D.C. und für ein Arschloch wie Brown daran nichts ändern würde.

»Ich habe nicht vor, sie zu verarschen«, versicherte Lefty Zip und den anderen. »Wie ich schon sagte, hat es bei uns klick gemacht. Aber ich mache mir Sorgen, weil sie auf keine meiner Nachrichten geantwortet hat. Ich will nur mit ihr reden und herausfinden, was los ist.«

»Vielleicht war sie nur höflich und dachte wirklich, du wärst ein Arschloch«, schlug Duff vor.

Lefty nahm es ihm nicht übel. »Mag sein ... aber genau deshalb will ich mit ihr reden. Und zwar nicht nur zwei Sekunden lang in einem Korridor.«

»Ich will ganz offen sein«, sagte Merlin, »ich werde dir auf den Fersen sein.«

»Das habe ich von mindestens einem von euch auch erwartet«, entgegnete Lefty, doch er war nicht im Geringsten besorgt.

»Brown ist unser Auftrag, aber wir nehmen die Sicherheit aller, die mit unserem Auftrag zu tun haben, ernst«, erklärte Jangles.

Lefty nickte. Das war nur ein weiterer Grund, warum er diese Männer mochte. Sie verhielten sich genauso wie sein eigenes Team. Assistenten, Ehepartner, Kinder ... sie beschützten jeden, der mit dem Menschen reiste, den sie bewachen sollten.

»Sie wird gar nicht merken, dass ich da bin«, versprach Merlin zuversichtlich.

»Gut«, sagte Lefty. Dann erfasste er alle Männer mit einem Blick. »Ich weiß das zu schätzen. Ich weiß, dass der Umgang mit Brown nicht gerade ein Vergnügen ist.«

Jangles winkte dankend ab. »Wir sind es gewohnt, mit Männern wie ihm umzugehen. Er wird nie erfahren, dass Kinley sich in Paris herumtreibt ... solange du sie zurückbringst, bevor die Besprechung um eins beginnt.«

»Das werde ich«, versprach Lefty. Er stand auf und schüttelte jedem der Männer die Hand.

Als sie gingen, drehte Jangles sich an der Tür um. Lefty machte sich auf eine weitere Warnung gefasst.

»Fürs Protokoll ... Kinley ist zu gut für D.C. Oberflächlich betrachtet wirkt sie fast zerbrechlich, aber sie muss einen Kern aus Stahl haben, um es schon so lange in Washington ausgehalten zu haben. Unterschätze sie nicht, Lefty, aber schau auch unter die Oberfläche, um die wahre Kinley zu finden. Ich habe das Gefühl, sie hatte nie die Chance, aufzublühen und die zu sein, die sie sein sollte.«

Und mit dieser überraschenden Weisheit schloss Jangles die Tür hinter sich, als er ging.

Lefty hatte nicht viel Zeit, um über die Worte des Mannes nachzudenken, als sich die Tür wieder öffnete und Grover und Oz eintraten. Winkler musste seinen Abend früher als sonst beendet haben.

»Alles in Ordnung?«, fragte Grover. »Wir haben gesehen, wie Merlin und sein Team weggingen.«

Lefty nickte. »Ja, ich werde mir morgen den Vormittag freinehmen. Ich habe es bereits mit Trigger geklärt.«

»Kinley?«, vermutete Oz.

»Ja.«

»Wurde auch Zeit«, sagte Oz mit einem Lächeln, doch dann wurde er ernst. »Kommst du damit klar, wenn sie dir sagt, dass sie einfach nicht auf dich steht?«

Lefty nickte. »Ja. Wenn ich denke, dass sie ehrlich ist. Aber die Sache ist die ... wir hatten eine Verbindung, Oz. Und das sage ich nicht nur so. Sie ist interessant und obwohl sie nicht supergesprächig ist – wenn sie etwas sagt, bedeutet es etwas. Ich weiß nicht, was in ihrem Kopf vorgeht, aber ich will sicher sein, dass es ihr gut geht. Dass sie meine Nachrichten nicht ignoriert hat, weil sie in Schwierigkeiten steckt, oder aus einem anderen beschissenen Grund. Wenn sie mich wirklich nicht mag, ist das für mich in Ordnung. Aber ich glaube nicht, dass das der Fall ist.«

»Sie beobachtet dich, wenn du nicht hinsiehst«, sagte Grover, als er sich auf dem Sofabett niederließ, auf dem er geschlafen hatte.

Lefty ließ den Kopf herumschnellen. »Was?«

»Wenn du nicht hinsiehst, folgt sie dir mit dem Blick«, wiederholte Grover.

Lefty hätte begeistert sein sollen, das zu hören, aber stattdessen verwirrte es ihn nur. »Warum zum Teufel geht sie mir dann aus dem Weg?«

»Frag nicht mich«, sagte Grover achselzuckend. »Frag sie.«

»Das habe ich vor«, erklärte Lefty mit Entschlossenheit.

»Ich verstehe Frauen nicht«, sagte Oz mit einem Seufzer. »Das habe ich noch nie. Nicht mehr, seit ich zehn war und mir auf dem Spielplatz ein Mädchen hinterherlief. Sie fing mich, küsste mich und sagte dann allen, dass sie mich hasst.«

Grover brach vor Lachen in Tränen aus und Lefty konnte das Lächeln nicht unterdrücken, das sich auf seinem Gesicht ausbreitete.

»Sie mag dich«, sagte Grover, nachdem er sich wieder unter Kontrolle gebracht hatte. »Aber entweder ist sie davon überzeugt, dass sie es nicht sollte, oder sie glaubt, dass *du sie* nicht mögen solltest. Ich kenne sie nicht, aber wenn du sagst, dass es bei dir klick gemacht hat, glaube ich dir. Vor allem, weil sie dich so genau beobachtet.«

»Und woher weißt du so viel über Frauen?«, fragte Oz.

Grover zuckte mit den Schultern. »Ich habe drei Schwestern.«

»Drei?«, wiederholte Oz ungläubig. »Ich meine, ich habe dich ein- oder zweimal über deine Schwestern reden hören, aber mir war nicht klar, dass du *drei* hast.«

»Jup. Eine jüngere und zwei ältere. Ich habe auch einen jüngeren Bruder. Ich bin genau in der Mitte. Ich bin damit aufgewachsen, wie meine Schwestern über Jungs in ihrer Klasse getratscht haben, sich über Verabredungen geärgert und jede Kleinigkeit analysiert haben, die ihre Freunde taten. Glaub mir, wenn ich sage, dass ich so ziemlich ein Experte bin, wenn es darum geht, was Mädchen denken«, sagte Grover mit einem Grinsen.

»Warum bist du dann noch Single?«, stichelte Lefty ihn.

»Weil ich weiß, wie verrückt sie sind«, antwortete Grover, ohne zu zögern.

Alle drei Männer lachten.

»Ernsthaft, wie konnten wir nicht wissen, dass du drei Schwestern hast?«, fragte Oz, der offensichtlich nicht über Grovers Enthüllung hinwegkam.

Der andere Mann zuckte mit den Schultern. »Ich weiß es nicht. Ich spreche einfach nicht viel über sie.«

»Sind sie alleinstehend?«, fragte Oz.

Grover warf ihm einen Blick zu. »Komm ja nicht auf dumme Gedanken.«

Oz hob die Hände, als würde er kapitulieren. »Das tue ich ja gar nicht. Es war nur eine Frage.«

Grover schüttelte den Kopf. »Tut mir leid. Ich beschütze sie. Besonders Devyn, meine jüngere Schwester. Sie hat ein hartes Leben hinter sich. Sie ist erst neunundzwanzig, aber sie hat eine alte Seele. Sie hatte Leukämie, als sie noch klein war, und hat dadurch einen Großteil ihrer Kindheit verpasst.«

»Das ist scheiße«, entgegnete Oz voller Mitleid.

»Ja, aber sie lässt sich davon nicht im Geringsten definieren. Sie hat es mehr als wettgemacht, dass sie während ihrer Kindheit all die lustigen Sachen verpasst hat. Ich schwöre bei Gott, sie wird der Grund sein, warum ich vorzeitig grau werde. Sie ist ziemlich wild. Wenn sie nicht gerade Fallschirmspringen oder Bungee-Jumping macht, reitet sie auf einem Kamel durch Afrika. Wenn es ein Abenteuer ist, ist sie bereit dafür.«

»Sie klingt lustig«, sagte Oz.

»Ist sie auch. Aber der ganze Spaß verdeckt ein paar ziemlich große innere Verletzungen, da bin ich mir sicher. Ich habe versucht, mit ihr zu reden, aber sie lässt mich abblitzen und sagt, ich sei nur ein beschützerischer älterer Bruder. Was ja auch stimmt, aber ich bin davon überzeugt, dass sie das Leben tatsächlich mehr genießen würde, wenn sie ihr Tempo nur ein kleines bisschen drosseln würde.«

Alle schwiegen einen Moment lang. Dann sagte Grover: »Wie auch immer. Glaub mir, Lefty, Kinley steht auf dich. Aber aus irgendeinem Grund hält sie dich auf Distanz. Du wirst sie dazu bringen müssen, dir zu vertrauen, bevor sie dir den wahren Grund verrät, warum sie dir den Laufpass gegeben hat.«

»Und wie soll ich das deiner Meinung nach machen?«, fragte Lefty, aufrichtig dankbar für jede Hilfe.

»Ich würde sagen, rette sie vor einer durchgeknallten Menschenmenge, die ihr etwas antun will, aber das hast du bereits getan und es hat nicht funktioniert«, entgegnete Grover mit einem Augenzwinkern.

»Danke für nichts«, brummte Lefty.

»Hab Geduld«, riet Grover seinem Freund. »Steigere dich da nicht hinein. Geh es langsam an, zeig ihr, dass du nicht gleich alles von ihr erwartest. Vielleicht öffnest du dich ihr gegenüber, erzählst ihr etwas, was du noch nie jemandem erzählt hast. Und gib ihr auf jeden Fall das Gefühl, etwas Besonderes zu sein, damit sie sicher ist, dass du ihr nicht nur etwas vormachst. Soweit sie weiß könntest du ständig Frauen überall auf der ganzen Welt anquatschen.«

»Das tue ich nicht«, beharrte Lefty. »Das weißt du doch.«

»Das weiß *ich*, aber sie nicht.«

Das ließ Lefty innehalten. Er und Kinley waren im Grunde immer noch Fremde. Ja, sie hatten in Afrika viel miteinander geredet, aber sie hatten noch keine Gelegenheit gehabt, sich wirklich auf einer tieferen Ebene kennenzulernen. Er hatte ihr natürlich erzählt, dass er Single war, aber sie hatte keine Möglichkeit, es mit Sicherheit zu wissen. Er war kein großer Fan von Fernbeziehungen, sie waren schwer zu führen und es war sogar noch schwerer, wenn man jemanden nicht wirklich kannte. Er nickte Grover zu. »Gutes Argument. Ich werde morgen betonen, dass ich mit niemandem zusammen bin, dass ich mehr Zeit auf dem Schlachtfeld als im Schlafzimmer verbracht habe und dass ich mit ihr rede, weil sie mich fasziniert.«

»Gut. Obwohl es wahrscheinlich eine Weile dauern wird, bis sie dir wirklich glaubt. Mein bester Rat ist ... gib nicht auf. Wenn sie sich wieder vor dir zurückzieht, schick ihr weiter Nachrichten. Selbst wenn es um dummen Scheiß geht, wie zum Beispiel, was du zu Abend essen wirst. Frauen wollen normalerweise wissen, dass du an sie denkst, auch wenn ihr nicht zusammen seid.«

Lefty nickte. Er war der Erste, der zugab, dass er nicht gerade ein Experte in Sachen Frauen war. Er hatte sich verabredet, aber die meisten seiner Beziehungen hatten ihn mit einem eher schlechten Gefühl zurückgelassen. Er genoss es, Zeit mit Frauen zu verbringen, aber er musste nicht ständig an sie denken, wenn sie getrennt waren.

Das konnte er von Kinley nicht behaupten. Sie war nicht ständig in seinen Gedanken, aber er konnte nicht leugnen, dass er sofort nach Afrika zurückversetzt und daran erinnert wurde, wie sehr er es genossen hatte, mit ihr zu reden, wenn er bestimmte Dinge sah – zum Beispiel eine Frau, die in einem Café saß, oder einen Nachrichtenartikel über Walter Brown.

Lefty machte sich bettfertig und nachdem er sich hingelegt hatte, starrte er noch lange an die Decke und versuchte, sich zu überlegen, wie er Kinley dazu bringen könnte, ihm zu vertrauen, sich ihm zu öffnen und wirklich zu glauben, dass er sie besser kennenlernen wollte. Er würde damit anfangen, ihr Freund zu sein, und vielleicht würden sich die Dinge von da an weiterentwickeln.

Er gestand sich ein, dass er nicht sicher war, wie die Dinge auf einer intimeren Ebene funktionieren könnten, da er in Texas und sie in D.C. lebte, aber er war noch nie so entschlossen gewesen, eine Frau dazu zu bringen, mit ihm zu reden. Das musste ein Zeichen dafür sein, dass sie vielleicht, nur vielleicht, mehr als flüchtige Bekannte sein sollten.

Entschlossenheit stieg in ihm auf und Lefty versprach sich

selbst, alles zu tun, was nötig war, um dafür zu sorgen, dass Kinley verstand, wie ernst es ihm damit war, ihr Freund zu sein und sie besser kennenzulernen. Sie davon zu überzeugen, dass er sie wirklich mochte.

Irgendwie hatte er das Gefühl, dass das leichter gesagt als getan war.

KAPITEL DREI

Um drei Minuten nach sieben am nächsten Morgen öffnete Kinley die Tür zu ihrem Hotelzimmer. Ihr Kopf war gesenkt und sie war in Gedanken darüber versunken, wie sehr sie den Tag fürchtete. Sie hasste das gesellige Beisammensein auf Konferenzen wie dieser. Sie waren langweilig und die Leute sprachen selten mit ihr, sodass sie normalerweise nichts anderes zu tun hatte, als am Rand zu stehen.

Aber das war alles Teil des Jobs, sagte sie sich. Morgen würde sie nach Washington zurückfliegen und sie würde den ganzen Flug über lesen können. Hoffentlich würde sie nicht neben jemandem sitzen, der sich mit ihr unterhalten wollte. Sie hasste das. Kopfhörer halfen, um deutlich zu machen, dass sie nicht an einem Gespräch interessiert war, aber manchmal reichte selbst das nicht aus, um einen übermäßig extrovertierten Sitznachbarn abzuschrecken.

Sie dachte so intensiv darüber nach, welches Buch sie auf dem Rückflug lesen wollte, dass sie nicht einmal bemerkte, dass jemand vor ihrem Zimmer stand. Bevor sie wusste, was geschah, hatte der Mann ihren Arm ergriffen und führte sie den Flur entlang.

Sie wollte schreien und sich von dem Mann losreißen, doch

sie sah gerade noch rechtzeitig auf, um ihren Protest zu unterdrücken.

Es war Gage, der ihren Arm festhielt. Er hatte einen entschlossenen Gesichtsausdruck und schien nicht in der Stimmung zu sein, sich zu streiten.

Kinley blickte zurück in Richtung ihres Zimmers und entdeckte Jangles, einen der Delta-Force-Soldaten, der zum Schutz ihres Chefs abgestellt war und vor ihrem Zimmer stand.

Er lächelte sie an und winkte mit einem imaginären Hut in ihre Richtung. »Viel Spaß!«, rief er ihr zu.

Stirnrunzelnd drehte Kinley sich um, gerade noch rechtzeitig, um zu sehen, wie Gage die Tür zum Treppenhaus öffnete, das hinunter in den Eingangsbereich führte. Er hatte sie durch die Tür geführt, noch bevor sie ein Wort sagen konnte. Aber anstatt die Treppe weiter hinunterzugehen, drückte er sie mit dem Rücken an die Wand und ließ ihren Arm los. Er trat tatsächlich einen Schritt zurück, um ihr etwas Raum zu geben, bevor er sprach.

»Tut mir leid, wenn ich dich erschreckt habe«, sagte er sanft. »Aber ich wollte dich aus dem Flur bringen, bevor Brown aus seinem Zimmer kommt und dich sieht.«

»Normalerweise steht er erst gegen acht Uhr auf«, sagte Kinley zu Gage. »Er bleibt lange auf. Ich glaube, Drake Stryker, der US-Botschafter in Frankreich, war gestern Abend zu Besuch in seinem Zimmer. Sie hängen oft zusammen ab, wenn sie an denselben Konferenzen teilnehmen, und er sagte mir, ich solle ihn unter keinen Umständen stören.«

»Ah, okay. Wie auch immer, ich habe einen Vorschlag für dich.«

Kinley konnte den Mann, an den sie schon seit Monaten dachte, nur anstarren. Er sah heute Morgen anders aus, zugänglicher. Er trug eine Jeans und ein kurzärmeliges weißes Polohemd. Sie konnte ein paar Haare auf seiner Brust erkennen, wo sein Hemd offen war, und auf seinem linken Arm sah sie das verschlungene schwarze Tattoo, das sie schon in Afrika bemerkt hatte. Sie sehnte sich danach, den Ärmel hochzuschieben, damit sie alles sehen konnte, aber sie schaffte es, ihre Hände bei sich zu behalten ... gerade so.

Sein Haar stand irgendwie ab, als hätte er es nach dem Duschen mit dem Handtuch abgetrocknet und sich dann nicht die Mühe gemacht, es zu kämmen. Er hatte sich auch vor Kurzem rasiert; es gab keine Anzeichen für diesen Dreitagebart, an den sie sich so sehr gewöhnt hatte. Kinley war sich nicht sicher, ob sie sein glatt rasiertes Aussehen mochte oder nicht. Sie mochte es, wenn er schroff und ein wenig unnahbar wirkte. Es gab ihr das Gefühl, als würde es niemand wagen, sich ihnen zu nähern, wenn er ein wenig rau aussah.

»Kinley?«, fragte er mit einem leichten Grinsen im Gesicht.

»Oh ... ja?«

»Ich habe einen Vorschlag für dich«, wiederholte er. »Ich würde gern den Vormittag mit dir verbringen. Auf der Konferenz ist nichts los, außer dem gesellschaftlichen Brunch.«

»Oh, aber ... Walter erwartet, dass ich dort bin«, sagte sie, wobei die Enttäuschung in ihrem Tonfall leicht zu hören war.

»Darum habe ich mich für dich gekümmert. Ich habe dir ein paar freie Stunden verschafft«, gab Gage zu.

»Wie?«

»Ich habe mit Merlin und seinem Team gesprochen. Er wird Brown sagen, dass du dich heute Morgen nicht wohlfühlst. Dass du Menstruationsbeschwerden hast.«

»Ernsthaft?«

»Ja. Ich wette, er ist nicht der Typ Mann, der dir wegen deiner Periode auf die Nerven geht. Liege ich da falsch? Wenn ja, sag mir Bescheid, dann können wir uns was anderes überlegen. Vielleicht kann ich Merlin dazu bringen, ihm doch noch ein Abführmittel zu verabreichen.«

Kinley konnte sich ein Lachen nicht verkneifen. »Das würde er wirklich tun?«

»Für dich? Ja, das würde er. Er und sein Team mögen dich,

Kins, und sie wollen, dass du etwas Zeit hast, um Paris zu erkunden und etwas Spaß zu haben.«

Kinley war schockiert, aber ihre Besorgnis fühlte sich gut an. »Ich bin mir ziemlich sicher, dass Walter es nicht infrage stellen wird. Ich meine, ich musste ihn einmal anrufen, um ihm zu sagen, dass ich eine Lebensmittelvergiftung hatte, und ich musste mich übergeben und hatte Durchfall, und er konnte mir nicht schnell genug freigeben. Ich weiß, du magst ihn nicht, aber er ist nicht immer so furchtbar. Ich glaube, das Reisen bringt das Schlimmste in ihm zum Vorschein.«

Sie merkte, dass Gage ihr nicht glaubte, aber er sah erleichtert aus, dass die Ausrede, die er sich ausgedacht hatte, um sie für ein paar Stunden von der Arbeit wegzuholen, ausreichen würde. Wahrscheinlich sollte sie sich ärgern, dass er das geplant hatte, ohne vorher mit ihr zu sprechen, aber sie fühlte sich zu geschmeichelt, dass er Zeit mit ihr verbringen wollte.

»Jangles wird an deiner Tür bleiben, nur für den Fall, dass Brown beschließt, dich zu besuchen, aber ich schätze, das wird wahrscheinlich nicht passieren, wenn ich bedenke, was du mir gerade erzählt hast. Ich sorge aber dafür, dass du für die letzte Besprechung heute um eins zurück bist.«

»Danke«, sagte Kinley zu ihm.

»Du brauchst mir nicht zu danken. Ich würde gern mit dir reden, ohne mir Sorgen machen zu müssen, dass Brown beschließt, dass er dich braucht, und ohne dass du losläufst, um die Probleme der Welt zu lösen. Ich habe dich vermisst, Kins ... und ich würde gern Zeit mit dir in Paris verbringen. Was sagst du dazu?«

Kinley glaubte nicht, dass sie etwas sagen konnte. Sie sehnte sich schon danach, mit Gage zu reden, seit sie ihn Anfang der Woche zum ersten Mal gesehen hatte, aber je länger sie ihm aus dem Weg ging, desto unangenehmer wurde die Situation.

»Einfach reden, Kins, nichts Beängstigendes. Warst du schon mal in Paris?«

Sie schüttelte den Kopf.

»Wir werden Touristen spielen und uns dabei unterhalten. Ich werde dir ein paar tolle Macarons besorgen und wir können uns vollstopfen, während wir uns den Louvre, das, was von Notre-Dame übrig ist, und natürlich den Eiffelturm ansehen. Was sagst du dazu?«

Obwohl sie *wusste*, dass sie Nein sagen und stattdessen zum Brunch gehen sollte, ertappte Kinley sich dabei, wie sie nickte. Wie konnte sie diesem Mann widerstehen? Er hatte keine Mühen gescheut, um ihr einen Vormittag in Freiheit zu verschaffen. Hatte sie nicht erst gestern Abend vor sich hin gejammert, dass sie in Paris war und noch nichts zu sehen bekommen hatte? Ihr Hotelzimmer bot einen Blick auf eine verdammte Gasse und nicht auf den Eiffelturm, wie sie gehofft hatte. Es sollte eine romantische Stadt für Verliebte sein, und sie hatte nur in ihrem Hotelzimmer gesessen, zu eingeschüchtert, um auf eigene Faust etwas zu unternehmen.

Das Lächeln, das sich auf Gages Gesicht ausbreitete, war wunderschön. »Gut. Ich verspreche dir, du wirst dich amüsieren.«

Kinley war sich da nicht so sicher – sie machte sich Sorgen wegen des Gesprächs, das er führen wollte –, aber sie würde lieber Zeit mit Gage verbringen, als in einem Raum voller Politiker an der Wand zu stehen.

Dann streckte er wie selbstverständlich die Hand aus und nahm ihr den Riemen ihrer Aktentasche ab. Er öffnete die Tür zum Treppenhaus und stellte sie in dem Flur, den sie gerade verlassen hatten, auf den Boden. Dann drehte er sich um, nahm ihre Hand und legte sie über seinen Unterarm.

In seiner Nähe fühlte sich Kinley noch unbeholfener als sonst, und das wollte etwas heißen. Die meiste Zeit über kam sie sich klein vor, aber neben Gage fühlte sie sich von ihm umgeben, anstatt wegen ihrer Größe befangen zu sein. Er war über einen halben Kopf größer als sie, und sie mochte es, ihn an ihrer Seite zu haben.

»Jangles wird deine Tasche holen und dafür sorgen, dass sie heute Nachmittag bei der Besprechung dabei ist«, sagte Gage zu ihr, während er sie die Treppe hinunterführte.

»Okay.« In ihrer Aktentasche befand sich nichts Wertvolles ... na ja, abgesehen von ihrem Laptop, der der Regierung gehörte. Ihre Brieftasche hatte sie in ihrer Handtasche, die sie sich um die Schulter geschlungen hatte.

»Was willst du zuerst sehen?«, fragte Gage, als sie durch die Empfangshalle in Richtung Ausgang gingen. »Wie wäre es mit Frühstück? Wir können in einem dieser Straßencafés anhalten und uns einen Kaffee und etwas von dem Gebäck holen, für das die Franzosen berühmt sind.«

Kinley nickte. Es war ihr egal, *was* sie taten. Sie verbrachte Zeit mit Gage, und sie wusste schon jetzt, dass sie sich für den Rest ihres Lebens an diesen Tag erinnern würde.

Ihr Kopf schien sich zu drehen, während sie spazieren gingen. Obwohl es noch früh war, waren schon viele Leute unterwegs. Die Geräusche der Bewohner, die Französisch sprachen, waren überall um sie herum und ließen dieses Abenteuer noch unwirklicher erscheinen.

Gage fand ein kleines Café und verschaffte ihr einen Sitzplatz, dann gelang es ihm sogar, ihnen ein Frühstück zu bestellen, obwohl er die Sprache nicht beherrschte. Er verständigte sich mit Händen und Füßen, und schon bald hatten sie kleine Tassen Espresso vor sich stehen und einen riesigen Teller mit süßem, dekadentem Gebäck.

»Das ist nicht mein normales Frühstück, aber da es ein besonderer Anlass ist, denke ich, dass es in Ordnung ist«, sagte Gage.

Kinley wusste, dass sie mehr tun musste, als den Mann nur anzustarren, also zwang sie sich zu fragen: »Besonderer Anlass?«

Er strahlte. »Ja. Unsere erste Verabredung.«

Kinley war verblüfft. Sie zog die Augenbrauen zusammen und schaute Gage stirnrunzelnd an.

»Ach, sieh mich nicht so an«, sagte er und griff nach ihrer Hand. »Ich wollte nicht so schnell damit anfangen, aber ich denke, es ist besser, wenn wir dieses Gespräch aus dem Weg räumen, damit wir den Rest des Tages genießen können. Ich dachte, wir hätten in Afrika beschlossen, dass wir in Kontakt bleiben.«

Es war eigentlich keine Frage, aber irgendwie war es trotzdem eine. Kinley drehte sich der Magen um. Sie hatte keine Ahnung, wie sie ihm erklären sollte, dass sie seiner Zeit nicht wert war. Dass sie seit der Sekunde, in der sie Afrika verlassen hatte, Zweifel hatte. Sie leckte sich über die Lippen und versuchte, die richtigen Worte zu finden. Aber er sprach wieder, bevor sie es konnte.

»Ich wurde darauf aufmerksam gemacht, dass du vielleicht denkst, ich mache das die ganze Zeit ... mich mit Frauen anfreunden und ihnen meine Telefonnummer und E-Mail-Adresse geben. Das tue ich nicht. Du bist die Erste, und ich lüge nicht, was das angeht. Wir hatten in Afrika nicht viel Zeit füreinander, aber ich dachte, wir würden uns gut verstehen. Ich hatte mich darauf gefreut, dich besser kennenzulernen, auch wenn es nur über das Internet war. Ich war enttäuscht, als du auf keine meiner Nachrichten geantwortet hast.«

Kinley musterte den Mann vor ihr. Er schien aufrichtig zu sein. Sie hatte allerdings nicht viel Erfahrung mit Männern. Zum Teufel, sie hatte *überhaupt keine* Erfahrung mit Männern ... außer mit Politikern. Und jedes Wort, das aus *deren* Mund kam, war eine Lüge. Hübsche Worte, um andere dazu zu bringen, sie mit ihrer Stimme oder ihrem Geldbeutel zu unterstützen.

Gage schien nicht so zu sein. Ganz und gar nicht. Sie wollte ihm glauben ... aber er musste verstehen, dass sie nicht wie die meisten Frauen war.

»Ich bin noch Jungfrau«, platzte es aus ihr heraus.

Die vier Worte hingen während einer langen Pause in der Luft zwischen ihnen und Kinley wäre am liebsten gestorben.

Das war es, was sie gedacht hatte, aber sie hatte nicht vorgehabt, es einfach so herauszuposaunen.

»Ich meine ... ich bin nicht wie die Frauen, die du in der Vergangenheit gekannt hast. Ich bin eine Außenseiterin. Ich gehe aus und unternehme etwas, aber meistens allein und nicht mit Freundinnen. Aber ich bin *gern* allein. Ich werde nicht depressiv, wenn ich das ganze Wochenende in meiner Wohnung sitze und nichts unternehme oder irgendwohin gehe. Ich bin vollkommen glücklich mit mir selbst als Gesellschaft. Die meisten Leute denken, ich sei seltsam. Und ich *bin* seltsam. Ich bin nicht gut in Beziehungen. Ich hatte nie jemanden, dem ich beim Aufwachsen zusehen konnte, um mir zu zeigen, wie sie geführt werden sollten. Ich sage ständig das Falsche, wie gerade eben, und das ist mir peinlich.

Ich ... ich habe dir nicht zurückgeschrieben, weil ich wusste, dass du nach einer Weile merken würdest, wie seltsam ich bin. Dann würdest du einen Weg finden müssen, dich von mir zu distanzieren. Ich dachte, ich würde eines Tages aufwachen und feststellen, dass ich eine Weile nichts von dir gehört habe, und wenn ich dich danach fragen würde, würdest du mir sagen, dass du nur beschäftigt warst, und das wäre es dann.«

Kinley merkte, dass sie außer Atem war, als sie zu Ende gesprochen hatte, aber sie wollte so ehrlich wie möglich zu Gage sein. »Wenn du Zeit mit mir verbringst, weil du mit mir schlafen willst, dann wird das nicht passieren.«

»Atme, Kinley«, sagte Gage ruhig, griff hinüber und nahm ihre Hand in seine. »Zunächst einmal bin ich von dir fasziniert, *weil* du anders bist als alle Frauen, die ich bisher kennengelernt habe. Ich finde es großartig, dass du allein mit dir selbst glücklich bist. Du brauchst niemanden, der deine Vorlieben und Abneigungen bestätigt. Du bist, wer du bist, und das ist wirklich erfrischend. Es ist mir scheißegal, ob du seltsam bist. Ich *mag* deine seltsame Art.

Ich werde nicht eines Tages aufwachen und versuchen, einen Weg zu finden, aus unserer Freundschaft herauszukommen. Ehrlich gesagt denke ich, dass du diejenige sein wirst, die *meiner* überdrüssig wird. Kins, es ist mehr als offensichtlich, dass du klüger bist als ich. Du bist netter, geduldiger und ganz sicher ein besserer Mensch. Warum du es überhaupt in Erwägung ziehst, mit mir befreundet zu sein, ist mir unbegreiflich, und doch will ich das mehr, als ich in Worte fassen kann.

Außerdem ... denkst du, es törnt mich ab, dass du noch Jungfrau bist?«, fragte er und sein Ton wurde leiser. »Das tut es nicht. Aber um das klarzustellen, im Moment will ich nur dein Freund sein. Fühle ich mich zu dir hingezogen? Ja. Aber meine Tage der One-Night-Stands sind vorbei. Ich will eine Frau kennenlernen, bevor ich meinen Körper mit ihr teile. Ich will wissen, was sie glücklich macht, welche Filme sie mag. Ich will ihre Freundinnen und Familie kennenlernen und eine tiefe Verbindung spüren, bevor wir miteinander ins Bett hüpfen. Vielleicht höre ich mich dadurch wie ein Weichei an, aber das ist mir egal.«

»Ich habe weder Freundinnen noch Familie«, gab Kinley leise zu. Sie konnte den Ausdruck auf seinem Gesicht nicht lesen, aber sie wollte sein Mitleid nicht, also fuhr sie fort: »Ich habe dir schon gesagt, dass ich ein komischer Mensch bin. Ich habe nicht gelogen. Ich bin in einer Reihe von Pflegefamilien aufgewachsen, und keiner der Erwachsenen wollte mich je adoptieren. Wahrscheinlich weil ich die meiste Zeit in meinem Zimmer abhing und las, anstatt mit jemandem im Haus zu interagieren. Ich konnte einige Stipendien für das College bekommen – ein Pflegekind zu sein hat dabei geholfen – und als ich meine letzte Pflegefamilie verließ, nahm ich alle meine Sachen mit und kehrte nie wieder zurück ... nicht dass ich jemals eingeladen wurde.

Ich verbrachte meine ganze Zeit am College mit dem Lernen, und als ich meinen Abschluss machte, bekam ich dank eines meiner Praktika einen Job in D.C. Ich habe versucht, ein paar Freundinnen zu finden, aber alle sind zu sehr daran interessiert, die politische Karriereleiter hinaufzuklettern, und ich habe nach ein paar schmerzhaften Fehlern gelernt, dass ich jemand sein muss, der ich nicht bin, um Freunde zu haben.« Sie zuckte mit den Schultern. »Es ist einfacher, allein in meiner Wohnung herumzuhängen.«

»Jetzt hör mir mal gut zu«, sagte Gage, legte ihr eine Hand in den Nacken und lehnte sich an sie.

Kinley erstarrte. Seine Hand auf ihrer Haut fühlte sich gut an. Wirklich gut. Ihre Brustwarzen wurden hart unter ihrem weißen Baumwoll-BH und sie war wirklich schockiert von der Reaktion ihres Körpers.

»Hörst du mir zu?«, fragte er und Kinley konnte seinen warmen Atem an ihrer Wange spüren.

Sie nickte.

»Ich möchte, dass du bei mir genau so bist, wie du bist. Ich mag dich, Kinley. Dass du nicht so bist wie andere Menschen, wen kümmert das? Das macht dich einzigartig. Ich werde *meine* Freunde mit dir teilen. Und meine Familie. Ich habe zwar keine Geschwister, aber meine Eltern würden dich lieben. Sie würden dich sicher gern adoptieren, allerdings möchte ich auf keinen Fall, dass du meine Schwester bist ... selbst wenn es nur auf dem Papier steht.«

Kinley wagte kaum zu atmen. Sie konnte lediglich in Gages braune Augen starren und sich fragen, wie zum Teufel sie das Glück gehabt hatte, sein Interesse zu wecken.

»Gib mir einfach eine Chance«, bat Gage. »Wir sind alle auf unsere eigene Weise seltsam. Du weißt, was ich beruflich mache, und es wird Zeiten geben, in denen ich nicht erreichbar bin und nicht mit dir kommunizieren kann. Das kann eine Woche sein oder auch zwei Monate. Aber gib mich nicht auf, okay?«

Kinley nickte. »Okay.«

»Ich dachte, ich hätte etwas getan oder gesagt, das dich wütend gemacht hat«, fuhr Gage fort. »Ich habe mir das Hirn zermartert, um herauszufinden, was ich getan habe, dass du mir den Laufpass gegeben hast. Ich habe das Gefühl gehasst ...

weil ich dich mag, Kins. Ich mag deine Unschuld, und ich spreche nicht von Sex – obwohl es auch hier *nicht* abtörnend ist zu wissen, dass dich noch nie jemand berührt hat –, ich spreche von der Art, wie du die Welt siehst. Es ist, als könntest du direkt in das Herz der Menschen sehen. Du kannst durch den Blödsinn hindurchsehen. Ich denke, das ist es, was mich von Anfang an an dir fasziniert hat. Du sahst mich an und sahst keinen großen, furchterregenden Soldaten, sondern Gage. Und niemand sieht *mich* auf den ersten Blick.«

»Du hast nichts Falsches gesagt oder getan, das war ich«, sagte Kinley leise.

»Okay«, entgegnete Gage. Sie starrten sich einen kurzen Moment lang an, bevor er fragte: »Du spürst es auch, nicht wahr?«

Sie hatte ihn noch nie so unsicher klingen hören. Aber sie brauchte ihn nicht zu fragen, was er meinte. Sie wusste es. Kinley nickte.

Er strich mit dem Daumen einmal über ihren Unterkiefer, bevor er seine Hand fallen ließ und sich in seinem Stuhl zurücklehnte. Er stupste ihren Arm an und sagte: »Iss auf, Kins. Wir haben heute Vormittag einiges zu tun, vor allem, wenn wir alles sehen wollen, bevor ich dich zurück zur Konferenz bringen muss.«

Kinley nahm das Croissant auf, das vor ihr auf dem Teller lag, aber bevor sie einen Bissen nahm, sagte sie: »Wenn du noch einmal das Risiko eingehen und mir eine E-Mail oder eine Nachricht schreiben willst ... ich werde antworten.«

Das Lächeln, das sich über sein Gesicht legte, gefiel ihr. »Das würde ich gern tun«, entgegnete er schlicht.

Aber aus irgendeinem Grund konnte Kinley es nicht dabei belassen. »Manchmal vergesse ich, meine Nachrichten abzurufen, denn es ist ja nicht so, dass ich außer Walter noch jemanden habe, der mir schreibt, also wenn ich mich nicht sofort melde, denk nicht, dass ich dich wieder ignoriere, okay?«

»Okay, Kins. Ich erwarte nicht, dass du dich innerhalb von

zehn Sekunden bei mir meldest oder so. Schließ mich nur nicht wieder aus.«

»Das werde ich nicht, versprochen.«

Sie starrten sich einen weiteren langen Moment an. Kinley fühlte sich so verletzlich wie noch nie. Sie versuchte, Gage ihre Aufrichtigkeit erkennen zu lassen. Schließlich nickte er und deutete auf ihr Croissant. »Iss, Kinley.«

»Herrisch«, murmelte sie.

Er grinste. »Jup.«

Grinsend tat sie, wie geheißen.

Ein paar Stunden später, nachdem sie die Champs-Élysées besucht und den Triumphbogen besichtigt, ein paar Fotos vor dem Louvre gemacht und Macarons gegessen hatten, bis ihnen der Magen wehtat, waren sie auf dem Weg zum Eiffelturm.

»Willst du hochfahren?«, fragte Lefty Kinley.

Sie neigte den Kopf nach hinten und starrte mit großen Augen zu dem französischen Wahrzeichen hinauf. »Nein.«

»Nein?«, fragte Lefty erstaunt.

»Nein«, bestätigte sie. »Ich habe ein bisschen recherchiert, bevor ich D.C. verlassen habe … nicht dass ich erwartet hätte, die Chance zu bekommen, den Turm so aus der Nähe zu sehen, sondern … nur so. Wie auch immer, die dritte Etage ist nicht besonders groß. Es gibt dort nicht viel Platz. Ich glaube nicht, dass es dir da oben gefallen würde, und du würdest überhaupt nicht gut reinpassen. Und … ich mag es nicht, anderen Menschen so nahe zu sein. Ich … er ist einfach wunderschön von hier unten, ich würde das nicht ruinieren wollen, indem ich nach oben fahre und das Graffiti sehe, das es dort mit Sicherheit gibt.«

»Okay, Kins, wir können hier unten bleiben«, sagte Lefty. Er wollte ihr helfen, ihre offensichtliche Angst vor dem Turm zu überwinden, aber in Wahrheit hatten sie nicht viel Zeit, um in der langen Schlange für die Eintrittskarten zu warten. Er wusste nicht, ob sie Höhenangst hatte oder ob es wirklich nur daran lag, dass sie so nahe an anderen sein würde, aber er wollte ihr helfen, ihre Ängste zu überwinden.

Kleine Schritte, erinnerte er sich. Heute ging es darum, dass Kinley Spaß hatte, nicht darum, all ihre Ängste an einem Tag zu verbannen.

Sie hatte den Blick nicht von dem Turm abgewandt und Lefty grinste. Er nahm ihren Ellbogen und führte sie vorsichtig zu einer Bank in der Nähe. Sie setzte sich hin, immer noch den Blick nach oben gerichtet, und Lefty unterbrach ihre Gedanken nicht.

Sie hatte recht, sie redete nicht viel, aber wenn sie es tat, schien er immer etwas zu erfahren. Sie hatte nicht in den Louvre gehen wollen, weil sie gesagt hatte, es sei das größte Museum der Welt und um ihm gerecht zu werden, bräuchten sie Stunden, um sich alles anzuschauen. Sie hatte ihn auch darüber informiert, dass der Geist einer Mumie namens Belphegor im Museum spuken sollte.

Er hatte es gehasst zu hören, dass sie weder Freundinnen noch Familie hatte, aber er glaubte nicht, dass sie ihm das gesagt hatte, um Mitleid zu erregen. Sie hatte es auf dieselbe sachliche Art gesagt, mit der sie ihm von ihrem Lieblingsrestaurant erzählt hatte, dass sie am liebsten Vanille-Macarons aß und was sie täglich in ihrem Job tat. Für sie war es einfach eine Tatsache in ihrem Leben, und das brachte Lefty dazu, ihr umso mehr zeigen zu wollen, was wahre Freundschaft war. Er wollte sie Gillian vorstellen, sie mit den anderen Jungs aus seinem Team abhängen lassen, ihr zeigen, dass sie sympathisch und wertvoll war.

Er hatte sich bemüht, ihr Eingeständnis, dass sie noch Jungfrau war, zu verdrängen, aber natürlich konnte er nicht aufhören, daran zu denken. Er wusste, dass sie neunundzwanzig war, und es machte ihn stutzig, dass sie noch mit keinem Mann geschlafen hatte. Die Männer um sie herum mussten komplette Idioten sein, was nicht gerade eine Überraschung war, wenn man bedachte, dass sie in politischen Kreisen verkehrte, aber trotzdem.

Sie hatte während der letzten Stunden noch ein paar andere Dinge ausgeplaudert, und so wie er es verstanden hatte, hatte sie nur eine Handvoll fester Freunde in ihrem Leben gehabt, aber sobald sie anfingen, mehr von ihr zu verlangen, als sie geben wollte – sei es körperlich oder sogar gesellschaftlich –, hatte sie Schluss gemacht. Sie hatte zugegeben, dass es einfacher war, sich selbst um ihre körperlichen Bedürfnisse zu kümmern, als sich mit dem Ego der Männer auseinanderzusetzen.

Lefty hätte gelogen, wenn er behauptet hätte, dass es ihm nichts ausmachen würde, Kinley zu zeigen, was es mit dem ganzen Getue um Sex auf sich hatte. Aber ein paar Stunden reichten nicht aus, um mehr zu tun, als zu versuchen, die Verbindung zu festigen, die er zwischen ihnen spürte.

Fernbeziehungen waren ätzend, und wenn er ihr wenigstens ein Freund sein konnte, würde er sich für den Augenblick damit zufrieden geben.

Er behielt den Blick auf Kinley gerichtet, während sie zum Turm hinaufstarrte. Er hatte keine Ahnung, was ihr durch den Kopf ging, und das fand er verdammt faszinierend. Er könnte sie einfach fragen, was sie dachte, aber er genoss es zu sehr, ihr dabei zuzusehen, wie sie die Welt um sich herum in sich aufnahm, um sie zu unterbrechen.

Nach weiteren fünf Minuten blinzelte sie und drehte den Kopf zu ihm. »Ist dir langweilig?«, fragte sie.

»Nein«, antwortete Lefty ihr ehrlich.

Sie runzelte die Stirn. »Den meisten Menschen wäre es inzwischen langweilig.«

Lefty zuckte mit den Schultern. »Ich bin nicht wie die meisten Menschen.« Er schaute auf die Uhr, dann wieder zu ihr. »Wir haben noch zwei Stunden, bevor wir zurück zur

Konferenz müssen. Wenn du die Zeit hier verbringen und den Eiffelturm betrachten willst, werden wir das tun.«

»Was willst du denn machen?«, fragte sie.

»Was immer du willst«, antwortete Lefty, ohne zu zögern.

Sie runzelte die Stirn und Lefty fand das verdammt niedlich. »Es macht dir nichts aus, wenn ich nur hier sitze und nicht mit dir rede?«

»Nein.«

»Wenn ich dich total ignoriere?«

»Nein«, sagte er wieder.

Sie gab einen kleinen kehligen Laut von sich, sah dann wieder zu dem riesigen Turm vor ihnen hoch und sagte nichts weiter. Sie rutschte mit dem Hintern auf dem Sitz nach unten, bis ihr Kopf auf der Bank hinter ihnen ruhte. Lefty machte es sich neben ihr bequem.

Keiner von beiden sagte ein Wort, aber als Lefty ihre Hand in seine nahm, wich sie nicht zurück. Wenn Kinley tatsächlich »seltsam« war, dann beschloss Lefty in diesem Moment, dass er seltsam mochte. Und zwar verdammt gern.

Nach weiteren zehn Minuten, in denen sie den Eiffelturm bestaunte, beschloss sie, dass sie fertig war. Er hatte sie dazu gebracht, lange genug stillzustehen, damit er ein Foto von ihr davor machen konnte, bevor sie fragte, ob Notre-Dame zu weit weg sei. Er versicherte ihr, dass dem nicht so sei, und sie machten sich auf den Weg. Sie sprachen nicht, während sie gingen. Kinley nahm einfach die Sehenswürdigkeiten und Geräusche um sie herum auf.

Lefty war nicht überrascht, als Kinley mitten auf dem Platz vor Notre-Dame stehen blieb und einfach zu dem wunderschönen alten Gebäude hinaufstarrte. Er hielt Wache und achtete darauf, dass niemand sie anrempelte, während sie die Kathedrale in Augenschein nahm.

»Ich habe geweint, als ich in den Nachrichten sah, wie es hier brannte«, sagte sie nach einem Moment. »Ich bin froh, dass die Glasmalereien es unbeschadet überstanden haben.«

»Ich auch«, sagte er. Dann traf Lefty eine blitzschnelle Entscheidung und zückte sein Handy. Er wusste, dass seine Mutter eine Frühaufsteherin war. Ein *sehr* frühe Frühaufsteherin. Sie ging abends gegen acht ins Bett und stand jeden Morgen gegen vier auf. Als er ihr einmal vorgeworfen hatte, dass sie verrückt sei, hatte sie nur mit den Schultern gezuckt und ihm gesagt, dass sie den Morgen mochte, weil dann alles ruhig und still war.

Da er wusste, dass sie wahrscheinlich schon auf sein würde, selbst so früh, wie es in Kalifornien war, tippte er auf die Nummer seiner Mutter und stellte sie auf Lautsprecher. Als es klingelte, spürte er, wie Kinley ihn anstarrte. Er begegnete ihrem Blick, als seine Mutter abnahm.

»Hey, mein Sohn. Alles in Ordnung?«

»Ja, mir geht's gut. Ich bin in Paris«, sagte er ohne lange Vorrede.

»Paris?«, hauchte seine Mutter. »Bitte sag mir, dass du auch ein bisschen was zu sehen bekommst.«

Lefty lachte leise. »In der Tat, das tue ich, deshalb rufe ich an. Ich werde dich über FaceTime anrufen, ist das in Ordnung?«

»Natürlich. Es ist ja nicht so, dass ich hier nackt stehe und beschlossen habe, dass ich genauso gut ans Telefon gehen könnte, wenn mein einziges Kind anruft.«

Lefty lächelte und er liebte das Kichern, das Kinley entfuhr. Er klickte auf eine Taste, damit seine Mom ihn sehen konnte.

»Hey, Baby«, sagte seine Mom leise, als sie sein Gesicht erblickte.

»Hey, Mom«, sagte Lefty. »Du siehst toll aus.«

Sie rollte mit den Augen und schüttelte den Kopf. »Was bist du nur für ein Schmeichler«, warf sie ein.

»Du weißt, dass ich nie lüge«, sagte er. »Bevor ich dir

erzähle, warum ich angerufen habe, möchte ich dir noch jemanden vorstellen.«

»Gage, nein«, flüsterte Kinley, aber er ignorierte sie.

»Mom, ich möchte dir Kinley Taylor vorstellen. Kinley, das ist meine Mutter, Molly.«

»Hallo, Kinley«, sagte seine Mutter, während Lefty Kinley an seine Seite zog, damit ihr Gesicht mit seinem auf dem Bildschirm zu sehen war. »Ich liebe dein Haar! Die schwarze Farbe strahlt in der Sonne geradezu.«

»Ähm ... danke. Ich habe es heute Morgen gewaschen«, sagte Kinley und Lefty spürte, wie sie sich versteifte, als wäre es ihr peinlich, was sie gerade herausposaunt hatte.

Aber seine Mutter ließ sich nichts anmerken. »Schön. Ich schwöre, ich bin süchtig nach diesem Trockenshampoo-Zeug. Kaden, mein Mann, muss mich an manchen Tagen zwingen, unter die Dusche zu steigen.«

Lefty spürte, wie Kinley sich neben ihm entspannte. »Ich habe es noch nicht ausprobiert. Funktioniert es wirklich?«

»Oh, Liebes«, sagte seine Mutter, »allerdings. Es ist erstaunlich! Ich sage Gage, er soll mir deine E-Mail-Adresse geben, und dann schicke ich dir die Namen der Produkte, die meiner Erfahrung nach am besten funktionieren. Sie sind nicht alle gleich gut, weißt du.«

»Danke«, sagte Kinley.

»Wie auch immer, Mom, ich habe angerufen, weil wir gerade vor Notre-Dame stehen«, sagte Lefty.

»Das tut ihr nicht!«, rief seine Mutter aus.

Lefty lachte leise. »Würde ich dich aus Paris anrufen und wegen so etwas lügen?«

»Nicht, wenn du den morgigen Tag noch erleben willst«, erwiderte seine Mutter. »Lass mich sehen! Deine hässliche Visage sehe ich ständig. Aber Notre-Dame habe ich noch nie persönlich gesehen.«

»Allein deswegen sollte ich dir die Kathedrale nicht zeigen«, stichelte er. Er wandte sich an Kinley. »Meine Mutter liebt Notre-Dame. Solange ich denken kann, ist sie in dieses Gebäude verliebt. Es gab Zeiten in meiner Kindheit, in denen ich dachte, sie würde es mehr lieben als mich. Einmal habe ich einen Kumpel, der hier einen Einsatz hatte, gebeten, für ihren Geburtstag eine Zeichnung eines Straßenkünstlers von der Kathedrale mitzubringen. Ich dachte, meine Mutter würde sterben, als sie das Bild sah.«

»Ach, halt die Klappe«, beschwerte sich seine Mutter.

Lefty stichelte weiter und zog den Moment für seine Mom in die Länge. »Sie hatte auch mal geplant, mit Dad nach Paris zu fahren, aber sie musste sich einer Notoperation am Blinddarm unterziehen, und sie konnten die Reise leider nicht antreten.«

»Gage«, drohte seine Mom. »Dreh das verdammte Telefon um oder ich schwöre, ich erzähle Kinley, wie du dir in die Hose gepinkelt hast, als du bei Disney in der Schlange standest, um Mickey Mouse zu sehen.«

»Ich war vier«, erzählte er Kinley mit einem Augenzwinkern. »Und Mickey war mein Held. Natürlich habe ich mir in die Hose gepinkelt.«

»Gage!«, jammerte Molly Haskins.

Bevor er seine Mutter von ihrem Elend erlösen konnte, nahm Kinley das Telefon, änderte die Richtung der Kamera und richtete sie auf das Gebäude. »Aus diesem Blickwinkel kann man kaum erkennen, dass es gebrannt hat«, erklärte Kinley seiner Mutter. »Wie man sieht, ist die Glasmalerei noch fast perfekt.«

Dann, als hätte sie ihr ganzes Leben lang Führungen durch Notre-Dame gegeben, fuhr Kinley fort, seiner Mutter den Nervenkitzel ihres Lebens zu bescheren, indem sie herumging und ihr jede Kleinigkeit zeigte.

Lefty störte das nicht im Geringsten. Er fand es toll, dass seine Mutter und Kinley sich anfreundeten. Er hatte die Besessenheit seiner Mutter von Notre-Dame immer für etwas seltsam gehalten, aber zu sehen, wie ihre Liebe dazu von Kinley gestärkt wurde, war ein Geschenk.

»Und das hier sieht man auf keinem der Bilder von der Kathedrale«, sagte Kinley und zeigte mit dem Telefon auf ihre Füße. Sie standen auf dem Platz vor dem Gebäude und blickten auf einen in den Stein eingravierten Kompass. »*Point zéro des routes de France*«, sagte Kinley und übersetzte dann: »Nullpunkt der französischen Straßen. Dieser Punkt zeigt an, wo alle Entfernungen von und nach Paris gemessen werden.«

Er hörte seine Mutter zufrieden seufzen. »Danke für die Tour«, sagte sie zu Kinley, nachdem sie das Telefon wieder vor ihr Gesicht gehalten hatte, um in die Kamera zu schauen. »Du hast ja keine Ahnung, was mir das bedeutet hat. Irgendwann werde ich es schaffen, dorthin zu fahren, aber die Kathedrale heute zu sehen und zu hören, wie du mir alles darüber erzählst, war etwas Besonderes.«

Lefty sah, dass Kinley nicht wusste, was sie antworten sollte, also legte er seinen Arm um ihre Schultern und zog sie an seine Seite, streckte die Hand aus und nahm ihr das Telefon ab. »Alles, was du über irgendetwas wissen willst, kann Kinley dir wahrscheinlich erzählen«, sagte er zu seiner Mutter. »Sie ist superschlau.«

»Im Moment möchte ich nur wissen, wann mein Junge die Zeit findet, seine Eltern zu besuchen«, witzelte Molly.

Lefty lächelte. »Hoffentlich bald, Mom.«

Sie sah Kinley an. »Das sagt er immer. Ich wette, du sagst das nicht zu deinen Eltern.«

»Ich habe keine«, entgegnete Kinley unverblümt.

»Oh. Nun, Mist, da bin ich wohl ins Fettnäpfchen getreten, nicht wahr?«, sagte seine Mutter mit einem kleinen Kopfschütteln. »Wenn das so ist, solltest du vielleicht mal Kaden und mich besuchen. Da unser Sohn uns vernachlässigt, können wir dir San Francisco zeigen. Wir würden uns freuen, wenn du herkommst. Jede Freundin von Gage ist auch eine Freundin von uns. Warst du schon mal hier? Wir können Eintrittskarten für Alcatraz besorgen. Es ist faszinierend. Und die Seelöwen unten am Pier sollte man auch mal gesehen haben ...«

»Mom«, unterbrach er.

»Was?«

»Nun mal langsam mit den jungen Pferden«, bat er sie.

Er war überrascht, als er ein leises Kichern von Kinley hörte. Er sah sie mit einer hochgezogenen Augenbraue an.

»Nun mal langsam mit den jungen Pferden? Hast du das wirklich gerade zu deiner Mutter gesagt?«, fragte sie.

»Das hat er«, beschwerte sich seine Mutter. »Siehst du, wie beleidigend er ist?« Aber sie lachte, als sie es sagte. »Ich mag dich, Kinley. Und es war mir ernst mit meiner Einladung. Ich kann mir nicht vorstellen, wie es sich anfühlt, seine Eltern verloren zu haben, und ich bin mehr als bereit, eine Leihmutter für dich zu sein.«

»Es ist dir nicht erlaubt, Kinley zu adoptieren, Mom«, sagte Lefty mit strenger Stimme. Kinley sah zu ihm auf und er fuhr fort: »Du kannst dich mit ihr anfreunden, ihr Schönheitstipps geben und sie dazu verleiten, wochenlang nicht zu duschen, aber du und Dad dürft sie unter keinen Umständen adoptieren.«

»Warum nicht?«, fragte Molly.

Lefty hob nur die Augenbrauen.

»Oooooh!«, sagte seine Mutter. »Also gut. Okay, keine Adoption, denn es wäre doch peinlich, wenn du anfängst, mit deiner Schwester auszugehen, oder?«

»Mom!« Lefty schüttelte den Kopf. »Du bist unmöglich.«

»Das habe ich von meinem Kind gelernt«, sagte sie lächelnd, dann wandte sie die Aufmerksamkeit wieder Kinley zu. »Ich meine es ernst, Liebes. Wenn du eine Pause von all den Arschlöchern in D.C. brauchst, bist du herzlich eingeladen, uns zu besuchen. Und bevor du fragst: Gage hat uns schon ein bisschen von dir erzählt, wie er dich in Afrika kennengelernt hat und dass du in D.C. arbeitest. Wir haben mehr als genug Platz in unserem Haus, damit du so lange bleiben kannst, wie du willst. Mein Mann wird dich zu Tode langweilen, indem er dir sein Zimmer mit Sportmemorabilien zeigt – glaub ihm nicht, wenn er dir sagt, dass es Gages Erbe ist, es ist alles Schrott –, und ich werde dich einen Abend ins Castro-Viertel ausführen und wir werden in den Schwulenbars dort feiern. Das ist wirklich lustig, und die Jungs sind so unterhaltsam.«

»Okay, das war's. Ich lege jetzt auf«, sagte Lefty.

Kinley legte ihre Hand auf seinen Unterarm und er wusste, dass er den ganzen Tag dastehen und sich anhören würde, wie seine Mutter davon sprach, sich in einem Nachtklub für Schwule zu betrinken, wenn Kinley es wollte.

»Danke«, sagte sie. »Ich war noch nie in San Francisco. Sollten du und dein Mann jemals nach D.C. kommen, bin ich gern euer Reiseleiter. Ich habe selbst noch nicht alles gesehen, da ich dazu neige, viel drinnen zu bleiben, aber ich werde herausfinden, wo die guten Schwulenbars zu finden sind, und dann werden wir zusammen ausgehen.«

Molly Haskins warf den Kopf zurück und lachte hysterisch. »Das würde ich gern, danke, Kinley. Mein Sohn, würdest du jetzt bitte den Videochat und den Lautsprecher ausstellen.«

Lefty kam ihrer Bitte nach und hielt sich das Handy ans Ohr. »Hey, Mom.«

»Ich mag sie«, sagte sie sofort. »Sie ist anders als alle Frauen, mit denen du bisher ausgegangen bist. Sie ist klug und witzig und zu gut für jemanden wie dich.«

Lefty verschluckte sich fast. »Danke, Mom«, murmelte er.

»Geh behutsam mit ihr um«, schlug sie vor. »Sie ist schüchtern und ich nehme an, sie ist jemanden wie dich nicht gewohnt.«

»Jemanden wie mich?«, fragte Lefty.

»Ja. Jemanden, der gut ist. Der sie wie eine Prinzessin behandelt und der ihr nicht wehtun will.«

Es fühlte sich toll an zu wissen, dass seine Mutter ihn so sah. »Das werde ich.«

»Gut. Und sorge dafür, dass sie weiß, dass es mir ernst war

mit der Einladung hierherzukommen. Und wenn es ihr nicht ernst damit war, dass Kaden und ich nach D.C. fahren, lass es mich wissen. Denn ich werde diese Reise auf jeden Fall planen.«

»Okay.«

»Und Gage?«

»Ja?«

»Danke, dass du mir Notre-Dame gezeigt hast. Das bedeutet mir die Welt.«

Lefty schloss die Augen und seufzte. »Ich hab dich lieb, Mom.«

»Ich hab dich auch lieb, mein Sohn. Und jetzt … ab mit dir. Geh die Welt retten oder so.«

»Mach ich. Ich rufe an, wenn ich wieder in den Staaten bin.«

»Tu das«, sagte sie. »Tschüss.«

»Tschüss.«

Lefty beendete das Gespräch und betrachtete Kinley, die ihn mit leuchtenden, neugierigen Augen anstarrte. »Sie mag dich und wollte sichergehen, dass ich das weiß. Und sie hat mir gesagt, dass du zu gut für mich bist.«

»Nein, hat sie nicht«, protestierte Kinley.

Lefty nahm ihre Hand noch einmal in seine und ging langsam zurück in Richtung ihres Hotels. »Doch, das hat sie«, sagte er. »Und sie wollte auch, dass ich herausfinde, ob es dir ernst damit ist, für sie den Reiseleiter zu spielen, wenn sie nach Washington, D.C. kommen.«

Kinley zuckte mit den Schultern. »Ja, obwohl ich darin wahrscheinlich eine Niete wäre, da ich außer den Museen selbst noch nicht viel gesehen habe. Aber ich kann ein paar Nachforschungen anstellen, wenn ich weiß, wofür sie sich am meisten interessieren. Ich kann herausfinden, welche Museen ihnen gefallen würden, und Eintrittskarten besorgen. Vielleicht kann ich ihnen sogar eine Führung durch das Weiße Haus verschaffen, wenn sie das möchten.«

Lefty blieb stehen und legte seine freie Hand an ihren Nacken, wie er es schon beim Frühstück getan hatte, und spürte, wie Elektrizität in einem Bogen durch seinen Körper schoss. »Wenn sie zu Besuch kommen, werden sie nur daran interessiert sein, dich kennenzulernen, Kinley. Du kannst sie in ein Museum mitnehmen, wenn du willst, oder zu einigen der Denkmäler, aber sie würden sich nur dafür interessieren, Zeit mit dir zu verbringen.«

»Aber ... ich kenne sie doch gar nicht«, protestierte sie.

»Du hast gerade dreißig Minuten damit verbracht, meiner Mutter einen Herzenswunsch zu erfüllen«, sagte Lefty zu ihr. »Du hast keine Ahnung, wie tief ihre Besessenheit von Notre-Dame geht. Als du gesagt hast, dass du beim Betrachten der Aufnahmen von der brennenden Kathedrale geweint hast, wusste ich, dass du und sie perfekt miteinander auskommen würdet. Und ich hatte recht. Danke, dass du meine Mutter nicht für verrückt hältst, weil sie diesen Steinhaufen so sehr liebt.«

»Sie ist nicht verrückt«, protestierte Kinley. »Ich mag sie.«

»Gut. Weil sie dich auch mag. Und ich habe es ernst gemeint: Wage es nicht, irgendwelche Papiere zu unterschreiben, damit meine Eltern dich adoptieren. Es wäre tatsächlich peinlich für mich, mit meiner Stiefschwester auszugehen.«

Erstaunlicherweise kicherte Kinley, aber sie wurde schnell wieder nüchtern. »Sie werden mich nicht adoptieren wollen. Keiner will mich.«

»Falsch«, sagte Lefty mit Nachdruck. »Ich will dich als meine Freundin. Gillian, Triggers Verlobte, wird dich als Freundin wollen, sobald sie dich kennengelernt hat. Der Rest der Jungs in meinem Team will dich ebenfalls als Freundin haben. Zum Teufel, sogar Jangles und sein Team mögen dich. Du bist nicht mehr allein, Kinley, verstanden?«

Sie starrte ihn so lange an, dass Lefty Angst hatte, er hätte zu viel Druck ausgeübt. Dass sie zustimmen würde, nur um ihn zum Schweigen zu bringen. Aber stattdessen schloss sie die Augen, holte tief Luft und nickte.

»Sieh mich an, Kins.« Sofort öffnete sie die Augen wieder. »Wenn du mich brauchst, bin ich da, ohne Fragen zu stellen«, versicherte Lefty ihr. »Auch wenn du nur jemanden brauchst, bei dem du dich über deinen Tag beschweren kannst, okay?«

»Okay«, flüsterte sie. »Aber du solltest etwas wissen.«

»Was?«

»Donald Duck ist interessanter und hat mehr Persönlichkeit als Mickey Mouse.«

Lefty schnaubte. »Als ob«, sagte er, nahm seine Hand von ihrem Nacken und zog sie an seine Seite. Er musste ihre Hand loslassen, um das zu tun, aber sie fühlte sich gut an, so an ihn geschmiegt.

»Es ist wahr. Er ist witziger und hat eine viel stärkere Präsenz auf dem Bildschirm als Mickey«, erklärte Kinley mit einem kleinen Grinsen.

Als sie zur Konferenz zurückgingen, wurde Lefty klar, dass er während der letzten fünf Stunden so viel Spaß gehabt hatte wie schon lange nicht mehr. Er hatte Kinley schon gemocht, als er sie mitten in einer Krise kennengelernt hatte, aber als er mit ihr in einer entspannten Atmosphäre abhing, war selbst er fast überrascht, wie sehr er sich zu ihr hingezogen fühlte.

Sie flirteten während eines kurzen Mittagessens in einem anderen Café und er erfuhr mehr darüber, wer Kinley als Mensch war, als sie ein Mittagessen zum Mitnehmen bestellte und es einem Obdachlosen gab, den sie auf einer Bank gegenüber des Cafés hatte sitzen sehen.

Da er wusste, dass er wenig bis gar keine Zeit mit ihr haben würde, sobald sie sich wieder an die Arbeit machte, hielt er sie kurz vor dem Gebäude an, in dem die Konferenz stattfand.

»Du redest doch weiterhin mit mir, wenn du nach Hause kommst, oder?«, fragte er, den Schmerz, ignoriert worden zu sein, noch frisch im Gedächtnis.

»Ich verspreche es«, sagte Kinley, griff nach seiner Hand

und drückte sie. Es war das erste Mal, dass *sie ihn* berührte. »Wie ich schon sagte, werde ich versuchen, meine E-Mails und SMS öfter zu lesen, aber es könnte eine Weile dauern, bis ich eine neue Routine finde. Ich bin es einfach nicht gewohnt, mit anderen Menschen zu sprechen.«

»Okay, ich kann geduldig sein. Und wenn ich auf eine Mission geschickt werde, werde ich dir sicher sagen, wie lange ich wahrscheinlich weg sein werde. Es wird aber immer nur eine Vermutung sein«, warnte er sie.

»Ich verstehe«, sagte sie und Lefty hatte das Gefühl, dass sie es wirklich tat.

»Ich weiß nicht, wann unsere Wege sich wieder kreuzen werden, aber ich freue mich schon darauf«, sagte er zu ihr.

»Ich mich auch«, entgegnete sie schüchtern. »Ich kann nicht versprechen, dass ich die beste Freundin der Welt sein werde, einfach weil ich nicht weiß wie, aber ich werde es versuchen.«

»Sei einfach du selbst«, sagte Lefty zu ihr. »Das ist alles, was ich will.«

»Okay«, erwiderte sie schüchtern.

»Okay«, wiederholte Lefty. Er wollte sie küssen, aber es fühlte sich nicht richtig an. Stattdessen führte er ihre Hand zu seinem Mund und küsste ihre Finger. »Sei vorsichtig da draußen, Kins. Pass auf dich auf, und wenn du mich brauchst, brauchst du nur zu rufen.«

»Danke«, sagte sie.

Sie standen einen langen Moment auf dem Bürgersteig und starrten sich an, bevor Lefty sich zwang, ihre Hand loszulassen. Er ging einen Schritt zurück. Sie winkte ihm zu und trat ebenfalls einen Schritt zurück. Sie stieß gegen die Tür und rümpfte die Nase über ihre Ungeschicklichkeit. Dann drehte sie sich um und verschwand im Gebäude.

Tief durchatmend drehte Lefty sich um und ging in Richtung Hotel. Zum ersten Mal an diesem Morgen sah er Merlin, der an einem Gebäude in der Nähe lehnte. Er hatte gesagt, er würde ihnen folgen, und es war offensichtlich, dass er das tat. Der andere Mann nickte und schloss sich ihm an, als Lefty an ihm vorbeiging.

»Ihr scheint euch heute gut amüsiert zu haben«, bemerkte er.

»Das haben wir«, stimmte Lefty zu.

»Ich habe sie noch nie wirklich lächeln sehen«, bemerkte Merlin. »Du bist gut für sie.«

Lefty schätzte die Einsicht des Mannes. Er war sich nicht so sicher, ob Merlin recht hatte, aber jetzt war es zu spät. Sein Wunsch, Kinley besser kennenzulernen, war in Erfüllung gegangen, und jetzt konnte er sich sein Leben ohne sie nicht mehr vorstellen ... selbst wenn es nur als »normale« Freundin war.

Den Rest des Weges zum Hotel gingen sie schweigend nebeneinander her. Lefty musste seinen Teamkameraden ablösen und herausfinden, wie Johnathan Winklers Zeitplan für den Rest des Tages aussah. Er hoffte, Kinley wiedersehen zu können, aber selbst wenn nicht, fühlte er sich viel besser, was ihre Beziehung zueinander anging. Er betete nur, dass sie ihr Wort halten und auch weiterhin mit ihm reden würde, sobald sie nach Hause zurückgekehrt war.

KAPITEL VIER

An diesem Abend stand Kinley am Fenster ihres kleinen Hotelzimmers und starrte ausdruckslos auf die Gasse hinaus. Der Nachmittag war schwierig gewesen. Zum Teil, weil sie sich wünschte, noch immer mit Gage in Paris herumzustreifen.

Walter hatte nicht allzu viele Fragen über ihren Vormittag gestellt, außer sich zu erkundigen, ob es ihr besser ginge. Die Ausrede, dass sie Menstruationsbeschwerden gehabt hatte, schien sehr effektiv zu sein, und ihr Chef war überhaupt nicht misstrauisch. Er hatte keine Ahnung, dass sie den ganzen Morgen in Paris unterwegs gewesen war.

Kinley nahm an, dass sie sich deswegen schuldig fühlen sollte, aber das tat sie nicht. Walter war ein anspruchsvoller und schwieriger Arbeitgeber, doch hin und wieder tat er etwas, das ihr die Entscheidung, ob sie bleiben oder gehen sollte, umso schwerer machte. Wie zum Beispiel, als er ihr Hühnersuppe liefern ließ, als sie im Jahr zuvor krank gewesen war.

Offensichtlich hatte Woof als sein vorübergehender Assistent gute Arbeit geleistet und sogar eine Reservierung für ihn und Drake Stryker, den US-Botschafter in Frankreich, zum Abendessen gemacht. Sie verbrachten ihren letzten gemeinsamen Abend in Paris und wollten in ein schickes Restaurant gehen. Tischreservierungen vorzunehmen gehörte nicht zu ihren Aufgaben, aber Kinley half immer aus, wo sie konnte, wenn sie gerade nicht in D.C. waren. Offensichtlich war Walter so daran gewöhnt, dass sie diese Art von Aufgaben für ihn erledigte, dass er nicht zögerte, einen Delta-Force-Soldaten zu bitten, dasselbe zu tun.

Die Abschlusszeremonie der Konferenz fand am nächsten Morgen statt und sie und ihr Chef wollten gleich danach abreisen. Kinley hatte gehofft, die Gelegenheit zu bekommen, noch mehr Zeit mit Gage zu verbringen, aber sie hatte ihn nicht mehr gesehen, seit sie ihn vor dem Kongresszentrum verlassen hatte.

Zum ersten Mal in ihrem Leben hatte Kinley nicht allein in ihrem Hotelzimmer sitzen wollen. Sie hatte mit Gage zu Abend essen wollen. Mehr mit ihm reden. Durch ihn leben.

Seufzend schaute sie auf die Uhr. Es war ein Uhr nachts und sie sollte eigentlich schlafen, aber die Gedanken an Gage schwirrten ihr ständig im Kopf herum. Sie war beschämt gewesen, als er seine Mutter angerufen hatte, aber nachdem sie erfahren hatte, wie sehr die andere Frau Notre-Dame liebte, hatte sie ihr sehr gern eine Führung gegeben und ihr so viel wie möglich über das Gebäude erzählt.

Sie hatte es sofort bereut, sie nach D.C. eingeladen zu haben, aber jetzt, wo sie Zeit hatte, darüber nachzudenken, war ihr klar, dass Molly und ihr Mann das Angebot niemals annehmen würden. Die Frau wollte nur höflich sein.

Kinley war so in ihre eigenen Gedanken versunken, dass sie die Aktivitäten in der Gasse unter ihr fast übersehen hätte.

Sie hatte vor einer Weile das Licht in ihrem Zimmer ausgeschaltet, damit sie die Sterne besser erkennen konnte, und sich nicht die Mühe gemacht, es wieder einzuschalten. Von ihrem Hotelzimmer aus gab es wirklich nichts anderes zu sehen – es war ja nicht so, dass sie irgendeine Aussicht auf die Stadt hatte. Als eine Bewegung ihre Aufmerksamkeit erregte, lenkte Kinley den Blick nach unten.

Eine schwarze Limousine war in die Gasse eingefahren und sie erkannte das diplomatische Kennzeichen an der Rückseite. Es dauerte eine Sekunde, bis ihr Gehirn eins und eins zusammenzählte, aber als sie einen Mann auf die Tür zugehen sah, erkannte sie, dass es sich um Drake Stryker handelte, den Mann, mit dem ihr Chef den Abend verbracht hatte.

Aber er war nicht allein.

Er hatte seine Hand um den Oberarm einer Frau gelegt. Es sah so aus, als wäre sie völlig betrunken; sie konnte nicht geradeaus gehen und wäre sicher hingefallen, wenn Drake sie nicht gestützt hätte. Die beiden waren durch eine Seitentür auf die Gasse hinausgetreten. Kinley nahm an, dass sie aus dem Hotel kamen, war sich aber nicht hundertprozentig sicher.

Die Frau trug ein rotes Trägerhemd und einen kurzen Rock. Sie hatte unordentliches, langes braunes Haar, das ihr wild um die Schultern hing. Sie konnte das Gesicht der Frau nicht erkennen, da sie auf den Boden blickte, aber Kinley ging davon aus, dass sie höchstwahrscheinlich schön war.

Aber es waren ihre Schuhe, die Kinleys Aufmerksamkeit erregten.

Sie selbst hatte noch nie Absatzschuhe tragen können, was sie nicht störte, außer wenn sie andere Frauen sah, die Schuhe trugen, die ihr wirklich gefielen. Und Kinley mochte die Schuhe, die die Frau an Drakes Seite trug, sehr, *sehr* gern. Es waren Schuhe mit Keilabsätzen und silbernem Glitzer. Obwohl es in der Gasse nicht viel Licht gab, funkelten diese Schuhe bei jedem Schritt der Frau.

Drake schaute die Gasse hinauf und hinunter, dann legte er seinen Arm um die Frau. Er hob sie praktisch von ihren Füßen, um ihr in seinen Wagen zu helfen. Innerhalb von Sekunden waren sie nicht mehr zu sehen und der Wagen fuhr langsam die Gasse hinunter. Am Ende bog er rechts ab und war schnell außer Sichtweite.

Drake Stryker war verheiratet, genau wie ihr Chef, aber Affären waren in politischen Kreisen nichts Ungewöhnliches.

Sie waren so verbreitet wie Pilze im Wald. Es war schade, dass sich die Gesellschaft im Laufe der Jahre so sehr verändert hatte, dass es niemanden mehr interessierte, wenn die Männer und Frauen in Führungspositionen mit jemandem schliefen, mit dem sie nicht verheiratet waren. Begleitpersonen zu engagieren und mit Prostituierten zu schlafen war ein wenig mehr tabu, aber die meisten Leute schauten einfach weg, wenn es passierte. Früher hatte es Kinley sehr gestört, aber nach so langer Zeit in D.C. war sie immun dagegen geworden.

Kinley seufzte einmal mehr. Früher wollte sie genau wie diese Frau sein. Sorglos, mit ihrer Sexualität im Reinen und ohne Angst vor One-Night-Stands, wenn ihr danach war. Aber je älter sie wurde, desto mehr wollte Kinley einfach jemanden finden, mit dem sie zu Hause abhängen konnte. Jemanden, der glücklich wäre, wenn er etwas zu essen bestellen und einen Abend mit ihr vor dem Fernseher verbringen oder lesen könnte.

Je mehr Zeit Kinley allein verbrachte, desto mehr wurde ihr klar, dass es nahezu unmöglich war, jemanden zu finden, mit dem sie ihr Leben verbringen konnte. Es war ja nicht so, dass sie bei ihrer täglichen Arbeit irgendwelche geeigneten Männer kennengelernt hätte, zu denen sie sich hingezogen fühlte, und da sie weder Bars noch Online-Dating-Seiten mochte und auch keine Freundinnen hatte, die sie Männern vorstellen konnten, die sie kannten, vermutete Kinley, dass sie dazu bestimmt war, eine stereotype alte Jungfer zu sein.

Sie wandte sich vom Fenster ab und zwang sich, zu ihrem Bett zu gehen und sich wieder hinzulegen. Sie musste ein wenig Schlaf bekommen. Walter würde morgen bestimmt launisch sein, vor allem, wenn er und sein Freund gerade den Abend mit der Frau aus der Gasse verbracht hatten. Kinley billigte eigentlich keinen Betrug, aber was sie taten, war ihre eigene Angelegenheit. Solange sie bezahlt wurde, konnte sie wegschauen und so tun, als hätte sie einige der Indiskretionen ihres Chefs nicht mitbekommen.

Diese blasierte Einstellung zum Fremdgehen war ein weiterer Grund, warum Kinley nichts mit einem Mann zu tun haben wollte, der in der Politik tätig war. Sie wollte nie mit jemandem zusammen sein, der sie betrügen würde. Sie konnte zwar zugeben, dass sie nicht der beste Fang der Welt war, aber sie würde niemals fremdgehen, wenn sie mit jemandem zusammen war.

Kinley schloss die Augen und zwang ihren Körper abzuschalten. Mit der Abschlusszeremonie, der Fahrt mit Walter zum Flughafen und dem Rückflug in die Staaten würde der morgige Tag sehr lang und anstrengend werden.

Kinley stützte den Kopf an die Rückenlehne hinter ihr und schloss die Augen. Sie saß in der Mitte – natürlich tat sie das – und die Leute rechts und links von ihr waren eingeschlafen, sobald das Flugzeug gestartet war. Walter saß in der ersten Klasse, also hatte sie den ganzen Flug über Zeit, sich zu entspannen und sich keine Gedanken über ihren Chef zu machen.

Er war den ganzen Tag über besonders schwierig gewesen. Von dem Moment an, in dem er die Tür geöffnet hatte, nachdem sie geklopft hatte, um ihn zu wecken, war er ein Idiot gewesen. Er hatte sie angeschrien, er sei noch nicht fertig, sie solle ihm Kaffee und Gebäck zum Frühstück holen, und er würde sie im Konferenzzentrum treffen. Dort angekommen hatte er vor den anderen Vertretern gemeckert, weil sein Kaffee nicht richtig zubereitet worden war. Auf der Fahrt zum Flughafen war er außerdem mürrisch und unhöflich zu dem armen Fahrer gewesen, und Kinley wollte vor Verlegenheit sterben, als er am Schalter der Fluggesellschaft einen Wutanfall bekam, weil er nicht auf dem Sitzplatz saß, den sie ursprünglich für ihn in der ersten Klasse gebucht hatte.

Alles in allem war sie froh gewesen, als er in der Flughafenlounge für Passagiere der ersten Klasse verschwunden war. Es hatte ihr eine Pause von seiner Boshaftigkeit verschafft und sie konnte sich hinsetzen und neu sammeln.

Kinley hatte Gage nicht wiedergesehen, was enttäuschend gewesen war, aber vielleicht war es so am besten. Es war seltsam, wie sehr sie ihn vermisste. Und natürlich war es schwer, sein Verhalten nicht mit dem von Walter zu vergleichen. Wo ihr Chef unhöflich und herablassend war, tolerierte Gage ihre Macken und gab sich alle Mühe, höflich zu sein, nicht nur zu ihr, sondern zu jedem, mit dem er in Kontakt kam. Es war ihr nicht entgangen, wie er den Kellnern in den Cafés ein hohes Trinkgeld gab, und wie er selbst dann, wenn sie mitten auf dem Bürgersteig stehen blieb, kein Wort sagte – und sogar andere davon abhielt, sie anzurempeln.

Sie hatte sogar eine kleine Schachtel Vanille-Macarons in ihrem Handgepäck, die er ihr mitgebracht hatte, weil sie ihre Lieblingssüßigkeit waren und er dachte, dass sie die Leckerei vielleicht gern mit nach Hause nehmen würde.

Zum ersten Mal in ihrem Leben wünschte sich Kinley, sie wäre nicht die, die sie war. Sie wünschte, sie wäre die Art von Frau, die mit einem Mann ins Bett springen konnte, ohne dass ihr Herz dabei im Spiel war. Dass sie aufgeschlossener wäre. Normaler. Sie wünschte, sie hätte jemanden, mit dem sie über Gage und ihre Gefühle für ihn reden könnte. Wenn es jemals eine Zeit gab, in der sie eine andere Frau gebraucht hätte, die ihr half, die Gefühle zu definieren, die durch ihren Geist *und* ihren Körper strömten, dann war es jetzt.

Andere Frauen hatten wenigstens ihre Schwestern oder Mütter, mit denen sie reden konnten. Sie hatte niemanden. Buchstäblich keinen einzigen Menschen, dem sie sich öffnen konnte. Es war deprimierend und entmutigend.

Kopfschüttelnd richtete Kinley sich auf und öffnete die Augen. Nein, sie würde nicht in Selbstmitleid versinken. Sie war, wer sie war, und ihr Leben war, was es war. All das mentale Gejammer würde daran nichts ändern.

Sie hatte verdammt hart gearbeitet, um dorthin zu gelangen, wo sie heute war, und alles in allem hatte sie einen tollen Job gemacht. Kinley kannte eine Menge Mädchen, die in der gleichen Situation wie sie aufgewachsen waren und denen es nicht annähernd so gut ging. Sie hatte einen Abschluss, einen guten Job, ein Dach über dem Kopf. Sie brauchte keine Freundinnen oder einen Mann, um ihr Leben in den Griff zu kriegen. Es *war* bereits gut.

Kinley klickte auf ihr Tablet und öffnete das Buch, das sie beim Warten auf das Flugzeug zu lesen begonnen hatte. Sie mochte eine Einzelgängerin sein und viel zu praktisch veranlagt, aber sie las unheimlich gern Liebesromane. Am Ende ging immer alles gut aus und sie gaben ihr das emotional befriedigende Happy End, das ihre Psyche brauchte. Sie würde sich daran halten, das Leben der Helden und Heldinnen auf den Seiten der Bücher, die sie so liebte, mitzuerleben. Das wirkliche Leben war nicht so, und sich so etwas zu wünschen, bedeutete, sich das Herz brechen zu lassen.

Sie war froh, dass Gage und sie sich ausgesprochen hatten, aber er lebte am anderen Ende des Landes. Außerdem war er beim Militär und nach dem, was sie gesehen hatte, waren Soldaten nach den Politikern die zweithäufigsten, wenn es um Betrug, Missbrauch ihrer Partner und Scheidung ging.

Sie fühlte sich schuldig, dass sie Gage in die gleiche Kategorie wie einige der Militärangehörigen, die sie kennengelernt hatte, steckte, und sie begann, ihr Buch zu lesen. Sie hatte noch einige Stunden Zeit für sich, bevor sie landeten und sie sich wieder mit Walter beschäftigen musste.

Entschlossen, jede Minute zu genießen, verlor sie sich in den Worten, die sie vor sich hatte.

Seufzend vor Erleichterung, als sie endlich ihre Wohnung betrat, ließ Kinley ihren Koffer mitten im Zimmer fallen und taumelte zu ihrer Couch. Sie wohnte in einem Einzimmerapartment in der Nähe der Innenstadt und sie war in ihrem ganzen Leben noch nie so froh gewesen, wieder zu Hause zu sein.

Anstatt entspannt zu sein, nachdem er den Flug in der ersten Klasse verbracht hatte, von den Flugbegleiterinnen verwöhnt worden war und sich zum Schlafen hatte hinlegen können, schien Walter noch nervöser zu sein, als er es beim Abflug in Paris gewesen war.

Als ihr Fahrer sie nicht an der Gepäckausgabe abgeholt hatte – sie hatte eine SMS bekommen, dass er sich verspätet hatte –, hatte Walter sich darüber beklagt, dass er heutzutage keine guten Angestellten mehr finden konnte. Er hatte ihr die Begrüßung des Chauffeurs überlassen und sich nicht einmal die Mühe gemacht, Small Talk mit dem Mann zu führen, während dieser Walters Koffer zur Limousine schleppte.

Es war nicht sehr lustig, mit ihrem Chef in der Limousine gefangen zu sein, während er sich über Jetlag und Müdigkeit beklagte. Sie war auch überrascht gewesen, als er den Fahrer bat, sie ins Büro zu bringen, damit sie noch etwas arbeiten könnten, statt direkt nach Hause zu fahren, obwohl es schon später Nachmittag war.

Kinley wollte Einspruch erheben, wollte ihn daran erinnern, dass sie im Flugzeug keinen Liegesitz gehabt hatte und nicht viel Schlaf bekommen hatte, aber als sie sah, wie gestresst und mürrisch er wirkte, behielt sie ihre Gedanken für sich.

Als sie sich im Büro dann nicht sofort an einige Namen der Vertreter erinnern konnte, die sie während der Konferenz getroffen hatten, war er noch mürrischer geworden.

Sie war noch nie so erleichtert gewesen, als er endlich genug hatte und Feierabend machte.

Als Walter zuerst abgesetzt wurde, war er ausgestiegen – und hatte Kinley völlig überrascht, als er sich noch einmal zur Limousine umdrehte und ihr dafür dankte, dass sie ihn nach

Paris begleitet hatte. Er entschuldigte sich dafür, dass er so unerträglich gewesen war, und sagte ihr, sie solle sich ausschlafen.

Trotz seiner Höflichkeit am Ende der Reise atmeten sowohl Kinley als auch der Fahrer erleichtert auf, als er endlich weg war.

Es war schon spät, als sie ihre Wohnung betrat, und aus Gewohnheit nahm sie die Fernbedienung in die Hand und schaltete den Fernseher ein. Sie sah sich nicht gern die Nachrichten an, aber aufgrund ihres Jobs musste sie sich über die politischen Geschehnisse auf dem Laufenden halten.

Da sie dem Nachrichtensprecher nur halb zuhörte, war Kinley überrascht, als ihr etwas auf dem Bildschirm ins Auge fiel. Schnell suchte sie nach der Fernbedienung und drehte die Lautstärke hoch.

... die Vierzehnjährige wurde im Pariser Stadtteil Élysée gefunden. Als Todesursache wurde Strangulation festgestellt, und wie bei den fünf anderen jungen Frauen, die während der letzten sechs Monate gefunden wurden, war ihr Blutalkoholspiegel viermal höher als die gesetzlich vorgeschriebene Höchstgrenze, und sie wurde positiv auf Ketamin getestet. Die Bürger von Paris sind beunruhigt, da der »Gassenmörder« – oder »L'Étrangleur des Allées«, wie die französische Presse den Täter nennt – weiterhin Opfer fordert. Es gibt nur wenige Hinweise auf die Identität des Mörders.

Kinley konnte den Blick nicht vom Bildschirm losreißen. Während der Reporter sprach, wurde ein Film vom eigentlichen Tatort eingespielt. Eine Leiche war mit einer grauen Plane bedeckt, nur ihre Füße waren zu sehen.

In der Sekunde, in der der Nachrichtensprecher zu einem neuen Thema wechselte, änderte sich das Bild.

Kinley sprang von der Couch auf, griff nach ihrer Reisetasche und holte hektisch ihren Laptop heraus. Das Warten, bis er hochgefahren war, war unerträglich, und sie konnte die Füße des ermordeten Mädchens nicht aus dem Kopf bekommen.

Sobald ihr Computer mit dem WLAN verbunden war, rief Kinley die Suchmaschine auf und tippte »Gassenmörder von Paris« ein. Alle Bilder, die auftauchten, waren erschreckend und beunruhigend – aber es war das jüngste Opfer, das Kinleys Interesse weckte.

Sie klickte auf das Bild der jungen Frau, die in der Gasse von einer Plane bedeckt war, und zoomte auf ihre Schuhe.

Eine ganze Minute lang starrte Kinley das Bild an, dann sank sie ungläubig in den Stuhl an ihrem kleinen Küchentisch. Sie würde diese Schuhe überall wiedererkennen.

Sie hatte sie erst am Abend zuvor in Paris bewundert.

Die Frau, die in Drake Strykers Wagen eingestiegen war, hatte genau die Schuhe getragen, die das ermordete Opfer auf dem Bild auf ihrem Computerbildschirm an den Füßen hatte.

Das konnte kein Zufall sein. Sie wusste, dass die Frau aus der Gasse und das Opfer ein und dieselbe Person sein mussten.

Ein vierzehnjähriges Mädchen ...

Wenn sie die Schuhe des Mädchens nicht so bewundert hätte, hätte sie sich keine Gedanken über die Nachrichten gemacht. Leider wurden jeden Tag Menschen umgebracht. Aber sie hatte dieses arme Mädchen nicht nur gesehen, kurz bevor es ermordet wurde ... sie hatte auch eine ziemlich gute Vorstellung davon, wer es getan hatte.

Kinley wollte schreien. Wollte weinen. Aber sie tat nichts von beidem. Sie saß nur geschockt an ihrem Küchentisch.

Es war möglich, dass Stryker das Mädchen zu Hause abgesetzt hatte, oder wo auch immer er sie abgeholt hatte, und jemand anderes hatte sie überfallen. Aber etwas tief in Kinley wusste, dass das nicht stimmte. Prostituierte aufzugabeln war eine Sache, und etwas, das viel zu viele Politiker taten, aber dies war etwas ganz anderes.

Sie musste es jemandem erzählen.

Aber wem? Wer würde ihr glauben?

Sie könnte zur Polizei gehen, aber alles, was sie vorzuweisen hatte, war ein Paar Schuhe; die Plane hatte den Rest des Körpers des Mädchens und jegliche Kleidung, die es getragen haben könnte, verdeckt. Was die Beweise anging, so waren sie bestenfalls lahm. Wer wusste schon, wie viele Paare dieser Schuhe verkauft worden waren und von Pariser Frauen getragen wurden?

Und Stryker war der US-Botschafter in Frankreich. Er war vom Präsidenten persönlich ernannt worden.

Kinley spürte, wie sie in Panik geriet, stand auf und schritt in ihrer kleinen Wohnung umher. Sie *musste* es jemandem sagen.

Dann fiel ihr etwas anderes ein. Walter hatte den Abend mit Drake verbracht.

War das Mädchen bei ihnen gewesen? Hatte er gewusst, wie alt die junge Frau war? Wenn es sich tatsächlich um die gleiche Person handelte, musste Kinley einfach annehmen, dass Walter ihr Alter nicht gekannt hatte. Er war nicht der netteste Mann der Welt, aber sie glaubte nicht, dass er ein Pädophiler war. Er war verheiratet und hatte selbst zwei Kinder im Teenageralter. Er war ein anspruchsvoller Chef, ja, aber sie hatte auch schon seine mitfühlende Seite gesehen. Er dankte ihr nicht immer, aber er brauchte ihr auch nicht zu danken, weil sie ihren Job machte.

Er war mürrisch, wenn sie auf Reisen waren, aber wer wäre das nicht?

Die Zeit mit seinem Freund während seiner letzten Nacht in Paris zu verbringen bedeutete nicht, dass er an einem ruchlosen Rendezvous mit einem minderjährigen Mädchen teilgenommen hatte.

Drake kannte Kinley jedoch überhaupt nicht gut. Er könnte derjenige gewesen sein, der das Mädchen eingeladen hatte. Vielleicht hatten beide Männer sie für älter gehalten, als sie tatsächlich war, und nachdem sie ihr wahres Alter erfahren hatten, hatte Drake sie sofort nach Hause begleitet?

Das *musste* es gewesen sein. Er hatte sie irgendwo abgesetzt und sie war unglücklicherweise jemandem begegnet, der sie danach getötet hatte.

Aber sicher würde ihr Chef trotzdem wissen wollen, dass ein Mädchen, mit dem sie zusammen gewesen waren, tot aufgefunden wurde. Das Opfer eines berüchtigten Serienmörders. Er würde es Drake erzählen müssen, und sie würden beide zu den Behörden gehen müssen. Ihn über die Situation zu informieren schien das Anständigste zu sein. Sie würde wollen, dass jemand sie anruft, wäre *sie* an der Stelle ihres Chefs gewesen.

Die Entscheidung war gefallen, Kinley schnappte sich also ihr Telefon und rief Walters Nummer auf. Er würde nicht glücklich darüber sein, zu Hause gestört zu werden; er hatte ihr gesagt, wenn sie ihn wirklich nach Feierabend erreichen müsse, solle sie eine SMS oder eine E-Mail schreiben, aber dies war ein Notfall.

Das Telefon klingelte viermal, bevor er abnahm.

»Hallo?«

»Mr. Brown, hier ist Kinley.«

»Ich habe Sie gebeten, mich nicht anzurufen, wenn ich zu Hause bin, Kinley. Wir arbeiten hart genug, wenn wir im Büro sind. Alles, was Sie mir zu sagen haben, kann bis zum nächsten Tag warten.«

»Es tut mir leid«, sagte Kinley schnell, »aber ich bin nach Hause gekommen und habe die Nachrichten gesehen. Haben Sie schon mal etwas von dem ›Gassenmörder‹ gehört?«, platzte sie heraus.

»Dem was?«, fragte Walter.

»Nicht was, sondern *wer*. Der Gassenmörder. Er ist ein Serienmörder in Paris. Er hat letzte Nacht erneut jemanden umgebracht.«

»Was zum Teufel hat das mit mir zu tun?«, fragte Walter verwirrt.

»Ich glaube, ich habe das Opfer letzte Nacht gesehen«, erklärte Kinley ihm in gedämpftem Tonfall. »Ich war wach und mein Hotelzimmer lag gegenüber einer Gasse. Ich sah Ihren Freund, Mr. Stryker, der mit einer Frau aus dem Hotel kam. Zumindest *dachte* ich, dass es eine Frau war. Ich bewunderte ihre Schuhe und auf dem Bild in den Nachrichten trug das Opfer die gleichen Schuhe. Sie war vierzehn, Sir. War ... war sie gestern Abend bei Ihnen und Mr. Stryker?«

Am anderen Ende der Leitung herrschte einen Moment lang eine erdrückende Stille, bevor Walter endlich sprach. »Wollen Sie mir sagen, Sie glauben, dass der US-Botschafter in Frankreich ein Serienmörder ist und dass ich gestern Abend mit ihm und seinem letzten Opfer zusammen war?«

Wenn er es so formulierte, klang es lächerlich, aber Kinley blieb standhaft. »Nun, nicht unbedingt. Aber ich habe die Schuhe erkannt, die sie anhatte –«

»Das soll wohl ein Scherz sein«, unterbrach Walter sie. »Ich schwöre bei Gott, das ist der fadenscheinigste Beweis, den ich je in meinem Leben gehört habe. Kein Polizist wird sich das anhören und Sie ernst nehmen. Ich fühle mich im Namen von Drake beleidigt. Dieser Mann ist genauso wenig ein Mörder wie ich! Zu Ihrer Information, wir waren letzte Nacht allein. Wir sprachen über Politik und über die Konferenz. Wir hatten ein paar Drinks, dann ist er gegangen. Wenn er nach Verlassen meines Zimmers noch eine Frau in der Bar unten aufgegabelt hat, ist das *seine* Sache. Haben Sie das Gesicht der Frau gesehen?«

»Nein«, gab Kinley zu. »Es war zu dunkel und sie hatte den Kopf gesenkt.«

»Sie stützen Ihre Anschuldigung also lediglich auf die Schuhe, die die Frau an den Füßen hatte«, stellte Walter fest.

Kinley biss sich auf die Lippe und antwortete nicht. Sie hätte darauf hinweisen können, dass sie auch die Kleidung und die Haare des Mädchens gesehen hatte, aber es würde einen Anruf bei der Pariser Polizei erfordern, um zu bestätigen, ob sie mit dem Opfer übereinstimmten. Und wenn man bedachte, wie aufgebracht ihr Chef klang, beschloss sie, den Mund zu halten. Sie würde diese Information nicht weitergeben und riskieren, ihn noch mehr zu verärgern.

»Haben Sie diese absurde Geschichte noch jemandem erzählt?«, fragte er.

»Nein«, sagte Kinley ehrlich. »Ich wollte zuerst mit Ihnen reden, weil Sie mit ihm befreundet sind und gestern Abend bei ihm waren. Ich dachte nur, Sie sollten es wissen.«

»Richtig. Ich war gestern Abend bei ihm, und es war keine Frau – oder ein Mädchen – bei uns. Ich bin sicher, was immer Sie gestern Abend gesehen haben, war vollkommen harmlos. Es ist wahrscheinlich reiner Zufall, dass die Frau, die er gestern Abend nach Hause gebracht hat, die gleichen Schuhe anhatte wie das Mädchen, das tot in irgendeiner Gasse endete. Haben Sie mich verstanden?«

»Ja, Sir«, sagte Kinley automatisch.

»Sie sind müde, nachdem Sie den ganzen Tag unterwegs waren. Es ist verständlich, dass Sie zu erschöpft sind, um klar zu denken.«

»Das ist es sicher, Sir«, erwiderte sie grimmig.

»Ich würde vorschlagen, dies niemandem sonst gegenüber zu erwähnen. Wenn Sie das tun, würde ganz D.C. über Sie lachen.« Er schnaubte. »Es stünde Ihr Wort gegen das eines respektierten und hart arbeitenden Mannes ... der zufällig mit dem Präsidenten befreundet ist. Schlafen Sie etwas, Miss Taylor. Morgen früh werden Sie sich besser fühlen. Weil Sie heute bis spät gearbeitet haben, gebe ich Ihnen den Vormittag frei. Wir sehen uns nach dem Mittagessen.«

»Ja, Sir«, entgegnete Kinley. Sie war froh, dass sie nicht in aller Herrgottsfrühe ins Büro musste, aber sie war immer noch unsicher in Bezug auf diese ganze Situation.

»Danke, dass Sie mich angerufen und mit mir gesprochen

haben«, sagte Walter und sein Tonfall klang aufrichtig. »Ich weiß es zu schätzen, dass Sie sich in Ihrem Kopf nicht irgendetwas Verrücktes ausmalen und womöglich noch die Polizei verständigen. Einen unschuldigen Mann zu beschuldigen ist eine ernste Angelegenheit und hätte kein gutes Licht auf Sie geworfen – oder mich. Wir sehen uns morgen. Gute Nacht.«

Er ließ ihr keine Zeit, sich zu verabschieden, und Kinley hielt das Telefon noch einen Moment lang in der Hand, bevor sie auflegte.

Alles, was er gesagt hatte, machte Sinn … aber aus irgendeinem Grund wurde sie den Glauben nicht los, dass das, was sie letzte Nacht gesehen hatte, die letzten lebenden Momente des armen Mädchens waren. Sie war nicht sicher auf den Beinen gewesen, und jetzt, wo sie darüber nachdachte, schien es, als hätte Stryker sie praktisch in seinen Wagen gezwungen.

Aber Walters Worte reichten aus, um sie an sich zweifeln zu lassen. Und er hatte recht – wer zum Teufel sollte ihr schon glauben? Sie hatte keinen Beweis dafür, dass das Mädchen bei Drake und Walter gewesen war, und wer konnte schon sagen, dass der Botschafter sie nicht in der Bar des Hotels aufgegabelt und ganz unschuldig irgendwohin begleitet hatte?

Kinley war niedergeschlagen und sie fühlte sich unbehaglich, trotzdem zwang sie sich, aufzustehen und ihren Koffer zu holen. Sie packte aus und warf eine Ladung Wäsche in die Waschmaschine, während sie weiter mit sich selbst debattierte.

Nachdem sie sich endlich umgezogen und ins Bett gelegt hatte, war Kinley davon überzeugt, dass sie überreagiert hatte. Dass Tausende von Menschen die gleichen Schuhe besaßen und sie das, was sie gesehen hatte, einfach falsch interpretiert hatte. Es war nur dieses Bild in den Nachrichten gewesen. Es hatte ihr Ideen in den Kopf gesetzt, die nicht wahr waren. Die Macht der Suggestion war stark, das wusste sie aus ihrer jahrelangen Arbeit in der Politik.

Trotzdem fiel sie in einen unruhigen Schlaf und Visionen

von kleinen Mädchen, die um Hilfe riefen, erfüllten ihre Träume.

»Wir haben ein Problem«, sagte Walter zu seinem Freund, sobald der andere Mann den Hörer abnahm.

»Wie bitte?«, fragte Drake.

»Meine Assistentin hat gesehen, wie du diese Schlampe gestern Abend in deinen Wagen gesetzt hast.«

Am anderen Ende der Leitung herrschte eine Sekunde lang Stille, bevor Drake bösartig fluchte. »Ernsthaft?«

»Ja.«

»Was hat sie um diese Zeit gemacht?«

»Keinen Schimmer. Sie ist seltsam. Wahrscheinlich spioniert sie in ihrer Freizeit gern Leute aus. Aber sie hat mich ganz besorgt angerufen, weil in den Nachrichten hier in den Staaten eine Geschichte darüber lief, dass die Leiche des Mädchens gefunden wurde, und sie hat ihre Schuhe erkannt.«

»Scheiße«, zischte Drake. »Was hast du gesagt?«

»Ich habe ihr gesagt, dass sie verrückt ist. Dass du auf keinen Fall ein gemeingefährlicher Mörder bist. Sie hat mich angerufen, weil sie weiß, dass wir Freunde sind – und sie weiß auch, dass wir den Abend zusammen verbracht haben. Ich kann mich da nicht mit reinziehen lassen«, sagte Walter zu Drake.

»Nun, es ist verdammt noch mal zu spät. Du bist genauso involviert wie ich. Es ist ja nicht so, dass Sex mit Teenagern etwas Ungewöhnliches für dich ist«, sagte Drake.

»Vielleicht nicht, aber Sex mit einem minderjährigen Mädchen zu haben ist etwas ganz anderes, als eines zu töten«, fauchte Walter.

»Du warst derjenige, der sich den Plan ausgedacht hat, eine minderjährige Prostituierte zu finden, um deine Fantasie von einem Dreier zu erfüllen«, beharrte Drake. »Das Betrachten von Kinderpornos war dir nicht mehr genug, hast du gesagt. Du warst derjenige, der diese ganze Sache eingefädelt hat. Die Tatsache, dass ich derjenige war, der unsere Spuren verwischen musste, sollte keine verdammte Überraschung sein.«

»Ich wusste nicht, dass du sie umbringen wolltest!«, beharrte Walter.

»Was dachtest du denn, was ich tun würde? Ihr den Kopf tätscheln und sie wegschicken?«, fragte Drake sarkastisch. »Sobald sie unsere Namen erfuhr, war ihr Schicksal besiegelt. Wir haben beide angenommen, wir könnten unseren Spaß haben und damit davonkommen, aber das war nicht der Fall. Jetzt paranoid zu werden ist nicht hilfreich, also hör auf zu jammern und überleg dir, was wir tun können, um deine kleine schnüffelnde Assistentin zum Schweigen zu bringen. Wenn ich untergehe, gehst du mit.«

Walter nahm einen tiefen Atemzug. Er mochte die Situation nicht, in der er sich jetzt befand ... aber er konnte nicht leugnen, dass die letzte Nacht aufregend gewesen war.

Als er zum ersten Mal bemerkt hatte, dass er sich zu minderjährigen Mädchen hingezogen fühlte, war er schockiert, sogar entsetzt gewesen. Aber es war so einfach gewesen, Bilder und Videos online zu finden ... das Internet war voll davon. Was konnte es schaden, sich das anzusehen?

Aber schon bald war das nicht mehr genug. Er hatte die wenigen Mädchen, mit denen er in den Staaten geschlafen hatte, verführt und bezahlt.

Das Stelldichein in Paris sollte risikofrei sein. Er hatte Drake diesen Vorschlag gemacht, nachdem sie sich in Chatrooms zusammen Kinderpornos angesehen hatten.

Damals schien es eine tolle Idee zu sein, mit Drake über einen Dreier mit einer minderjährigen Prostituierten zu sprechen. Und die tatsächliche Begegnung war eine der aufregendsten Nächte seines Lebens gewesen; er war noch nie so hart geworden wie mit dem Mädchen, das er gemeinsam mit seinem Freund und Kollegen genommen hatte.

Drake hatte ihm versichert, dass er das Mädchen dorthin zurückbringen würde, wo er es abgeholt hatte, ohne dass jemand etwas mitbekam. Keiner würde je erfahren, dass er die Nacht mit einem Mädchen verbracht hatte, das jung genug war, um seine Tochter zu sein. Oder Enkelin.

Walter war erleichtert, dass sie beide Kondome benutzt hatten, sodass es keine DNA im Körper des Mädchens geben würde, aber er hatte keine Ahnung, ob es irgendwelche anderen DNA-Spuren gab, wie Haare oder Fingerabdrücke, die die Forensiker finden könnten.

Und keiner von ihnen hatte erwartet, dass jemand beobachten würde, wie Drake mit dem Mädchen das Hotel verließ.

Er musste Schadensbegrenzung betreiben, sonst waren er und der Botschafter womöglich am Arsch. Er mochte zwar niemanden ermordet haben, aber das würde keine Rolle spielen. Wenn seine sexuellen Vorlieben entdeckt wurden, waren sowohl seine Karriere als auch seine Ehe so gut wie am Ende.

»Kinley hat weder Freunde noch Familie«, erklärte Walter seinem Kollegen. »Ich kenne jemanden, der mir einen Gefallen schuldet. Ich kann ihn dazu bringen, ihr zu drohen, damit sie den Mund hält.«

»Du kannst ihr nicht einfach drohen«, warnte Drake. »Sie ist anders als wir. Sie wird irgendjemandem gegenüber ausplaudern, was sie gesehen hat. Sie muss ausgeschaltet werden, bevor das passiert.«

»Ich kenne niemanden, der so etwas macht«, wehrte er ab.

»Verdammt!«, fluchte Drake. »Na schön. Ich kümmere mich darum. Ich kann jetzt wirklich nicht gebrauchen, dass der Präsident denkt, ich hätte etwas mit einem Mord zu tun. Ich habe mir den Arsch aufgerissen, um dahin zu kommen, wo ich jetzt bin, und keine verdammte Sekretärin wird das ruinieren. Ich habe jetzt mehr Macht, als ich je in meinem Leben hatte. Das nimmt sie mir nicht weg.«

»Aber mach es nicht so offensichtlich«, warnte Walter. »Es

muss wie ein Unfall aussehen. Oder als hätte sie sich umgebracht oder so.«

»Das weiß ich. Ich bin kein Idiot«, sagte Stryker.

In Walters Kopf formte sich eine Idee. »Ich kann etwas in ihren Computer einschleusen und es so aussehen lassen, als hätte sie Hochverrat begangen. Dann habe ich keine andere Wahl, als sie zu feuern. Keiner wird es wagen, sie danach wieder einzustellen. Und es wird niemandem schwerfallen zu glauben, dass das Mädchen ohne Familie, das es gewagt hat, sein Land zu verraten, aus Schuldgefühlen vor einen fahrenden Bus oder Zug gesprungen ist.«

»Mach es nicht zu kompliziert«, warnte Drake. »Halte es einfach. Aber ich denke, sie zu feuern kann uns helfen. Zumindest wird es etwas Distanz zwischen euch beiden schaffen.«

Sie sprachen noch ein wenig darüber, wie sie am besten dafür sorgen konnten, dass Kinley Taylor niemandem sonst erzählte, was sie gesehen hatte. Stryker versicherte ihm noch einmal, dass er jemanden finden würde, der sich um sie kümmerte, was für Walter eine Erleichterung war.

»Deine Aufgabe ist es, sie aus deinem Büro zu schaffen. Ruf mich nicht mehr an, bis das erledigt ist«, befahl Drake. Und ohne ein weiteres Wort legte er auf.

Walter lehnte sich in seinem Stuhl zurück und verschränkte die zitternden Hände unter seinem Kinn. Er hatte nicht viel Zeit, um die Dinge in Bewegung zu setzen. Es wäre besser, wenn ihr angeblicher Verrat so schnell wie möglich aufgedeckt würde. Als hätte sie nicht ihre Spuren verwischt, bevor sie nach Paris aufgebrochen waren.

Walter nickte kurz und war voller Zuversicht, was diesen Plan anging. Was in der E-Mail seiner Assistentin entdeckt werden würde, würde ihm einen ausreichenden Grund geben, sie zu feuern.

Er fühlte einen kleinen Anflug von Reue. Kinley war eine harte Arbeiterin und er hatte noch nie eine kompetentere Assistentin gehabt. Aber sie hatte das Pech, zur falschen Zeit am falschen Ort gewesen zu sein. Hätte sie nicht gesehen, wie Drake das Mädchen in seine Limousine setzte, wären sie nicht in der misslichen Lage, in der sie sich jetzt befanden.

Der Gedanke, sie zu töten, machte ihn extrem unruhig. Aber Walter wusste, dass er keine Wahl hatte. Er wollte nicht ins Gefängnis gehen, er wusste nur zu gut, was mit Pädophilen passierte, wenn sie eingesperrt wurden. Es war sein Leben oder ihres – und er wollte leben.

Walter hasste es eigentlich, dass er sich zu Mädchen hingezogen fühlte ... er wünschte, es wäre nicht so ... aber er konnte nicht anders. Er war so, wie er war. Aber er hätte Drake nie in seine Fantasien hineinziehen sollen.

Er hatte keine Ahnung, ob das Mädchen Drakes erste Leiche war oder nicht, und er wollte es auch nicht wissen. Er wusste sowieso schon zu viel. Aber wenn sein Freund tatsächlich der Gassenmörder war ...

Walter schluckte schwer und schloss die Augen. Alles war außer Kontrolle geraten und es bestand die Gefahr, dass es noch schlimmer wurde.

»Walter«, rief seine Frau vom Flur her, »es ist spät. Komm ins Bett.«

Seufzend zwang sich Walter zu antworten. »Ich komme, Schatz.«

Er wusste, dass er sich schuldig fühlen sollte für das, was er und sein Freund mit Kinley vorhatten, dass er es vielleicht sogar verhindern sollte, aber ihre politischen Karrieren waren wichtiger als irgendein Niemand.

Sie hatte geglaubt, das Richtige zu tun, als sie ihn über das, was sie gesehen hatte, informierte, aber in Wirklichkeit war es der schlimmste Fehler ihres Lebens gewesen.

KAPITEL FÜNF

Kinley stand auf dem Bürgersteig und schaute fassungslos zu dem Gebäude hinauf, in dem sie die letzten acht Jahre gearbeitet hatte. Als sie an diesem Morgen zur Arbeit gekommen war, hatte sie an nichts anderes gedacht als an Walters nächsten öffentlichen Auftritt und die Recherchen, die sie beenden musste, um seine Rede zu schreiben.

Jetzt, zwei Stunden später, stand sie draußen vor der Tür, nachdem sie gefeuert worden war.

Es war zwei Tage her, dass sie aus Paris zurückgekehrt waren, und wie sie so schnell von einem sicheren, wenn auch manchmal lästigen Job in die Arbeitslosigkeit gerutscht war, bereitete ihr Kopfzerbrechen.

Sie war ins Büro des Personalleiters gerufen worden, um sie zu einer E-Mail zu befragen, die sie angeblich an ein paar andere Assistentinnen – *und einen Zeitungsreporter* – geschickt hatte, bevor sie und Walter nach Frankreich geflogen waren. Es war die Reiseroute ihres Chefs, einschließlich der Zeiten und Orte jedes Treffens während der Konferenz.

Selbst die kleinste Praktikantin wusste, dass sie kein einziges Wort darüber verlieren durfte, wo und wann die Politiker sein würden. Sie hätte es auf keinen Fall an einen

Reporter geschickt. Diese Informationen öffentlich zu machen wäre so, als würde man ein Attentat von einem Terroristen oder einem verrückten Wähler provozieren.

In politischen Kreisen war es so, als würde man Hochverrat begehen.

Kinley hatte versucht, dem Personalleiter zu erklären, dass sie keine solche E-Mail verschickt hatte, aber er hatte nicht auf sie gehört. Er hatte den Beweis direkt vor sich. Eine mit einem Zeitstempel versehene E-Mail, die von ihrer E-Mail-Adresse bei der Regierung gesendet wurde.

Sie war auf der Stelle gefeuert worden und ein Sicherheitsbeamter begleitete sie zurück in ihr Büro und sah stirnrunzelnd und mit verschränkten Armen zu, wie sie ihre persönlichen Sachen zusammenpackte. Sie hatte sich nicht einmal von Walter oder einer der anderen Assistentinnen oder Praktikanten verabschieden dürfen ... nicht dass sie ihnen so nahegestanden hätte, aber trotzdem.

Sie wusste, dass sie sich aufregen und heulen sollte, aber es fiel ihr schwer, alles zu verarbeiten, was gerade passiert war. In der einen Minute saß sie noch an ihrem Schreibtisch und recherchierte, und dreißig Minuten später stand sie draußen mit ihren Sachen in einem Karton wie eine erbärmliche Heldin aus einem Achtzigerjahre-Film.

Kinley drehte sich um und ging den Bürgersteig hinunter. Sie war sich nicht sicher, was sie als Nächstes tun sollte. Es war höchst unwahrscheinlich, dass sie wieder einen Job als Assistentin eines Politikers bekommen würde, vor allem, wenn alle dachten, sie hätte Hochverrat begangen. Aber was konnte sie sonst tun?

Kinley hatte keine Ahnung.

Tief in Gedanken versunken stapfte sie in Richtung U-Bahn-Station. Ihre Wohnung war bis zum Ende des Monats bezahlt, aber die Miete war nicht gerade billig ... selbst für nur ein Zimmer. Sicherlich würde sie einen anderen Job finden können, der ähnlich bezahlt wurde wie der, den sie gerade verloren hatte.

Kinley war so in Gedanken versunken, dass sie den Leuten um sie herum keine große Beachtung schenkte. Das war nicht ungewöhnlich, denn sie hatte die Erfahrung gemacht, dass Menschen das Bedürfnis bekamen, sich zu unterhalten, wenn man mit ihnen Augenkontakt aufnahm, und das wollte sie lieber vermeiden.

Als sie auf dem Bahnsteig stand und auf den nächsten Zug wartete, begann sie langsam zu begreifen, dass sie wirklich arbeitslos war. Es war ungerecht, denn Kinley wusste, dass sie nichts falsch gemacht hatte. Wie Walters Reiseplan in ihrem E-Mail-Postfach gelandet war, wusste sie nicht. Sie hatte ihn sicherlich an niemanden geschickt. Aber ihr war nicht einmal die Chance gegeben worden, es zu erklären.

Sie hasste es, dass sie einfach im Büro des Personalleiters gestanden und ihn schockiert angestarrt hatte, während er ihr erklärte, was sie angeblich getan hatte, und fasste einen blitzschnellen Entschluss. Sie würde zurückgehen und verlangen, noch einmal mit dem Direktor zu sprechen. Sie wollte, dass jemand aus der IT-Abteilung erklärte, wie zum Teufel diese E-Mail gefunden werden konnte, wo sie doch wusste, dass sie niemandem etwas Derartiges geschickt hatte.

Der Zug raste in den Bahnhof, aber Kinley war es egal, dass sie ihn verpassen würde. Sie konzentrierte sich darauf, wie unfair sie behandelt worden war, und wollte Wiedergutmachung verlangen.

Noch bevor sie sich umdrehte, um den Bahnsteig zu verlassen, schubste jemand sie fest von hinten.

Kinley spürte, wie sie fiel, aber weil sie den Karton mit ihren Habseligkeiten in den Händen hielt, konnte sie ihren Vorwärtsschwung nicht stoppen. Die Schachtel flog direkt in die Bahn des einfahrenden Zuges.

Kinley fiel auf den glatten Beton und konnte gerade noch verhindern, dass sie vom Bahnsteig auf die Gleise rutschte.

Zwei Sekunden später raste der Zug an ihr vorbei und zertrümmerte ihre Lieblingsstifte, ein Bild von ihr und dem Präsidenten, das vor vier Jahren aufgenommen worden war, und den anderen Krimskrams, den sie im Laufe der Jahre in ihrem Job angesammelt hatte.

Ihr Kinn pochte an der Stelle, an der ihr Kopf auf den Boden geprallt war, aber Kinley konnte nur entsetzt auf die glänzenden Metallwaggons starren, die nur Zentimeter von ihrem Kopf entfernt vorbeifuhren.

»Heilige Scheiße!«, sagte ein Mann neben ihr. »Sind Sie in Ordnung? Großer Gott, Sie wären fast auf die Gleise gefallen!«

»Sie bluten ja«, fügte eine Frau hinzu. »Sieht aus, als hätten Sie sich das Kinn angeschlagen. Tut es weh?«

Kinley konnte an nichts anderes denken als daran, dass sie von dem Zug fast überfahren worden wäre. In all den Jahren, in denen sie in dieser Stadt schon die öffentlichen Verkehrsmittel benutzte, hatte sie nie, kein einziges Mal, Angst vor der Möglichkeit gehabt, auf die Gleise zu fallen.

Aber als sie auf dem kalten Boden lag, wurde ihr klar, wie nahe sie dem Tod gekommen war.

»Tut mir leid wegen Ihrer Sachen«, sagte der Mann, als er versuchte, ihr beim Aufsetzen zu helfen.

Blinzelnd ließ Kinley sich in eine sitzende Position helfen. »Ist schon gut«, sagte sie, mehr aus dem automatischen Bedürfnis heraus, höflich zu sein, als dass sie wirklich wusste, was sie sagte.

Jemand reichte ihr ein Taschentuch und sie hatte keine Zeit zu fragen, ob es sauber war, bevor die Frau es ihr ans Kinn hielt. Kinley wischte die helfende Hand weg und hielt sich das Tuch selbst an ihr blutendes Kinn. »Danke«, sagte sie zu den Umstehenden. »Mir geht es jetzt gut. Gehen Sie nur, Sie verpassen sonst Ihren Zug.«

»Oh, ich kann Sie unmöglich so zurücklassen«, widersprach die Frau.

»Hören Sie, es blutet schon fast nicht mehr«, sagte Kinley, die keine Ahnung hatte, ob das der Fall war oder nicht. Sie hasste es, wenn jemand sich um sie kümmerte, besonders Fremde. Sie hatte noch nie jemanden gehabt, der sich um sie kümmerte oder sie durch ihre Verletzungen hindurch pflegte, als sie aufwuchs, und es fühlte sich jetzt einfach unangenehm an.

Nach weiteren dreißig Sekunden nickten ihre beiden Helfer ihr schließlich zu und betraten den Zug. Kinley stand auf und schwankte nur eine Sekunde lang.

Sie konnte immer noch die Hand an ihrem Rücken spüren. Sie wusste, dass da jetzt nichts war, aber es fühlte sich an, als würde ihre Haut brennen.

Jemand hatte sie *geschubst*! Derjenige hatte gewollt, dass sie direkt vor dem einfahrenden Zug auf die Gleise fiel.

Kinley war keine Idiotin. Sie war immer ziemlich gut in Mathe gewesen. Sie konnte eins und eins zusammenzählen.

Sie hatte einen möglichen Serienmörder mit seinem letzten Opfer gesehen, Stunden bevor das Mädchen brutal ermordet aufgefunden worden war. Sie hatte ihre Bedenken gegenüber ihrem Chef geäußert, der mit dem mutmaßlichen Mörder befreundet war. Dann, zwei Tage später, wurde sie gefeuert und fast vor einen Zug gestoßen.

Überraschenderweise war die Hauptemotion, die sie in diesem Moment empfand, Wut, nicht Angst. Oh, die Angst war da, aber für den Augenblick zum Glück unterdrückt.

Kinley betrauerte den Verlust ihres Telefons; sie hatte es in den Karton mit ihren Habseligkeiten geworfen, als sie ihren Schreibtisch aufgeräumt hatte. Jetzt lag es in tausend Scherben verteilt unter den U-Bahn-Waggons, zusammen mit all ihren anderen Sachen.

Sie drückte ihre Handtasche an sich – Gott sei Dank hatte sie sie sich quer über den Körper geschlungen, statt sie zu den anderen Sachen in den Karton zu legen –, hielt sich das blutige Taschentuch ans Kinn und machte sich auf den Weg zur Rolltreppe.

Sie musste von dort weg. Wer auch immer versucht hatte, sie zu töten, könnte immer noch zusehen und auf eine weitere Gelegenheit warten, sie loszuwerden.

Als Kinley zurück auf die Straße kam, zögerte sie nicht, ein Taxi zu rufen. Glücklicherweise erschien eines, gleich nachdem sie den Bahnhof verlassen hatte. Sie stieg dankbar ein und gab dem Fahrer ihre Adresse.

Als sie endlich auf dem Weg nach Hause war, entspannte Kinley sich immer noch nicht. Jemand könnte ihrem Taxi zum Zusammenstoß verhelfen oder sie absichtlich anfahren.

Ihr gingen viele Möglichkeiten durch den Kopf, wie jemand sie umbringen könnte. Ein verpfuschter Raubüberfall, ein Autodiebstahl, ein Hauseinbruch. Sie war nicht sicher, und das wusste sie.

Sie war sich jetzt mehr denn je sicher, dass das, was sie in Paris gesehen hatte, genau das war, was sie befürchtet hatte.

Drake Stryker, der Repräsentant der USA in Frankreich, war der Gassenmörder.

Und alles deutete darauf hin, dass ihr Chef – Ex-Chef – entweder davon wusste oder an den Morden beteiligt war.

Sie wusste, dass sie keine E-Mail verschickt hatte, die seinen Zeitplan verraten hätte, aber sie hatte keine Möglichkeit, das zu beweisen. Genauso wie sie keinen Beweis für das hatte, was sie in der Gasse in Frankreich gesehen hatte.

Nun, das war nicht wahr. Sie hatte das Mädchen gesehen. Sie wusste, was sie angehabt hatte, und konnte ihre Schuhe beschreiben. Aber sie wusste, dass es für die Polizei schwer zu glauben sein würde, dass das Mädchen den Abend mit dem US-Botschafter in Frankreich verbracht hatte.

Kinleys Kopf schmerzte und sie fühlte sich plötzlich noch einsamer auf der Welt als noch vor einer Stunde.

Dann dachte sie wieder an ihr zertrümmertes Telefon – und keuchte plötzlich auf. *Ihr Telefon!* Normalerweise hätte es ihr nichts ausgemacht, dass es zerstört war; es war ja nicht so, dass sie es brauchte, um mit Freundinnen zu sprechen oder so. Aber ...

Gage.

Er hatte ihr eine kurze SMS geschickt, um sie wissen zu lassen, dass er wieder in Texas eingetroffen war, und sagte, er würde sich bald melden.

Aber jetzt war ihr Telefon weg. Sie könnte sich ein neues besorgen und auf seine SMS antworten, aber sobald sie den Gedanken hatte, verwarf sie ihn wieder. Wenn Stryker und Brown jemanden hatten, der Beweise in ihre E-Mails einschleusen und sie feuern lassen konnte, konnten sie sicher auch ihr altes Telefon hacken. Sie könnten die SMS von Gage finden.

Kinley schloss die Augen vor lauter Erleichterung, dass sie Gages Nachricht nicht beantwortet hatte. Sie wusste jetzt, dass sie sich nicht elektronisch an ihn binden durfte. Auf keinen Fall wollte sie ihn in Schwierigkeiten bringen.

Er hatte einen hochsensiblen und geheimen Job. Wenn Stryker Gage ins Visier nahm, würde er ihm wahrscheinlich etwas unterschieben können, das ihn ebenfalls zur Kündigung zwingen würde. Es war schon schlimm genug, dass sie arbeitslos war und angeblich einen Serienmörder am Hals hatte, der sie tot sehen wollte ... aber wenn sie Gage in diesen Schlamassel hineinzog, würde sie sich das nie verzeihen.

Kinley wusste, was sie zu tun hatte. Sie musste verschwinden. Raus aus Washington, D.C., bis sie entschieden hatte, was sie als Nächstes tun sollte.

Sie dachte nicht einmal daran zu schweigen. Das Mädchen in Paris war erst vierzehn gewesen. Sie war wahrscheinlich zu Tode verängstigt gewesen. Oder vielleicht war sie wie Kinley ... allein und verzweifelt auf der Suche nach Zuneigung.

Aber Kinley brauchte etwas Zeit, um zu überlegen, was ihr nächster Schritt sein würde. Wie konnte sie Stryker und möglicherweise ihren ehemaligen Chef entlarven, ohne dabei ihr Leben zu verlieren?

Sie hatte noch keine Antworten, als das Taxi vor ihrer Wohnung hielt. Kinley bezahlte den Fahrer mit dem wenigen Bargeld, das sie in ihrer Handtasche hatte, und stieg aus. Sie eilte in den kleinen Empfangsbereich und lief die Treppe hinauf, da sie nicht gewillt war, im Aufzug mit jemandem gefangen zu sein, der sie vielleicht tot sehen wollte.

Selbst nachdem sie die Tür hinter sich geschlossen hatte, fühlte Kinley sich nicht sicher.

Sie machte sich nicht einmal die Mühe, sich umzusehen, sondern lief in ihr Schlafzimmer und holte eine große Reisetasche aus ihrem Schrank.

Manche Dinge änderten sich nicht. Auch wenn sie seit über zehn Jahren auf sich allein gestellt und aus dem Pflegesystem heraus war, achtete sie immer noch darauf, dass sie stets eine Tasche griffbereit hatte, die sie im Handumdrehen füllen konnte. Ihr war in zu vielen Heimen aus heiterem Himmel mitgeteilt worden, dass sie gehen musste. Sie konnte nur packen, was sie tragen konnte, also war eine stabile Reisetasche unerlässlich.

Kinley hatte gelernt, sich nicht an materielle Dinge zu klammern. Sie hatte im Laufe der Jahre viel zu viel zurücklassen müssen. In diesem Sinne packte sie, was sie konnte, und unterdrückte jegliche sentimentalen Gefühle für Kissen, Handtücher und andere Haushaltsgegenstände, die leicht ersetzt werden konnten.

Als sie mit dem Packen fertig war, schrieb sie einen Zettel für ihren Vermieter und steckte ihn zusammen mit der nächsten Monatsmiete in einen Umschlag, um ihn zu verschicken. Sie hoffte, dass sie vor dem Ende des nächsten Monats zurück sein würde, aber sie war sich ehrlich gesagt nicht sicher.

Als das erledigt war, stellte Kinley sich mit dem Rücken an den Kühlschrank und rutschte nach unten, bis sie mit dem Hintern auf dem Boden saß.

Sie schlang die Arme um ihre angewinkelten Knie und

beugte den Kopf nach unten. Sie merkte, dass sie zitterte. Vor lauter Angst und Anspannung. Es war noch nicht einmal Mittag, aber sie wollte warten, bis es draußen dunkel war, bevor sie sich hinausschlich. Ihr Wagen stand in einem Parkhaus, etwa zwei Häuserblocks entfernt. Sie benutzte es nicht oft, da es wegen des schrecklichen Verkehrs in der Stadt einfacher war, die öffentlichen Verkehrsmittel zu benutzen, aber sie war noch nie so dankbar für ihren zuverlässigen Toyota Corolla gewesen wie in dieser Minute.

Es war ein kolossaler Fehler gewesen, Brown an dem Abend anzurufen, an dem sie in die Stadt zurückgekommen war und die Nachrichten gesehen hatte, aber in dem Moment hatte sie gedacht, es wäre die beste Lösung. Sie hätte wissen müssen, dass sie ihm nicht trauen konnte. War ihr nicht immer wieder gezeigt worden, dass sie niemandem trauen konnte?

Du kannst Gage vertrauen.

Die Worte schossen ihr durch den Kopf.

Sie wollte sie leugnen, ihrer dummen Psyche sagen, dass sie den Mann gar nicht kannte. Auf keinen Fall konnte sie ihm tatsächlich ihr Leben anvertrauen.

Aber hatte sie das nicht schon getan? In Afrika war sie kurz davor gewesen, von den Demonstranten vergewaltigt und getötet zu werden, aber dann war er plötzlich aufgetaucht und hatte sie in Sicherheit gebracht. Zwei Sekunden in seiner Gesellschaft und Kinley hatte einen Trost gespürt, den sie in ihrem Leben noch nie gekannt hatte.

Das war einer der Gründe, warum sie nicht reagiert hatte, als er sie nach dieser Reise kontaktiert hatte. Sie hatte Angst davor gehabt, wie sehr sie ihn mochte. Ihn respektierte. Wenn er wie all die anderen Menschen in ihrem Leben gewesen wäre, die sie abblitzen ließen, wäre es unerträglich gewesen.

Aber in Paris hatte er bewiesen, dass er ein guter Mann war. Dass er ein guter Freund sein könnte ... wenn sie ihn nur an sich ranließe. Aber war es fair, ihn mit dieser Situation zu konfrontieren? Aufzutauchen und zu sagen: »Hi! Übrigens, ich habe einen Serienmörder mit seinem letzten Opfer gesehen und jetzt will er mich töten.«

Nein, das war überhaupt nicht fair.

Sie würde erst nach Norden fahren, dann nach Westen. Vielleicht nach South Dakota, das schien mitten im Nirgendwo zu liegen, und das brauchte sie jetzt, um sich zu verstecken, bis sie das FBI oder jemand anderen kontaktieren konnte. Die Kleinstadtpolizei würde ihr nicht glauben, aber vielleicht würden es die Agenten vom FBI. Oder zumindest würden sie ihrer Anschuldigung nachgehen, dass Drake Stryker und Walter Brown irgendwie in den Fall des Gassenmörders verwickelt waren.

Kinley schüttelte den Kopf und wusste, dass ihre Situation nahezu unmöglich war. Keiner würde ihr glauben. Zum Teufel, sie konnte es selbst kaum glauben.

Je länger Kinley auf dem Küchenboden saß und darauf wartete, dass die Sonne unterging, damit sie im Schutz der Dunkelheit fliehen konnte, desto mehr Angst bekam sie. Wer auch immer versucht hatte, sie zu töten, würde es wieder versuchen. Er wusste wahrscheinlich, wo sie wohnte, und Brown hatte eindeutig Kontakte, die sich mit Computern auskannten. Welche Möglichkeiten hatte sie?

Nicht viele, aber sie hatte nicht überlebt, was das Leben ihr bisher zugeworfen hatte, nur um jetzt aufzugeben. Die meisten ihrer Pflegeeltern hatten sie nicht missbraucht, aber es gab ein oder zwei, bei denen sie gedacht hatte, dass sie ihren Aufenthalt dort vielleicht nicht überleben würde. Doch das hatte sie.

Sie hat diese Situationen überlebt, und hoffentlich konnte sie auch das hier überleben.

Kinley atmete tief ein und fand langsam ihre Entschlossenheit. Sie hatte Walter Brown nie besonders gemocht. Hatte über die Affären hinweggesehen, die er auf seinen Reisen hatte, hatte seine Arroganz und schlechte Laune ertragen und zugelassen, dass er die Lorbeeren für ihre Forschungen und

Ideen einheimste. Aber sie hätte nie gedacht, dass er so weit absinken könnte.

Langsam kam Kinley wieder auf die Beine, ging ins Bad und säuberte die Wunde an ihrem Kinn. Sie hatte schon vor langer Zeit aufgehört zu bluten, und sie war so sehr damit beschäftigt gewesen, zu packen und sich auf die Abreise vorzubereiten, dass sie es bis jetzt vergessen hatte. Der Schnitt selbst war nicht allzu schlimm und sie glaubte nicht, dass er genäht werden musste ... nicht dass sie sich die Zeit nehmen könnte, eine Notaufnahme aufzusuchen, selbst wenn sie es müsste. Sie klebte ein Schmetterlingspflaster auf ihr Kinn, und auch wenn es seltsam aussah, es war ihr egal.

Sie ging zurück in ihre Küche und leerte systematisch ihren Kühlschrank von allem, was verderben könnte. Dankbar, dass sie beschlossen hatte, erst später in der Woche in den Supermarkt zu fahren, um nicht zu viel zu verschwenden, kochte Kinley das Hühnchen, das sie eigentlich erst für das Abendessen eingeplant hatte.

Jetzt, wo ihre anfängliche Angst verblasst war, konnte sie tatsächlich ein wenig rational denken. Sie würde so viel Nahrungsmittel mitnehmen, wie sie tragen konnte, zusammen mit ihrer Reisetasche, und auf dem Weg aus der Stadt an einem Geldautomaten anhalten. Sie würde nicht viel Bargeld abheben können, aber morgen würde sie bei einer Filiale ihrer Bank anhalten und ihr Sparbuch plündern.

Dann würde sie so lange und so weit fahren, wie sie konnte, und nur Bargeld für Lebensmittel und Benzin verwenden. Wenn sie in einer Stadt ankam, in der sie sich relativ sicher fühlte, würde sie in Erwägung ziehen, jemanden von der Polizei über das zu informieren, was sie gesehen hatte. Sie würde eines dieser Wegwerfhandys nehmen, die nicht zurückverfolgt werden konnten.

Einen Moment lang dachte Kinley noch einmal darüber nach, mit Gage Kontakt aufzunehmen. Sie hatte sich seine E-Mail, Telefonnummer und sogar seine Adresse eingeprägt, als wäre sie ein pubertierendes Mädchen mit seinem ersten Schwarm.

Gage würde wissen, wie man ihr helfen konnte, daran hatte sie keinen Zweifel, aber sie wollte auf alle Fälle verhindern, dass derjenige, der versucht hatte, sie zu töten, auch hinter ihm her war.

Sie *hasste*, dass sie nicht antworten würde, wenn er sie kontaktierte – schon wieder. Er würde denken, sie würde ihn wieder einmal ignorieren, obwohl sie versprochen hatte, es nicht zu tun.

Aber sich nicht zu melden geschah zu seiner eigenen Sicherheit. Sie würde ihn nicht wissentlich in Gefahr bringen. Sobald sie eine Weile aus D.C. weg war und sich sicherer fühlte, könnte sie sich vielleicht bei ihm melden. Sich entschuldigen, dass sie nicht geantwortet hatte. Schon wieder. Sie könnte ihm sagen, dass sie ihr Handy verloren hatte, was nicht wirklich eine Lüge wäre.

Mit dem Gefühl, etwas Wertvolles verloren zu haben, verdrängte Kinley den Gedanken und konzentrierte sich darauf, ihre Küche aufzuräumen. Gage Haskins war ohne sie besser dran.

Einmal das seltsame Pflegekind, immer das seltsame Pflegekind.

Lefty seufzte, als er auf sein Telefon sah und keine Nachrichten von Kinley entdeckte. Er erinnerte sich daran, dass Grover ihm gesagt hatte, er solle Kinley Zeit lassen und sie nicht aufgeben, aber es gefiel ihm nicht, wie er sich fühlte, wenn sie ihn wieder einmal ignorierte. Es war eine Woche vergangen und er hatte immer noch nichts von ihr gehört. Sie hatte ihm gesagt, dass es eine Weile dauern könnte, bis sie antwortete, aber eine Woche erschien ihm übertrieben. Er versuchte, geduldig zu sein, aber es war schwierig. Lefty hatte ein paarmal versucht, sie anzurufen, aber das Telefon klingelte nicht einmal, der Anruf wurde sofort zur Mailbox umgeleitet. Er hatte SMS und E-Mails geschrieben, um zu fragen, wie es ihr ging, und um sie wissen zu lassen, dass er an sie dachte – ohne Erfolg.

Und um seine beschissene Woche abzurunden, hatte er gerade erfahren, dass er und der Rest des Teams auf eine Mission geschickt wurden. Er wollte Kinley unbedingt wissen lassen, dass er für eine Weile nicht erreichbar sein würde ... aber es schien, als würde sie ihn wieder einmal ignorieren. Es war frustrierend und ärgerlich zugleich.

Er hatte gedacht, er hätte ihre Schutzschilde durchbrochen, aber anscheinend nicht. Vielleicht war sie durch ihre Arbeit in Washington eine bessere Lügnerin geworden, als er erwartet hatte.

»Was ist los?«, fragte Trigger, als sie die letzten Ausrüstungsgegenstände in das Flugzeug packten, mit dem sie in ein paar Stunden abfliegen würden.

»Nichts.«

»Sie hat nicht auf deine Nachrichten geantwortet?«

Lefty seufzte. »Nein.«

»Vielleicht hat sie ...«

Lefty hob eine Hand, um die Worte seines Freundes zu stoppen. »Einmal kann ich verzeihen. Zweimal? Wenn sie geschworen hat, dass sie mich nie wieder ignorieren wird?« Er schüttelte den Kopf. »Ich bin fertig mit ihr. Ich kann das nicht. Fernfreundschaften sind schon schwer genug, ohne dass ich die ganze Arbeit machen muss. Sie hätte mir einfach sagen sollen, dass sie nicht daran interessiert ist, mit mir befreundet zu sein. Ich kann einen Hinweis verstehen.«

»Kinley kam mir nicht wie die Art Frau vor, die so herzlos ist.«

»Mir auch nicht«, sagte Lefty achselzuckend. Ihr Schweigen tat weh. Und zwar sehr. Nach dem Tag, den sie gemeinsam in Paris verbracht hatten, war er sich sicher gewesen, dass er von ihr hören würde. Dass sie in der Lage sein würden, eine Art von Beziehung zu beginnen, selbst eine unkonventionelle Fernbeziehung. Aber ihr Schweigen sprach Bände.

»Komm schon«, sagte Trigger und klopfte ihm auf den Rücken. »Sobald wir bis zum Hals in dieser Mission stecken, wirst du sie vergessen.«

Lefty nickte. Eine harte, gefährliche Mission war genau das, was er brauchte, um Kinley aus seinem Kopf zu verbannen ... für immer.

KAPITEL SECHS

Kinley saß in ihrem Wagen, starrte auf das Wohnhaus hinauf und überlegte, ob sie zu Gages Tür gehen und klopfen sollte oder nicht.

Schon wieder.

Sie wartete schon seit zwei Tagen auf dem Parkplatz seines Apartmentgebäudes.

Als sie Washington, D.C. vor zehn Tagen verlassen hatte, hatte sie geplant, nach South Dakota oder irgendwo in den Nordwesten zu fahren. Sie hob fünftausend Dollar von ihrem Bankkonto ab und fuhr nach Westen. Unterwegs übernachtete sie in schäbigen Motels, war unsicher und überaus nervös. Als sie es dann bis nach Colorado geschafft hatte, drehte sie nach Süden ab. Sie verbrachte die Nacht in Denver. Dann Pueblo. Dann Santa Fe, und ehe sie sichs versah, fuhr sie zurück nach Osten. In Richtung Texas. Killeen, um genau zu sein.

Hier zu sein war dumm.

Es war verrückt.

Und doch war sie hier.

Gage ging ihr nicht aus dem Kopf und je mehr sie darüber nachdachte, desto mehr wurde ihr klar, dass er wahrscheinlich Verbindungen hatte, die ihr helfen konnten. Sie wusste, zu ihm zu fahren, würde ihn in Gefahr bringen, denn wenn ihr jemand folgte oder herausfand, wo sie war, würde er annehmen, dass sie ihm erzählt hatte, was los war. Also musste sie entweder sofort von hier verschwinden und tun, was sie ursprünglich geplant hatte, oder sie musste sich zusammenreißen und Gage vertrauen.

Sie musste das Risiko eingehen und ihm alles erzählen.

Aber sie hatte nicht erwartet, dass er weg sein würde. Sie hätte zumindest die Möglichkeit in Betracht ziehen sollen. Sie wusste, dass er bei der Delta Force war. Sie wusste, dass er häufig ohne Vorwarnung losgeschickt wurde. Das hatte er ihr auch gesagt. Kinley fragte sich, ob er ihr wieder eine Nachricht geschickt hatte. Ob er versucht hatte, ihr Bescheid zu geben.

Erneut schlichen sich Schuldgefühle ein. Sie hasste es, nicht zu wissen, ob er versucht hatte, sich zu melden, aber noch mehr hasste sie es zu wissen, dass er sie wahrscheinlich für eine kolossale Schlampe hielt, weil sie seine Nachrichten nicht beantwortet hatte, falls er sie kontaktiert hatte.

Und jetzt wartete sie wie eine Stalkerin auf dem Parkplatz seines Wohngebäudes. Aber sie konnte im Grunde nirgendwo anders hin. Sie hatte die meisten der letzten zehn Tage in ihrem Wagen geschlafen und sie war schmutzig und stank. Ihr Magen rumorte und protestierte gegen den Mangel an Nahrung, den Kinley ihm in letzter Zeit zugemutet hatte. Es war neun Uhr morgens und Kinley hatte gehofft, dass sie Gage antreffen würde, aber das war nicht der Fall gewesen. Er war immer noch nicht zu Hause.

Sie hätte problemlos wieder ziellos herumfahren können, aber ihre Entschlossenheit war gewachsen. Sie wollte nicht zulassen, dass Stryker – oder Brown, falls er beteiligt war – mit seiner Tat davonkam. Wenn er wirklich der Gassenmörder war, musste er aufgehalten werden. Und im Moment befand sie sich in einer sehr guten Position, um das zu erreichen.

Sie wollte nicht, dass noch jemand aufgrund seiner Taten litt.

Aber sie war auch verängstigt. Sie konnte immer noch diese Hand an ihrem Rücken spüren, mit der jemand versuchte, sie in den Weg des einfahrenden Zuges zu drängen. Sie hatte Glück gehabt, dass sie nur einen Schnitt am Kinn davongetragen hatte.

Kinley war tief in Gedanken versunken und als jemand unerwartet an ihr Fenster auf der Fahrerseite klopfte, stieß sie einen Schrei aus und tat ihr Bestes, um auf den Beifahrersitz zu kriechen und von der Person wegzukommen, von der sie annahm, dass sie durch ihr Fenster kommen und sie töten würde.

Sie setzte sich mit dem Hintern auf den anderen Sitz und wollte gerade die Tür öffnen und weglaufen, als sie aufblickte und ein Paar reumütige grüne Augen sah. Die blonde Frau auf der anderen Seite der Tür machte einen großen Schritt zurück und hielt die Hände hoch, um zu zeigen, dass sie unbewaffnet war.

»Es tut mir leid, so leid!«, sagte die Frau. »Ich wollte Sie nicht erschrecken. Ich habe mir nur Sorgen um Sie gemacht und wollte mich davon überzeugen, dass es Ihnen gut geht.«

Kinley spürte, wie ihr Herz raste, und zwang sich, tief Luft zu holen. Scheiße, sie würde an einem Herzinfarkt sterben, bevor Strykers Schläger sie finden konnten, um sie zu erledigen.

Peinlich berührt von ihrer übertriebenen Reaktion rutschte Kinley ganz auf den Beifahrersitz, öffnete dann die Tür und kletterte hinaus. Sie mochte sich zwar wegen der Frau, die aus heiterem Himmel aufgetaucht war, erschrocken haben, aber sie war keine Närrin. Sie wollte der Frau nicht direkt in die Arme laufen für den Fall, dass sie nichts Gutes im Schilde führte.

»Es tut mir wirklich leid«, sagte die andere Frau. »Ich dachte, Sie hätten mich kommen sehen. Mein Name ist Gillian. Gillian Romano und ich wohne mit meinem Freund in diesem Gebäude. Ich habe Sie gestern auch hier parken sehen, aber ich habe mir nichts dabei gedacht, bis ich Sie heute

Morgen an die Tür unseres Freundes klopfen sah. Lefty ist nicht hier.«

Kinley war einen Moment lang verwirrt. Wer war Lefty? Dann erinnerte sie sich, dass es Gages alberner Spitzname war.

Ihr wurde flau im Magen. Sie wusste, dass er nicht da war, aber aus irgendeinem Grund machte die Bestätigung dieses Umstands ihre beschissene Situation nur noch schrecklicher. »Wissen Sie, wann er zurückkommt?«, fragte Kinley.

Gillian zuckte entschuldigend mit den Schultern. »Tut mir leid, nein. Mir ist außerdem aufgefallen, dass Sie letzte Nacht hier draußen geschlafen haben. Wollen Sie ... wollen Sie mit hochkommen und mit mir frühstücken?«

Kinley konnte die andere Frau nur ungläubig anstarren. Sie war hübsch. Ihr blondes Haar war blitzsauber und glänzte. Sie trug eine Jeans sowie ein T-Shirt mit einem Basset Hound mit einer Sonnenbrille.

»Sie kennen mich doch gar nicht«, platzte Kinley heraus. »Warum in aller Welt sollten Sie mich in Ihre Wohnung einladen? Ist Ihr Freund da?«, fragte sie misstrauisch. Sie hatte von Frauen gehört, die andere Frauen in eine Falle lockten, damit ihre Lebensgefährten sie dann ausrauben und den Opfern manchmal noch schlimmere Dinge antun konnten.

»Nein, Walker ist nicht hier. Er ist mit Lefty zusammen.«

»Hat Ihr Freund einen Spitznamen?«, fragte Kinley, als es ihr langsam dämmerte.

Gillian legte den Kopf schief und musterte sie, als überlegte sie, ob sie antworten sollte oder nicht. Schließlich sagte sie: »Trigger.«

»Ich kenne ihn«, sagte Kinley mit einem kleinen Lächeln zu Gillian und war erleichtert.

»Wirklich?«

Kinley nickte. »Groß. Schwarze Haare. Die Schultern eines Schwimmers.«

»Das ist Walker. Verzeihung, wie war Ihr Name?«, fragte Gillian, die jetzt selbst ein bisschen misstrauisch klang.

»Kinley.«

»Kinley ... Oh! Walker hat mir erzählt, dass Lefty von einer Frau namens Kinley gesprochen hat. Das müssen Sie sein!«

Jetzt war Kinley an der Reihe, überrascht zu sein. »Er hat über mich geredet?«

»Nun, nicht mit mir, aber wenn Sie Lefty und meinen Freund kennen, dann wissen Sie, wie nahe sie sich stehen. Sie kennen mich nicht, aber ich versichere Ihnen, dass ich völlig harmlos bin.«

»Oh ... ähm ... okay.« Kinley war sich nicht sicher, was sie von der anderen Frau halten sollte. Sie schien aufrichtig zu sein und sie schien Gage tatsächlich zu kennen, aber sie war sich nicht sicher, ob sie wirklich jemandem vertrauen sollte. Jedem außer Gage.

»Nachdem Sie an Leftys Tür geklopft und dann hier draußen in Ihrem Wagen geschlafen hatten, musste ich einfach runterkommen«, sagte Gillian. »Um ehrlich zu sein, wäre Walker nicht glücklich mit mir; er mag es nicht einmal, wenn ich ein Taxi nehme. Aber ich bin ein ziemlich guter Menschenkenner ... abgesehen von einer kürzlichen Fehleinschätzung. Ich habe Sie gestern hier unten gesehen, und letzte Nacht, und ich fühlte mich schlecht. Wie gesagt, ich weiß nicht, wann Lefty zurückkommt, aber wir können uns beim Frühstück gern ein bisschen unterhalten, wenn Sie wollen.«

Kinley wollte ablehnen. Wollte die Frau höflich zurückweisen und sich auf den Weg machen. Aber etwas an der anderen Frau machte es fast unmöglich. Gillian war offen und freundlich, und das war etwas, von dem Kinley während der letzten zwei Wochen nicht viel erlebt hatte.

Sie nickte zaghaft.

»Großartig! Schnappen Sie sich Ihre Handtasche und kommen Sie. Ich arbeite von zu Hause und ehrlich gesagt werde ich inzwischen ein bisschen verrückt. Ich bin gern allein, aber ich bin es auch gewohnt, unter Menschen zu sein ... was, wie ich weiß, keinen Sinn macht. Ich bin Veranstaltungsplanerin und bereite mich gerade auf einen neuen Auftrag vor, und ich würde mich über Gesellschaft freuen.«

Kinley hatte noch nie jemanden wie Gillian getroffen. Sie war kontaktfreudig und einladend und ließ sie sich nach etwas sehnen, das sie nie gehabt hatte ... jemanden, mit dem sie über ihre Probleme reden konnte.

Sie griff auf den Rücksitz und zog ihre Reisetasche hervor. Sie wollte ihn nicht zurücklassen, nur für den Fall, dass Gillian Hintergedanken hatte. Sie schnappte sich ihren Schlüssel, schloss ihren Corolla ab und folgte Gillian die Treppe hinauf.

»Ich bin vor ein paar Monaten mit Walker in dieses Gebäude gezogen«, sagte Gillian. »Er hatte eine kleine Wohnung, in die unser ganzes Zeug nicht wirklich hinein-passte. Jetzt komme ich mir mit drei Schlafzimmern absolut verwöhnt vor. Natürlich redet Walker schon davon, sich ein Haus zu suchen, aber dazu bin ich noch nicht bereit. Wir haben diese Wohnung gefunden, weil Lefty bereits hier wohnte. Er hat mit dem Verwalter gesprochen, als eine Wohnung frei wurde, und ich glaube, er und Walker genießen es sehr, so nahe beieinander zu wohnen. Das gibt mir natürlich auch etwas Freiraum. Wenn Walker mich mit seinem Beschüt-zerverhalten überwältigt, sage ich ihm, er soll zu Lefty gehen und mir etwas Ruhe gönnen.«

Gillian lachte und Kinley konnte nicht anders, als ihr Lächeln zu erwidern.

Sie gingen gemeinsam die Treppe hinauf, Gillian öffnete die Tür zu ihrer Wohnung und bedeutete Kinley einzutreten. Eine Sekunde lang überlegte Kinley angestrengt, ob dies eine Falle sein könnte. Die Person, die angeheuert wurde, um sie zu töten, könnte ihr irgendwie gefolgt sein und Gillian als Köder benutzt haben ... aber sie verwarf den Gedanken sofort wieder. Sie hatte das Gefühl, dass derjenige, der sie in D.C. geschubst hatte, sich nicht mit solch ausgeklügelten Tricks abmühen würde. Beim nächsten Mal würde er einfach eine Waffe ziehen und schießen.

Außerdem, wenn ihr jemand folgte, hatte er während der langen Fahrt reichlich Gelegenheit gehabt, sie zu töten, immer wenn sie gezwungen gewesen war, anzuhalten und sich ein paar Stunden auszuruhen, bevor sie sich wieder auf den Weg machte.

Kinley stellte ihre Tasche neben dem Sofa ab, auf das Gillian zeigte, bevor sie sich setzte.

»Kann ich Ihnen etwas zu trinken anbieten? Ich habe Brötchen in den Ofen geschoben, bevor ich nach unten gegangen bin, um zu fragen, ob Sie mir Gesellschaft leisten wollen. Ich kann auch ein paar Eier aufschlagen, wenn Sie wollen. Oder ich habe Haferflocken und Obst.«

Kinley spürte, wie sich ihre Augen mit Tränen füllten, und sie versuchte verzweifelt, sie zurückzuhalten. Nachdem sie zehn Tage lang auf der Flucht gewesen war, in ihrem Wagen geschlafen und alles getan hatte, um nicht aufzufallen, damit sie nicht gefunden wurde, war das einfache Angebot, etwas zu essen und zu trinken, zu viel für sie.

Sie drehte den Kopf, biss sich auf die Lippe und versuchte, sich zu beherrschen, aber es funktionierte nicht. Zwei Tränen kullerten ihr über die Wangen.

»Kinley? Wenn keine dieser Optionen gut klingt, kann ich – oh!« Gillians Worte wurden abrupt unterbrochen, als sie endlich merkte, wie aufgebracht ihr Hausgast war.

Ohne ein Wort zu sagen, kam die andere Frau zum Sofa hinüber, setzte sich und zog Kinley in eine Umarmung.

Kinley war kein Kuscheltyp. Sie war es nicht gewohnt, berührt zu werden. Sie konnte sich nicht einmal daran erinnern, wann sie das letzte Mal von jemandem umarmt worden war. Aber diese Fremde, eine Frau, die sie erst vor ein paar Minuten kennengelernt hatte, zeigte ihr so viel Mitgefühl und echte Zuneigung, wie sie es schon lange nicht mehr erlebt hatte.

Es war zu viel für Kinley, um es zu ertragen. Normalerweise

hätte sie sich beherrschen und ihre Tränen zurückhalten können, aber nicht jetzt.

Sie hielt sich an Gillian fest, als wären sie schon ihr Leben lang Freundinnen gewesen, und weinte. Sie weinte, weil sie Angst hatte. Sie weinte, weil jemand versucht hatte, sie zu töten. Sie weinte, weil sie den Job verloren hatte, den sie jahrelang gemacht hatte. Sie weinte, weil sie nicht wusste, was sie als Nächstes tun sollte. Sie weinte um den armen Teenager in Paris, der umgebracht worden war.

Und sie weinte, weil sie tief in ihrem Inneren wusste, dass Gage verärgert und wahrscheinlich sauer gewesen war, als er nichts von ihr gehört hatte, nachdem sie versprochen hatte, sich zu melden.

Sie hatte keine Ahnung, wie lange sie sich an Gillian geklammert hatte, aber irgendwann wurde ihr klar, dass sie in den Armen einer Frau weinte, die es wahrscheinlich gerade ernsthaft bereute, sie in ihre Wohnung eingeladen zu haben.

»Fühlst du dich jetzt besser?«, fragte Gillian und scheute nicht davor zurück, Kinley in die Augen zu sehen.

Kinley schüttelte den Kopf. Das tat sie nicht, nicht wirklich. Ihr Gesicht fühlte sich geschwollen an und sie wusste, dass sie eine Dusche brauchte. Sie trug seit Tagen dieselben Klamotten und sie war immer noch zu Tode erschrocken. Sie hatte keine Ahnung, wie sie von Gage empfangen werden würde, aber sie konnte buchstäblich nirgendwo anders hin. Es gab niemanden, an den sie sich wenden konnte. Es würde sie nicht wundern, wenn er sich weigerte, sich überhaupt mit ihrem Problem zu befassen.

»Komm«, sagte Gillian sanft und nahm Kinleys Hand.

Sie erlaubte der anderen Frau, sie auf die Füße zu ziehen.

»Nach einer Dusche wirst du dich hundertprozentig besser fühlen. Und wenn du fertig bist, stecken wir deine Sachen in die Waschmaschine. Ich bin größer als du, aber ich habe ein T-Shirt und eine Jogginghose, die du anziehen kannst, wenn du willst.«

Wieder einmal war Kinley erstaunt, wie großzügig diese Frau war. »Bist du immer so zuvorkommend zu fremden Frauen, die du triffst?«, fragte sie.

Gillian kicherte. »Nein«, sagte sie mit fester Stimme. Sie blieb stehen, ließ Kinleys Hand fallen und drehte sich zu ihr um. Sie musterte sie einen Moment lang, bevor sie sagte: »Die Sache ist die. Du kennst Lefty. Du kennst Walker ... äh, Trigger. Das bedeutet, du kennst wahrscheinlich auch den Rest der Jungs im Team. Und die Jungs zu kennen bedeutet, dass du sie wahrscheinlich in ihrer offiziellen Funktion getroffen hast ... wenn du weißt, was ich meine. Und dass du hier auftauchst und an Leftys Tür klopfst, in einem Wagen mit einem Washingtoner Kennzeichen, sagt mir, dass du seine Hilfe brauchst.

Und ich habe schon in deinen Schuhen gesteckt. Junge, Junge. Wenn ich dich ignorieren würde, wäre ich nicht besser als die Leute, gegen die mein Freund und sein Team ständig kämpfen.«

Kinley war sich durchaus bewusst, dass Gage und seine Freunde zur Delta Force gehörten. Und offensichtlich war es dieser Frau ebenfalls bekannt. »Ich weiß, wer und was sie sind«, sagte sie zu Gillian.

»Richtig. Du hast also einen guten Grund, hier zu sein und mit Lefty sprechen zu wollen. Er und die anderen sind vor etwa einer Woche zu einer Mission aufgebrochen. Ich weiß nicht, wann sie zurückkommen.«

Kinley seufzte. Sie sollte wirklich gehen. Hier zu sein brachte Gillian in Gefahr. Verdammt, es würde auch Gage in Gefahr bringen. Aber sie hatte bereits beschlossen, mit Gage zu reden – sie hatte niemand anderen, an den sie sich wenden konnte –, und Gillians Großzügigkeit war ein Geschenk, das sie sich nicht entgehen lassen konnte. »Ich würde sehr gern duschen«, sagte sie leise.

Gillian lächelte. »Komm. Ich suche dir etwas zum Anziehen raus und wir kümmern uns um deine Wäsche.«

»Danke.«

Gillian winkte mit der Hand. »Keine Ursache.«

Fünfzehn Minuten später genoss Kinley die wohl beste Dusche ihres Lebens. Das Wasser war heiß, der Wasserdruck war perfekt ... und doch war sie nicht entspannt.

Würde sie sich jemals wieder sicher fühlen?

Sie schloss die Augen und erinnerte sich genau daran, wie sich diese Hand an ihrem Rücken angefühlt hatte. Für weniger als eine Sekunde hatte sie einfach gedacht, dass jemand unhöflich war und versuchte, sich an ihr vorbeizudrängeln. Aber als sie fiel, wusste sie sofort, dass es kein Unfall war.

Auch die Schuhe des Teenagers gingen ihr nicht mehr aus dem Kopf. Sie war so verliebt in diese verdammten glitzernden Absätze gewesen. Damals hatte sie sich gewünscht, sie wüsste, wo die Frau sie gekauft hatte, damit sie herausfinden konnte, ob es den Schuh auch als flacheres Modell gab. Kinley trug keine Absatzschuhe, niemals, aber sie wünschte, sie könnte es.

Sie immer noch an den Füßen des Mädchens zu sehen, wie sie funkelten, während der Rest ihres Körpers von einer Plane bedeckt war, war immer noch extrem erschütternd.

Kinley wusste, sie sollte einfach das FBI anrufen und mit jemandem reden, aber sie war jetzt paranoid. Wenn Drake Stryker ein Serienmörder und ihr Ex-Chef höchstwahrscheinlich irgendwie in die ganze schmutzige Affäre verwickelt war, wer wusste dann, wer sonst noch in den oberen Rängen der Regierung involviert war? Wusste der Präsident selbst, dass der Mann, den er zum US-Botschafter in Frankreich ernannt hatte, ein Mörder war? Wusste er, dass er mit Minderjährigen verkehrte? Wenn er es wusste, wusste es vielleicht auch das FBI?

Kinley hatte zu viele Fragen; es gab zu viele Unbekannte, um einfach blind jemanden anzurufen, der für das FBI arbeitete, um demjenigen mitzuteilen, was sie gesehen hatte. Sie hatte immer noch Angst, dass Walter recht hatte und dass ihr niemand glauben würde.

Gage schon.

Der Gedanke schoss ihr durch den Kopf. Und das war der Grund, warum Kinley in Texas war. Sie wusste, dass Gage nicht an ihr zweifeln würde. Sie kannten sich noch nicht sehr lange, aber so viel wusste sie über ihn.

Kinley hatte keine Ahnung, wo sie in dieser Nacht schlafen sollte oder wie lange es dauern würde, bis Gage von seiner Mission zurückkehrte, aber sie würde in Texas bleiben, bis sie die Möglichkeit hatte, mit ihm zu reden. Er würde ihr helfen zu entscheiden, was sie als Nächstes tun sollte.

Sie stieg aus der Dusche und war nicht gerade glücklich über ihre Situation, aber sie fühlte sich auf jeden Fall sauberer, was ihr half, einen klaren Kopf zu bekommen. Sie zog die Hose mit Gummizug – die zu lang war, aber das war Kinley im Moment egal – und das T-Shirt an und bürstete sich die Haare. Dann atmete sie tief durch und verließ das Badezimmer.

Die Luft in der Wohnung roch fantastisch. Wie frisch gebackenes Brot und Eier. Kinley knurrte der Magen.

»Die Waschmaschine und der Trockner sind neben dem Bad im Flur«, sagte Gillian, als sie Kinley am Rande des Zimmers stehen sah. »Bedien dich einfach.«

Kinley nickte und ging dorthin, wohin ihre neue Freundin gezeigt hatte. Sie füllte die Waschmaschine mit ihren schmutzigen Klamotten und setzte sie in Gang. Es war erstaunlich, wie eine Dusche und die Aussicht auf saubere Kleidung sie so viel besser fühlen ließen.

Das Frühstück war so gut, wie es roch. Die Brötchen waren an der Unterseite ein bisschen zu braun, aber Kinley dachte sich, dass das ihre Schuld war, weil sie Gillian abgelenkt hatte. Die Eier waren perfekt zubereitet und sogar die Honigmelone schmeckte absolut himmlisch.

Nach dem Frühstück hatte Kinley das Geschirr abgeräumt und nun saßen sie und Gillian wieder auf der Couch, während sie darauf warteten, dass ihre Kleidung trocknete.

»Kannst du mir sagen, was bei dir los ist?«, fragte Gillian.

Kinley schüttelte den Kopf. »Nein.«

Die andere Frau regte sich nicht auf, sie nickte nur. »Wenn Lefty heute nicht zurückkommt, wo wirst du dann bleiben?«

»Ich werde schon eine Unterkunft finden. Glaubst du, dass sie noch lange weg sein werden?«

Der mitleidige Ausdruck in Gillians Gesicht brachte Kinley fast um den Verstand. »Ich weiß es ehrlich gesagt nicht. Das ist das Schlimmste, wenn man mit einem Delta zusammen ist. Sie könnten für drei Tage oder drei Monate weg sein. Walker kann mir nicht sagen, wo er hingeht oder was passiert ist, wenn er nach Hause kommt. Ich gebe zu, es ist schwer. Wirklich schwer. Aber nicht, weil ich nicht alleine leben kann. Ich bin nach der Highschool über zehn Jahre lang gut als alleinstehende Frau zurechtgekommen. Es ist eher so, dass ich mir Sorgen um ihn mache und es einfach vermisse, mit ihm zusammen zu sein.«

Kinley verstand. Sie sorgte sich um Gage und sie kannten sich eigentlich gar nicht.

Gillian fuhr fort: »Aber ich vertraue darauf, dass Lefty und die anderen Walker den Rücken freihalten. Diese Jungs würden füreinander sterben, und das gibt mir Trost.«

Zum millionsten Mal dachte Kinley an die Tatsache, dass sie ihn in Gefahr bringen würde, wenn sie sich Gage anvertraute. Und nicht nur ihn, sondern auch sein ganzes Team.

Der Raum fühlte sich plötzlich extrem klein und eng an.

Kinley stand abrupt auf. »Ich muss gehen.«

»Bleib«, erwiderte Gillian und stand ebenfalls auf. »Wenn Lefty zurückkommt, wird er dir helfen, eine Lösung für dein Problem zu finden.«

»So einfach ist das nicht«, sagte Kinley.

»Das ist es nie. Hat Lefty dir erzählt, wie er und die anderen Jungs mich kennengelernt haben?«

Kinley wollte gehen. Wollte ihre Sachen nehmen, ob sie nun schon trocken waren oder nicht, und aus Texas verschwinden. Aber sie stand wie angewurzelt da. Ob sie es zugeben wollte oder nicht, sie war verdammt neugierig auf Gillian. Sie schüttelte den Kopf.

»Komm schon, setz dich. Das ist eine zu lange Geschichte, um sie im Stehen zu erzählen.«

Kinley setzte sich auf den äußersten Rand der Couch, bereit, aufzuspringen und zu verschwinden, sobald der Trockner surrte und ihr mitteilte, dass ihre Kleidung trocken war.

»Ich war in einem Flugzeug, das entführt und nach Venezuela umgeleitet wurde.«

Gillians Worte lenkten Kinley von ihren eigenen Gedanken ab. »Was?«

»Ich war in einem Flugzeug, das entführt und nach Venezuela umgeleitet wurde«, wiederholte Gillian.

»Scheiße«, hauchte Kinley. Plötzlich kamen ihr ihre eigenen Probleme nicht mehr ganz so überwältigend und beängstigend vor.

»Ja. Ich wurde gezwungen, als Kontaktperson mit den Behörden zu reden, und zu meinem Glück ist Walker schließlich auf der Bildfläche erschienen und hat angefangen, mit mir zu sprechen.«

Die nächsten zwanzig Minuten saß Kinley still da, gebannt von der Geschichte, die Gillian erzählte. Sie war voller Drogendealer, Entführungen und sogar einer Schießerei. Es war verrückt, aber die andere Frau erzählte die Geschichte ganz ruhig, als wäre es keine große Sache gewesen.

»Ich glaube, du bist der stärkste Mensch, den ich je getroffen habe«, sagte Kinley ehrlich zu Gillian, als sie endlich mit ihrer Geschichte fertig war.

Gillian schüttelte den Kopf. »Das bin ich wirklich nicht. Ich meine, ich bin eine Veranstaltungsplanerin, um Himmels willen. Ich verbringe mein Leben damit, Partys und Feste zu organisieren. Ich bin keine Heldin, ich habe noch nie eine Waffe in der Hand gehalten. Ich mag Menschen, aber ich sitze auch gern zu Hause und lese ein Buch. Obwohl ... ich glaube, dass jeder stärker ist, als er denkt. Wir wissen nie, wie stark wir sein können, bis es unsere einzige Option ist. Wenn du mir gesagt hättest, dass ich mich eines Tages inmitten einer Geiselnahme befinden würde, hätte ich dir nicht geglaubt. Wenn du mir gesagt hättest, dass ich in der Lage sein würde, vor einer Frau zu stehen, die eine Waffe auf mich richtet, und mich weigere, in ihren Wagen zu steigen, hätte ich dir ins Gesicht gelacht. Ich bin ein Menschenfreund. Ich tue, was mir gesagt wird. Aber in diesem Moment wusste ich, wenn ich in den Wagen gestiegen wäre, wäre ich tot gewesen.«

»Ich wünschte, ich wäre stärker«, gab Kinley zu.

»Ich kenne dich nicht, aber ich habe das Gefühl, dass du viel stärker bist, als du dir selbst zutraust. Noch mal, niemand bittet darum, dass ihm im Leben Scheiße passiert. Keiner will eine chronische Krankheit haben. Oder dass sein Kind stirbt. Oder dass der Geliebte im Kampf getötet wird. Keiner will in Armut aufwachsen oder obdachlos sein. Niemand will mit einer Behinderung geboren werden, die ihn jeden Tag seines Lebens zum Kämpfen zwingt. Wir lernen, stark zu sein, weil wir keine andere Wahl haben.

Und wenn wir in Situationen geraten, in denen wir stark sein müssen, spielen wir herunter, was wir getan haben und wie großartig wir waren. Du fühlst dich vielleicht nicht so, als wärst du mutig oder stark, aber ich habe das Gefühl, dass du wahrscheinlich ganz oben an der Spitze stehst, wenn es um Stärke geht.«

Kinley war sprachlos. Sie war sich nicht sicher, was sie darauf antworten sollte. Erstens war es das größte Kompliment, das sie je bekommen hatte. Sie dachte über ihr Leben nach, darüber, wie hart es gewesen war, und erkannte, dass Gillian vielleicht recht hatte. Es war nicht einfach, ohne Eltern oder Zuneigung aufzuwachsen, aber irgendwie hatte sie es geschafft. Es war nicht einfach gewesen, in Washington, D.C. zu arbeiten, aber auch das hatte sie geschafft.

Sie hatte keine Ahnung, ob sie es aus dem Schlamassel

schaffen würde, in den sie irgendwie geraten war, nur weil sie zur falschen Zeit aus dem Hotelfenster geschaut hatte (oder war es die richtige Zeit gewesen?), aber sie musste daran glauben, dass sie es schaffen würde. »Danke«, sagte sie nach einem langen Moment.

»Gern geschehen«, entgegnete Gillian leichthin. »Ich weiß, du hast gesagt, dass du gehen musst, aber vielleicht würdest du lieber noch eine Weile bleiben? Es ist einsam, seit Walker weg ist. Ich muss heute Morgen noch ein paar Anrufe tätigen, ich plane eine Feier für die Ehefrau eines Armeeangehörigen, die seit zwei Jahren krebsfrei ist, und ich hätte gern etwas Gesellschaft.«

Kinley wusste, dass sie Nein sagen sollte, dass sie gehen musste, aber stattdessen ertappte sie sich dabei, dass sie nickte.

»Großartig!«, sagte Gillian mit Begeisterung.

Drei Stunden später sah Kinley von dem Buch auf, in dem sie gelesen hatte, und blinzelte überrascht. Gillian hatte ihr gesagt, sie solle sich aus ihrem Bücherregal nehmen, was immer sie lesen wollte, und nachdem sie einen Liebesroman gefunden hatte, der interessant aussah, hatte Kinley sich auf der Couch niedergelassen, um damit anzufangen.

Sie war nur einmal aufgestanden, um ihre Wäsche zusammenzulegen und wieder ihre eigenen Kleider anzuziehen, und dann hatte sie sich wieder in das Buch vertieft.

Als Kinley nach links schaute, sah sie Gillian am anderen Ende des Sofas sitzen und ihr eigenes Buch lesen.

Kinley konnte sich das Lächeln nicht verkneifen, das ihre Lippen umspielte.

»Was?«, fragte Gillian, nachdem sie aufgeschaut und sie gesehen hatte.

»Ich ... wir sitzen hier nur nebeneinander und lesen. Ohne zu reden.«

»Oh. Tut mir leid, ist dir langweilig?«, fragte Gillian und schlug ihr Buch zu.

»Nein!«, rief Kinley aus. »Das ist es ganz und gar nicht. Ich

... das hier ist einfach perfekt. Mein ganzes Leben lang haben die Leute sich über mich lustig gemacht, weil ich in der Lage bin, alles um mich herum auszublenden, während ich lese. Die Pflegeeltern, die ich hatte, haben es so aussehen lassen, als wäre ich unhöflich, und wenn ich Freunde hatte und wir zusammen abhingen, hatte ich immer das Gefühl, ich müsste *reden*.«

»Oh mein Gott, ich auch«, sagte Gillian mit einem Lächeln. »Ich meine, ich gebe zu, dass ich gern rede, aber ich bin auch froh, wenn ich einfach nur dasitzen und still sein kann. Außerdem kann ich die Bücher dieser Autorin einfach nicht aus der Hand legen. Ich habe mich gezwungen, zuerst etwas zu arbeiten, aber ich bin froh, dass ich die Möglichkeit habe, einfach hier zu sitzen und zu lesen. Es ist schön, dich hierzuhaben, auch wenn wir nicht miteinander reden.«

Kinley lächelte die andere Frau an. Sie schaute auf die Uhr und stellte fest, dass es für sie längst Zeit war zu gehen. Sie legte das Buch weg und stand auf.

»Du willst gehen?«, fragte Gillian.

»Ja.«

»Okay. Aber du kommst doch morgen wieder, oder?«

Kinley blinzelte überrascht.

»Ich meine, ich weiß nicht, wann Walker und die anderen zurückkommen, also musst du zurückkommen und sehen, ob Lefty da ist, richtig? Ich würde gern wieder mit dir abhängen.«

»Ich ... ich fände das schön«, sagte Kinley zu ihr.

»Toll. Dann machen wir das so. Hast du ein Telefon? Ich kann dich anrufen, wenn ich von Walker höre.«

Kinley schüttelte den Kopf. »Nein. Ich hatte eins, aber ich habe es verloren.« Das stimmte zwar nicht ganz, aber es war so nahe an der Wahrheit, wie sie bereit war, Gillian gegenüber zuzugeben. Sie hatte ein Wegwerfhandy, aber sie wollte trotzdem keine elektronische Verbindung zu jemandem haben, den Stryker und Brown gegen sie verwenden konnten.

»Das ist okay. Du kannst das Buch, das du gerade liest, gern mitnehmen«, bot Gillian an.

Wieder einmal hatte Kinley das Gefühl, dass sie weinen musste. Sie kannte diese Frau erst seit ein paar Stunden und sie hatte sie besser behandelt als jede ihrer sogenannten Freundinnen in all den vergangenen Jahren. »Danke«, sagte sie. »Ich verspreche, es nicht zu beschädigen.«

Gillian winkte ab. »Keine Sorge«, sagte sie lässig. »Ich meine, es ist nur ein Buch. Die Seiten könnten schmutzig werden und der Einband reißen, aber das ändert nichts an dem, was drinsteht.«

Und genau das schien eine Metapher für Kinleys eigenes Leben zu sein. Von außen betrachtet war sie ein heilloses Durcheinander. Klein, merkwürdig, zurückhaltend ... aber im Inneren war sie ein guter Mensch, der sich danach sehnte, der Welt zu zeigen, dass sie eine sehr gute Partnerin und Freundin sein konnte, wenn man ihr nur eine Chance gab.

»Sei vorsichtig da draußen, okay?«, sagte Gillian, als Kinley ihre Reisetasche aufhob und zur Tür ging.

»Das werde ich«, versprach Kinley. Sie hatte kein Problem damit, dass Gillian sie nicht bat zu bleiben. Immerhin war sie eine Fremde. Es wäre weder klug noch sicher gewesen, sie zu bitten, die Nacht hier zu verbringen. Es war schon verrückt genug, dass sie sie überhaupt in ihre Wohnung eingeladen hatte. Aber Kinley würde Gillians Freundlichkeit nie vergessen.

Bevor sie das Wohngebäude verließ, klopfte Kinley an Gages Tür, ohne zu erwarten, dass er antwortete. Als niemand die Tür öffnete, ging sie zu ihrem Wagen und legte die Reisetasche auf den Rücksitz. Sie konnte nirgendwo hin, aber wenigstens war sie sauber und hatte keinen Hunger mehr.

Sie musste nur ihre Zeit abwarten. Gage würde irgendwann zurückkommen, und sie würde mit ihm reden und seinen Rat einholen.

Vielleicht würden die Dinge nicht so laufen, wie sie wollte, vielleicht würde er sagen, dass er ihr nicht helfen konnte, und sie wäre wieder auf sich allein gestellt, aber im Moment fühlte sie sich gut. Sie hatte eine neue Freundin gefunden und sie würde alles tun, was sie konnte, um Gillian vor der Gefahr zu schützen, die ihr auf den Fersen war.

Irgendwann würde derjenige, der versucht hatte, sie zu töten, sie finden, und auf keinen Fall wollte Kinley noch jemanden in Gefahr bringen.

KAPITEL SIEBEN

Lefty fuhr sich mit der Hand übers Gesicht. Er war schmutzig, müde und fühlte sich durch die schwere Mission, die er und das Team gerade abgeschlossen hatten, aus dem Gleichgewicht gebracht. Sie waren in den Iran geschickt worden, um einen amerikanischen Staatsbürger zu retten, den Sohn eines Bundesrichters, der dachte, es würde Spaß machen, den Berg Damavand zu besteigen. Er war über fünfeinhalbtausend Meter hoch und seine Erklimmung stand offenbar auf der Wunschliste des Mannes. Aber er hatte die Tatsache ignoriert, dass der Iran es nicht gern sah, wenn Menschen, vor allem Amerikaner, seine Grenzen illegal überschreiten. Der Mann war nicht in der Lage gewesen, eine Genehmigung für die Besteigung zu bekommen, und hatte beschlossen, es trotzdem zu tun.

Die meiste Zeit hatten sie mit der Planung der Rettungsaktion verbracht. Sie mussten verdeckt vorgehen, und als der Mann auf diplomatischem Weg nicht befreit werden konnte, hatten die Deltas die Erlaubnis erhalten, ihn notfalls mit Gewalt aus dem iranischen Gefängnis zu holen.

Am Ende war das leider nicht nötig gewesen. Der Mann

hatte es satt, auf seine Freilassung zu warten, und versucht, auf eigene Faust auszubrechen. Diese Entscheidung hatte mit seinem Tod geendet.

Die ganze Planung und Taktik der Deltas war umsonst gewesen. Es hatte vier Tage gedauert, bis sich das Team nach dem gescheiterten Rettungsversuch aus dem Iran zurückgezogen hatte, und Lefty war erschöpft.

Er war wütend auf den Mann, weil er dachte, einen Berg zu besteigen sei wichtiger, als zu Hause bei seiner Frau und seiner kleinen Tochter zu bleiben. Er war sauer auf die iranische Regierung, weil sie nicht hatte einsehen wollen, dass der Mann einfach nur jung und dumm war, und ihn nicht einfach nur mit einer Geldstrafe und einer strengen Verwarnung freigelassen hatte.

Die Tatsache, dass er sofort nach ihrer Landung in Europa, um ihr Flugzeug nach Hause zu nehmen, seine Nachrichten abgerufen und keine einzige von Kinley erhalten hatte, verbesserte Leftys Stimmung nicht.

Sie hatte versprochen, mit ihm in Kontakt zu bleiben, und Lefty hatte ihr geglaubt. Eine Woche lang konnte er Ausreden finden, warum sie ihm nicht geschrieben oder ihn angerufen hatte. Aber zwei Wochen ohne Kontakt war weniger ein Versäumnis oder ein Versehen. Er fühlte sich wie ein Idiot. *Wer zweimal auf den gleichen Mist reinfällt, ist selber schuld.* Er hätte seine Lektion beim ersten Mal lernen sollen. Kinley schien ein guter Mensch zu sein. Jemand, den er besser kennenlernen wollte. Aber Fernbeziehungen waren schwer. Wenn sie nicht bereit war, ihm auf halbem Weg entgegenzukommen, konnte da nichts zwischen ihnen sein, das war Lefty klar. Das war scheiße. Echt beschissen.

Die Reise zurück in die Staaten war lang, aber Lefty konnte nicht schlafen. Er hatte nicht aufhören können, über Kinley nachzudenken und darüber, warum sie beschlossen haben könnte, ihn ein zweites Mal zu ignorieren. Es machte keinen

Sinn und er musste sich fragen, ob vielleicht etwas nicht stimmte.

Nachdem sie gelandet waren, wartete das Team darauf, wegtreten zu dürfen, bevor alle zu sich nach Hause fuhren. Lefty hatte vor, in seine Wohnung zurückzukehren und vierundzwanzig Stunden durchzuschlafen. Wenn er ausgeruht war, würde er besser in der Lage sein, die Dinge mit Kinley ins rechte Licht zu rücken. Er musste sie ein für alle Mal vergessen, was, wie er wusste, leichter gesagt als getan sein würde.

Lefty war mit Trigger zum Stützpunkt gefahren, weil sie jetzt im selben Apartmentgebäude wohnten. Es war spät, nach zehn Uhr abends, und Trigger hatte gerade aufgelegt, nachdem er mit Gillian gesprochen hatte.

»Geht es ihr gut?«, fragte Lefty.

Trigger nickte. »Ja.«

Die Antwort war kurz, aber Lefty hatte einiges von dem Gespräch seines Freundes mitbekommen. Es war klar, dass Gillian begeistert war, dass er wieder zu Hause war, und das Gefühl beruhte auf Gegenseitigkeit.

»Ernsthaft?«, fragte Grover aus der Nähe, wobei die Überraschung und Verwirrung in seinem Tonfall leicht zu hören waren.

Lefty war sofort in Alarmbereitschaft. »Was?«, fragte er.

Auch die anderen Männer im Team waren angespannt, während sie darauf warteten zu hören, was ihren Freund so überrascht hatte.

»Devyn hat vor hierherzuziehen.«

»Devyn?«, fragte Lucky. »Wer ist das?«

»Meine Schwester«, erklärte Grover und starrte auf sein Telefon. »Sie hat eine Nachricht auf meinem Anrufbeantworter hinterlassen, in der sie sagt, dass sie ihren Job gekündigt hat und nach Texas ziehen wird.«

»Das ist deine jüngste Schwester, richtig?«, fragte Oz.

»Ja. Sie ist das Küken in der Familie.«

»Geht es ihr gut?«, wollte Brain wissen.

»Ich weiß es nicht. Ich meine, ich dachte, sie liebt ihren Job. Sie ist Tierarzthelferin und jedes Mal, wenn ich mit ihr gesprochen habe, hatte sie nur Gutes darüber zu sagen«, antwortete Grover, wobei die Sorge in seinem Tonfall leicht zu hören war.

»Wirst du sie zurückrufen?«, fragte Lucky.

»Ich habe es versucht. Sie geht nicht ran. Es ist allerdings schon spät, es könnte sein, dass sie schon schläft.«

»Sag uns Bescheid, wenn du etwas brauchst«, sagte Lefty und legte seinem Freund eine Hand auf die Schulter. »Du weißt, dass wir für dich da sind.«

»Mach ich. Ich habe keine Ahnung, welche Pläne sie hat, aber vielleicht braucht sie Hilfe beim Entladen eines Umzugswagens oder so«, sagte Grover.

»Was immer du brauchst, wir sind da«, wiederholte Lucky.

Sie wurden von ihrem kommandierenden Offizier unterbrochen, der sie offiziell entließ, und kurz darauf saß Lefty in Triggers Chevy Blazer. Den Kopf auf die Sitzlehne gestützt, schloss Lefty die Augen.

»Bist du okay?«, fragte Trigger.

»Ja.«

»Immer noch nichts von ihr?«

»Nein. Aber es ist in Ordnung. Ich meine, es ist nicht so, dass wir jemals wirklich eine Art von Beziehung haben würden. Nicht, wenn sie in D.C. ist und ich hier. Gott weiß, dass eine normale Beziehung schon schwierig ist; eine Fernbeziehung würde nie funktionieren«, sagte Lefty und versuchte, sich selbst zu überzeugen.

»Aber du machst dir immer noch Sorgen um sie«, sagte Trigger mit unheimlicher Einsicht.

Lefty seufzte. »Ich habe sechs Stunden mit ihr verbracht, Trigger«, sagte Lefty. »Zwischen uns hat es gefunkt. Ich habe meine Mutter angerufen, als sie bei mir war, um Himmels willen. Sie hat versprochen, mit mir zu reden. Ich weiß nicht mehr, was ich denken soll.«

»Vielleicht rufst du morgen Winkler an und fragst ihn, ob

er ein paar Erkundigungen einziehen kann. Ich weiß, wir waren nur seine Leibwächter, aber er schien ziemlich bodenständig zu sein ... für einen Politiker. Er und Brown arbeiten im selben Gebäude, also könntest du zumindest in Erfahrung bringen, ob es ihr gut geht, wenn du mit ihm redest.«

Es war ein guter Vorschlag, aber im Moment war Lefty noch nicht bereit, viel zu tun, wenn es um Kinley ging. »Ja, das könnte ich.«

Einige Minuten vergingen, während Trigger auf ihr Wohngebäude zufuhr.

»Also, Gillian geht es gut?«, fragte Lefty.

»Ja. Sie sagte, sie sei mit Planen und Lesen beschäftigt.«

»Kann sie lange genug still sitzen, um zu lesen?«, erkundigte sich Lefty. »Ich schwöre, ich sehe quasi vor mir, wie sie überall herumflitzt, telefoniert, eine E-Mail tippt und gleichzeitig liest.«

Trigger lachte. »Das ist lustig, weil ich das Gleiche dachte, als ich sie zum ersten Mal traf. Aber du würdest dich wundern. Sie liebt es, herumzusitzen und zu faulenzen. Und wenn sie ein Buch liest? Dann lass sie lieber in Ruhe.«

»Ich freue mich für dich«, sagte Lefty zu seinem Freund. »Ich meine es ernst. Gillian ist fantastisch. Sie ist einer der nettesten Menschen, die ich je getroffen habe. Sie würde ihr letztes Hemd geben, wenn sie denkt, dass jemand es braucht. Das ist heutzutage ziemlich selten. Die Leute denken nur an sich selbst.«

»Sie ist ziemlich fantastisch, aber auch verdammt beängstigend«, gab Trigger zu. »Sie will immer etwas zu essen und andere Dinge für Leute kaufen, die sie auf der Straße sieht. Eines Tages werde ich nach Hause kommen und jemanden vorfinden, der vom Glück verlassen wurde und nun bei uns wohnt.«

Lefty schauderte. »Ja, das ist nicht gut«, gab er zu. Aber er konnte nicht aufhören, an den Moment zu denken, in dem

Kinley in Paris eine Mahlzeit für den Obdachlosen gekauft hatte, und daran, wie sie in Afrika den gesamten Essensstand der Frau erstanden hatte.

»Aber ich würde Gillian um nichts in der Welt tauschen«, sagte Trigger. »Ich will nicht, dass sie sich jemals verschließt. Ich möchte, dass sie das Einfühlungsvermögen, das sie für andere hat, für immer behält. Ich wünschte nur, sie wäre sich dabei ihrer eigenen Sicherheit etwas mehr bewusst.«

»Du hast sie aber dazu gebracht, kein Taxi mehr zu benutzen, oder?«, fragte Lefty.

»Ja. Aber das ist nur die Spitze des Eisbergs.«

Sie fuhren auf den Parkplatz des Apartmentgebäudes und nachdem sie ausgestiegen waren, gab Lefty Trigger einen Stoß ans Kinn. »Danke fürs Mitnehmen.«

»Klar doch. Es macht keinen Sinn, dass wir beide mit unserem eigenen Wagen zum Stützpunkt fahren. Danke noch mal, dass du Gillian und mir geholfen hast, die Wohnung hier zu bekommen.«

»Kein Problem. Hattest du Glück bei der Suche nach einem Haus?«

Trigger zuckte mit den Schultern. »Wir haben gesucht, aber Gillian sagt, sie ist im Moment glücklich da, wo sie ist.«

»Eine Frau, die sich nicht um materiellen Scheiß kümmert, ist verdammt erstaunlich«, bemerkte Lefty.

»Oh, ich weiß, und glaub mir, ich bin dankbar dafür. Sie könnte sich nicht weniger um die Größe unserer Wohnung oder Designerklamotten und so etwas kümmern. Aber irgendwie will ich sie ihr deshalb umso mehr schenken«, sagte Trigger trocken.

»Geh schon«, sagte Lefty und schubste seinen Freund spielerisch. »Geh nach Hause zu deiner Frau.«

»Sie ist eine Närrin«, sagte Trigger, nachdem er drei Schritte in Richtung seiner Wohnung gemacht hatte. »Kinley, meine ich. Du bist einer der besten Männer, die ich je gekannt habe. Sie weiß nicht, was ihr entgeht, wenn sie dir den Lauf-pass gibt.«

»Danke«, sagte Lefty. Die Worte machten ihn nicht wirklich glücklich, aber er mochte sie trotzdem. »Wir sprechen uns später.«

»Bis dann«, sagte Trigger, drehte sich um und ging die Treppe hinauf.

Lefty ging ein wenig langsamer zu seiner eigenen Wohnung. Er wusste, was ihn erwartete. Eine dunkle, leere Wohnung, die leicht muffig roch, weil sie zwei Wochen lang verschlossen gewesen war. Er hatte vor seiner Abreise den Kühlschrank leer geräumt, aber normalerweise vergaß er immer etwas.

Seufzend straffte er die Schultern. Das hier war sein Leben, egal, was er mit Kinley vorgehabt hatte.

Er öffnete seine Wohnungstür und ließ seine Tasche direkt auf den Boden fallen. Um die Wäsche würde er sich später kümmern. Im Moment wollte er nur eine Dusche und sein Bett.

Lefty stöhnte, als am nächsten Morgen sein Telefon klingelte. Er öffnete ein Auge und sah, dass es elf Uhr war. Er hatte tief geschlafen, aber er fühlte sich, als könnte er noch zwölf Stunden weiterschlafen.

Er fummelte an seinem Telefon herum, als es weiter klingelte, und fand schließlich die Taste, auf die er tippen musste, um das Gespräch anzunehmen.

»'lo?«

»Ich bin's, Trigger. Du musst in meine Wohnung kommen. Sofort.«

Lefty war sofort wach. »Was ist los? Ist mit Gillian alles in Ordnung?«

»Es geht ihr gut. Aber sie muss dir etwas sagen, das du hören willst.«

Lefty brauchte einen Moment, bis sein Herzschlag sich beruhigt hatte. »Gott, jag mir nicht so einen Schreck ein, Trigger. Scheiße, ich dachte, etwas stimmt nicht.«

»Das könnte auch so sein. Beweg deinen Arsch hierher, Lefty. Ich mache keine Witze.« Dann legte Trigger auf.

Lefty grummelte darüber, was für eine Nervensäge sein Freund war, während er den Kopf wieder auf sein Kissen sinken ließ. Wenn er rüber in die andere Wohnung ging, nur um festzustellen, dass Gillian eine Willkommens-Frühstücksparty für sie veranstaltete, würde er sauer sein. Das Essen würde nett sein, denn Lefty wusste, dass er in seiner Wohnung nichts zu essen hatte … aber trotzdem.

Er kletterte aus dem Bett und ging ins Bad. Er benutzte schnell die Toilette und putzte sich die Zähne, ohne sich zu rasieren, dann zog er sich eine Jeans und ein T-Shirt an. Er schnappte sich seinen Schlüssel und steckte ihn in die Hosentasche, bevor er seine Wohnung verließ und zu Triggers Wohnung rüberging.

Er hob die Hand, um zu klopfen, aber die Tür öffnete sich, bevor er es tun konnte. Trigger stand mit einem besorgten Gesichtsausdruck da.

Die Anspannung im Gesicht seines Freundes machte Lefty schließlich klar, dass dies keine Überraschungsparty oder etwas in der Art war. Er folgte Trigger nach drinnen und sah Gillian, die vor der Couch auf und ab ging.

»Lefty!«, sagte sie, als sie ihn sah. »Gott sei Dank bist du hier.«

Stirnrunzelnd wunderte Lefty sich, was los war. »Was ist passiert?«

»Nun, vielleicht nichts – aber vielleicht auch viel. Und es tut mir *so* leid! Ich war … gestern Abend abgelenkt, als Walker nach Hause kam, und ich habe es bis heute Morgen vergessen«, erklärte Gillian, errötete und sah leicht schuldbewusst aus.

»Atme mal durch, Di«, sagte Trigger und benutzte den Spitznamen, den er ihr in Venezuela gegeben hatte. Er ging zu ihr und zog sie in seine Arme.

Lefty konnte nicht anders, als einen Anflug von ... Eifersucht zu verspüren? Es war nicht so, dass er nicht wollte, dass Trigger das hatte, was er mit Gillian hatte ... es war nur so, dass er es selbst auch wollte. Und nachdem er Kinley getroffen hatte, dachte er, dass es vielleicht eine winzige Chance gab, dass er es bekommen könnte, aber das sah immer unwahrscheinlicher aus.

»Okay?«, sagte Trigger und sah zu Gillian hinunter.

Sie nickte und wandte sich an Lefty. »Ich glaube, Kinley könnte noch in der Stadt sein.«

Diese neun Worte stellten Leftys Welt augenblicklich auf den Kopf. »*Was?*«

»Ich weiß, es ist verrückt. Aber sie war hier und hat nach dir gesucht.«

Als sie nicht sofort eine Erklärung abgab, befahl Lefty: »Fang von vorne an und lass nichts aus.«

»Richtig. Es war ungefähr eine Woche, nachdem ihr abgereist wart. Mir war diese Frau am Tag zuvor aufgefallen, aber ich habe mir nicht viel dabei gedacht. Sie klopfte an deine Tür, doch du warst offensichtlich nicht zu Hause. Aber dann kam sie am nächsten Tag wieder. Und dann, am *nächsten* Tag, saß sie in einem Wagen auf dem Parkplatz. Ich hatte sie am Abend zuvor schon dort gesehen ... und am Morgen stand ihr Wagen an der gleichen Stelle und sie saß immer noch darin. Sie sah schlimm aus, Lefty. Ich hatte Mitleid mit ihr. Also ging ich runter zum Parkplatz, um mit ihr zu reden.«

»Siehst du, was ich meine?«, sagte Trigger und begegnete Leftys Blick mit Verärgerung. »Wir arbeiten immer noch an ihrem Sicherheitsempfinden.«

Gillian stieß Trigger gegen die Brust, aber er bewegte sich nicht, sondern zog sie nur näher an sich heran.

»Jedenfalls sagte sie, ihr Name sei Kinley, und ich erinnerte mich, dass Walker mir kurz von jemandem mit diesem Namen erzählt hatte, mit dem du in Paris Zeit verbracht hattest. Ich meine, ich kenne keine Details oder so, aber ich fühlte mich besser, dass du sie tatsächlich kanntest. Also lud ich sie zum Frühstück ein. Wie ich schon sagte, sie sah ziemlich fertig aus.«

»Was soll das heißen?«, stutzte Lefty.

»Ganz ruhig, Mann«, mahnte Trigger.

Lefty holte tief Luft und nickte.

»Nur, dass es so aussah, als hätte sie in ihrem Wagen geschlafen. Ihr Haar war ungewaschen und ihre Klamotten waren total zerknittert. Und ...« Gillian zögerte, fuhr dann aber fort: »Sie hat nicht besonders gut gerochen. Nicht schrecklich, aber so, als hätte sie eine Weile nicht mehr geduscht. Also überredete ich sie, hier nach oben zu kommen – was übrigens nicht einfach war –, wir aßen und sie duschte. Ich ließ sie ihre Sachen waschen und wir haben zusammen abgehangen.«

»Ihr habt abgehangen?«, fragte Lefty verblüfft.

»Ja. Es war ziemlich genial, muss ich zugeben. Ich habe etwas gearbeitet, sie hat gelesen. Und als ich fertig war, habe ich mich zu ihr gesetzt und ebenfalls gelesen.«

Triggers Lippen zuckten. »Ihr habt also beide auf der Couch gesessen und nicht geredet, sondern gelesen?«

Gillian lächelte. »Ja. Weißt du, wie schwer es ist, jemanden zu finden, der sich behaglich fühlt, wenn er einfach nur neben dir sitzt und liest und sich nicht dafür interessiert, ein Gespräch zu führen? Ich meine, ich liebe Wendy, Ann und Clarissa, aber die drei können *reden*. Kinley hatte nicht das Bedürfnis zu reden, nur um ihre eigene Stimme zu hören.«

»Was ist dann passiert?«, fragte Lefty und wollte, dass sie weitersprach, damit er herausfinden konnte, warum Kinley hier war – und wo sie jetzt sein könnte.

»Sie ist gegangen«, sagte Gillian achselzuckend. »Ich wusste nicht, wann ihr zurück sein würdet, also hatte ich sie gebeten, am nächsten Morgen wiederzukommen, damit wir wieder zusammen abhängen können. Und das tat sie. Ich habe sie drei

Tage lang jeden Morgen gesehen – aber die letzten zwei Tage war sie nicht mehr hier. Sie sagte, sie hätte kein Telefon, also konnte ich sie nicht anrufen, um zu erfahren, ob alles in Ordnung ist. Ich mache mir Sorgen um sie. Sie schien fast verzweifelt mit dir reden zu wollen, und jetzt bist du wieder da, aber plötzlich ist sie nicht mehr da. Das gefällt mir nicht.«

Lefty gefiel es auch nicht. Er konnte sich nicht erklären, was Kinley überhaupt in Texas machte. Nicht, wenn sie einen Job in D.C. hatte. Und warum zum Teufel schlief sie in ihrem Wagen? Und wo war ihr Telefon?

Nichts ergab einen Sinn ... und das ließ Leftys internes Messgerät für Scheiße ausschlagen. »Was für einen Wagen fährt sie?«

»Einen hellbraunen Toyota Corolla.«

Lefty zuckte zusammen. Die gab es wie Sand am Meer, und das würde es noch schwieriger machen, sie zu finden.

»Ich rufe die anderen Jungs an«, sagte Trigger und ließ Gillian los.

Lefty wollte protestieren. Er wusste, dass alle genauso müde waren wie er, aber er wäre dankbar für die Hilfe.

»Willst du, dass ich die Polizei verständige?«, fragte Gillian.

»Nein«, sagte Lefty sofort.

Sie hob fragend eine Augenbraue.

Tief durchatmend versuchte Lefty zu erklären. »Irgendetwas stimmt nicht. Kinley sollte nicht in Texas sein. Sie lebt und arbeitet in D.C. Und es gefällt mir definitiv nicht, dass du glaubst, sie hätte in ihrem Wagen geschlafen. Die Polizei könnte eine Fahndung nach ihrem Fahrzeug herausgeben, aber wenn sie in Schwierigkeiten steckt, könnte das die Sache noch schlimmer machen.«

»Wie das?«, fragte Gillian. »Glaubst du, sie wird von der Polizei gesucht?«

Lefty wollte über diese Vermutung lachen, aber an dieser Situation war nichts lustig. Überhaupt nichts. »Nein, aber ich weiß nicht, *was* hier los ist. Ich dachte, sie antwortet nicht auf meine Nachrichten und SMS, weil sie nicht mit mir reden will, aber was ist, wenn es einen anderen Grund hat?«

»Sie könnte versuchen, nicht aufzufallen«, sagte Trigger.

»Genau. Deshalb möchte ich die Polizei noch nicht einschalten. Du kannst mir glauben, wenn zu viel Zeit vergeht, habe ich vielleicht keine andere Wahl, aber im Moment möchte ich sehen, ob wir sie auf eigene Faust finden können. Killeen ist nicht allzu groß, also haben wir vielleicht Glück«, sagte Lefty.

»Ich kann Ann, Wendy und Clarissa um Hilfe bitten.«

»Danke, aber wir sollten das erst mal für uns behalten«, sagte Lefty. Dann ging er zu Gillian hinüber und legte ihr die Hände auf die Schultern. »Danke, dass du dich mit ihr angefreundet hast.« Er zögerte, dann fuhr er fort: »Sie scheint keine Freundinnen zu haben, deshalb weiß ich es zu schätzen, dass du ihr die Hand gereicht hast.«

»Das ist einfach dumm«, sagte Gillian hitzig. »Ich kenne sie nicht einmal besonders gut, aber ich mag sie sehr. Sie ist ... beruhigend. Das ist nicht wirklich das richtige Wort, aber für den Moment reicht es. Ich hatte nicht einmal das Gefühl, dass ich sie unterhalten musste. Sie war vollkommen zufrieden, nur auf der Couch zu sitzen und zu lesen. Aber sie konnte auch ein Gespräch führen. Wir sprachen über eine meiner bevorstehenden Veranstaltungen und sie hatte ein paar tolle Ideen für mich. Einmal hatte ich Schwierigkeiten, etwas Kostengünstiges für meinen Kunden zu finden, und sie konnte mir ein paar Tipps und Tricks geben, um einen besseren Preis für den Veranstaltungsort auszuhandeln. Ich mag sie, Lefty. Ich hoffe, sie ist in Ordnung.«

»Ich auch«, sagte Lefty. Er ließ ihre Schultern los und sah Trigger an. Sie tauschten einen Blick aus und Trigger zeigte mit dem Kopf in Richtung Eingangstür. Er verstand, dass er unter vier Augen mit ihm über ihr Vorgehen sprechen wollte, und Lefty nickte.

»Danke noch mal, dass du mir Bescheid gesagt hast«, sagte Lefty.

»Es tut mir so leid, dass ich gestern Abend nicht daran gedacht habe, dich anzurufen. Ich war nur so aufgeregt, dass Walker zu Hause war.«

Lefty lächelte verständnisvoll. »Ich weiß. Du hattest Trigger schon eine Weile nicht mehr gesehen.«

Gillian nickte, runzelte aber immer noch die Stirn. »Ich fühle mich schrecklich deswegen. Ich bin ein schrecklicher Mensch, weil ich nicht sofort daran gedacht habe. Ich hätte es dir gestern Abend sagen sollen.«

»Ist schon okay. Im Ernst«, sagte Lefty zu ihr. Er hätte es gern gestern Abend gewusst, aber er war müde gewesen. Er hätte nicht geschlafen, wenn er gewusst hätte, dass Kinley in der Stadt war und nach ihm suchte, und es war gut möglich, dass er in Höchstform sein musste, wenn er sie fand. Sie wäre nicht hier, wenn nicht etwas passiert wäre.

Entschlossenheit stieg in ihm auf. Kinley war hier. Sie war zu ihm gekommen. *Ihm.* Es war ein schlechtes Timing, dass er auf einer Mission gewesen war, aber er würde sie finden und herausfinden, was sie in Texas machte. Er wusste, sie wäre nicht gekommen, wenn das, was sie brauchte, nicht wichtig wäre.

Innerhalb von dreißig Minuten stand Lefty auf dem Parkplatz seines Wohngebäudes, umgeben von allen sechs Mitgliedern seines Teams. Keiner hatte gemeckert, dass er an seinem freien Tag herkommen musste.

Trigger war gerade damit fertig, den Jungs zu erzählen, was Gillian ihm und Lefty mitgeteilt hatte.

»Sie ist hier irgendwo«, sagte Lefty. »Ich weiß es. Wir müssen sie nur finden. Ich kenne ihr Autokennzeichen nicht, aber es wird eines aus Washington, D.C. sein. Wenn sie wirklich in ihrem Wagen geschlafen hat, wird sie sich wahrscheinlich einen sicheren Ort gesucht haben. Den Parkplatz eines Geschäfts, das rund um die Uhr geöffnet hat, oder einen anderen Ort, der nicht zu verlassen ist. Es besteht die Möglichkeit, dass sie gar nicht mehr in der Stadt ist ... aber aus irgendeinem Grund denke ich, dass sie noch hier ist. Sie kam den ganzen Weg hierher, um mich zu sehen, und sie ist sehr entschlossen. Ich kann mir nicht vorstellen, dass sie wieder fährt, bevor sie ihr Ziel erreicht hat. Wenn ihr sie findet, nähert euch ihr nicht. Ruft mich an und beobachtet sie, okay?«

Alle nickten.

Lefty liebte sein Team. Keiner kümmerte sich darum, wer das Sagen hatte oder wer den Ton angab. Ihre Egos wurden zur Seite gestellt, bevor sie eine Mission begannen. Und dies war eine Mission, auch wenn sie nicht von ihrem Land beauftragt worden waren.

Lefty teilte ihnen verschiedene Gebiete der Stadt zum Durchsuchen zu und umgehend machten sie sich alle auf den Weg zu ihren Fahrzeugen.

Brain hielt sich zurück, als die anderen gingen. »Alles in Ordnung?«, fragte er.

Lefty zuckte mit den Schultern. »Es wird mir besser gehen, sobald ich herausgefunden habe, was zum Teufel hier los ist.«

»Soll ich mal sehen, was ich im Computer finden kann?«

Lefty zögerte, dann schüttelte er den Kopf. »Mein Bauchgefühl sagt mir, dass ich warten soll. Um herauszufinden, was los ist, bevor wir irgendetwas tun, das jemand anderen alarmieren könnte, dass sie in der Gegend ist und wir nach ihr suchen.«

Brain musterte lange Leftys Gesicht. »Glaubst du, sie wird von irgendjemandem überwacht?«

Lefty zuckte mit den Schultern. »Ehrlich gesagt? Ich habe keinen blassen Schimmer. Aber ich weiß, dass das nicht ihre Art ist. Sie ist nicht die Art von Frau, die aufsteht, ihren Job verlässt, in ihrem Wagen schläft und sich geheimnisvoll verhält. Sie ist klug, Brain. Sparsam. Es gibt keinen Grund, warum sie sich nicht ein Zimmer in einem Motel mieten kann, während sie auf mich wartet. Ich dachte, sie antwortet nicht auf meine Nachrichten, weil sie nicht mit mir reden will, aber was, wenn mehr dahintersteckt? Sie sagte zu Gillian, dass sie kein Telefon hat. Ich weiß, dass sie eins hat, oder hatte, aber was ist, wenn sie es nicht benutzen will? An diesem Punkt habe ich mehr Fragen als Antworten, und das fühlt sich nicht richtig an.«

»Willst du, dass ich mit Winkler spreche?«

»Nein!«, rief Lefty aus. Dann holte er tief Luft, um sich zu beruhigen. »Ich sage nicht, dass der Mann keine Informationen haben wird, denn wir alle wissen, wie klein die politische Gemeinde in D.C. ist. Aber was ist, wenn sie vor jemandem dort davonläuft? Was ist, wenn sie nicht will, dass jemand weiß, wo sie ist? Wenn wir anfangen, Fragen zu stellen, könnte sich das herumsprechen und jemanden anlocken, den sie nicht sehen will.«

»Verständlich«, stimmte Brain zu. »Aber wenn du irgendetwas brauchst, dann sag mir Bescheid. Du weißt, ich werde alles daransetzen, um jede Information zu bekommen, die du brauchst.«

»Das weiß ich zu schätzen. Im Moment muss ich nur Kinley finden und mich vergewissern, dass es ihr gut geht. Danach überlegen wir uns, wie es weitergeht. Ich hoffe, sie hatte nur die Gelegenheit, einen überfälligen Urlaub zu nehmen, und es ist alles in Ordnung. Ich bin eingebildet genug, um zu hoffen, dass sie diesen Urlaub mit mir verbringen wollte, aber mein Bauchgefühl schreit, dass etwas nicht stimmt.«

»Wir werden sie finden«, sagte Brain und legte Lefty eine Hand auf die Schulter. »Und fürs Protokoll, nicht dass es wichtig wäre: Ich mag sie. Ich kenne sie nicht wirklich gut, aber nach dem zu urteilen, was ich von ihr gesehen habe, scheint sie bodenständig zu sein, einfach zufrieden, den Tag zu genießen, wenn das Sinn macht.«

Lefty nickte. Es machte absolut Sinn. Er erinnerte sich daran, wie glücklich sie gewesen war, auf einer Bank zu sitzen und zum Eiffelturm hinaufzustarren. Sie hatte es nicht nötig, darüber zu reden, und machte auch nicht eine Million Selfies von sich vor dem Turm. Sie nahm es einfach in sich auf und genoss den Moment. Das gefiel ihm. Und zwar sehr.

Brain verpasste Lefty einen leichten Kinnhaken und machte sich auf den Weg zu seinem Wagen. Tief durchatmend ging Lefty zu seinem eigenen Pritschenwagen. Mit jeder Minute, die verging, wuchs seine Angst. Er musste Kinley finden, und zwar schnell.

KAPITEL ACHT

»Ich hab sie gefunden«, sagte Lucky, als Lefty eine Stunde später an sein Telefon ging.

Das war die Sache mit Lucky, und so hatte er seinen Spitznamen bekommen. Der Mann hatte bei so ziemlich allem, was er tat, außerordentliches Glück. Sei es, dass er bei Einsätzen nur knapp einer Verletzung entging, oder dass er obskure Informationen sammelte, die er für einen Auftrag brauchte. Und noch nie war Lefty so dankbar für das Glück seines Teamkameraden gewesen wie jetzt.

Er erhielt die Adresse, wo Lucky ihren Wagen gefunden hatte, und wendete sein eigenes Fahrzeug. Lucky hatte versprochen, auch den Rest des Teams anzurufen, und Lefty wusste, dass sie sich alle beeilen würden, um zu ihr zu gelangen.

Lucky hatte nicht viel mehr gesagt, nur dass er ihren Wagen gefunden hatte und einmal vorbeigefahren war, um zu sehen, ob sie drin saß. Er entdeckte sie auf dem Fahrersitz, aber er hatte sich ihr nicht genähert. Ein Teil von Lefty hatte gewollt, dass er sofort zu ihr ging, um sich zu vergewissern, dass es ihr gut ging, aber der andere Teil von ihm wollte derjenige sein, den sie zuerst sah.

Sie hatte Lucky kennengelernt, aber wenn sie ihn nicht

erwartete, würde sie vielleicht erschrecken, wenn er aus heiterem Himmel an ihr Fenster klopfte.

Lefty fuhr schneller.

Nach siebeneinhalb Minuten hielt er mit seinem Wagen neben Luckys. Sie befanden sich auf dem Parkplatz einer örtlichen Fabrik. Es war eine kluge Entscheidung von Kinley. Der Parkplatz war wegen der verschiedenen Schichten den ganzen Tag und die ganze Nacht über voller Fahrzeuge, und obwohl jemand sie dort bemerken könnte, wäre es nicht unbedingt seltsam gewesen.

Grover, Lucky, Doc und Brain waren schon da, und Trigger und Oz waren auf dem Weg. Da er nicht auf den Rest seines Teams warten wollte, näherte Lefty sich der Tür von Kinleys Fahrzeug und sah, dass ihre Augen geschlossen waren und ihr Kopf an der Kopfstütze hinter ihr ruhte. Mit jedem Schritt erhöhte sich seine Herzfrequenz. Er konnte spüren, wie das Adrenalin durch seinen Körper strömte.

Er versuchte, die Tür leise zu öffnen, aber sie war verschlossen. Er hasste es, an das Fenster zu klopfen und sie zu erschrecken, aber er hatte keine andere Wahl.

Lefty klopfte zweimal an das Fenster – und er begann zu schwitzen, als Kinley sich nicht einmal bewegte. Vielleicht schlief sie nicht nur. Vielleicht stimmte wirklich etwas nicht.

»Scheiße«, murmelte er und klopfte erneut, diesmal kräftiger.

Er hielt den Atem an – und als er sah, dass ihr Kopf sich etwas bewegte, atmete er aus. Sie war am Leben. Gott, eine Sekunde lang hatte er gedacht, er wäre zu spät dran und er hätte seine Chance bei ihr für immer verloren.

»Kinley?«, rief er. »Mach die Tür auf.«

Er sah, wie sie langsam die Augen öffnete und dann wieder schloss.

Er klopfte noch einmal an das Fenster. »Kinley!«, rief er noch lauter. »Mach die Tür auf.«

Ihre Augen öffneten sich wieder und er beobachtete, wie sie seinen Namen aussprach.

»Ja, ich bin's, Gage. Mach die Tür auf, Süße. Lass mich rein.« Lefty hielt den Atem an, als er zusah, wie sie die Hand hob und an den Knöpfen auf der Armlehne in der Tür herumfummelte. Sie schien außerordentlich unkoordiniert zu sein, was nicht ihre Art war. Ja, vielleicht war sie nicht ganz bei der Sache, weil sie geschlafen hatte, aber das hier schien anders zu sein. »So ist es gut, Baby, komm schon, mach auf«, flüsterte er.

Endlich, gerade als er befürchtete, sie müssten ein Fenster einschlagen, um zu ihr zu gelangen, hörte er, wie sich die Schlösser öffneten.

Lefty hatte die Tür geöffnet und war innerhalb von zwei Sekunden auf dem Boden neben ihr auf den Knien.

Kinley hatte die Augen wieder geschlossen und ihr Kopf ruhte auf dem Sitz. Lefty griff nach oben und berührte ihren Arm, wobei er zusammenzuckte, weil sie sich so heiß anfühlte. »Sie glüht«, sagte er zu Doc und dem Rest seines Teams, dann drehte er sich wieder zu Kinley um.

»Hey, Kins.«

»Gage«, flüsterte sie.

»Ich bin hier.«

»Kalt«, murmelte sie und zitterte.

»Scheiße«, hörte Lefty Doc hinter sich sagen. »Wir müssen sie zu einem Arzt bringen.«

Als wären die Worte seines Freundes eine Art Zaubertrank, sprangen Kinleys Augen auf. »Kein Arzt!«, rief sie verzweifelt.

Lefty streckte die Hand aus und packte sie an den Schultern. »Ganz ruhig, Kins.«

Er wusste, dass er den Blick in ihren Augen nie vergessen würde, als sie ihn anstarrte. Es war Panik gemischt mit Schreck. »Kein Arzt«, wiederholte sie. »Er wird mich finden ... und *dich*.«

»Wer wird dich finden, Kins?«

Sie schloss die Augen und sackte gegen ihn. »Kein Arzt ...«, sagte sie zum dritten Mal.

Als er merkte, dass sie nicht in der Lage war, seine Fragen zu beantworten, lenkte Lefty ein. »Okay, kein Arzt.«

»Versprochen?«, sagte sie, ohne die Augen zu öffnen. Sie hob eine Hand und umklammerte seinen Bizeps mit einem überraschend starken Griff. Er konnte spüren, wie sich ihre Fingernägel in seine Haut gruben.

»Versprochen«, sagte er entschieden.

Jeder Muskel in ihrem Körper entspannte sich. So sehr, dass Lefty besorgt wurde. »Kinley?«

Sie antwortete nicht.

»Scheiße«, murmelte er, bevor er ein Stück näher rückte und ihr zwei Finger an den Hals legte, um ihren Puls zu fühlen. »Er ist schnell, aber gleichmäßig«, sagte er zu seinen Teamkameraden, die jetzt dicht hinter ihm versammelt waren und ihn beobachteten.

»Willst du sie wirklich nicht zu einem Arzt bringen?«, fragte Grover. »Sie sieht schlecht aus, Mann.«

Lefty blickte wieder zu seinem Team. »Nein. Ich werde sie mit nach Hause nehmen. Sollte ihr Zustand sich verschlechtern, rufe ich Doc.«

Alle sahen den anderen Mann an. Er hatte seinen Spitznamen bekommen, weil er vor seinem Eintritt in die Armee Medizin studiert hatte. Dank ihrer Ausbildung waren sie alle ausgebildete Sanitäter, aber sein Name war hängen geblieben.

»Ich fahre ihren Wagen zu dir«, bot Lucky an.

»Wir werden das hier regeln«, sagte Trigger. »Bring sie einfach nach Hause. Wenn du Gillian brauchst, wird sie dir gern behilflich sein. Ich habe sogar das Gefühl, dass sie darauf bestehen wird.«

Lefty nickte. Er hatte noch nicht darüber nachgedacht, was passieren würde, sobald er Kinley gefunden und sie zurück in seine Wohnung gebracht hatte, also war er dankbar, dass seine

Freunde sich um die Logistik kümmerten. »Danke, Leute. Brain, kannst du mir helfen, sie hier rauszuholen?«

Brain trat an seine Seite und half Lefty aufzustehen, damit er Kinley nicht loslassen musste. Er stolperte ein wenig, als er schließlich mit Kinley in seinen Armen dastand, aber Brain und Doc waren da, um ihn aufzufangen. Sie war glühend heiß und hatte sich kaum bewegt, außer sich weiter an ihn zu kuscheln, nachdem er sich hingestellt hatte.

Sie stöhnte ein wenig, als er anfing, auf Triggers Blazer zuzugehen, protestierte aber nicht. Sie jagte ihm eine Heidenangst ein, aber Lefty ließ sich nichts von seiner Besorgnis anmerken, als er zu ihr sagte: »Ich habe dich, Kins.«

Eine Gänsehaut breitete sich auf seinen Armen aus, als ihre Lippen über die empfindliche Haut unter seinem Ohr strichen. Sie versuchte in keiner Weise, ihn anzutörnen, aber sein Körper reagierte trotzdem auf ihre Nähe.

»Kalt«, murmelte sie.

Lefty drückte sie fester an sich und wieder einmal halfen ihm seine Freunde, als er auf den Rücksitz von Triggers Wagen kletterte. Er wusste, dass er sie loslassen sollte, sie anschnallen sollte, aber er konnte sich einfach nicht dazu durchringen, die Hände von ihr zu nehmen. Ganz zu schweigen davon, dass sie jedes Mal, wenn er seinen Griff lockerte, ihr Bestes tat, um ihren Körper mit seinem zu verschmelzen.

So nahe bei ihr konnte Lefty nicht übersehen, dass sie schon ein paar Tage nicht mehr geduscht hatte. Sie roch nicht unbedingt schlecht, aber sie hatte auch nicht den frischen, sauberen Duft, den er wahrgenommen hatte, als sie in Paris zusammen abgegangen hatten.

Er konnte spüren, wie sie an ihm zitterte, was nicht gut war, da es draußen überhaupt nicht kalt war. Trigger fuhr schnell, aber sicher zurück zum Apartmentgebäude, und Lefty wartete, bis er die Tür geöffnet hatte, um zu versuchen, mit Kinley in seinen Armen auszusteigen. Er ging zügig die Treppe zu seiner Wohnung hinauf.

»Ich bin bei dir vorbeigekommen«, murmelte Kinley an seinem Nacken.

»Ich weiß. Es tut mir leid, dass ich nicht hier war.«

»Du warst unterwegs, um die Welt zu retten. Ich bin nicht wichtig.«

Lefty runzelte die Stirn. »Hätte ich gewusst, dass du hier bist, hätte ich jemanden geschickt, um dir zu helfen. Einen meiner anderen Delta-Force-Freunde.«

Kinley schüttelte schwach den Kopf. »Nein ... ich wollte nur dich.«

Trigger öffnete die Tür, und dann hatte Lefty andere Dinge zu tun, als sich darauf zu konzentrieren, wie toll er sich durch ihre Worte fühlte. Er steuerte direkt auf sein Schlafzimmer zu und beugte sich vor, um sie auf sein Bett zu legen.

Sie klammerte sich an ihn und ließ ihn nicht mehr los.

Über sie gebeugt stützte Lefty sich auf seine Hände. »Du musst loslassen, Kins.«

»Nein«, protestierte sie.

Lefty wollte nicht amüsiert sein, aber er war es trotzdem. Da er sich nicht zurückhalten konnte, beugte er sich hinunter und strich mit den Lippen über ihre Wange. »Lass los, Süße. Ich muss mich vergewissern, dass es dir gut geht.«

Sie hatte die Augen geschlossen, aber als sie seine Lippen auf ihrer Haut spürte, riss sie sie auf. »Gage?«

»Ja?«

»Hast du mir eine Nachricht geschickt?«

Lefty runzelte verwirrt die Stirn. »Ja, hast du sie nicht bekommen?«

»Mein Telefon wurde zerstört«, informierte sie ihn. »Ich habe dich nicht ignoriert.«

Obwohl sie krank war und Fieber hatte, konnte Lefty die Sorge und Aufrichtigkeit in ihrem Blick erkennen. Er legte eine Hand an ihre Wange und sie entspannte ihre Nackenmuskeln, bis er das Gewicht ihres Kopfes in seiner Handfläche hielt. »Okay, Kins«, sagte er zu ihr.

»Aber ich bin froh, dass mein Telefon kaputt ist, weil es dich in Sicherheit gebracht hat.«

Lefty war völlig verwirrt. »Wie?«, fragte er.

Kinley seufzte und schloss noch einmal die Augen. »Danke, dass du mich ins Motel gebracht hast. Wir sprechen uns morgen, wenn es mir besser geht«, murmelte sie.

»Soll ich Gillian rüberbringen, um ihr beim Umziehen zu helfen?«, fragte Trigger und ignorierte ihren Kommentar über das Motel. Sie war offensichtlich nicht bei der Sache und verwirrt.

Lefty stand widerwillig auf, zog die Bettdecke hoch und deckte Kinley damit zu.

Sie zitterte wieder. Er wandte sich an seinen Freund. »Nein, hol Gillian noch nicht her, nur für den Fall, dass Kinley ansteckend ist. Wir wollen nicht, dass Gillian auch krank wird. Sie trägt ein T-Shirt und Leggings, darin sollte sie sich behaglich genug fühlen.«

»Wenn du uns brauchst, ruf an.« Es war kein Angebot, sondern eine Aufforderung.

Lefty nickte. »Das werde ich. Danke, dass du geholfen hast, die Truppen zu mobilisieren.«

Trigger ignorierte seinen Dank. »Ich werde in ein paar Stunden wieder vorbeikommen, um nach euch zu sehen. Wirst du sie in die Notaufnahme bringen, sollte ihr Zustand sich verschlechtern?«

»Das kann ich nicht«, antwortete Lefty. »Es sei denn, es sieht so aus, als hätte ich keine andere Wahl. Ich muss ihren Wunsch respektieren. Etwas stimmt nicht. Etwas stimmt *wirklich* nicht, Trigger. Wenn sie nicht zu einem Arzt gehen will, muss ich glauben, dass sie einen sehr guten Grund hat.«

»Fürs Protokoll, sie scheint sich mehr Sorgen um *dich* zu machen als um sich selbst.«

»Das habe ich auch gedacht, was aber keinen Sinn ergibt«, sagte Lefty.

»Sie ist hier vorerst sicher«, sagte Trigger leise. »Du wirst dafür sorgen, dass es ihr besser geht, und dann wirst du Antworten auf all deine Fragen bekommen. Vergiss nur nicht, dass du keine Einmannband bist. Du hast dein Team, das dir hilft. Und Gillian. Du hast selbst gehört, dass sie Kinley wirklich mag. Ich weiß nicht, was deine Frau an sich hat, das die Leute dazu bringt, sich zu verbiegen, um ihr zu helfen, aber so ist es.«

»Sie ist nicht meine Frau«, protestierte Lefty, wobei die Worte wie Asche auf seiner Zunge schmeckten.

»Ach nein?«, fragte Trigger, aber er gab ihm keine Zeit zu antworten. »Ich gehe dann mal. Wir sehen uns später.«

Lefty sah zu, wie sein Freund sich umdrehte und das Zimmer verließ. Er hörte, wie sich die Wohnungstür hinter ihm schloss, und wusste, dass Trigger auf dem Weg nach draußen dafür gesorgt hatte, dass der Türknauf verschlossen war. Lefty machte sich eine mentale Notiz, in Kürze sowohl den Riegel als auch die Kette vorzulegen, und schaute wieder auf Kinley hinunter.

Ihr schwarzes Haar war schmutzig und verknotet. Ihre Wangen waren gerötet und ihr Puls schlug heftig.

Er atmete tief durch, drehte sich um und machte sich auf den Weg ins Bad, um einen kühlen Waschlappen zu holen. Er musste sie abkühlen und das Fieber senken, das sie bekommen hatte, aber er wollte sie auch säubern. Sie würde es hassen, sich schmutzig zu fühlen oder schmutzig auszusehen, wenn sie aufwachte, und er schwor sich, alles zu tun, was nötig war, um es ihr so angenehm wie möglich zu machen.

Vier Stunden später war Kinleys Fieber immer noch nicht gesunken. Sie strampelte und stöhnte auf seinem Bett und klammerte sich, obwohl sie glühte, an die Decke, als läge sie mitten im Winter nackt in Alaska.

»Ich muss dich abkühlen«, murmelte Lefty mehr zu sich selbst als zu ihr. Sie hatte schon eine ganze Weile nichts Zusammenhängendes mehr gesagt und er machte sich immer mehr Sorgen, dass er sein Wort brechen und sie in die Notaufnahme bringen müsste.

»Lass ihn in Ruhe!«, schrie sie wie aus heiterem Himmel und erschreckte Lefty zu Tode. »Er hat mit der Sache nichts zu tun!«

»Kinley, du bist in Sicherheit.«

»Gage?«, fragte sie sichtlich verwirrt.

»Ja, ich bin's.«

Ihre Augen sprangen auf und sie starrte zu ihm hoch, nun ohne den trüben Blick der Verwirrung, den sie in den letzten vier Stunden gehabt hatte. »Glitzerschuhe«, sagte sie eindringlich.

»Was?«

»Es waren die Schuhe«, murmelte sie und schloss die Augen.

Lefty seufzte frustriert. Das ergab keinen Sinn.

Er wusste, dass er handeln musste.

Er ließ sie auf dem Bett liegen und ging ins Bad. Er drehte den Wasserhahn auf, bis das Wasser kühl war. Er war nicht so herzlos, sie in ein eiskaltes Bad zu werfen, aber es würde ihr trotzdem nicht gefallen, in Wasser gelegt zu werden, das gerade mal lauwarm war. Ihrem überhitzten Körper würde es vorkommen, als wäre es ein Eisbad.

Er ging zurück in sein Schlafzimmer, während die Wanne sich füllte, und bereitete sich vor. Das würde für ihn schwieriger werden als für sie, aber es musste getan werden. Lefty hatte keine Ahnung, ob Kinley ihn hassen würde, sobald sie wieder bei klarem Verstand war, aber darum würde er sich später Gedanken machen. Ihm war eine verlegene Frau viel lieber als eine tote.

Er setzte sich neben sie und versuchte, ihren Geisteszustand einzuschätzen. »Kinley, wir müssen dich ausziehen, damit wir dich in die Wanne legen können.«

Keine Reaktion.

»Kins?«

Sie stöhnte.

Mit dem Entschluss, dass es vielleicht besser war, wenn sie vollkommen das Bewusstsein verloren hatte, zog Lefty die Decke zurück und ignorierte das Stöhnen, das Kinleys Mund entwich, als sie die Wärme der Decke verlor. Er arbeitete so schnell und klinisch wie möglich und zog ihr das T-Shirt und die Leggings aus. Er ließ ihre Unterwäsche und ihren BH an, da er sich nicht dazu durchringen konnte, sie ganz auszuziehen. Es schien ein großer Vertrauensbruch zu sein, sie so zu entkleiden, auch wenn es zu ihrem Besten war.

Lefty wusste, dass er Gillian zur Hilfe hätte rufen können, aber er verspürte ein tief sitzendes Bedürfnis, sich selbst um Kinley zu kümmern. Er hatte das Gefühl, dass sie ihn irgendwie beschützte. Vor was oder wem, das wusste er nicht, aber aus dem Wenigen, was sie gesagt hatte, war klar, dass sie zu Tode verängstigt und auf der Flucht war.

Er beugte sich vor und hob die fast nackte Kinley auf; er liebte das Gefühl, sie in seinen Armen zu halten. Ihre Haut war zu heiß und sie war zu blass, aber sie passte zu ihm wie angegossen. Mit ihren eins fünfundsechzig war sie winzig im Vergleich zu seinen ein Meter fünfundachtzig, aber sie war an den richtigen Stellen kurvig. Er ließ den Blick von ihren Brüsten ab und konzentrierte sich darauf, wie glatt ihre Haut sich anfühlte. Sie vergrub ihre Nase wieder an seinem Nacken und Lefty wusste, dass er nie genug davon bekommen würde.

Da er wusste, dass es keinen guten Weg gab, sie ins Wasser zu bekommen, und dass es ein Fehler gewesen war, seine eigene Jeans und sein Hemd nicht auszuziehen, bevor er sie hochgehoben hatte, trat Lefty über den Wannenrand und war dankbar, dass er zuvor zumindest seine Schuhe und Socken ausgezogen hatte.

Das Wasser drang sofort in seine Jeans ein, aber er bemerkte es kaum.

»Das wird kein Vergnügen«, murmelte er zu Kinley. »Halt dich an mir fest, Kins.«

Sie stöhnte, ob zustimmend oder voller Bestürzung, er war sich nicht sicher. Ganz vorsichtig setzte er sich langsam ins Wasser. Die Temperatur brachte ihn zum Frösteln – aber in der Sekunde, in der Kinleys Haut das Wasser berührte, kreischte sie auf und wölbte den Rücken, um davon wegzukommen.

»Ich weiß«, bemitleidete Lefty sie, »aber du brauchst das. Es ist wichtig.«

»S-S-S-So kalt!«, beschwerte sie sich und versuchte weiter, sich aufzusetzen und sowohl von ihm als auch von dem kühlen Wasser wegzukommen.

Lefty wünschte, die Wanne wäre tiefer, und setzte sie auf dem Boden ab. Er kniete sich über sie und legte sie so sanft wie möglich nach hinten ins Wasser. Es war nicht einfach, da sie sich gegen ihn wehrte. Das Wasser spritzte um sie herum, während sie versuchte, zu treten und zu kämpfen, um aus der Wanne zu kommen.

Innerhalb einer Minute war sie zu erschöpft, um etwas anderes zu tun, als still im Wasser zu liegen. Ihre Brüste hoben und senkten sich mit ihrem Atmen, und Lefty wusste, er wäre niemals in der Lage gewesen, sie ruhig zu halten, wenn es ihr nicht so schlecht gegangen wäre. Für eine Frau ihrer Größe war sie erstaunlich stark.

»Ich weiß, es ist kalt, aber dein Körper ist so heiß, Kins. Ich muss dich abkühlen.«

»Ich werde brav sein«, sagte sie in einem erschreckend flachen, emotionslosen Ton. »Ich werde mich nicht mehr in die Küche schleichen, um Essen zu holen. Ich verspreche es.«

Leftys Körper wurde starr. Wovon redete sie?

»Bitte. Lass mich hoch und du wirst keinen Pieps mehr von mir hören. Ich werde dich nicht belästigen. *Bitte.*«

»Kinley, du bist bei mir, Gage. Du bist in Sicherheit. Du bist krank und ich versuche, deine Körpertemperatur zu senken.«

»Halt mich nicht unter Wasser! Ich werde brav sein. Ich werde brav sein!« Jetzt wimmerte sie, bettelte regelrecht.

Lefty wurde übel bei dem, was er da hörte. Er wusste nicht,

wer sie bestraft hatte, indem er sie unter Wasser gehalten hatte, aber er konnte sie jetzt auf keinen Fall weiter festhalten. Auf gar keinen Fall.

Er zog sie zu sich hoch und legte sich selbst ins Wasser. Das war nicht so förderlich, um ihre Temperatur zu senken, da das Wasser nur an ihren Seiten plätscherte, anstatt ihren ganzen Körper zu bedecken, aber er wollte nicht, dass sie auch nur eine Sekunde der Folter erlebte, die sie in ihrer Vergangenheit bereits durchlebt hatte.

»Schhhh, du bist in Sicherheit, Kinley. Ich habe dich, halt dich an mir fest. So ist es gut.«

Sie schob ihre Arme unter seinen Körper und klammerte sich an seinen Rücken, während sie auf seiner Brust lag und zitterte. Lefty schöpfte mit seinen Händen Wasser und tat sein Bestes, um sie abzukühlen. Das tat er etwa fünf Minuten lang, dann konnte er das Zittern nicht mehr ertragen und schlang einfach seine Arme um sie und drückte sie an seinen Körper. Sie war praktisch nackt und er war immer noch vollständig bekleidet, aber alles, was er fühlte, war sanfte Zuneigung und Sorge um die Frau in seinen Armen.

»Wenn ich mit dir tauschen könnte, würde ich es tun«, flüsterte er.

Zu seiner Überraschung schüttelte sie den Kopf. »Nein. Ich würde niemandem mein Leben wünschen.«

Er zwang sich, noch fünf Minuten in der Wanne zu bleiben. Als Kinleys Körper endlich aufhörte zu zittern und sie ruhig auf seiner Brust lag, nahm er einen tiefen Atemzug, denn er wusste, dass er sich bewegen musste.

Aus der Wanne herauszukommen war schwieriger als hineinzukommen. Kinley war keine Hilfe, sie war praktisch bewusstlos, aber ihre Haut fühlte sich kühler an. Nachdem er mit ihr im Arm aus der Wanne geklettert war, legte er sie sanft auf den Teppich auf dem Boden. Schnell zog er seine klatschnassen Klamotten aus und ließ sie in einem Haufen auf dem Boden liegen. Er schritt nackt zurück in sein Zimmer, zog sich

Boxershorts und ein T-Shirt an und holte für Kinley dann eines seiner grauen Armee-Hemden aus einer Schublade.

Er nahm sich die Zeit, das Bett abzuziehen und die Bettwäsche zu wechseln. Jetzt, wo sie ein wenig sauberer war als vorhin, als er sie in sein Zimmer gebracht hatte, wollte er, dass sie in frischer Bettwäsche schlafen konnte.

Als er ins Badezimmer zurückkehrte, hatte Kinley sich nicht von der Stelle bewegt, an der er sie zurückgelassen hatte, und der Anblick, wie sie völlig regungslos dalag, war kein schöner. Er kniete sich neben sie, tastete nach ihrem Puls und war erleichtert, als er ihn fühlte, langsam und stark. Er trocknete sie mit dem Handtuch ab, so gut er konnte, und zog ihr dann umständlich sein Hemd über den Kopf. Er zog schnell ihren BH aus, bevor er das Hemd, das er ihr gerade angezogen hatte, durchnässen konnte.

Er wusste, er musste ihr die nasse Unterhose ausziehen, also schloss er die Augen und zog den Stoff sanft über ihre Hüften und Oberschenkel. Unter anderen Umständen wäre es vielleicht sinnlich gewesen; wenn sie jedoch krank war und Schmerzen hatte, war es alles andere als das.

Nachdem er das getan hatte, zog er das Hemd runter und bedeckte sie, dann kniete er sich hin und hob Kinley noch einmal hoch. Diesmal half sie ein wenig mit, legte ihre Arme um seinen Hals und hielt sich fest, als er aufstand.

Lefty legte sie sanft auf sein Bett und deckte sie erneut mit der Decke zu. Sie seufzte und drehte sich auf die Seite, wobei sie die Beine bis zur Brust anzog.

Wie lange Lefty auf der Bettkante saß und ihr beim Schlafen zusah, wusste er nicht. Er wusste nur, dass es sich richtig anfühlte, sie dort zu haben. Er hasste es, dass sie so krank war, aber er konnte nicht leugnen, dass er sie gern in seinem Bett hatte.

Da er wusste, dass er ihr etwas zu essen geben musste – er hatte keine Ahnung, wann sie das letzte Mal etwas gegessen hatte –, zwang er sich aufzustehen. Bevor er das Zimmer verließ, fuhr er mit dem Handrücken über ihre Wange und flüsterte: »Was auch immer los ist, ich werde es in Ordnung bringen, Kins. Es tut mir leid, dass ich nicht hier war, als du mich gebraucht hast, aber jetzt bin ich hier.«

Die Frau auf dem Bett reagierte nicht, aber das war in Ordnung. Er redete sowieso mehr mit sich selbst.

Kinley schluckte und es fühlte sich an, als hätte sie an Watte-bällchen gesaugt. Sie verstand nicht, warum ihr Mund so trocken war und warum jeder Muskel in ihrem Körper schmerzte. Ohne die Augen zu öffnen, versuchte sie, sich zu erinnern, warum sie sich so beschissen fühlte, aber ohne Erfolg.

Offensichtlich war sie krank gewesen, sie erinnerte sich daran, dass sie sich nicht so gut fühlte, aber sie konnte nicht genau sagen, was in letzter Zeit passiert war.

Sie öffnete die Augen und erstarrte.

Sie erkannte nicht, wo sie war. Dies war nicht ihre Wohnung in D.C., so viel war sicher.

Und einfach so meldete sich ihr Gedächtnis.

Sie hatte D.C. verlassen, weil jemand versucht hatte, sie vor die U-Bahn zu stoßen. Sie war nach Texas gefahren, nur um festzustellen, dass Gage nicht da war. Sie hatte in ihrem Wagen geschlafen und darauf gewartet, dass er von irgendeinem Einsatz zurückkam, und ... und nichts. Alles danach war wie leer gefegt.

Sie erinnerte sich daran, Gillian getroffen und ein paar Tage mit ihr verbracht zu haben, aber eines Morgens hatte sie sich so schlecht gefühlt, dass sie nicht zu dem Apartmentge-bäude rübergefahren war. Sie hatte beschlossen, einfach in ihrem Wagen auf dem Parkplatz der Fabrik zu bleiben, den sie gefunden hatte.

Und jetzt ... was jetzt? Wo war sie? Welcher Tag war heute?

Sie rieb sich die Stirn und versuchte, sich an irgendetwas zu erinnern, aber ohne Erfolg.

Als sie ein Geräusch hörte, setzte sie sich auf und schob sich auf dem Bett zurück. Die schnelle Bewegung ließ sie schwanken, wo sie saß. Das Zimmer drehte sich und für eine Sekunde dachte sie, sie würde ohnmächtig werden. Mit reiner Willenskraft schaffte sie es, sich aufrecht und den Blick auf die Tür auf der anderen Seite des Zimmers gerichtet zu halten.

Sie atmete tief ein und merkte, dass sie den unterschwelligen Geruch in der Luft erkannte, Sekunden bevor sich die Tür leise öffnete und Gage erschien. Er trug eine Jogginghose und ein altes T-Shirt. Er hatte sich seit mehreren Tagen nicht mehr rasiert und seine Augen waren blutunterlaufen. Er trug eine Schüssel und konzentrierte sich darauf, nichts zu verschütten, während er auf das Bett zuging.

Er blieb stehen, als er endlich aufblickte und bemerkte, dass sie ihn anstarrte.

»Kins?«, fragte er sanft.

Kinley schluckte schwer und nickte.

»Bist du wach? *Wirklich* wach?«

Es war eine merkwürdige Frage. Sie hatte sich aufgesetzt und sah ihn an. »Ja.«

Gage ging vorsichtig hinüber und stellte die Schale auf den Tisch neben dem Bett. Dann hob er eine Hand und legte sie ihr auf die Stirn. Sie erschauderte bei dem Gefühl, dass er sie berührte.

»Du fühlst dich kühler an.«

»Kühler als was?«, fragte sie verwirrt. Dann sanken langsam andere Dinge in ihr Bewusstsein. Sie befand sich in etwas, das sein Zimmer sein musste, in *seinem* Bett ... und sie hatte nichts an außer einem T-Shirt. Die Bettdecke war in absoluter Unordnung und das Zimmer war eine Katastrophe. Überall auf dem Boden lagen Kleidungsstücke herum, und sie entdeckte hier und da ein paar Handtücher. Einige Becher standen auf dem Tisch neben der Schüssel, die er gerade abgestellt hatte.

Sie leckte sich die trockenen Lippen. »Was mache ich hier?«

Er runzelte die Stirn. »Du erinnerst dich nicht?«

Kinley schüttelte den Kopf.

»*Woran* erinnerst du dich?«

»Daran, in meinem Wagen zu sein«, erklärte sie ihm.

Sein Stirnrunzeln vertiefte sich. »Das war's?«

»Ja. Wann bist du zurückgekommen?«

»Vor drei Tagen.«

»*Was?*«

»Ich bin vor drei Tagen zurückgekommen«, wiederholte er. »Ich kam nach Hause, schlief etwa acht Stunden durch, bekam einen Anruf von Trigger und sprach mit Gillian, die sich große Sorgen um dich machte, da sie dich seit zwei Tagen nicht gesehen hatte. Die Jungs und ich schwärmten aus, fanden dich in deinem Wagen und ich brachte dich hierher zurück. Du liegst seit achtundvierzig Stunden flach mit Fieber. Ich glaube, dies ist das erste Mal, dass du wirklich bei klarem Verstand bist.«

Kinley starrte ihn ungläubig an. »Du hast dich um mich gekümmert?«, fragte sie.

Gage verstand nicht, warum sie fragte, und fühlte sich unbehaglich. »Gillian kam ein paarmal vorbei, aber du warst ziemlich neben der Spur. Es tut mir leid wegen ... ähm ...« Er gestikulierte mit der Hand auf ihren Körper. »Ich musste dich ausziehen, weil du Fieber hattest, und ich musste es senken. Dann hast du dich übergeben. Ich war nicht schnell genug, um dich zur Toilette zu bringen, also musste ich dein Hemd wechseln. Aber ich *schwöre*, ich war mehr daran interessiert, dir etwas Frisches anzuziehen, als deinen nackten Körper zu begutachten.«

Kinley starrte Gage mit großen Augen an. Es war unmöglich, alles zu verarbeiten, was sie da hörte. »Du hast dich um mich gekümmert?«, fragte sie erneut.

»Ja«, bestätigte Gage und sah besorgt aus, wahrscheinlich weil sie sich wiederholte. »Du hast darauf bestanden, dass du nicht zum Arzt gehen wolltest. Trigger sagte mir, dass ich dumm sei und dass du einen Hirnschaden bekommen könntest, wenn dein Fieber nicht sinkt, aber ich wusste, dass du einen guten Grund haben musstest, nicht in die Notaufnahme zu wollen. Aber ich muss dir sagen, Kins, wenn dein Fieber letzte Nacht nicht gesunken wäre, hätte ich dich dort hingebracht und wir hätten uns später mit den Konsequenzen auseinandergesetzt. Du hast mich erschreckt, Süße.«

In Kinleys Kopf drehte sich alles. Sie hatte Gage eine Menge zu erzählen, warum sie überhaupt dort war. Was sie in Paris erlebt hatte und warum sie keine digitale Spur hinterlassen wollte, mit der Drake Stryker oder Walter Brown sie finden konnten ... aber im Moment ging ihr die Tatsache nicht aus dem Kopf, dass Gage sich tatsächlich um sie gekümmert hatte, als sie krank war.

Tränen bildeten sich in ihren Augen und ergossen sich über ihre Wangen. Sie machte keine Anstalten, sie wegzuwischen, sondern hielt den Blick auf Gage gerichtet. »Ich kann nicht glauben, dass du dich um mich gekümmert hast.«

Er setzte sich mit gerunzelter Stirn auf das Bett. »Du warst krank, Kins. *Wirklich* krank.«

»Es hat sich noch *nie* jemand um mich gekümmert, wenn ich krank war.«

»Na ja, abgesehen davon, dass ich angekotzt wurde, hat es mir nicht unbedingt etwas ausgemacht«, sagte er mit einem Lächeln.

Kinley schüttelte den Kopf. »Du verstehst das nicht. Es hat sich noch nie jemand um mich gekümmert, wenn ich krank war.« Sie wusste, dass sie sich wiederholte, aber sie war sich nicht sicher, wie sie es ihm verständlich machen konnte. »Als ich das erste Mal richtig krank war, war ich noch in der Grundschule. Ich glaube, ich hatte die Grippe. Meine Pflegemutter flippte aus und sagte mir, dass sie keine Zeit hätte, sich um ein Haus voller kranker Kinder zu kümmern, also sagte sie mir, ich solle in meinem Zimmer bleiben und nicht herauskommen, bis es mir besser ginge. Sie hat mir ein paar Crackers und Wasser gebracht, aber ansonsten war ich auf mich allein gestellt.«

Gage biss die Zähne zusammen. Er streckte eine Hand aus, legte sie seitlich an ihr Gesicht und strich mit dem Daumen eine Träne weg, aber er sprach nicht.

»Ich erinnere mich, dass ich als Teenager noch einmal krank war, und genau wie früher musste ich mich selbst darum kümmern. Meine Pflegeeltern wollten in den Urlaub fahren und sie wollten nicht absagen, weil ich krank war, also ließen sie mich zu Hause, während sie ihren Plänen nachgingen.«

»Sie haben dich allein zu Hause gelassen, als du krank warst, um in den *Urlaub* zu fahren?«

Kinley zuckte mit den Schultern. »Ich gehörte nicht wirklich zu ihrer Familie und war alt genug, um auf mich selbst aufzupassen. Sie hatten die Reise seit Monaten geplant. Ich konnte es verstehen.«

»Nun, ich nicht. Das ist doch Schwachsinn! Das war Missbrauch.« Er sah aus, als wollte er noch etwas sagen, aber er presste unglücklich die Lippen aufeinander.

»Was?«

»Du hast mir den Eindruck vermittelt, dass du während deiner Zeit in einer Pflegefamilie nicht missbraucht wurdest.«

»Das wurde ich auch nicht«, sagte Kinley und griff nach oben, um sich die Tränen wegzuwischen. »Nicht wirklich. Nicht so, wie viele Kinder es wurden.«

Gage nahm ihre Hand in seine, führte sie zu seinem Mund und küsste die Handfläche, bevor er sie wieder senkte. Kinleys Herz hüpfte in ihrer Brust, aber sie behielt ihren Blick auf seinem.

»Du erinnerst dich wirklich an nichts mehr während der letzten paar Tage?«

Kinley zuckte mit den Schultern. »Ein paar Fetzen hier und da.«

»Woran genau?«, drängte Gage sie.

Kinley holte tief Luft, schloss die Augen und versuchte, sich zu erinnern. »Es war wirklich kalt. Dann heiß. Durstig zu sein, und wie sehr mein Magen schmerzte, als ich mich übergeben musste.«

»Sieh mich an, Kinley.«

Sie öffnete die Augen und starrte ihn an. Sie fühlte sich wieder schuldig, als ihr auffiel, wie müde Gage wirkte.

»Du bist nicht mehr allein«, sagte er entschlossen. »Es tut mir leid, dass du so beschissene Vorbilder als Eltern hattest. Auch wenn du ein Pflegekind warst, haben diese Familien dir Unrecht getan. Dich allein zu lassen, dich in dein Zimmer zu sperren, dich von ihren Familienaktivitäten auszuschließen ... das war Missbrauch.« Er schüttelte den Kopf, als sie den Mund zum Protest öffnete. »Du bist eine erstaunliche Frau, und jetzt, wo ich weiß, was du alles überwunden hast, bin ich noch mehr beeindruckt. Aber deine Zeit des Alleinseins ist vorbei. Es hat vielleicht neunundzwanzig Jahre gedauert, bis du deine Familie gefunden hast, aber das ist jetzt der Fall.«

Kinley sah ihn stirnrunzelnd an. Sie verstand nicht.

»*Ich* bin deine Familie«, erklärte Gage ihr. »Und Gillian. Trigger, Brain, Oz, Lucky, Doc und Grover auch. Du bist aus einem bestimmten Grund nach Texas gekommen, über den wir uns noch unterhalten werden, wenn du gegessen und vielleicht geduscht hast und wenn du dich besser fühlst. Du wirst nie wieder allein unter einer Krankheit leiden. Es ist mir egal, ob es nur eine Erkältung ist. Du hast hier Menschen, die sich um dich kümmern, die sich für dich einsetzen, damit es dir gut geht, verstanden?«

Kinley schüttelte den Kopf. Nein, sie verstand nicht. Ganz und gar nicht. »Ich kenne sie doch gar nicht.«

»Sie kennen aber *dich*. Wer du hier drin bist«, sagte Gage und legte seine Hand auf ihr Brustbein.

Sie wusste, dass er ihren Herzschlag spüren konnte, aber sie zog sich nicht zurück. Es war, als befänden sie sich in einer intimen kleinen Luftblase, und nichts zwischen ihnen war unangenehm oder seltsam.

»Gillian war verzweifelt, als sie dich so lange nicht gesehen hat. Sie hing gern mit dir ab, sagte, du hättest ihr sogar bei ihrem Job und beim Feilschen um den Preis geholfen.«

»Das war keine große Sache«, protestierte Kinley.

»Für sie war es das.«

»Ehrlich, Gage, wir haben nicht wirklich etwas gemacht. Ich saß nur auf ihrer Couch und las eines ihrer Bücher, die sie mir geliehen hatte. Wir haben nicht mal viel geredet.«

»Verstehst du es denn nicht?«, fragte Gage. »*Deshalb* mag sie dich. Weil du beruhigend bist. Weil du in ihr Leben gekommen bist und einfach hineingepasst hast. Hat es sich unangenehm angefühlt, stundenlang nebeneinander zu sitzen, ohne zu reden? Nur zu lesen?«

Kinley schüttelte den Kopf.

»Genau. Weil du du selbst warst, und du hast Gillian sie selbst sein lassen. Und Trigger wusste schon eine Menge über dich von mir, aber nachdem er gehört hat, wie sehr Gillian dich mag, ist dein Platz in seinem Leben gefestigt. Die anderen Jungs haben pausenlos angerufen und geschrieben und gefragt, wie es dir geht, ob es dir besser geht, ob wir etwas brauchen. Du hast keine meiner SMS oder E-Mails bekommen, nicht wahr?«

Kinley blinzelte über den Themenwechsel. Sie runzelte die Stirn und schüttelte den Kopf.

»Stimmt. Die Jungs wussten alle, wie verärgert ich war, als ich dachte, du hättest mich wieder abblitzen lassen, aber in der Sekunde, in der sie hörten, dass dein Telefon zerstört worden war, haben sie alle verstanden, dass du wahrscheinlich nicht einmal die meisten meiner Nachrichten bekommen hast. Ganz zu schweigen von der Tatsache, dass es offensichtlich ist, dass du in Schwierigkeiten steckst, und indem du auf keine meiner SMS geantwortet hast, hast du alles getan, um zu verhindern, dass ich in deine Schwierigkeiten mit hineingezogen werde.«

Bei seiner unheimlichen Einsicht wurde Kinley blass.

»Nein, nicht ausflippen«, sagte Gage, der ihre Reaktion richtig einschätzte. »Atme, Kins«, bat er, führte seine Hände zu ihrem Gesicht und zwang sie, ihn anzuschauen. »Du hast eine Menge Dinge gesagt, die während deines Fiebers keinen Sinn gemacht haben, aber die bloße Tatsache, dass du hier bist und in deinem Wagen schläfst, sagt eine Menge, ohne dass du ein Wort erklären musst. Warum bist du nach Texas gekommen, Kinley?«

»Es lag auf meinem Weg?«

»Falsch. Versuchs noch mal«, sagte Gage streng.

Kinley schloss die Augen. Sie fühlte sich unbehaglich und nackt, und das nicht nur, weil sie in Gages Bett saß und nur eines seiner T-Shirts trug.

»Sieh mich an, Kins.«

Widerstrebend öffnete sie die Augen.

»Warum bist du zu mir gekommen?«

Und das war der Knackpunkt. Sie war nach Texas gekommen, aber mehr als das, sie war direkt zu Gage gefahren. Sie wusste, er würde ihr helfen. Auch wenn ihre Nähe ihn in Gefahr brachte, ging sie zu ihm. Sie hatte bereits beschlossen, ihm zu vertrauen, und sie musste sich zusammenreißen und einmal in ihrem Leben mutig sein. »Weil du mein einziger Freund bist und ich wusste, dass du mir helfen würdest.«

»Verdammt richtig«, sagte Gage mit einem seltsamen Ton in der Stimme. »Was auch immer los ist, ich werde es in Ordnung bringen. Aber ich bin nicht dein einziger Freund. Du hast ja noch Gillian und den Rest meines Teams. Ich weiß, es wird schwer sein, sich daran zu gewöhnen, aber du bist nicht mehr allein. Wenn du einen Schnupfen hast und Taschentücher brauchst und keine Lust hast, in den Laden zu gehen, rufst du einen von uns an. Die Toilette läuft über und du brauchst eine Saugglocke, ruf an. Du willst einfach jemanden, der ruhig im selben Raum sitzt, während du ein Buch liest, *ruf an*. Verstanden?«

Kinley leckte sich über die Lippen und schüttelte den Kopf.

Gage lächelte. »Das wirst du. Ich habe dir eine Suppe mitgebracht, in der Hoffnung, dass ich dich irgendwie zum Essen bewegen kann. Aber es ist noch besser, dass du wieder bei Sinnen bist. Hast du Hunger?«

»Ich glaube, ich möchte wissen, was ich gesagt habe, als ich nicht bei Sinnen war.«

Er schüttelte den Kopf. »Es spielt keine Rolle, was du gesagt hast, als du mit Fieber fast bewusstlos warst. Es zählt nur, dass es dir jetzt besser geht. Du hast mich um Hilfe gebeten, und für einen Mann wie mich sagt das mehr aus, als Worte je sagen könnten.«

»Ein Mann wie du?«, fragte Kinley.

»Ja. Willst du jetzt auf die Toilette gehen, bevor du etwas isst?«

Kinley war frustriert. Irgendwie musste sie Gage verständlich machen, dass ihre Anwesenheit ihn in Gefahr brachte. Es schien eine gute Idee gewesen zu sein, nach Texas zu kommen, als sie ziellos durch das Land gefahren war, aber jetzt hatte sie Zweifel.

»Kinley, konzentriere dich. Toilette oder Essen?«

»Toilette«, sagte sie automatisch.

Gage lächelte. »Na, dann komm. Ich hole dir ein sauberes T-Shirt zum Anziehen und während du im Bad bist, wechsle ich die Bettwäsche. Dein Fieber ist letzte Nacht endlich gesunken, aber du hast alles vollgeschwitzt. Nein, das muss dir nicht peinlich sein. Ich war verdammt froh, weil es bedeutete, dass es dir besser geht und ich mit dir nicht in die Notaufnahme fahren muss.«

Er schob die Decke zurück und Kinley zog unbeholfen das T-Shirt herunter, das sie trug, um ihre intimen Stellen zu bedecken. Aber wie ein Gentleman drehte Gage den Kopf und schaute nicht hin, bis er sicher war, dass sie stand. Dann ging er mit ihr ins Bad.

»Gib mir nur eine Sekunde«, sagte er, während er sie mit

einer Hand am Waschbecken stehen ließ, um das Gleichgewicht zu halten. Er war mit einem T-Shirt in der Hand zurück,
bevor sie sich bewegen konnte.

»Versuch nicht gleich zu duschen. Ich weiß, dass du dich
wahrscheinlich eklig fühlst, aber ich denke, du bist noch ein
bisschen zu unsicher auf den Beinen. Nachdem du gegessen
und ein Nickerchen gemacht hast, werden wir sehen, wie du
dich fühlst, und wir stellen dich später unter die Dusche,
okay?«

Kinley nickte. Es fühlte sich seltsam an, dass jemand sich
so um sie kümmerte, wie Gage es tat, aber sie konnte nicht
leugnen, dass es sich auch gut anfühlte.

Er legte das T-Shirt auf den Waschtisch, dann beugte er
sich hinunter und küsste sie auf die Stirn. Sie spürte seine
Lippen einen langen Moment an ihrer Haut. Er murmelte: »Ich
bin froh, dass es dir besser geht, Kins«, dann war er weg.

Als sie in den Spiegel blickte, hätte Kinley vor Schreck fast
einen Schrei ausgestoßen. Gott, sie sah furchtbar aus. Ihre
Haut war blass und sie hatte dunkle Ringe unter den Augen.
Ihr schwarzes Haar sah im wahrsten Sinne des Wortes wie ein
Vogelnest aus, so verfilzt und verknotet war es.

Stöhnend stützte sie sich mit beiden Händen auf das
Waschbecken und ließ den Kopf niedergeschlagen hängen.

Sie war nie hübsch gewesen, das wusste sie. Aber ein
einziges Mal in ihrem Leben wünschte sie sich, sie wäre
anders. Sie wünschte, sie wäre witzig und wüsste, wie man flir-
tet. Sie wollte, dass Gage begeistert von ihrem Aussehen wäre.
Aber stattdessen hatte sie ihn offenbar angekotzt, im Fieber-
wahn wirres Zeug geredet und war ansonsten ein erbärmliches
Häufchen Elend.

»Kinley?«, rief Gage von der anderen Seite der Tür her.

»Ja?«, antwortete sie.

»Hör auf zu denken. Tu, was du tun musst, zieh dich um
und komm wieder raus, bevor deine Suppe kalt wird.«

Kinley konnte sich ein Lächeln nicht verkneifen. Sie hatte

keine Ahnung, woher Gage wusste, dass sie hier drinnen über ihre derzeitige Situation nachdachte, aber sie tat es. »Reg dich nicht auf. Ich mache, so schnell ich kann.«

Sie hatte keine Ahnung, wie er das gemacht hatte, aber irgendwie hatte er ihr mit einem einzigen Satz in den Hintern getreten und sie gleichzeitig zum Lächeln gebracht. Sie steckte in großen Schwierigkeiten. Sie war sich nicht sicher, ob sie in der Lage sein würde zu gehen. Gage weckte in ihr Gefühle, wie sie sie noch nie für jemanden empfunden hatte. Es war, als würde sich ihr Leben von schwarz-weiß in ein buntes Farbenspiel verwandeln, nur weil sie in seiner Nähe war.

Dreißig Minuten später war Kinleys Magen gefüllt und sie saß auf der Couch in Gages Wohnzimmer. Er hatte sie beim Essen beobachtet und sich vergewissert, dass ihr nicht übel wurde und sie die fade Suppe bei sich behalten konnte. Er hatte ihr auch eine Flasche Gatorade gebracht, und als sie eine Augenbraue hochgezogen hatte, hatte er ihr versichert, dass es alles enthielt, was sie brauchte, um nicht zu dehydrieren.

Dann hatte er sie gefragt, ob sie im Nebenzimmer sitzen wolle, während er seine Freunde anrief, um sie über ihren Zustand zu informieren. Da sie nicht allein sein wollte, hatte Kinley zugestimmt.

Jetzt saß sie auf seiner Couch, halb schlafend, eingekuschelt in eine sehr weiche, flauschige Decke. Sie hatte mit halbem Ohr zugehört, als Gage erst Trigger und dann Brain anrief. Sie hatte den Eindruck gewonnen, dass seine Freunde den Rest der Jungs kontaktieren würden, um ihnen mitzuteilen, wie es ihr ging.

Gage kam auf die Couch zu und Kinley war sich nur halb bewusst, was er tat – bis er sich direkt neben sie setzte und sie dann hochhob, sodass sie auf seinem Schoß saß.

»Was machst du da?«

»Mich entspannen«, erklärte er mit einem Seufzer.

Kinley versteifte sich. Sie war es nicht gewohnt, von jemandem berührt zu werden, und schon gar nicht, auf dem

Schoß eines Mannes zu sitzen. Sie war sich nicht sicher, wohin sie ihre Hände legen oder was sie tun sollte.

»Ich werde dir nicht wehtun, Kins«, versprach Gage sanft. »Ich bin erschöpft. Ich habe seit zwei Tagen nicht mehr gut geschlafen, weil ich mir solche Sorgen um dich gemacht habe.«

Sofort entspannte sie sich ein wenig. »Es tut mir leid«, flüsterte sie.

»Das muss es nicht. Es gibt keinen Ort, an dem ich lieber wäre als an deiner Seite. Außerdem solltest du daran gewöhnt sein ... es ist eine der wenigen Positionen, in der du dich wohlzufühlen schienst.«

Kinley sah zu ihm auf. »Wirklich?«

»Wirklich.«

Kinley hatte sich Unterwäsche angezogen, die Gage aus einem Stapel frisch gewaschener Kleidung hervorgeholt hatte. Sie hatte auch die jetzt sauberen Leggings angezogen, die Gillian ihr letzte Woche geliehen hatte und die sie bisher nicht zurückgegeben hatte. Sie war sich mehr als bewusst, dass sie lediglich durch ein paar Lagen Baumwolle von Gage getrennt war. Sie konnte nicht einmal darüber nachdenken, wie es wohl gewesen sein mochte, als sie krank war.

»Du denkst schon wieder zu viel«, bemerkte Gage, ohne die Augen zu öffnen. Einen Arm hatte er um ihren Rücken geschlungen, den anderen ließ er auf ihren Oberschenkeln ruhen. Das Gewicht seiner Arme war eher tröstlich als erdrückend.

»Ich ... Du hast mich nackt gesehen«, platzte sie heraus.

Gage verkrampfte sich nicht einmal. »Ja. Aber ehrlich gesagt war ich mehr damit beschäftigt, wie heiß deine Haut war und ob dein Gehirn kochen würde, als dass ich auf etwas anderes hätte achten können.«

Kinley stieß einen Seufzer der Erleichterung aus.

Bis er wieder sprach.

»Aber ich kann mit hundertprozentiger Gewissheit sagen, dass die Tatsache, dass du noch Jungfrau bist, ein verdammtes

Wunder ist. Du bist wunderschön, Kins. Jede Kurve und jeder Zentimeter von dir sind Perfektion. Zweifle nicht an deiner Anziehungskraft auf mich, nur weil ich in der Lage war, mich um dich zu kümmern, ohne dich anzufassen. Jeder Mann, der irgendetwas versucht, während du mit Fieber im Bett liegst, ist nicht nur ein Mistkerl, sondern ein Raubtier, das für immer eingesperrt werden sollte.«

Seine Worte verursachten ihr eine Gänsehaut auf den Armen. Und er hatte recht. Hätte er gesagt, dass es schwer gewesen war, die Finger von ihr zu lassen, während er sich um sie gekümmert hatte, wäre sie ausgeflippt. Aber die Tatsache, dass er sie attraktiv fand, trug viel dazu bei, dass sie sich weniger wie ein furchterregender Troll fühlte, der gerade aus einem Loch im Boden gekrochen war.

Sie zwang ihre Muskeln, sich zu entspannen, und lehnte sich gegen ihn.

»Das war's«, murmelte Gage. »Du bist hier sicher. Entspann dich. Wir machen beide ein Nickerchen, und dann überlegen wir, wie es weitergeht.«

Auf Gage zu schlafen war gemütlich. Sehr gemütlich. Sie schloss die Augen – und konnte nur noch daran denken, wie toll es wäre, jede Nacht mit Gages Armen um sie herum einzuschlafen.

Lefty war erschöpft. Mit dem Stress, sich um Kinley zu sorgen, und der schieren Tatsache, dass er während der letzten vier Tage nicht viel Schlaf bekommen hatte, war er kurz davor, einfach umzufallen. Aber er konnte nicht aufhören, darüber nachzudenken, was Kinley ihm gegenüber zugegeben hatte.

Sie hatte eine Menge gesagt, während sie mit Fieber fast bewusstlos gewesen war. Nicht vieles ergab einen Sinn, aber er verstand, dass sie sich zu Tode ängstigte. Dass sie vor Furcht aus Washington, D.C. geflohen war. Und dass sie deshalb zu ihm gekommen war.

Sie hatten vielleicht nicht viel Zeit miteinander verbracht, aber sie hatten eine Verbindung geschaffen, genau wie er es vermutet hatte. Sie hatte ihn nicht vergrault, indem sie nicht auf seine E-Mails und SMS geantwortet hatte; sie hatte sie einfach nicht erhalten. Und jetzt war sie hier, in seinen Armen, in Sicherheit. Er würde alles tun, was nötig war, damit das so blieb.

Sie mussten reden. Er musste wissen, was zum Teufel los war und wovor sie solche Angst hatte. Aber zuerst musste er sich ausruhen. Kinley würde wieder gesund werden, und wenn er in der Lage sein wollte, klar zu denken, damit er herausfinden konnte, wie er das, was sie beunruhigte, in Ordnung bringen konnte, brauchte er etwas Schlaf.

Kinley im Arm zu halten, als sie krank gewesen war, war schön gewesen, aber es war auch von Sorge geprägt gewesen. Er hatte in Phasen geschlafen, war jedes Mal aufgewacht, wenn sie sich bewegte, und war sich ihrer Bedürfnisse überdeutlich bewusst gewesen. Aber sie entspannt und gesund in seinen Armen zu halten fühlte sich noch besser an.

Lefty drehte den Kopf und küsste ihre Stirn. Sie schmiegte sich noch enger an ihn und diese kleine Bewegung ließ sein Herz höherschlagen.

Ob sie es wusste oder nicht, Kinley Taylor gehörte ihm.

Jeder, der versuchte, sie zu verletzen oder ihr das zu nehmen, was ihm gehörte, würde feststellen, dass Lefty im Allgemeinen ein unkomplizierter Typ war, aber wenn jemand, der ihm etwas bedeutete, bedroht wurde, gab es für ihn keine Halten mehr.

KAPITEL NEUN

Kinley saß an Gages kleinem Tisch neben seiner Küche und versuchte, nicht wegen des Gesprächs auszuflippen, von dem sie wusste, dass es kommen würde.

Nachdem sie von ihrem Nickerchen auf seiner Couch aufgewacht waren, hatte er sie in sein Badezimmer gebracht und dann draußen gewartet, während sie geduscht hatte. Als sie es geschafft hatte, weder umzufallen noch sich anderweitig umzubringen, und sich angezogen hatte, kam er ins Bad und half ihr mit ihrem Haar. Es dauerte eine Weile, bis er es gekämmt hatte, aber er schien von der Arbeit nicht genervt zu sein. Kinley war fast wieder eingeschlafen, als sie auf dem Stuhl saß, den er ins Bad gebracht hatte, damit sie darauf sitzen konnte, während er sich um ihr Haar kümmerte.

Sie hatte sich zurück auf die Couch gekuschelt, während er geduscht und sich rasiert hatte. Er hatte ihnen ein gesundes Abendessen zubereitet, gebackenes Hühnchen mit grünen Bohnen, von dem sie kaum etwas zu sich nahm.

Als sie dachte, er würde sie bitten, ihm zu erklären, was sie dort gemacht hatte, rief er überraschend seine Mutter an.

Er hatte schon eine Weile mit ihr gesprochen, bevor er ihr mitteilte, dass Kinley zu Besuch war. Molly schien nicht überrascht zu sein, nur überglücklich, eine Weile mit ihr zu reden. Sie versicherte ihr, wie leid es ihr tat, dass sie krank gewesen war, und erzählte dann einen Haufen peinlicher Geschichten über Gage, als er klein war.

Danach hatten sie ferngesehen, bis Kinley auf der Couch eingeschlafen war. Gage trug sie in sein Zimmer, legte sie in sein Bett und ließ sie dort schlafen. Sie war sowohl erleichtert als auch enttäuscht gewesen, was überhaupt keinen Sinn machte, aber sie war so müde gewesen, dass sie nicht lange genug hatte wach bleiben können, um zu versuchen herauszufinden, was ihr Problem war.

Jetzt war es Morgen und ihre Atempause war vorbei. Es war über zwei Wochen her, dass jemand versucht hatte, sie zu töten, und sie wusste, dass der Kerl wahrscheinlich da draußen war und nach ihr suchte. Sie hatte keine Ahnung, was sie als Nächstes tun sollte, oder ob Drake Stryker oder ihr Ex-Chef tatsächlich einen Anschlag auf sie angeordnet hatte.

Gage hatte ein großes Frühstück mit Waffeln und Eiern gemacht, und obwohl sie nicht viel von beidem hatte essen können, hatte sie ihr Bestes getan. Er saß ihr jetzt gegenüber und nippte an einer Tasse Kaffee.

»Wir müssen uns unterhalten«, sagte er, und trotz ihrer Nervosität war Kinley dennoch fast erleichtert, dass es endlich Zeit war, die Last dessen, was sie gesehen hatte, mit jemandem zu teilen. Sie fühlte sich schlecht, weil sie wusste, dass Gabe ebenfalls in Gefahr sein würde, sobald sie es ihm erzählte, aber das Geheimnis zu bewahren war die Hölle für ihre Psyche.

Und realistisch betrachtet wusste sie, dass sie ihn in dem Moment in Gefahr gebracht hatte, als sie nach Texas gekommen war.

Sie konnte nicht aufhören, an das arme Mädchen zu denken, das wahrscheinlich aufgeregt und nervös wegen des bevorstehenden Abends gewesen war, als es diese glitzernden Schuhe angezogen hatte, und dann tot in einer Gasse endete. Niemand hatte das verdient. Schon gar nicht ein Kind, das noch nicht einmal die Chance gehabt hatte, sein Leben zu leben.

Ein Klopfen an der Tür ließ Kinley aufschrecken und sie hörte Gage seufzen. »Ich schätze, das sind Gillian und Trigger. Er sagte, er würde versuchen, sie davon abzuhalten hierherzukommen, aber ich schätze, er war nicht erfolgreich. Willst du, dass ich sie ignoriere?«

Kinley runzelte die Stirn. »Das wäre unhöflich«, sagte sie.

Gage grinste, zuckte aber nur mit den Schultern.

»Ich hätte nichts dagegen, sie zu sehen«, gab Kinley zu.

Ohne ein Wort zu sagen, schob Gage seinen Stuhl zurück. Er ging um den Tisch herum zu ihr, beugte sich vor und küsste sie sanft auf die Schläfe, dann ging er zur Wohnungstür.

Kinley gefiel die Geste und sie war gerade aufgestanden, als Gillian in den Raum stürmte.

»Oh mein Gott, du siehst so viel besser aus!«, rief sie aus. »Ich bin so froh, dass es dir gut geht!« Sie ließ eine Tüte, die sie in der Hand hielt, auf den Boden fallen, eilte direkt auf Kinley zu und umarmte sie innig.

Erschrocken über den Ausdruck der Zuneigung konnte Kinley nur dastehen und die Umarmung der anderen Frau unbeholfen erwidern.

»Du erdrückst sie noch, Gilly«, sagte Trigger, wobei die Liebe und der Humor in seinem Ton leicht zu hören waren.

»Egal«, sagte Gillian, aber sie trat trotzdem einen Schritt zurück. »Im Ernst, du siehst toll aus. Lefty hat sich gut um dich gekümmert. Ich wollte rüberkommen und mehr helfen, aber er sagte, er will nicht, dass ich auch krank werde, und dass er alles im Griff hat.«

Erschrocken, weil sie gar nicht daran gedacht hatte, dass sie Gage vielleicht angesteckt haben könnte, wandte sie sich an ihn. »Fühlst du dich nicht gut?«

»Mir geht's gut, Kins.«

Jetzt machte sie sich nicht nur Sorgen, dass ein Auftragskiller hinter Gage her war, sondern auch, dass sie ihn mit irgendetwas angesteckt haben könnte.

»Mir geht's *gut*«, wiederholte Gage.

»Ich habe dir noch ein paar Bücher zum Lesen mitgebracht«, sagte Gillian und lenkte damit Kinleys Aufmerksamkeit wieder auf sie. »Ich war mir nicht sicher, ob du das eine, das du dir neulich ausgeliehen hast, schon zu Ende gelesen hast. Und ich weiß, dass ich es hasse, wenn mir die neuen Bücher zum Lesen ausgehen. Ich habe jede Menge davon, also wenn du mal vorbeikommen und selbst schmökern willst, kannst du das gern tun. Du bist bei uns immer willkommen. Wirst du hier bei Lefty wohnen? Denn das wäre großartig!«

Trigger trat neben seine Freundin und legte ihr die Hand auf den Mund, um sie daran zu hindern, weiter zu plappern. »Sie will damit sagen, wir sind froh, dass es dir besser geht, und wenn du etwas brauchst, brauchst du nur zu fragen.«

Aber Kinley hatte schon verstanden. Sie hatte bisher nicht allzu viel darüber nachgedacht, was sie als Nächstes tun sollte. Sie war vollkommen glücklich damit gewesen, bei Gage zu bleiben, aber jetzt wurde ihr klar, dass es vielleicht ... merkwürdig wirken könnte. Sie waren nicht zusammen, auch wenn er der einzige Mann war, der sie je nackt gesehen hatte. Sie musste herausfinden, wo sie als Nächstes hingehen würde. Gleich nachdem sie Gage ihre Geschichte erzählt hatte und warum sie dort war, würde sie sich eine Bleibe suchen und sich ihre nächsten Schritte überlegen müssen.

»Atme, Kinley«, sagte Gage und legte seinen Arm um ihre Schultern. »Du bist auf dem Weg der Besserung, aber ich würde mich viel besser fühlen, wenn du nicht durch die Stadt tingeln würdest. Du könntest einen Rückfall erleiden.«

»Ich kann nicht bleiben, Gage«, sagte sie leise zu ihm.

»Darüber werden wir noch reden«, sagte er sanft.

»Ich wollte dich nicht in Verlegenheit bringen«, sagte Gillian reumütig. »Ich dachte nur ... ich weiß nicht, was ich dachte. Aber wenn du eine Bleibe brauchst, kannst du jederzeit bei Walker und mir wohnen. Ich habe das Gefühl, dass wir jetzt Freundinnen sind, und ich würde mich schrecklich fühlen, wenn du wieder in deinem Wagen schlafen würdest, obwohl wir ein tolles Gästezimmer haben, in dem du bleiben könntest.«

»Sie wird nie wieder in ihrem Wagen schlafen«, sagte Gage energisch.

»Okay. Gut.«

Es klopfte erneut an der Tür und Kinley sah fragend zu Gage auf.

»Ich gehe schon«, sagte Trigger. »Sei brav«, ermahnte er Gillian spielerisch, bevor er sich auf den Weg zur Tür machte.

Innerhalb von Sekunden war der Raum voll mit Gages Team.

»Du siehst viel besser aus als bei unserer letzten Begegnung«, sagte Brain.

»Auf jeden Fall«, erwiderte Oz.

»Schön, dich wieder auf den Beinen zu sehen«, fügte Lucky hinzu.

»Ich habe ihren Schlüssel mitgebracht«, sagte Doc zu Gage und legte ihren Schlüsselbund auf den Tresen.

Grover sagte nichts, hob aber zur Begrüßung leicht das Kinn.

Der Raum war jetzt regelrecht überfüllt, aber überraschenderweise fühlte Kinley sich überhaupt nicht eingeengt. Sie war mit Abstand die kleinste Person hier, aber Gage hatte seinen Arm wieder um ihre Schultern gelegt, und an seiner Seite fühlte sie sich sicher und wohl. Es war ein merkwürdiges Gefühl, eines, das sie in einer Gruppe von Menschen noch nie empfunden hatte. Normalerweise stellte sie sich an eine Wand und tat ihr Bestes, um unsichtbar zu bleiben.

»Ähm ... hallo?«, sagte Kinley unsicher. Sie hatte die Männer schon in Paris und Afrika kennengelernt, war sich aber nicht sicher, warum sie jetzt alle da waren.

»Was haben wir verpasst?«, fragte Lucky. »Habt ihr ohne uns angefangen?«

»Nein«, sagte Gage. »Gillian wollte erst mal vorbeikommen und Hallo sagen.«

»Womit angefangen?«, fragte Kinley und sah zu Gage auf.

Er schlang seinen Arm um ihre Schulter, aber er antwortete nicht.

»Das ist mein Stichwort zu gehen«, sagte Gillian zögernd. »Ich weiß nicht, was hier los ist, aber ich hoffe, du weißt, dass ich auch bereit bin zu helfen«, sagte sie zu Kinley. »Wenn du etwas brauchst, bin ich für dich da.«

Kinley konnte nur nicken. Gillian lächelte sie an, dann stellte sie sich auf die Zehenspitzen, um Trigger zu küssen, bevor sie zur Tür ging.

Keiner sagte etwas, bis sie weg war. In der Sekunde, in der sich die Tür hinter ihr schloss, sagte Gage: »Wenn jemand Kaffee möchte, bedient euch.« Dann führte er Kinley ins Wohnzimmer und setzte sie in der Ecke der Couch ab. Er nahm direkt neben ihr Platz, ohne ihr viel Raum zu lassen. Sein breiter Oberschenkel berührte ihren, und obwohl sie in die Ecke gedrängt war, fühlte Kinley sich nicht bedroht.

Die anderen Jungs setzten sich schließlich ebenfalls und alle sahen sie erwartungsvoll an.

»Kins, es ist an der Zeit, uns alles zu erzählen«, sagte Gage sanft.

Sie fühlte sich wie eine Idiotin, weil sie das nicht hatte kommen sehen, und schüttelte den Kopf. »Nein, nur dir, Gage.«

»So funktioniert das nicht«, sagte er ernst. »Ich weiß, dass du Angst hast, das ist offensichtlich. Aber diese Jungs halten uns den Rücken frei. Du weißt, dass wir ein Team sind. Wir haben keine Geheimnisse voreinander und es gibt niemanden, dem ich mehr vertraue als ihnen, um dafür zu sorgen, dass du in Sicherheit bist.«

Kinley gefiel das nicht. Sie hatte vorgehabt, Gage zu erzählen, was sie gesehen hatte, aber sie hoffte immer noch, die Zahl der Menschen zu minimieren, die sie in Gefahr brachte. Sie hätte es besser wissen müssen. Sie war ihr ganzes Leben lang auf sich allein gestellt gewesen; sie hatte nicht einmal daran gedacht, dass er ihre Probleme vielleicht mit seinen Freunden teilen wollte.

»Es ist nicht so, dass ich ihnen nicht traue, es ist nur ...« Sie brach ab, nicht sicher, wie sie sagen sollte, was sie fühlte, ohne die großen Alphamänner um sie herum zu beleidigen.

»Es ist nur was?«, fragte Gage.

Da sie wusste, dass sie aussprechen musste, was sie dachte, holte Kinley tief Luft und ließ es einfach raus. »Es ist schlimm genug, dass ich dein Leben in Gefahr bringe. Ich will nicht, dass meinetwegen jemand anderes verletzt wird. Und je mehr Leute davon wissen, desto mehr Leben sind in Gefahr.«

Im Raum war es einen Moment lang still, bevor Brain fragte: »Meint sie das ernst? Ist das dein Ernst, Kinley?«

Sie konnte seinen Tonfall nicht deuten, also nickte sie nur.

»Leck mich«, sagte Oz leise.

»Kinley, sieh mich an«, forderte Gage sie auf.

Sie drehte den Kopf – und sah, dass er sie amüsiert anschaute. »Du weißt, was wir tun. Wozu wir um die Welt geschickt werden. Willst du uns ernsthaft beschützen?«

»Du verstehst nicht. Es ist schlimm«, flüsterte sie.

»Dann sag es uns, damit wir dir helfen können, das Problem zu lösen«, drängte er.

Kinley sah sich im Raum um und betrachtete die sechs anderen Männer. Sie waren alle auf sie konzentriert und sie konnte Mitgefühl und echte Zuneigung in ihren Blicken erkennen. Sie taten nicht nur so, als wären sie geduldig mit ihr, sie waren es tatsächlich. Sie hatte das Gefühl, dass sie den ganzen Tag dort sitzen würden, wenn sie nur den Mut aufbrächte, ihnen zu erzählen, warum sie hier war.

Der Gedanke, dass einer von ihnen wegen dem, was sie sagen wollte, verletzt werden oder sterben könnte, war ihr äußerst unbehaglich.

»Ich habe etwas gesehen, was ich nicht hätte sehen sollen«, sagte sie nach einem Moment.

Als sie nicht weiter darauf einging, fragte Doc: »Was hast du gesehen?«

Das war es. Im Moment gab es nur ein paar Leute, die wussten, was sie in dieser Gasse gesehen hatte. Ihr Ex-Chef, wahrscheinlich Stryker und sie. Sie bezweifelte, dass einer der beiden Männer dem Auftragskiller verraten hatte, warum er sie töten sollte, aber es war möglich. Wenn sie es diesen Männern, die in Gages Wohnzimmer saßen, erzählte, würde das die Zahl derer, die es wussten, mehr als verdoppeln. War das eine schlechte Sache? Sie hatte wirklich keine Ahnung.

Sie atmete tief durch und traf ihre Entscheidung. »Vor zwei Wochen, kurz bevor wir Paris verlassen haben, hat der Gassenmörder ein weiteres Opfer getötet.«

Die Männer um sie herum sahen alle verwirrt aus, aber sie nickten.

»Ich erinnere mich, das in den Nachrichten gesehen zu haben«, sagte Grover. »Das Mädchen wurde in einer Gasse auf der anderen Seite der Stadt gefunden, wo die Konferenz stattfand, richtig?«

Kinley nickte. »Ich habe bei meiner Rückkehr nach D.C. die Geschichte in den Nachrichten gesehen. Und ich ...« Nun war es so weit. Sie wäre nicht wirklich überrascht, wenn niemand ihr glaubte. Sie konnte es selbst kaum glauben, und wenn sie nicht gefeuert worden wäre und nicht jemand versucht hätte, sie umzubringen, hätte sie vielleicht weiter geglaubt, dass sie sich alles nur einbildete.

Gage griff nach ihrer Hand und legte sie in seine. Er verschränkte ihre Finger miteinander und drückte sie. Seine Geste gab ihr gerade genügend Mut, um fortzufahren.

»Während meiner letzten Nacht in Paris war ich nicht sehr müde und ich lag noch lange wach. Ich schaute aus dem Fenster und wünschte, ich hätte eine bessere Aussicht als nur eine Gasse neben dem Hotel. Ein Wagen fuhr vor ... er hatte ein diplomatisches Kennzeichen ... und ein Mann trat aus einer Tür im Hotel und hielt eine Frau fest. Sie war offensichtlich betrunken oder so, denn sie konnte kaum laufen. Ich erkannte ihn. Es war Drake Stryker.«

»Der US-Botschafter in Frankreich?«, hakte Brain nach.

»Ja.«

»Bist du sicher, dass er es war?«, fragte Doc.

»Hundertprozentig. Er hat kurz aufgeschaut und ich habe sein Gesicht ganz deutlich erkannt«, sagte Kinley mit Nachdruck. »Er stieg mit der Frau in seinen Wagen und sie fuhren weg.« Sie hielt inne und versuchte, ihre Gedanken zu ordnen.

Keiner der Männer unterbrach sie. Keiner sagte ihr, sie solle sich beeilen und mit ihrer Geschichte fortfahren. Sie saßen geduldig da, schwiegen und warteten darauf, dass sie weitersprach.

»Als ich in meine Wohnung in D.C. zurückkehrte, war es schon spät, und wie ich schon sagte, schaltete ich den Fernseher ein, um ein paar Hintergrundgeräusche zu haben. Es liefen die Nachrichten. Es wurde über ein weiteres Opfer berichtet, das vom Gassenmörder getötet worden war. Es war sie. Die Frau aus der Gasse.«

Sie hörte jemanden scharf einatmen, war sich aber nicht sicher, wer es war.

»Woher weißt du das?«, fragte Trigger sanft. Er klang nicht zweifelnd, nur neugierig.

»Ihre Schuhe«, hauchte Kinley.

»Glitzernde Keilabsätze«, sagte Gage neben ihr.

Sie blickte überrascht zu ihm auf. »Ja, woher weißt du das?«

»Du hast davon gesprochen, als du krank warst«, antwortete er. »Tut mir leid, ich wollte dich nicht unterbrechen. Erzähl weiter.«

Mit einem mulmigen Gefühl im Bauch und der Frage, was sie in ihrem Fiberwahn noch alles ausgeplaudert hatte, fuhr Kinley fort: »Richtig, sie hatte ein Paar funkelnde hochhackige Schuhe an. Ich weiß noch, wie sehr sie mir gefielen und wie traurig ich war, weil ich sie nie würde tragen können. Hohe Absätze tun meinen Füßen weh. Aber sie waren so hübsch und sie erinnerten mich an Aschenputtel.« Sie lachte, aber es war kein lustiger Ton. »Als in den Nachrichten ein Ausschnitt vom Tatort gezeigt wurde, war eine Leiche zu sehen, die in eine Plane gehüllt war, aber ihre Füße ragten heraus. Sie trug immer noch dieselben glitzernden hochhackigen Schuhe. Dann fand ich heraus, dass sie gar keine Frau war – sie war ein Kind. Sie war vierzehn Jahre alt. Ich bin irgendwie ausgeflippt.«

»Zu Recht«, murmelte Oz.

»Ich weiß, was ich gesehen habe. Das bedeutet natürlich nicht, dass der Botschafter ein Serienmörder ist. Aber ich kann es einfach nicht aus dem Kopf bekommen. Er wollte den Abend mit meinem Chef verbringen und ich wusste nicht, ob er das Mädchen nach ihrem Treffen abgeholt und dann irgendwo abgesetzt hatte und der Gassenmörder sie *danach* gefunden und getötet hatte oder Ähnliches. Also rief ich Walter an, um mit ihm darüber zu reden. Ich wollte natürlich auf keinen Fall den Botschafter beschuldigen, wenn ich keine Beweise hatte.«

»Scheiße«, sagte Brain.

»Ja, scheiße«, echote Kinley. »Er redete auf mich ein, sagte mir, er hätte das Mädchen nie gesehen und dass ich mir alles nur einbilde. Er sagte zu mir, die Polizei würde mir nicht glauben, dass es wahrscheinlich Tausende von Frauen gäbe, die die gleichen Schuhe hätten. Ich begann, an mir selbst zu zweifeln.«

Als sie eine Weile nichts sagte, fragte Grover: »Was ist dann passiert?«

Kinley seufzte. »Ich wurde gefeuert.«

»Was? Warum?«, wollte Gage wissen.

Es fühlte sich gut an, dass er sich in ihrem Namen verärgert anhörte, aber es änderte nichts daran, wie sie darüber empfand, gefeuert worden zu sein. »Ich wurde zwei Tage später in die Personalabteilung gerufen und darüber informiert, dass ich wegen des Verdachts auf Hochverrat gefeuert würde.«

»Hochverrat?«, rief Lucky aus. »Das ist doch Blödsinn!«

Kinley lächelte ihn an. »Danke für den Vertrauensbeweis. Aber die Personalabteilung hatte den Beweis, dass ich Walters Terminplan an eine ungesicherte Gmail-Adresse – die eines Reporters – gesendet hatte, und zwar drei Tage, bevor wir nach Paris abreisten. Und diese Art von Dingen ist aus offensichtlichen Gründen definitiv gegen das Protokoll. Auf diese Weise werden Politiker ermordet. Der Personalleiter sagte, da man mir nicht trauen könne, sei mein Arbeitsverhältnis mit sofortiger Wirkung beendet.«

»Hast du die E-Mail gesehen?«, fragte Brain.

Kinley nickte. »Ja. Es waren nur die Reiseroute und eine Notiz, angeblich von mir, in der stand, dass alles wie geplant ablaufen würde. Aber ich habe sie weder geschrieben noch abgeschickt, das schwöre ich.«

»Niemand glaubt, dass du das getan hast«, beschwichtigte Gage sie.

Aber Kinley war noch nicht fertig. »Richtig. Ich musste sofort meinen Schreibtisch räumen. Die ganze Zeit über stand jemand neben mir, der darauf achtete, dass ich nichts klaute. Es war extrem demütigend und ich war so verwirrt, weil mir etwas vorgeworfen wurde, was ich nicht getan hatte, und ich bekam nicht einmal die Chance, mich zu verteidigen.

Ich war auf dem Weg nach Hause, mit meinen Sachen in einem Pappkarton – was für ein Klischee –, und habe nicht wirklich auf meine Umgebung geachtet. Ich wartete gerade auf die U-Bahn, als jemand mich schubste. Fest. Ich hatte mich gerade entschlossen, ins Büro zurückzugehen und zu versuchen, die Sache zu klären, als plötzlich meine Sachen umherflogen. Der Karton, den ich trug, fiel auf die Gleise. Zum Glück konnte ich mich noch fangen, denn nur zwei Sekunden später fuhr die U-Bahn ein. Ich erinnere mich, dass meine Haare im Wind des Zuges umherwehten. Als ich mich umschaute, sah ich niemanden, der so aussah, als wollte er mich umbringen, aber ich *wusste*, dass genau das gerade passiert war.«

Einen Moment lang sagte niemand etwas, doch dann stand Brain auf und begann, im Zimmer auf und ab zu gehen.

»Ich ging zurück in meine Wohnung und holte meine Reisetasche. Ich habe immer eine gepackt, in der sich ein paar meiner wichtigsten Besitztümer befinden. Das habe ich als Pflegekind gelernt. Oft hatte ich keine Chance, alle meine Sachen zu packen. Jedenfalls habe ich ein paar Klamotten hineingeworfen und eine Notiz für meinen Vermieter hinterlassen, plus die Miete für den nächsten Monat, aber ich schätze, bis ich meine Probleme gelöst habe, wird er meine Sachen ausgeräumt und die Wohnung an jemand anderen vermietet haben.« Sie zuckte mit den Schultern. »Ich wartete, bis es dunkel wurde, und schlich mich zu meinem Wagen in einem Parkhaus ein paar Häuserblocks weiter. Am nächsten Tag habe ich fünftausend Dollar von meinem Sparkonto abgehoben und seitdem habe ich keine Kreditkarten mehr benutzt.«

»Clever«, sagte Brain, während er weiter herumtigerte. »Wenn jemand in der Lage wäre, eine gefälschte E-Mail in deinem Konto zu platzieren, wäre er wahrscheinlich leicht in der Lage zu verfolgen, wo und wann du deine Kreditkarten benutzt.«

»Das habe ich auch gedacht«, gab Kinley zu.

Dann holte sie tief Luft. Sie hatte es getan. Sie hatte ihnen erzählt, was passiert war. Niemand hatte sie für verrückt erklärt, weil sie vermutet hatte, dass der Botschafter ein Serienmörder sein könnte, oder weil sie glaubte, jemand hätte sie auf dem Bahnsteig geschubst.

Ihr ganzes Leben lang hatten die Leute an ihr gezweifelt. Es fühlte sich wirklich gut an, dass ihr jetzt geglaubt wurde.

»Warum bist du hierhergekommen?«, fragte Trigger.

Kinley blickte auf ihre Hand hinunter, die in Gages Hand lag. Es war ihr peinlich, ihren wahren Grund zuzugeben, aber sie war bisher ehrlich gewesen, sie wollte jetzt nicht anfangen zu lügen. »Das hatte ich nicht geplant. Ich wollte nach Nordwesten gehen. Nach North Dakota oder so. Und das tat ich auch. Ich fuhr eine Weile ziellos umher, aber dann fand ich mich auf dem Weg nach Süden in Richtung Texas wieder. Ich wollte niemanden mehr in Gefahr bringen. Ich weiß, was ich auf dem Bahnsteig gefühlt habe, aber ich wusste auch, dass ich Hilfe brauchte, wenn ich jemanden dazu bringen wollte, mir zuzuhören und mir zu glauben. Ich dachte, Gage würde vielleicht jemanden beim FBI kennen, der vertrauenswürdig ist.«

Sie spürte Finger unter ihrem Kinn und sie drehte ihr Gesicht zu Gage. Er streichelte ihre Wange mit dem Daumen, bevor er sagte: »Du hast das Richtige getan. Mein Team und ich werden dir helfen. Wenn der Botschafter ein Pädophiler und Mörder ist, wird er damit nicht durchkommen. Ganz zu schweigen davon, dass ich jede Menge Geld darauf wetten würde, dass dein beschissener Chef ebenfalls bis zu den Haarspitzen in der Sache drinsteckt. Es tut mir leid, dass ich nicht zu Hause war, als du hergekommen bist.«

Kinley zuckte mit den Schultern. »Ich hätte wissen müssen, dass du vielleicht auf einer Mission bist.«

»Ich werde für deine Sicherheit sorgen, Kins«, sagte Gage zärtlich und sah ihr in die Augen.

»Das kannst du nicht versprechen.«

»Doch, das kann ich, und das tue ich«, schwor er.

Kinley wusste, wenn Stryker oder Brown wirklich ihren Tod wollten, hätten sie das Geld, um jemanden anzuheuern, der dafür sorgte, dass das geschah, aber es fühlte sich trotzdem gut an, dass Gage bereit war, alles zu tun, um sie zu beschützen. Sie war sich nicht sicher, ob sie das Richtige getan hatte, als sie sich ihm und seinem Team anvertraute, aber was geschehen war, war geschehen. Sie würde mit den Konsequenzen ihres Handelns leben müssen.

Sie hoffte nur, dass diese Konsequenzen nicht der Tod des Mannes sein würden, der neben ihr saß ... oder seiner Freunde.

KAPITEL ZEHN

Lefty wollte um sich schlagen. Dinge durch die Gegend werfen. Denjenigen umbringen, der es gewagt hatte, Hand an Kinley zu legen. Aber er musste sich beherrschen. Für Kinley musste er ruhig und vernünftig sein. Sie brauchten einen Plan.

»Brain?«, fragte er, während er seinen Teamkameraden dabei beobachtete, wie er hin und her ging. Er war der klügste Mann im Team und wenn er sich so verhielt, war das ein sicheres Zeichen dafür, dass sein Verstand auf Hochtouren lief.

»Leider hatte Brown recht damit, dass es schwer sein wird, nur anhand der Schuhe zu beweisen, dass Stryker ein Serienmörder ist. Vor allem, wenn man bedenkt, dass es mitten in der Nacht war, also dunkel, und sie sich ein paar Stockwerke über der Gasse befand. Aber das Hotel hat sicherlich Videokameras und es sollte einfach sein, zumindest zu beweisen, dass das Mädchen in dieser Nacht bei ihm war, und möglicherweise auch Brown. Der Telefon- und E-Mail-Verkehr zwischen den beiden Männern – einschließlich allem, was verdächtig aussehen könnte – sollte ebenfalls relativ leicht zu beschaffen sein.«

»*Verdächtig* wie Kinderporno«, schlug Trigger vor.

»Ganz genau. Das Mädchen war vierzehn. Und wenn ich

mich recht erinnere, waren die anderen Opfer des Gassenmörders ebenfalls minderjährig. Die Polizei kann die Bewegungen des Botschafters im Vergleich dazu verfolgen, wo die Mädchen zuletzt gesehen wurden. Aber letztendlich hat Kinley recht, sie kann nicht einfach mit ihrem Verdacht zur örtlichen Polizei gehen. Die Beamten werden sie nicht ernst nehmen und es steht ihr Wort gegen das eines Freundes des verdammten Präsidenten. Ganz zu schweigen davon, dass diese Verbrechen in Frankreich stattfanden. Jede Anschuldigung wird von der Pariser Polizei geprüft werden müssen. Gegen Brown kann hier in den Staaten wegen der Kinderporno-Sache ermittelt werden, aber letztlich ist das ein Fall für Frankreich.«

»Es sei denn, er hat schon getötet, bevor er nach Übersee gezogen ist«, sagte Lefty.

»Sehr richtig. Es ist zweifelhaft, dass sich sein Verlangen nach minderjährigen Mädchen erst manifestierte, als er nach Frankreich kam.«

»Was ist mit Cruz Livingston?«, fragte Trigger plötzlich.

»Wer?«, wollte Kinley mit zur Seite geneigtem Kopf wissen.

»Cruz Livingston«, antwortete Lefty. »Er ist ein FBI-Agent, der von San Antonio aus arbeitet. Wir kennen ihn durch einen Freund eines Freundes. Wir könnten ihn bitten, inoffiziell herzukommen und sich erst einmal anzuhören, was wir zu sagen haben. Vielleicht könnte er Morde in D.C. untersuchen, in die minderjährige Mädchen verwickelt sind, sowie eine Ermittlung wegen Kinderpornografie starten. Es ist möglich, dass er dich auch vom Vorwurf des Hochverrats freisprechen kann. Du hast diese E-Mails nicht geschickt, und ich bin sicher, mit seinen Verbindungen kann er es irgendwie beweisen. Wir wollen auf alle Fälle verhindern, dass dieser Scheiß von einem Strafverteidiger vor Gericht gebracht wird.«

»Ich könnte etwas nachforschen«, schlug Brain vor. »Nichts, was ich herausfinde, wird offiziell sein, aber wenn ich es an Livingston weitergeben kann und ihm so einen Vorsprung verschaffe, wäre das keine schlechte Lösung. Ehrlich gesagt, wenn das Einzige, was die Staatsanwaltschaft hat, Schuhe sind, wird der Fall wahrscheinlich nirgendwo hinführen. Aber wenn es ein Video und andere Beweise gibt ...« Seine Stimme verstummte.

Lefty drehte sich wieder zu Kinley um. »Du bleibst hier.«

Sie blinzelte. »Das kann ich nicht.«

»Doch, das kannst du«, konterte er. »Und das wirst du auch. Wenn du glaubst, ich lasse dich in einem Hotel oder in deinem verdammten Wagen übernachten oder herumflitzen, wenn schon einmal jemand versucht hat, dich umzubringen, bist du verrückt.«

»Vielleicht habe ich mir das Ganze nur eingebildet«, sagte sie schwach.

»Das glaubst du genauso wenig wie ich. Wenn du es glauben würdest, wärst du jetzt nicht hier«, konterte Lefty.

Sie biss sich auf die Lippe und weigerte sich, ihm in die Augen zu sehen.

»Sieh mich an, Kins«, sagte Lefty.

Er wartete, bis sie seinem Blick begegnete. »Das wird nicht so schnell vorbei sein. Aufgrund von Strykers politischen Verbindungen hat er eine Menge Macht. Er wird den teuersten und erfolgreichsten Anwalt engagieren, den er finden kann. Die Staatsanwaltschaft muss stichhaltige Beweise haben, bevor sie ihn anklagt. In der Zwischenzeit bist du nicht sicher. Vor allem, weil Stryker alles in Bewegung gesetzt hat, um dich zum Schweigen zu bringen. Du bist aus einem bestimmten Grund zu mir gekommen. Es war richtig, und ich werde alles tun, was ich kann, um dich zu beschützen.«

»Ich weiß das zu schätzen, aber ein Teil von mir fragt sich immer noch, warum du zustimmen würdest, einem Niemand zu helfen. Und jetzt ist mir klar, dass ich eure Karrieren in Gefahr gebracht habe. Ich meine, ich bin mir nicht sicher, ob ihr es mit zwei Berufspolitikern aufnehmen könnt, die den Präsidenten persönlich kennen. Ich habe das offensichtlich nicht so gut durchdacht, wie ich es hätte tun sollen.«

»Du bist kein Niemand«, sagte Gage entschieden. Er beugte sich vor und schaute ihr fest in die Augen. »Du bist kein Niemand. Du bist Kinley Taylor. Du bist witzig und klug, und ich kann nicht aufhören, an dich zu denken, seit ich dich in Afrika kennengelernt habe. Du bist rücksichtsvoll und freundlich, und obwohl ich nicht glücklich über die Gründe bin, warum du hier bist, kann ich nicht leugnen, dass ich mich wahnsinnig freue, dich zu sehen.«

Er glaubte nicht, dass Kinley überhaupt atmete, aber er fuhr fort, ohne sich darum zu kümmern, dass seine Freunde zuhörten. »Ich mache mir keine Sorgen um meinen Job, weil ich an dich glaube. Wenn du sagst, dass du den US-Botschafter in Frankreich mit dem letzten Opfer des Gassenmörders gesehen hast, glaube ich dir. Und wir werden einen Weg finden, ihn festzunageln, damit er niemandem mehr schaden kann.«

»Er ist persönlich mit dem Präsidenten befreundet«, sagte Kinley leise. »Du weißt nicht, was für eine Macht in Washington, D.C. existiert. Ich hätte einfach den Mund halten sollen.«

»Wie war ihr Name?«, fragte Lefty.

»Emile Arseneault«, erwiderte Kinley und wusste genau, von wem er sprach.

»Du denkst, Emile ist es nicht wert, für sie zu kämpfen?«

Kinley schüttelte schon den Kopf, bevor er die Frage zu Ende gestellt hatte.

»Richtig. Jemand muss für diejenigen eintreten, die nicht für sich selbst eintreten können. Emile kann sicher nicht darüber sprechen, was ihr passiert ist. Ich werde nicht lügen und sagen, dass es einfach sein wird, denn das wird es nicht. Aber wenn du die Art von Frau wärst, die ignorieren könnte, dass ein Mädchen ermordet wurde, würde ich mich nicht so zu dir hingezogen fühlen.«

Kinley errötete.

»Ich denke, das ist unser Stichwort zum Aufbruch«, sagte Doc, wobei der Humor in seiner Stimme leicht zu hören war.

»Ich werde mich melden, wenn ich etwas herausfinde«, sagte Brain. »Ich werde mit ein paar einfachen Internetrecherchen beginnen. Ich werde mich nicht zu sehr in die Sache hineinsteigern, denn ich möchte nicht unbedingt einen Auftragskiller direkt nach Texas führen.«

»Wenn du bereit bist, mit Cruz zu reden, sag mir Bescheid, dann werde ich mich mit ihm in Verbindung setzen«, bot Oz an.

»Meine Schwester kommt morgen in die Stadt, aber du weißt, dass ich hier bin, wenn du etwas brauchst«, sagte Grover.

»Brauchst du Hilfe bei ihrem Umzug?«, fragte Lucky Grover.

Grover sah Lucky einen Moment lang an, bevor er nickte. »Das wäre toll. Ich weiß nicht, wie viel Zeug sie mitgebracht hat. Ich habe den Eindruck, dass sie ziemlich schnell abgereist ist, aber sie erzählt mir nicht viel.«

»Steckt sie in Schwierigkeiten?«, fragte Lucky und runzelte die Stirn.

»Bei Devyn kann man das nie wissen«, antwortete Grover ehrlich.

»Ich komme morgen früh zu dir rüber, dann können wir zusammen zu ihrer Wohnung fahren.«

»Klingt gut.«

Trigger wartete, bis alle gegangen waren, bevor er sich an Kinley wandte. »Ich schließe mich dem an, was Gillian gesagt hat, du bist bei uns willkommen, wann immer du willst. Ihr müsst nicht vorher anrufen. Obwohl, wenn wir nicht sofort antworten, sind wir vielleicht beschäftigt.« Er wackelte anzüglich mit den Augenbrauen, was Kinley zum Lachen brachte.

»Ich denke, ich rufe lieber vorher an, wenn das für euch in Ordnung ist«, sagte sie grinsend.

Trigger lächelte, aber dann wurde er nüchtern. »Gillian ist freundlich. Sehr freundlich. Die Leute mögen sie. Aber sie ist wählerisch, mit wem sie befreundet sein will. Besonders bei allem, was in Venezuela und danach passiert ist.«

»Ähm ... okay?«, sagte Kinley.

»Ich will damit sagen, dass es selten ist, dass es bei ihr mit jemandem so leicht funktioniert wie bei dir. Sie hat schon seit Ewigkeiten drei Freundinnen und solange ich sie kenne, hat sie sich nicht wirklich bemüht, jemand anderem nahezukommen. Jemanden in unsere Wohnung einzuladen, damit derjenige essen, duschen und seine Wäsche waschen kann, ist – leider, soweit es mich betrifft – genau so etwas, was sie tun würde. Aber sie würde niemanden einladen zu bleiben, und sie verleiht schon gar nicht ihre wertvollen Bücher an Fremde. Sie mag dich, Kinley. Als sie sagte, sie würde gern mehr Zeit mit dir verbringen, meinte sie das ernst. Sie sieht dich bereits als ihre Freundin an.«

Lefty hatte seine Hand auf Kinleys Rücken, sodass er spürte, wie sich ihre Muskeln anspannten. Er bewegte sich, ohne nachzudenken, und zog sie an seine Seite. Sie stand steif in seiner halben Umarmung und starrte Trigger an, als er fortfuhr.

»Nicht nur sie, *ich* mag dich auch. Ich kenne Lefty schon lange und ich habe ihn noch nie so nervös wegen einer Frau gesehen. Auf eine gute Art und Weise, meine ich. Vertraue ihm und vertraue uns, dass wir dir helfen, das durchzustehen. Ich vermute, es wird nicht einfach sein, und es wird keine schnelle Lösung geben, aber wir werden alles in unserer Macht Stehende tun, um dich vor jedem zu schützen, der dich zum Schweigen bringen will.«

Kinley musterte Trigger einen langen Moment, bevor sie nickte. »Danke.«

»Gern geschehen.« Dann nickte Trigger Lefty zu, drehte sich um und verließ die Wohnung.

Lefty verriegelte die Tür hinter seinem Freund und als er sich wieder zu Kinley umdrehte, starrte sie auf die Tür. »Komm schon, Kins«, sagte er, zog sie wieder an seine Seite und führte sie zurück zur Couch. »Wie fühlst du dich? Willst du etwas essen? Etwas Orangensaft?«

Sie schüttelte den Kopf.

»Rede mit mir«, flehte er. »Was geht dir durch den Kopf?«

Sie drehte sich um und begegnete seinem Blick. Er konnte die Verwirrung erkennen und wie überwältigt sie war, nur indem er sie ansah. Er hatte keine Ahnung, wie er sie in so kurzer Zeit so gut kennengelernt hatte, aber so war es.

»Ich verstehe das nicht.«

»Was verstehst du nicht, Süße?«, fragte er sanft.

Sie zuckte mit den Schultern. »Ich bin einfach ich. Ich habe nie wirklich Freundinnen gehabt. Ich habe dir gesagt, dass ich seltsam bin. Ich verstehe nicht, wie deine Freunde so schnell entscheiden können, dass sie mich mögen. Sie sollten misstrauisch sein. Ich habe euch in Gefahr gebracht. Und all eure Karrieren könnten einfach so zu Ende sein.« Sie schnippte mit den Fingern, um ihren Standpunkt zu demonstrieren. »Stryker oder Brown könnten eure Karrieren mit einem Wort an der richtigen Stelle leicht ruinieren. Du solltest mich so weit wegstoßen, wie du kannst.«

»Das wird nicht passieren«, versicherte Lefty ihr. Es war wichtig für ihn, dass sie ihn hörte, also tat er etwas, was er noch nie getan hatte – er nutzte seine Größe und Stärke, um eine Frau zu überwältigen. Er drückte Kinley nach hinten, bis sie halb auf der Couch lag, und setzte sich auf ihre Hüfte, wobei er seine Hände auf beiden Seiten von ihr hatte und sie so effektiv festhielt.

»Du musst mir zuhören, Kins. Hör mir gut zu. Hörst du mir zu?«

Sie nickte, die Augen weit aufgerissen, und er spürte, wie sie nach seinen Unterarmen griff und ihre Fingernägel in seine Haut grub.

Er wollte nach unten sehen, ihre Hände auf seiner Haut sehen, aber er zwang sich, ihr in die Augen zu schauen. »Ich weiß nicht, was du an dir hast, das mich dazu bringt, all deine Dämonen bezwingen zu wollen. Ich bin wütend, dass Brown dein Vertrauen so schwer verletzt hat. Und bevor du ihn verteidigst, es gibt keine andere Erklärung dafür, dass die E-Mail so schnell gefunden wurde, nachdem du dich ihm anvertraut hattest. Ich vermute, er hat sofort Stryker angerufen und dich verraten, und einer oder beide haben beschlossen, dass du ausgeschaltet werden musst, und sie haben dann jemanden angeheuert, um ihre Drecksarbeit zu erledigen.«

Sie nickte leicht und leckte sich über die Lippen. Lefty war für eine Sekunde von dem Glanz, den ihre Zunge hinterließ, abgelenkt. Er wollte sich so gern zu ihr hinunterbeugen und sie schmecken, aber er hielt sich zurück ... gerade so.

»Trigger hat nicht gelogen, ich habe monatelang über dich gesprochen. Ich mag dich, Kinley. Und zwar sehr. Auf keinen Fall will ich diese Situation ausnutzen, aber ich muss zugeben, ich bin nicht verärgert, dass du eine Bleibe brauchst. Ich werde meine Grenzen bei dir nicht überschreiten, du kannst in meinem Bett schlafen und ich schlafe hier.«

»Gage, nein!«, erwiderte sie und krallte sich mit den Fingern an seinem Arm fest. »Das ist nicht fair.«

»Bist du bereit, mich bei dir schlafen zu lassen?«, fragte er. »Und ich meine wirklich schlafen, nichts anderes ... noch nicht.«

Sie biss sich auf die Lippe und senkte den Blick.

Lefty hielt ihr Kinn fest, bis sie ihn wieder ansah. »Das habe ich mir gedacht. Wenn ich auf der Couch schlafe, bin ich zwischen dir und der Tür, und das macht es einfacher, dich zu beschützen«, erklärte er ihr. »Ich möchte, dass du dich an mich gewöhnst. Siehst, dass ich nicht wie die anderen ahnungslosen Arschlöcher bin, die du offensichtlich schon dein ganzes Leben kennst. Ich will, dass du mich kennenlernst, mit all meinen Fehlern und so.

Wenn du mich in dein Bett einlädst ... oder eher *mein* Bett ... möchte ich, dass du hundertprozentig davon überzeugt bist, dass ich dort sein soll. Dass du eine erstaunliche Frau bist, die das Beste von ihrem Mann verdient. Er soll dich wertschätzen und deine sogenannten Eigenarten fördern, nicht versuchen, sie dir auszutreiben. Ich möchte, dass du mich so sehr willst, wie ich dich will, bis zu dem Punkt, dass du alles tun würdest, um mich zu bekommen.«

Sie blinzelte, antwortete aber nicht.

»Diese Situation ist nicht ideal«, sagte Lefty und stellte das Offensichtliche fest. »Aber das heißt nicht, dass wir uns nicht kennenlernen können wie jeder andere Mann und jede andere Frau, die miteinander ausgehen. Du kannst meine Macken herausfinden, so wie ich deine herausfinden werde. Ich weiß schon, wenn du krank bist, macht mich das verrückt. Es macht mich verrückt, und es war mir unmöglich, von deiner Seite zu weichen. Gillian bot mir an, bei dir zu sitzen, damit ich schlafen kann, aber ich lehnte ab. Du hast einfach etwas an dir, das nach mir ruft, Kinley. Ich will sehen, wo das hinführen kann. Aber ... und das ist der wichtige Teil ...«, sagte er feierlich.

Kinley leckte sich wieder über die Lippen, und wieder musste Lefty sich zwingen, sich nicht zu bewegen. Sich nicht herunterzubeugen und diese Lippen mit seinen eigenen zu bedecken. »Was meinst du?«

»Du bist in keiner Weise verpflichtet, etwas zu tun, was du nicht willst.«

Sie runzelte die Stirn.

»Ich mag dich, da lüge ich nicht. Aber wenn du nicht dasselbe für mich empfindest, werde ich nicht ausrasten oder gewalttätig werden. Ich würde dich genauso wenig im Zorn anfassen wie meine Mutter oder jemand anderen, den ich liebe. Ich werde wütend und traurig sein, aber du darfst fühlen, was du fühlst. Fühl dich nicht verpflichtet, eine Beziehung mit mir einzugehen, wenn du nicht glaubst, dass du mich eines Tages lieben könntest. Ich würde viel lieber dein Freund sein und dich in irgendeiner Form in meinem Leben haben, als dass du dich mit mir verabredest, wenn du nicht so empfindest, wie ich es tue.«

Die Worte sprudelten aus ihm heraus, ohne dass Lefty darüber nachdachte.

»Keine Panik«, sagte er, als er sah, wie sie kurz davor war auszuflippen. »Ich sage nicht, dass ich dich liebe. Ich kenne dich noch nicht gut genug, um so zu empfinden. Aber ich kann ehrlich behaupten, dass ich noch nie von einer Frau so fasziniert war wie von dir. Und ich habe das Gefühl, dass es Jahre dauern wird, bis ich alle deine Geheimnisse herausgefunden habe, und ich freue mich sogar darauf. Jedes Stück von dir, das ich entdecke, fühlt sich wie ein Sieg an. Ich will damit nur sagen, dass du hier bei mir einen sicheren Platz hast, und das ohne Bedingungen. Ich werde dir helfen, egal wie unsere persönliche Beziehung ist, weil es das Richtige ist. Für dich, für Emile und für alle anderen Opfer des Gassenmörders. Verstehst du?«

Sie nickte, sagte aber: »Du wirst von mir enttäuscht sein.«

»Unmöglich«, entgegnete Lefty, ohne zu zögern. »Wenn überhaupt, bist *du* diejenige, die enttäuscht sein wird. Ich hatte nicht die Kraft, Gillian zu gestatten, dir zu helfen, als du krank warst, obwohl ich wusste, dass es das Richtige gewesen wäre. Ich mag körperlich stark sein, aber wenn es um dich geht, bin ich so schwach wie ein Kätzchen.«

Sie ließ eine Hand zu seinem Gesicht wandern und Lefty spürte, wie sich sein Herzschlag erhöhte, als sie seine Wange berührte. »Du bist der einzige Mann, der mich je so gesehen hat. Bin ich ... denkst du ... Scheiße.« Sie schloss die Augen und begann, ihre Hand fallen zu lassen.

Lefty bewegte sich schnell, legte seine Hand über ihre und hielt die Verbindung zwischen ihnen aufrecht. »Was? Du kannst mich alles fragen, Süße.«

Sie schaute ihm in die Augen und fragte: »Sah ich okay aus?«

Er blinzelte. »Was?«, fragte er, unsicher darüber, was sie meinte.

»Egal«, murmelte sie.

»Wenn du mich fragst, ob mir gefallen hat, was ich gesehen habe, als ich dich in den Armen hielt, ist die Antwort nein.«

Sie versteifte sich, aber Lefty fuhr fort: »Es gefiel mir nicht, dass du vor Fieber glühtest. Es gefiel mir nicht, dass dein Körper aussah, als würde er von innen nach außen geröstet werden. Ich mochte es nicht, wie du durch mich hindurchsahst, anstatt mich anzusehen. Ich mochte es nicht, dass du in meinen Armen gezittert hast, weil du Angst hattest, ich würde dich in der Wanne unter Wasser drücken. Und ich mochte es nicht, dich auszuziehen, um dich zu baden, dein Hemd zu wechseln, wenn du dich auf das, das du anhattest, übergeben hast, oder dich mit einem kühlen Waschlappen abzuwischen, während ich versuchte, dein Fieber zu senken.

Ich habe mich voll und ganz darauf konzentriert, dass es dir besser geht, nicht darauf, wie dein Körper aussieht. Ich bin ein Mann, Kinley, aber kein Arschloch. Ich hatte nicht vor, dich anzustarren, als du völlig weggetreten und hilflos warst.

Aber wenn du fragst, ob ich dich attraktiv finde, ist die Antwort ein klares ja. Jetzt, wo es dir besser geht und ich weiß, dass ich dein Vertrauen nicht brechen und dich zum Arzt bringen muss, obwohl du das eindeutig nicht wolltest – aus gutem Grund, möchte ich hinzufügen –, kämpfe ich schon den ganzen Morgen mit einer verdammten Erektion. Dir beim Essen und Trinken zuzusehen ... verdammt, selbst wenn ich hier sitze und dich dabei beobachte, wie du dir auf die Lippe beißt, steht mein Schwanz stramm und bettelt darum, dich zu berühren. Du brauchst dir absolut keine Sorgen zu machen, wenn es um deinen Körper geht, Kins.«

Sie wurde jetzt rot, aber es gefiel ihm, dass sie nicht den verlegenen Ausdruck im Gesicht hatte, den er vorhin gesehen hatte.

»Ich mag deinen Körper auch«, sagte sie schüchtern.

Lefty lächelte. »Gut. Ich stehe jetzt auf und suche mir in der Küche etwas zu tun. Ich weiß noch nicht was, aber ich werde es herausfinden, wenn ich dort bin. Wenn ich noch länger hier sitze, während du so weich und kuschelig unter mir bist, vergesse ich vielleicht all meine ritterlichen Worte und tue etwas, das dir den Eindruck vermittelt, ich sei ein Mistkerl.«

»Ein Mistkerl?«, sagte sie und kicherte.

»Ja. Geht es dir gut nach allem, was heute passiert ist?«

Sie dachte eine Sekunde lang nach und zuckte dann mit den Schultern. »Habe ich denn eine Wahl?«

»Ja, Süße, die hast du. Was dir im Laufe deines Lebens widerfahren ist, ist scheiße. Es ist nicht fair, und du verdienst viel mehr. Wenn ich ein besserer Mensch wäre, würde ich dich gehen lassen, damit du jemanden findest, der nicht wochenlang am Stück weg ist. Der in einem großen Haus wohnt und einen regulären Vollzeitjob hat.«

»Was ist, wenn das nicht das ist, was ich will?«, fragte sie.

»Was willst du dann?«, erwiderte er.

»Geliebt zu werden, so wie ich bin«, antwortete sie sofort. »Mein ganzes Leben lang war das alles, was ich je wollte. Ich brauche keine ausgefallenen Kleider, keinen Schmuck oder ein großes Haus. Ich will nur, dass mich jemand will.«

Lefty spürte, wie sein Herz in seiner Brust pochte. Sie bat um so wenig, aber sie bat auch um alles. Er wollte der Mann sein, der ihr geben konnte, was ihr Herz begehrte – aber das machte ihm auch eine Heidenangst. »Gib dich niemals mit weniger zufrieden«, befahl er.

»Das werde ich nicht«, flüsterte sie.

Lefty konnte sich nicht davon abhalten, sich runterzubeugen und ihre Stirn zu küssen. Dann stand er auf und ging in die Küche, um etwas zu finden, das ihn beschäftigte, bevor seine Begierde seine Vernunft übermannte.

Kinley lag auf der Couch, genau da, wo Gage sie verlassen hatte, und war wie benommen. Es waren ein paar emotionale Stunden gewesen. Nichts in ihrem Leben hatte sich verändert, seit sie D.C. verlassen hatte, aber irgendwie fühlte es sich an, als hätte sich alles verändert. Gillian schien sie wirklich zu mögen, was verrückt war, denn sie hatte lediglich bei ihr geschnorrt, auf ihrer Couch gesessen und ein Buch gelesen, aber Kinley wollte sich auf diese Freundschaft einlassen.

Gages Freunde glaubten ihr, auch wenn das ihrer eigenen Karriere schaden könnte. Sie versuchten bereits, Wege zu finden, ihr zu helfen, und erstaunlicherweise kannten sie sogar einen FBI-Agenten, der bereit sein könnte, sich anzuhören, was sie zu sagen hatte.

Und dann war da noch Gage.

Sie konnte nicht anders, als sich von allem, was er gesagt hatte, überwältigt zu fühlen, aber auf eine gute Art. Ihr ganzes Leben lang war sie übersehen worden, als wäre sie unsichtbar. Aber Gage sah sie. Mehr noch, ihm schien zu gefallen, was er sah. Es war verrückt. Wahnsinnig. Aber es fühlte sich auch richtig an.

Seit sie in Afrika das erste Mal mit ihm gesprochen hatte, hatte Kinley eine Verbindung zu ihm gespürt. Es ergab keinen Sinn und sie hatte nie auch nur den Hauch einer Hoffnung gehabt, dass er auch etwas empfinden könnte, was einer der Gründe war, warum sie ihm nach Afrika nicht mehr geschrieben hatte. Sie hatte versucht, sich vor einem weiteren Herzschmerz zu schützen, von denen es in ihrem Leben schon viele gegeben hatte.

Aber jetzt war sie hier. In seiner Wohnung. Und er hatte gesagt, sie würde in seinem Bett schlafen. Es war fast unwirklich. Sie wollte selbstbewusst genug sein, um ihm zu sagen, dass er mit ihr im Bett schlafen könnte. Um *mehr* zu tun als nur zu schlafen. Aber sie wusste, wenn sie Sex mit ihm hätte und er danach gehen würde, würde es sie zerstören.

Sie war keine Nervensäge, zumindest nicht absichtlich, aber sie hatte noch nie einen Menschen – ob Mann oder Frau – getroffen, dem sie sowohl ihren Körper als auch ihr Herz anvertrauen konnte. Und bis sie das tat, würde sie eben Jungfrau bleiben.

Wenn sie an Gage und Sex dachte, fühlte sie sich unbehaglich ... aber nicht auf eine schlechte Art. Sie fühlte sich, als würde sie endlich wach werden, nachdem sie sehr lange geschlafen hatte. Sie rutschte auf der Couch hin und her, ihre Schenkel rieben aneinander und erinnerten sie daran, wie lange es her war, dass sie sich selbst Erleichterung verschafft hatte.

Sie schloss die Augen und fühlte sich plötzlich erschöpft.

Es hätte eine Minute oder eine Stunde später sein können, als sie spürte, wie Gage eine Decke über sie legte. Kinley kuschelte sich in die Wärme und lächelte, als sie seine Lippen an ihrer Schläfe spürte.

»Schlaf, Kins.«

»Ich bin so müde«, murmelte sie.

»Du warst wirklich krank. Dein Körper erholt sich noch. Entspann dich einfach.«

»Gage?«

»Ja?«

»Danke, dass du mir geglaubt hast.«

»Ich werde dir immer glauben, Kinley«, sagte er entschieden. »Ich glaube dir und an dich.«

Mit diesen schönen Worten in ihren Gedanken schlief sie ein.

»Das ist Schwachsinn. Sie muss zum Schweigen gebracht werden!«, brüllte Drake Stryker in das Wegwerfhandy, das er nach diesem Telefonat loswerden würde.

»Sie ist klug«, antwortete Simon King, ein Mann, der dafür bekannt war, dass er bereit war, die Drecksarbeit zu übernehmen, die sonst niemand machen wollte.

»Sie ist nur eine Frau, so schlau ist sie auch wieder nicht«, spottete Stryker. »Ich kann nicht glauben, dass Sie einen so einfachen Job vermasselt haben.«

»Verärgern Sie mich nicht«, warnte Simon unwirsch. »Wenn Sie sie tot sehen wollen, können Sie in die Staaten kommen und sich selbst um die Sache kümmern.«

Stryker holte tief Luft. Er konnte es sich nicht leisten, King zu verlieren. Er brauchte ihn, um sich um sein großes Problem zu kümmern. Er wollte auf keinen Fall den Rest seines Lebens im Knast verbringen. *Auf gar keinen Fall.* Schon gar nicht wegen einer neugierigen Schlampe. Er musste sicherstellen, dass sie den Mund über das hielt, was sie gesehen hatte. »Tut mir leid. Ich bin nur frustriert«, sagte er zu dem Auftragskiller, den er angeheuert hatte, um Kinley Taylor zu finden und zu töten.

»In Ordnung. Sie hatte einfach Glück auf dem Bahnsteig der U-Bahn. Sie fing gerade an, sich zu drehen, als ich sie stieß, und der Winkel war falsch, als sie fiel. Ich hatte nicht wirklich geplant, den Job in diesem Moment zu erledigen, aber ich dachte, ich könnte es bei der Gelegenheit auch gleich zu Ende bringen. Wie auch immer, ich folgte ihr nach Hause, und als ich in der Nacht in ihre Wohnung einbrach, war es offensichtlich, dass sie bereits abgehauen war. Ich beobachtete ihre Wohnung eine Weile, aber sie kam nicht zurück. Haben Sie sonst noch irgendwelche Informationen für mich?«

Stryker runzelte die Stirn. Er hasste das. Er hatte noch jemanden in diesen Schlamassel mit hineinziehen müssen, was nicht gut war. Je weniger Leute involviert waren, desto besser, aber er und Brown hatten jemanden gebraucht, um die E-Mail in ihrem Konto zu platzieren, und derselbe Mann beobachtete ihre Bankkonten und versuchte, sie digital zu verfolgen. »Sie hob das meiste ihres Geldes kurz nach Ihrem versuchten Anschlag ab. Sie hat in D.C. getankt und seitdem ihre Kreditkarte nicht mehr benutzt.«

»Verfolgen Sie ihr Kennzeichen?«

Stryker knirschte mit den Zähnen. »Ja, aber das ist nicht so einfach. Sie hat alle gebührenpflichtigen Straßen gemieden und mein Informant hat nicht die Zeit, jede Verkehrskamera im Land durchzusehen, um sie zu finden.«

»Was ist mit Freundinnen? Familie?«

»Sie hat niemanden.«

»Nun, das macht die Sache schwieriger«, sagte King ohne jegliche Emotion. »Sie könnte dann praktisch überall auf der Welt sein.«

Dieser Mangel an Emotionen war es, der ihn zu einem so guten Killer machte. Er regte sich nicht darüber auf, von wem er fürs Töten bezahlt wurde. Es spielte keine Rolle für ihn. Frauen, Teenager, alte Männer ... er würde jeden umlegen, wenn der Preis stimmte.

»Sie hat das Land nicht verlassen, das wissen wir«, sagte Stryker. »Weil ihr Telefon auf den Gleisen zerstört wurde – dank Ihnen –, haben wir nicht einmal das als Anhaltspunkt.« Er versuchte, nicht sauer zu klingen, aber es ärgerte ihn, dass eine der besten Möglichkeiten, sie aufzuspüren, bei Kings Attentat buchstäblich in Stücke gerissen worden war.

Stryker hatte nichts als Pech gehabt, wenn es um Kinley Taylor ging, und das begann, ihn zu verunsichern. Es war, als wäre das Universum eher auf ihrer Seite als auf seiner.

»Sie haben mich angeheuert, um sie zu töten, nicht um ihre verdammten Sachen zu verwalten«, knurrte King.

»Wie auch immer. Jedenfalls hat mein Informant einen Blick auf ihren Verbindungsnachweis der letzten sechs Monate geworfen, und die einzige Person außerhalb ihres Jobs, die sie angerufen oder ihr Nachrichten geschickt hat, war ein Typ, der in Texas lebt.«

»Und?«, fragte King.

»Sie hat nie geantwortet, aber es klingt, als wollte er mehr als nur ein Freund sein, wenn Sie wissen, was ich meine. Aber es gibt ein Problem.«

»Welches?«

»Er ist bei der Armee. Delta Force.«

»Wo ist die Verbindung?«, fragte King, ohne im Geringsten besorgt zu klingen.

Verdammtes Arschloch, dachte Stryker. »Es gibt keine, von der wir wüssten. Aber er war vor ein paar Wochen in Paris. Er und sein Team wurden beauftragt, Johnathan Winkler zu bewachen. Und das gleiche Team bewachte vor Monaten Kinley Taylors Chef in Afrika. Sie könnten sich damals kennengelernt haben.«

»Ich weiß nicht, wer Winkler ist, und es ist mir auch egal, aber wenn das alles ist, was Sie haben, geben Sie mir die Details und ich fahre nach Texas, um die Sache zu überprüfen.«

Stryker begann, dieses Arschloch zu hassen, aber er gab ihm die Informationen über Gage Haskins, die ihr Kontaktmann herausgefunden hatte.

»Ich werde Bargeld brauchen, um dorthin zu gelangen«, informierte King ihn.

Stryker unterdrückte eine bissige Antwort und stimmte zu.

»Und mein Honorar für diesen Job beträgt jetzt zwei Millionen statt einer.«

»Was? Das gibt's doch nicht!«, rief Stryker aus. »Wir haben uns auf eine geeinigt. Sie können die Bedingungen jetzt nicht ändern!«

»Ach nein? Mir scheint, dass ich hier alle Karten in der Hand halte. Wollen Sie zurück in die Staaten fliegen und sie selbst finden? Wollen *Sie* sie umbringen?«

»Das könnte ich«, stieß Stryker hervor. »Sie wäre nicht die erste Schlampe, die ich erwürgen würde. Es ist nicht so schwer, wie Sie denken.«

King lachte leise, aber es war kein humorvoller Laut. »Mir scheint, dass zwei Millionen kein sehr hoher Preis sind, wenn man dafür saubere Hände behält. Ich weiß nicht, warum Sie diese Tussi unbedingt tot sehen wollen ... aber ich könnte es herausfinden.«

Stryker war so wütend, dass er am liebsten durch das

Telefon gegriffen und das Arschloch am anderen Ende erwürgt hätte. »Gut. Zwei Millionen. Ich lasse das Geld für die Fahrt nach Texas überweisen. Aber Sie bekommen keinen Cent von den Millionen, bis ich den Beweis habe, dass sie tot ist. Wenn sie nicht atmet, kann sie niemandem sagen, was sie gesehen hat.«

»Abgemacht«, versicherte King dem Botschafter. Dann beendete er das Gespräch.

Stryker wollte diese Schlampe tot sehen. Es war ihm egal, wann es passierte. Morgen, nächste Woche, in zehn Jahren. Sie hatte es gewagt, ihn zu beschuldigen. *Ihn.* Er war der verdammte US-Botschafter in Frankreich. Er hatte mit dem Präsidenten zu Abend gegessen. Er hatte dessen Frau in einem der Schlafzimmer im Weißen Haus gevögelt, während ihr Mann auf einem humanitären Einsatz war.

Wenn Kinley Taylor dachte, sie könnte ihn verpfeifen, lag sie falsch. Völlig falsch.

Niemand kümmerte sich um die Teenager, die er getötet hatte. Sie waren Ausreißer oder Prostituierte. Abschaum. Weggeworfene menschliche Wesen, die so wichtig waren wie der Kaugummi, den die Leute auf den Boden spuckten.

Trotzdem hatte er keine andere Wahl, als allen Bedingungen von King zuzustimmen. *Natürlich* konnte er nicht unbemerkt in die Staaten fliegen und die Tat selbst vollbringen. Der Mann hatte ihn in der Hand, und das wussten sie beide.

»Verdammtes Arschloch«, murmelte Stryker, bevor er das Telefon auf den Boden fallen ließ und drauftrat. Als es nur noch ein Haufen winziger Plastikteile war, ging er zurück in die Gasse zu seinem Wagen und seinem Fahrer.

Er musste Walter anrufen und herausfinden, ob er etwas über die verschwundene Assistentin gehört hatte. Und um sicherzustellen, dass der Mann seinen eigenen Mund über die ganze Situation gehalten hatte. Obwohl, darüber machte er sich nicht so viele Gedanken. Brown war genauso in dieses

Chaos verwickelt wie er selbst. Er hatte die Schlampe in der Nacht vor ein paar Wochen vielleicht nicht umgebracht, aber er hatte sicherlich seinen Spaß mit ihr gehabt. Er hatte sogar ein paar Videos für seine Sammlung gemacht.

Brown hatte ihm auch einen Gefallen getan, indem er ihn sofort wissen ließ, was seine Assistentin ihm erzählt hatte.

Er brauchte Walter Brown als seine Augen und Ohren in Washington, D.C. Wenn auch nur ein Wort davon zum Präsidenten gelangte, würde Stryker sofort gefeuert werden, dessen war er sich bewusst. Der Präsident würde alles tun, um seinen eigenen Arsch zu retten, und wenn das bedeutete, seine Freunde vor den Bus zu werfen, dann eben so.

»Ich werde dich finden, Kinley Taylor«, sagte Stryker leise, als er sich auf dem Rücksitz seines von der Regierung zur Verfügung gestellten Fahrzeugs gegen das teure Leder lehnte. »Du wirst es noch bereuen, dass du nicht den Mund gehalten hast.«

KAPITEL ELF

Die letzten paar Tage waren seltsam für Kinley gewesen. Sie hatte sich in Gages Wohnung überhaupt nicht eingeengt gefühlt. Es machte ihr nichts aus, allein zu sein, und es war nicht schwer gewesen, Gage zu versprechen, dass sie nirgendwo hingehen würde, nicht einmal einen Fuß vor die Tür setzen würde, wenn er zur Arbeit gehen musste. Er hatte sich freinehmen wollen, um bei ihr zu bleiben, aber sie hatte ihn weggescheucht, nachdem sie versprochen hatte, die Wohnung nicht zu verlassen.

Seine Wohnung war erstaunlich gemütlich. Normalerweise fühlte Kinley sich unwohl, wenn sie sich in den Räumen von jemand anderem aufhielt. Sie wollte nichts anfassen oder durcheinanderbringen. Sie wusste, dass das ein Nebeneffekt davon war, so lange ein Pflegekind gewesen zu sein. Alle Häuser, in denen sie gelebt hatte, waren nicht ihre eigenen gewesen, und sie war so oft angeschrien worden, weil sie Dinge angefasst hatte, die ihr nicht gehörten, dass sie gelernt hatte, ihre Hände bei sich zu behalten.

Aber Gages Wohnung war gemütlich. Er hatte keinen teuren Schnickschnack herumstehen und alle Bücher in seinen Regalen waren abgegriffen, als hätte er sie schon oft gelesen. Er hatte Decken und Kissen auf seiner Couch, und da er im Moment dort schlief, rochen sie nach ihm.

Es kam öfter vor, dass Kinley auf seiner Couch ein Nickerchen machte, nachdem er gegangen war, weil sie es liebte, von seinem Duft umgeben zu sein. Da sie noch nie mit einem Mann geschlafen – oder etwas anderes getan – hatte, war ihr nicht klar, wie beruhigend es sein konnte, mit dem männlichen Geruch in der Nase einzuschlafen. Aber vielleicht war es nur Gages Duft, der die Eigenschaft hatte, sie zu beruhigen.

Eines Tages, als sie sich gelangweilt hatte, hatte sie seine Küche umgeräumt. Erst hinterher hatte sie Angst gehabt, er würde sauer auf sie sein, aber er hatte nur gelächelt, sie in eine Umarmung gezogen und ihr gedankt.

Sie unterhielten sich stundenlang, von dem Zeitpunkt an, wenn er nach Hause kam, bis sie ins Bett gingen. Sie ertappte sich dabei, dass sie sich öffnete und ihm Dinge erzählte, die sie noch nie jemandem zuvor anvertraut hatte. Im Gegenzug erzählte er ihr Geschichten über seine eigene Kindheit. Und anstatt dass es sie traurig machte, dass sie selbst keine beständige Erziehung genossen hatte, liebte sie es, dass *er* es gehabt hatte. Sie hatte seine Mutter sowieso schon gemocht, aber zu hören, was für eine wunderbare Mutter sie eigentlich war, gefiel ihr noch besser.

Mit einem Mann zusammenzuleben war ganz bestimmt eine neue Erfahrung. Sie hatte nicht erwartet, dass sie sich dabei wohlfühlen würde, aber etwas an Gage machte die Situation ... einfach. Sie hatte gedacht, sie würden einander im Weg sein und sie würde ständig peinliche Dinge sagen. Aber die Realität war, dass sie schnell in eine Routine verfallen waren. Und es schien einfach zu funktionieren.

Abends legte er sich seine Kleidung für den nächsten Tag zurecht und morgens schlich er sich in das Badezimmer des großen Schlafzimmers und duschte. Das Geräusch des Wassers weckte Kinley unweigerlich und sie ging in die Küche und setzte den Kaffee auf, bevor sie sich unter die noch warme Decke auf der Couch kuschelte, auf der er geschlafen hatte.

Gage entschuldigte sich dafür, dass er sie geweckt hatte, holte eine Tasse Kaffee und setzte sich zu ihren Füßen auf die Couch, während sie darüber sprachen, wie sein Tagesplan aussah. Er warnte sie davor, nach draußen zu gehen, und dann ging er. Kinley schlief noch eine Weile, stand dann auf und duschte. Gage kehrte am Nachmittag nach Hause zurück und dann entschieden sie, ob sie etwas zu essen bestellen oder gemeinsam etwas kochen wollten. Ihre Wahl fiel immer auf das Kochen, denn sie liebte es, mit ihm in seiner kleinen Küche herumzuwerkeln.

Heute war Samstag und Gage hatte den Tag frei. Da sie ein Gewohnheitstier war, wachte Kinley zur gleichen Zeit auf wie in den letzten Tagen. Sie lag wach auf Gages Bett und dachte an ihn, während er auf der Couch im anderen Zimmer schlief. Sie hatte wieder versucht, ihn dazu zu bringen, in seinem Bett zu schlafen, aber er hatte sich geweigert und gesagt, der Tag, an dem sie auf der unbequemen Couch schlafen müsse, während er im Bett liege, sei der Tag, an dem er die Armee verlassen und seine »Man-Card« aufgeben würde ... was immer das bedeuten mochte.

Leise schlüpfte Kinley aus dem Bett und hob ihr Kissen auf. Sie watschelte ins Wohnzimmer und sah Gage einen Moment lang beim Schlafen zu. Er hatte einen Arm über den Kopf geworfen und ein Fuß ragte aus der Decke, die ihn zudeckte. Sie hatte bisher nicht darüber nachgedacht, was er im Bett trug, aber von ihrem Blickwinkel aus sah es so aus, als sei er völlig nackt.

Sie konnte seine muskulöse Brust sehen, wo die Decke heruntergerutscht war ... und sie hatte einen starken Drang, die Tätowierungen genauer zu betrachten, die sie sehen konnte. Sie sah nicht mehr Haut, als wenn sie am Strand oder im Schwimmbecken wären und er eine Badehose tragen würde, aber da er schlief, wirkte es viel intimer.

Die Entscheidung, sich zu ihm auf die Couch zu setzen, war ihr vor einer Sekunde noch gar nicht so seltsam vorgekommen, aber jetzt war sie unentschlossen. Sie sollte ins Schlafzimmer zurückkehren und dort weiterschlafen. Sie wollte ihn nicht an einem der wenigen Tage wecken, an denen er ausschlafen konnte.

»Kins? Was ist mit dir? Ist alles in Ordnung?«, fragte er schläfrig.

Verdammt. Sie musste irgendeinen Laut von sich gegeben haben, um ihn zu wecken.

»Mir geht's gut«, antwortete sie leise. »Ich wollte nur ...« Sie deutete auf den Flur hinter ihr.

»Komm her«, sagte Gage und hielt ihr die Hand hin.

Kinley biss sich auf die Lippe und war unentschlossen. Sie wollte zurück in die Sicherheit seines Schlafzimmers flüchten, aber ein anderer Teil von ihr wollte bleiben. Wollte seine Hand nehmen und sehen, was passieren würde.

Er sagte nichts weiter. Setzte sie in keiner Weise unter Druck. Er lag einfach da und sah zerzaust, schläfrig und absolut sexy aus.

Kinley schritt auf ihn zu und legte ihre Hand in seine.

Die Genugtuung auf seinem Gesicht war deutlich zu sehen, aber er sagte nichts. Er zog sie zu sich, sodass sie vor ihm saß. »Lass das Kissen los, du wirst es nicht brauchen. Leg dich hin, mein Schatz.«

Wie in Trance bewegte Kinley die Füße und ging zur Couch. Gage legte seinen Arm um ihre Taille und zog sie an sich, bis sie so eng aneinandergeschmiegt waren, dass sie nicht wusste, wo sie aufhörte und er anfing.

Sie lag steif in seinen Armen und fragte sich, was zum Teufel sie sagen sollte.

»Schlaf«, flüsterte er und sie erschauerte, als sein heißer Atem über die empfindliche Haut ihres Halses strich.

Schlafen? Meinte er das ernst?

Sie spürte, wie er für eine Sekunde an ihrem Haar schnupperte, und dann sagte er: »Du riechst immer so gut.«

»Ich glaube, das ist mein Satz«, platzte sie heraus.

Er lachte leise und umfasste ihre Taille. »Liegst du bequem?«

Sie dachte eine Sekunde lang nach, bevor sie nickte.

»Wir haben noch anderthalb Stunden, bevor wir aufstehen und uns fertig machen müssen«, erklärte er ihr.

Kinley nickte. Sie wollten zu der neuen Wohnung von Grovers Schwester fahren. Irgendetwas war mit der Lieferung ihrer Sachen passiert und sie waren irgendwo aufgehalten worden. An diesem Morgen sollten sie endlich ankommen und alle wollten ihr beim Einzug helfen.

Kinley war nicht begeistert. Sie mochte es, sich in Gages Wohnung zu verstecken. Sie fühlte sich hier so sicher wie schon lange nicht mehr. Außerdem machte sie nie den besten ersten Eindruck, also war sie nicht gerade begeistert, Devyn kennenzulernen. Sie wusste, dass die andere Frau groß, blond und schön war, und Kinley hatte nicht die besten Erfahrungen mit solchen Frauen gemacht. Aber lieber würde sie sich die Fingernägel einzeln ausreißen lassen, als es Gage ... oder Grover gegenüber zuzugeben.

»Ich werde dich nicht aus den Augen lassen«, versprach Gage, der ihre Anspannung falsch deutete.

»Darüber mache ich mir keine Sorgen«, gab Kinley zu.

»Gut. Denn solange du bei mir bist, bist du in Sicherheit.«

Das hatte er während der letzten Tage immer wieder gesagt, und Kinley zweifelte nicht eine Sekunde lang daran. »Ich weiß«, erklärte sie ihm.

»Was bedrückt dich dann?«

»Eigentlich nichts. Ich habe nur über den heutigen Tag nachgedacht. Und ... ähm ... liegst du bequem?«, fragte sie, um das Thema zu wechseln.

Er blieb hinter ihr ruhig liegen, dann hob er den Arm von ihrer Taille und er schaffte es irgendwie, ein paar Zentimeter

Platz zwischen sie zu bringen. »Scheiße«, murmelte er. »Ich habe nicht nachgedacht. Es tut mir leid. Ich wollte dich nicht so an mich ziehen oder dich unter Druck setzen. Geh lieber wieder ins Bett, wir müssen noch nicht aufstehen.«

Kinley wurde das Herz schwer. Sie hatte nicht vorgehabt, ihm den Eindruck zu vermitteln, dass sie nicht gern neben ihm lag. Sie war so ein Trottel. Sie schien immer das Falsche zur falschen Zeit zu sagen.

Ohne darüber nachzudenken, drehte sie sich auf die andere Seite, bis sie ihm ins Gesicht schauen konnte. Sie rutschte ein Stück nach oben und schob einen Arm unter seinen Körper und den anderen um seine Taille. Dann schmiegte sie sich an ihn, bis ihre Nase an seinen Hals gedrückt wurde. Sie hielt sich an ihm fest, als wäre er ein riesiger Teddybär.

»Kinley?«, fragte er unsicher.

»Ich will nicht zurück ins Bett«, sagte sie mürrisch. »Ich fühle mich hier wohl.«

»Gott sei Dank«, murmelte Gage, bevor sie spürte, wie er die Arme wieder um sie legte. Er drehte sich ein wenig, bis er auf dem Rücken lag und sie gegen seine Seite gepresst wurde, halb auf ihm liegend und halb neben ihm. Es war ein enges Gewirr auf der Couch, aber das war Kinley egal.

Er rückte noch etwas näher und deckte sie beide mit der Decke zu. Jetzt war sie an ihn gekuschelt. Sein Duft umgab sie und die Wärme seines Körpers sickerte in ihren eigenen. Er war nackt bis auf die Boxershorts ... und sie hatte noch nie etwas gefühlt, das sie mehr mochte.

»Besser?«, fragte er, als sie zufrieden seufzte.

Sie nickte an seiner Schulter. Kinley wollte sich den Moment einprägen, aber von ihm gehalten zu werden war wie eine Droge. Sie schloss die Augen und fühlte sich erschöpft.

»Schlaf, Kins.«

»*Hmmm*«, murmelte sie tief in ihrer Kehle.

Sie glaubte, ihn leise lachen zu hören, aber sie war eingeschlafen, bevor sie darüber nachdenken konnte.

Lefty war hellwach.

Er war müde. Er hatte nicht genügend Schlaf bekommen. Jedes kleine Geräusch ließ ihn alarmiert aufspringen, nur für den Fall, dass jemand versuchte, in seine Wohnung einzubrechen, um an Kinley zu gelangen.

Brain war sehr vorsichtig bei der Suche nach Antworten und bisher war er nicht sonderlich erfolgreich gewesen. Cruz Livingston, der FBI-Agent, wollte in ein paar Tagen von San Antonio nach Killeen fahren, um Kinleys Geschichte aus erster Hand zu hören. Lefty hatte keine Ahnung, wie die nächsten Schritte aussehen würden, aber er schwor, bei jedem Schritt an Kinleys Seite zu bleiben.

Lefty hatte noch nie mit einer Frau zusammengelebt. Er hatte nie den Wunsch dazu gehabt. Aber er musste zugeben, dass es viel besser war, nach einem langen Arbeitstag nach Hause zu kommen, wenn Kinley in seiner Wohnung war. Ihr schüchternes, einladendes Lächeln ließ alle seine Schmerzen vom Training mit dem Team verschwinden. Er liebte es, mit ihr in seiner Küche herumzuwerkeln. Sie war nicht die beste Köchin der Welt, aber das war er ja auch nicht.

Sie hatte ihm versichert, dass sie sich gern bei ihm versteckte, und er hatte bisher keine Anzeichen dafür gefunden, dass sie gelogen hatte.

Kinley schien sich nicht um Dinge zu kümmern, die die meisten Frauen störten. Sie hatte nicht erwähnt, dass sie noch mehr Kleidung kaufen musste; sie hatte nur ein paar Outfits mitgebracht, schien es aber zu genießen, seine übergroßen T-Shirts mit ihren Leggings zu kombinieren. Und natürlich wollte er sich nicht beschweren. Er liebte es, sie in seinen Klamotten zu sehen. Vielleicht war es der Höhlenmensch in ihm, aber sein zu großes T-Shirt an ihr zu sehen ließ etwas tief in ihm zustimmend brummen.

Sie war vollkommen zufrieden damit, den ganzen Tag in seiner Wohnung zu sitzen und sich zu beschäftigen. Sie schien nicht im Geringsten durchzudrehen. Sie war eine Frau, die glücklich war, allein zu sein, und das war etwas, das er noch nie erlebt hatte. Es gefiel ihm.

Je öfter er in ihrer Nähe war, desto mehr war Lefty fasziniert und desto mehr wuchs die Verbindung, die er in Afrika und Paris gespürt hatte. Er liebte es, mit ihr über alles und nichts zu reden. Sie erzählte ihm von ihrer Kindheit und es tat ihm im Herzen weh, mehr Details zu hören. Wenn es jemals ein Mädchen gegeben hatte, das darum gebettelt hatte, dass jemand es liebte, dann war es Kinley gewesen.

Als sie darauf bestand, hatte er ihr ein paar Geschichten über seine eigene Familie erzählt, und während er sich schuldig fühlte, weil er so gesegnet und verwöhnt worden war, hatte sie ihm gesagt, dass es ihrem Herzen guttat zu hören, wie glücklich seine Kindheit gewesen war.

Es waren nur ein paar Tage gewesen, aber Lefty hatte keine Ahnung, wie er es geschafft hatte, sie nicht jeden Tag seines Lebens zu sehen. Sie brachte ihn zum Lachen, aber sie beruhigte auch etwas tief in ihm.

Aber jede Ruhe, die er während der letzten Tage empfunden hatte, war in dem Moment verflogen, in dem er sie auf seiner Couch in seine Arme gezogen hatte.

Er hatte sie oft berührt. Umarmungen, ein Arm um ihre Schulter, seine Hände auf ihrer Taille, als er sie in der engen Küche aus dem Weg schob, aber nichts war mit dem hier zu vergleichen.

Sie trug noch eines seiner Hemden, aber ihre Beine waren nackt. Er fühlte, wie sie sich mit seinen eigenen verschränkten, und er konnte nicht anders, als sie auseinanderzuschieben und seinen steinharten Schwanz zwischen ihre Beine zu drücken.

Jungfrau, dachte er bei sich. Er durfte nichts tun, was sie erschrecken könnte. Außerdem hatte er versprochen, sich zu benehmen.

Kinleys langsame, gleichmäßige Atemzüge waren warm an seiner Brust und er drückte sie fester an sich. Er fühlte sich befriedigter und zufriedener, sie einfach so zu halten, als er sich nach dem Vögeln mit irgendeiner der anderen Frauen, mit denen er zusammen gewesen war, gefühlt hatte.

Lefty verstand es nicht, aber er beschloss, nicht zu viel zu analysieren. Er hatte nicht vorgehabt, sie zu drängen, sie in seine Arme zu ziehen, aber jetzt, wo sie da war, hatte er keine Ahnung, wie zum Teufel er es schaffen sollte, jemals wieder zu schlafen, ohne sie zu halten.

Die anderthalb Stunden, die sie hatten, bevor sie aufstehen mussten, gingen viel zu schnell vorbei. Lefty war die ganze Zeit über wach geblieben und wünschte sich, die Zeit würde stehen bleiben und er könnte sie für immer so halten.

Der Wecker seines Handys ertönte und Lefty beugte sich vor, um es vom Tisch neben der Couch zu nehmen und auszuschalten. Kinley stöhnte und schmiegte sich enger an ihn.

»Kein Morgenmensch?«, fragte er.

Sie zuckte mit den Schultern.

»Aber du bist diese Woche jeden Tag mit mir aufgestanden.«

»Und dann gleich wieder auf der Couch eingeschlafen, nachdem du gegangen warst«, murmelte sie.

Lefty lachte leise. »Die Couch? Wenn du ein sehr bequemes Bett hast?«, stichelte er.

»Dort riecht es nach dir«, sagte sie leise.

Lefty schloss kurz die Augen und es kostete ihn jegliche Beherrschung, sich nicht umzudrehen und sie unter sich zu ziehen.

Jungfrau, Jungfrau, Jungfrau, rief er sich immer wieder ins Gedächtnis zurück. »Ich gebe zu, dass es mir gefällt, wie mein Schlafzimmer jetzt nach dir riecht«, sagte er zu ihr.

Sie hob den Kopf und er lächelte. Ihr Haar war ein Durcheinander, auf der einen Seite platt gedrückt und auf der anderen Seite wild abstehend. Sie hatte eine Falte auf der Wange, weil sie auf ihm lag, und ihre Augen waren vor Müdigkeit verschlafen. »Ich bin nicht bereit für ... du weißt schon. Aber das hier hat mir definitiv gefallen«, sagte sie und nickte zu seiner Brust.

Er lächelte. Sie war nicht sehr wortgewandt, wenn sie gerade aufgewacht war. Das würde er sich merken müssen. Zum Teufel, wem wollte er etwas vormachen? Er würde auf keinen Fall auch nur irgendwas von ihr vergessen. »Mir gefällt das auch«, sagte er. »Aber was immer wir tun oder nicht tun, es liegt an dir.«

Er beobachtete, wie sich ihr Blick klärte und sie ihn anstarrte. »Ich ... Meinst du, wir können es heute Nacht im Bett versuchen? Ich meine, wenn es dir nicht gefällt oder wenn es dir zu unbequem ist, ist das okay, ich will nur –«

Lefty legte seinen Finger auf ihre Lippen. »Das würde mir gefallen. Sehr sogar.«

»Ich will dich nicht absichtlich scharfmachen«, sagte sie ernst, nachdem sie den Mund von seinem Finger weggezogen hatte.

»Ich weiß, dass du das nicht vorhast. Ich kann mich beherrschen, Kins. Wirst du ausflippen, wenn du meine Erektion an dir spürst? Denn ich kann vielleicht kontrollieren, wo ich meine Hände habe und was wir im Bett machen, aber meine Reaktion auf dich habe ich nicht wirklich unter Kontrolle.«

Sie errötete, aber sie brach den Augenkontakt nicht ab. »Ich werde nicht ausflippen«, versprach sie ihm. »Ich bin vielleicht noch Jungfrau, aber ich habe ... ähm ... Bilder und Videos gesehen und so. Ich weiß, wie Sex funktioniert. Und ich hatte schon Orgasmen und habe Spielzeug benutzt.«

Lefty atmete tief ein und schloss wieder die Augen. Der Gedanke an die Frau in seinen Armen, die mit sich selbst spielte und einen Vibrator benutzte, brachte ihn fast um den Verstand. Er stand nicht auf Pornos, fand sie nicht im

Geringsten aufregend, aber sie mit Kinley anzusehen? Ja, damit konnte er sich definitiv anfreunden.

»Gage?«, fragte sie und zog sich ein wenig zurück.

Er spannte den Arm an und hielt sie davon ab, sich noch weiter von ihm zu entfernen. Er öffnete die Augen und wusste, dass seine Pupillen wahrscheinlich geweitet waren. Sein Schwanz war hart und bereit zum Vögeln, aber er tat sein Bestes, um ihn für den Moment zu ignorieren. »Gut«, sagte er zu ihr. »Ich komme damit klar, dass du noch Jungfrau bist, aber der Gedanke, dir *alles* beibringen zu müssen, ist ein wenig einschüchternd.«

Sie lächelte verlegen.

»Ich muss aufstehen und duschen, wenn wir heute Morgen pünktlich in Devyns Wohnung sein wollen«, sagte er.

Ihr Grinsen erstarb. »Oh ... okay.«

Lefty beugte sich vor und kraulte eine Stelle hinter ihrem Ohr, er ging sogar so weit, dass er über ihre Haut leckte, bevor er ihr Ohrläppchen küsste. »Ich werde heute Morgen unter der Dusche etwas mehr Zeit brauchen, um mich um ... Dinge zu kümmern. Dich die letzten anderthalb Stunden in meinen Armen zu haben war die süßeste Art von Folter.«

Er hob den Kopf und sah Kinley an.

Sie war immer noch rot, aber sie sagte: »Ich denke, eine extralange Dusche für mich ist auch nötig. Du weißt schon ... nur um sicherzustellen, dass ich sauber bin, bevor ich Grovers Schwester kennenlerne.«

Lefty stöhnte auf und eine weitere Vision von ihr, wie sie tropfnass in seiner Dusche stand, mit der Hand zwischen den Beinen, reichte aus, um seinen Schwanz vor Erregung triefen zu lassen.

»Aufstehen, Frau. Setz den Kaffee auf. Entspann dich eine Weile. Und Devyn wird dich lieben. Willst du wissen, woher ich das weiß?«

»Woher?«

»Weil du du bist.« Lefty setzte sich mit Kinley im Arm auf

und ließ sie neben sich auf das Kissen plumpsen. Sein Schwanz war immer noch hart, aber er tat sein Bestes, um die Art und Weise zu ignorieren, wie sie ihn mit dem Blick von der Brust bis zu den Knien in sich aufnahm. Er stand einen Moment lang da und genoss die Art, wie sich ihre eigenen Pupillen weiteten, als sie seinen Anblick in sich aufsaugte.

»Gefällt dir, was du siehst?«, fragte er. Normalerweise war er in Bezug auf seinen Körper nicht verlegen, aber hier ging es um Kinley. Ihre Meinung zählte.

Sie leckte sich über die Lippen und nickte.

Lefty konnte nicht widerstehen, sie noch einmal zu berühren, bevor er sich in sein Badezimmer zurückzog, um sich um seine Bedürfnisse zu kümmern. Er fuhr mit den Fingerknöcheln über ihre Wange und griff ihr dann in den Nacken. Er beugte sich herunter und küsste ihre Stirn, dann strich er mit seinen Lippen über ihre Wange.

»Bin bald wieder da«, sagte er zu ihr und verließ das Zimmer, wobei er sein Bestes tat, um an etwas anderes zu denken als daran, wie weich Kinleys Haut war und wie dringend er sie dauerhaft in seinem Leben brauchte.

Kinley war sich nicht sicher, wie sie den Morgen überlebt hatte. Zuerst hatte sie in Gages Armen geschlafen. Sie hatte noch nie besser geschlafen und sich noch nie so wohlgefühlt. Sie hatte keine Ahnung, dass sich das Schlafen mit einem Mann so gut anfühlen konnte. Nur hatte sie das Gefühl, dass es einfach daran lag, dass sie in Gages Armen lag, was es so angenehm machte.

Und dann war da noch das peinliche Geständnis, dass sie masturbierte. Sie hätte auf der Stelle sterben können, aber irgendwie hatte Gage es nicht so peinlich gemacht, besonders als er zugegeben hatte, dass er sich in der Dusche einen runterholen würde.

Sie hatte seine Erektion gesehen – wie sollte sie auch nicht – unter den Boxershorts, die er trug, und das hatte sie sowohl beeindruckt als auch zu Tode erschreckt. Sie war keine Expertin, aber seine Größe war beängstigend. Sie hatte irgendwie gehofft, ihre Jungfräulichkeit an jemanden zu verlieren, dessen Penis kleiner als der Durchschnitt war, aber Gage war beim besten Willen nicht klein.

Am Ende war es ihr zu peinlich, in seiner Dusche zu masturbieren, aber sie hatte definitiv daran gedacht. Und Gage, wie er nun mal ist, hatte es nicht unangenehm werden lassen, nachdem sie sich beide angezogen hatten. Sie tranken ihren Kaffee und er toastete ihr einen Bagel und bestrich ihn mit Frischkäse, so wie sie es mochte.

Sie kamen in Devyns Wohnung an und fanden sich mitten im Dritten Weltkrieg wieder. Zumindest fühlte es sich so an. Grover war nicht glücklich über die Wahl des Wohngebäudes seiner Schwester, er sagte, es sei nicht sicher. Devyn wiederum warf ihrem Bruder vor, er sei selbstherrlich und benähme sich lächerlich und sie sei neunundzwanzig und könne auf sich selbst aufpassen.

Das Hin- und Hergezanke zwischen Bruder und Schwester war ziemlich witzig. Und je länger Kinley in der Nähe der beiden war, desto neidischer wurde sie. Sie hätte alles dafür gegeben, einen Bruder oder eine Schwester zu haben. Besonders einen Bruder wie Grover. Er war überfürsorglich und seine Sorge um Devyn kam offensichtlich von einem Ort der Liebe. Sie hatte im Laufe der Jahre viele Pflegebrüder und -schwestern gehabt, aber niemand hatte sich so um sie gekümmert, wie Grover sich offensichtlich um Devyn kümmerte.

Gillian war ebenfalls aufgetaucht, um zu helfen, und Gage hatte beiden Frauen befohlen, drinnen zu bleiben und beim Auspacken der Kartons zu helfen. Kinley war damit völlig einverstanden, denn so blieb sie außer Sichtweite von jemandem, der ihr vielleicht etwas antun wollte. Es gab Momente, in denen sie vergessen konnte, dass wahrscheinlich jemand da draußen war, der versuchte, sie zu finden – *und zu töten* –, aufgrund dessen, was sie gesehen hatte, aber außerhalb der Sicherheit von Gages Wohnung zu sein machte sie wachsam und sie achtete sehr auf alles, was ungewöhnlich schien.

Im Moment saß sie auf einem Stuhl in der Ecke des kleinen Wohnbereichs, blieb aus dem Weg und beobachtete, wie Devyn die Jungs herumkommandierte und ihnen sagte, wo sie ihre Sachen hinstellen sollten.

Hätte sie nicht genau in dem Moment auf die andere Frau geschaut, als diese nach oben griff, um einen Karton von einem Stapel zu nehmen, den Grover hereingetragen hatte, hätte sie es übersehen.

Aber der große blaue Fleck an Devyns Seite war deutlich zu erkennen.

Er war gelb und offensichtlich fast verheilt, aber Kinley wusste, dass das, was ihn verursacht hatte, verdammt wehgetan haben musste.

Sie atmete scharf ein. Devyn und Grover hörten sie nicht, als sie in einem Raum verschwanden und immer noch zankten.

Aber Lucky schon. »Was ist los?«, fragte er.

»Was ist mit Devyn passiert?«

Luckys Augen verengten sich. »Was meinst du?«

Kinley zögerte bei seinem Tonfall. »Ähm ... es geht mich eigentlich nichts an. Ich war nur von der Größe des Blutergusses an ihrer Seite überrascht. Er ist riesig.«

Kinley konnte die Härte, die über Luckys Gesicht kroch, nicht übersehen. »Welche Seite?«

»Ihre rechte. Er sieht jetzt größtenteils verheilt aus, aber er ist ziemlich groß.«

»Ich werde sie danach fragen und mich vergewissern, dass es ihr gut geht«, versprach Lucky.

Kinley war sich nicht sicher, ob das die beste Idee war, denn es ging *ihn* eigentlich auch nichts an, aber sie schätzte es, dass er sich um sie zu sorgen schien. »Ich hatte heute noch nicht viel Gelegenheit, mit ihr zu reden, aber ich mag sie.«

Lucky wirkte jetzt abgelenkt, aber er sagte: »Ich bin mir sicher, dass sie dich auch mag«, bevor er davonging.

»Hey, Kinley, willst du mir hier drin helfen?«, fragte Gillian. »Ich schwöre, Devyn hat achttausend Tassen und nur zwei Teller.«

Kinley nickte und stand auf, immer noch besorgt über den Bluterguss, den sie an Devyns Seite gesehen hatte. Sie war in einer ihrer Pflegestellen einmal getreten worden und es hatte höllisch wehgetan, auch noch Wochen später. Die andere Frau bewegte sich nicht, als hätte sie Schmerzen, aber sie hatte das Gefühl, dass hinter Devyn viel mehr steckte als die unbekümmerte Person, die sie vorgab zu sein. Sie hatte bereits von Gage gehört, dass sie als Kind an Leukämie gelitten hatte, und das würde bei jedem einen bleibenden Eindruck hinterlassen.

Zwei Stunden später saß Kinley mit Devyn und Gillian auf der Couch, die Jungs waren alle woanders. Brain, Oz und Doc hatten Feierabend gemacht und waren auf dem Weg nach Hause. Grover und Gage brachten die kaputten Kartons zum Recycling-Center, Trigger besorgte etwas zu essen und Lucky saß in seinem Wagen auf dem Parkplatz und behielt das Gebäude im Auge, nur für den Fall. Gage wollte sie nicht ohne Schutz lassen, also hatte Lucky sich freiwillig gemeldet, um die Wohnung zu bewachen. Als er sich in einen Sessel in der Ecke des Wohnzimmers pflanzte, hatte Devyn ihn böse angeschaut und auf die Tür gezeigt.

Erstaunlicherweise hatte Lucky nicht protestiert – aber er hatte Devyn einen Blick zugeworfen, den Kinley nicht deuten konnte, bevor er ohne Murren ging.

Kinley war nervös gewesen, Devyn zu treffen, aber die andere Frau erwies sich als sehr bodenständig. Sie war zwar wunderschön, aber sie verhielt sich nicht wie eines der beliebten Mädchen, die sie in der Highschool kennengelernt hatte. Mit ihren ein Meter achtzig war Devyn groß und definitiv hübsch genug, um ein Model zu sein, aber es schien sie nicht zu stören, dass sie ins Schwitzen gekommen und ihr Haar zerzaust war.

Kinley fühlte sich schuldig, dass sie Devyn verurteilt hatte, bevor sie sie kannte. Seit sie einander vorgestellt worden waren, war sie nichts anderes als einladend und freundlich gewesen.

»Willst du uns erzählen, was zwischen dir und Lucky los ist?«, fragte Gillian und lehnte sich auf den Sofakissen zurück.

»Nein«, entgegnete Devyn mürrisch.

»Ich weiß, dass wir uns gerade erst kennengelernt haben, aber ich kenne Lucky jetzt schon eine Weile und er ist normalerweise der fröhlichste von allen Jungs. Es ist schwer, ihn aus der Fassung zu bringen. Aber er scheint definitiv verunsichert zu sein.«

»Er hat mich in die Enge getrieben und mir ein paar unangenehme Fragen gestellt«, gab Devyn zögernd zu.

Gillian setzte sich alarmiert auf. »Er hat dich belästigt?«, fragte sie.

Devyn seufzte und schüttelte den Kopf. »Nein, nicht auf diese Weise.«

»Es tut mir leid«, platzte Kinley heraus, weil sie glaubte zu wissen, wovon Devyn sprach. »Ich wollte nicht, dass du dich unwohl fühlst. Ich habe ihm von dem Bluterguss an deiner Seite erzählt.«

Devyn drehte sich zu ihr um und Kinley tat ihr Bestes, um nicht zurückzuschrecken. »*Du* hast es ihm erzählt? Woher weißt du das überhaupt?«

»Ich habe es gesehen, als du nach einem Karton gegriffen hast. Ich meine, es geht mich ja nichts an. Ich habe mich nur daran erinnert, wie einer der Jungen in dem Pflegeheim, in dem ich war, mich nicht mochte, als ich etwa fünfzehn war. Er hat seine Freunde dazu gebracht, mich festzuhalten, und er hat mich getreten, wirklich hart. Er hätte mir noch mehr wehgetan, aber mein Pflegevater kam nach Hause und er musste mich loslassen. Ich habe nichts gesagt, weil das mein Leben noch schlimmer gemacht hätte, aber ich hatte einen blauen Fleck, und der tat wirklich lange Zeit höllisch weh.« Kinley wusste, dass sie plapperte, aber sie wollte wirklich nicht, dass diese Frau sie nicht mochte.

»Ich habe mir Sorgen um dich gemacht. Du hast den ganzen Tag Kartons und anderes Zeug geschleppt. Ich habe es Grover nicht gesagt, weil er dein Bruder ist, und er wäre wahrscheinlich gar nicht glücklich darüber gewesen. Ich hätte nicht erwartet, dass Lucky so reagieren würde, wie er es getan hat. Es tut mir *wirklich* leid.«

Sie hielt den Atem an, als Devyn sie einen langen Moment anstarrte. »Was ist mit deinem Pflegebruder passiert?«

Kinley rümpfte die Nase. »Was meinst du?«

»Ich meine, nachdem er und seine Freunde dich angegriffen hatten. Was ist mit ihnen passiert?«

»Nichts. Ich habe es niemandem erzählt, aber ich habe mit meiner Betreuerin gesprochen und sie angefleht, mich in eine andere Familie zu vermitteln. Natürlich gab es keine anderen Pflegefamilien, weil nicht viele Leute Teenager aufnehmen wollen. Ich sagte ihr, dass ich lieber in einem Wohnheim wäre, als bei der Familie mit dem Kind zu bleiben, das mich hasste. Sie war einverstanden und ich zog noch in der gleichen Woche aus.«

Kinley hörte, wie Gillian leise »Jesus« murmelte, aber sie hielt den Blick auf Devyn gerichtet.

»Mir geht's gut«, sagte Devyn leise. »Danke, dass du Fred nichts gesagt hast. Er wäre ausgeflippt.«

Kinley war eine Sekunde lang verwirrt, dann wurde ihr klar, dass Fred ihr Bruder sein musste. »Und Lucky ist nicht ausgeflippt?«

Devyn kicherte. »Doch, ist er. Aber auf eine dezentere Art, als mein Bruder es getan hätte.«

»Was ist passiert?«, fragte Gillian.

Als Devyn nichts sagte, versuchte Gillian es erneut. »Ich weiß, dass du uns nicht kennst, aber nichts, was du sagst, wird uns zum Durchdrehen bringen. Zum Teufel, ich wurde als Geisel gehalten und fast erschossen, und Kinley ist auf der Flucht, nachdem sie Zeuge der Tat eines Serienmörders wurde.«

Devyns Augen weiteten sich. »Ist das dein Ernst?«

»Leider, ja. Und jetzt spuck's aus, bevor die Jungs mit dem Essen zurückkommen.«

Devyn seufzte, dann sagte sie: »Es ist keine große Sache. Mein Chef in Missouri hat beschlossen, dass er mich mag. Und als ich seine zahlreichen Angebote, mit mir auszugehen, ablehnte, wurde er sauer. Er war ein Arsch bei der Arbeit. Eines Tages, als ich ihm nicht schnell genug war, schubste er mich. Ich schlug gegen einen Untersuchungstisch und fiel hin. Dann trat er gegen einen kleinen Hocker mit Rädern, der mich an der gleichen Stelle wie der Tisch traf. Aber mir geht's gut. Ich habe auf der Stelle gekündigt und jetzt bin ich hier.«

Kinley zuckte vor Mitleid zusammen.

»Was für ein Arschloch«, murmelte Gillian.

»Ja«, stimmte Devyn zu.

Kinley hatte hundert Fragen, die sie stellen wollte. Angefangen damit, warum Devyn nach Texas gekommen war. Sicher, ihr Bruder war hier, aber sie war neunundzwanzig, alt genug, um sich nicht hinter einem großen Bruder zu verstecken. Außerdem hatte sie noch einen älteren Bruder, der in der gleichen Stadt in Missouri lebte wie sie. Und warum erstattete sie keine Anzeige gegen ihren Chef? Nach allem, was Grover heute gesagt hatte, war Devyn eine verdammt gute Tierarzthelferin, also hätte sie überall einen Job bekommen können, auch in Missouri.

Aber anstatt die Fragen zu stellen, die ihr im Kopf herumschwirrten, schwieg sie. Sie und Gillian waren Fremde für Devyn, es war unwahrscheinlich, dass sie sich ihnen gegenüber öffnen würde. Es war erstaunlich genug, dass sie ihnen erzählt hatte, wie sie den Bluterguss bekommen hatte.

»Das tut mir leid. Aber ich glaube, die Gegend hier wird dir wirklich gefallen. Ich habe die Erfahrung gemacht, dass die Leute in Texas im Allgemeinen netter sind als in anderen Teilen des Landes. Natürlich gibt es auch bei uns Arschlöcher und Probleme, aber meistens wollen die Leute eher helfen als schaden. Und es versteht sich von selbst, dass Kinley und ich hier sind, wenn du reden oder einfach abhängen willst.«

»Danke, das weiß ich zu schätzen«, sagte Devyn.

In diesem Moment hörten sie, wie sich die Haustür öffnete. Kinley spannte sich an, bis sie Gages Stimme hörte: »Wir sind wieder da!«

So sehr sie Gillian und jetzt auch Devyn mochte, es war irgendwie beunruhigend, Zeit mit ihnen zu verbringen, weil Kinley wusste, dass sie sie in Gefahr brachte. Wer auch immer versucht hatte, sie zu töten, war immer noch da draußen. Und je mehr Zeit verging und je länger sie an einem Ort blieb, desto leichter würde derjenige sie finden ... wenn er es nicht schon getan hatte.

Auf keinen Fall wollte sie, dass jemand verletzt wurde wegen dem, was sie gesehen hatte. Je eher sie mit dem FBI-Freund von Gage sprach, desto besser. Sie wollte einfach nur, dass das hier vorbei war, aber ihr Bauchgefühl sagte ihr, dass es noch lange dauern würde, bis sie ihr schönes, langweiliges Leben wiederhaben würde.

An diesem Abend beobachtete Lefty Kinley genau. Irgendetwas beunruhigte sie und er hoffte inständig, dass es nicht daran lag, dass sie wegen der bevorstehenden Nacht nervös war. An dem Morgen, als sie ihn gebeten hatte, mit ihr in seinem Bett zu schlafen, hatte sie nicht besorgt gewirkt, aber sie könnte es sich anders überlegen.

»Alles in Ordnung?«, fragte er, als sie sich wieder auf die Couch gesetzt hatte, nachdem sie zum zehnten Mal aufgestanden war. »Du wirkst ... verunsichert. Wenn du deine

Meinung über unsere Schlafgewohnheiten geändert hast, werde ich nicht verärgert sein.«

»Das ist es nicht. Ich bin nur ... ängstlich und nervös zugleich, mit deinem FBI-Freund zu sprechen.«

Lefty seufzte. »Ich wünschte, ich könnte das für dich angenehmer machen. Es verschwinden lassen.«

»Ich weiß. Aber das kannst du nicht. Ich kann nicht ungesehen machen, was ich gesehen habe, und ich kann es auch nicht einfach vergessen. Vor allem, weil ich in der Vergangenheit nie wirklich ernst genommen wurde.«

»Wenn ich dich gekannt hätte, hätte ich dich ernst genommen«, sagte Lefty entschieden.

Kinley lächelte ihn an und schüttelte traurig den Kopf. »Hättest du nicht. Und das ist in Ordnung. Ich bin eigenartig, aber ich war früher noch eigenartiger. Außerdem erzähle ich dir das nicht aus Mitleid, sondern um zu erklären, wie ich mich fühle.«

»Tut mir leid, erzähl weiter«, sagte Lefty. »Aber denkst du, ich kann dich vielleicht halten, während du es tust? Ich schätze, die Geschichte wird mir nicht gefallen.«

Ohne zu zögern, rutschte Kinley rüber und lehnte sich an ihn. Lefty legte seinen Arm um ihre Schultern und zog sie an seine Seite.

»Ich wurde oft gehänselt«, begann Kinley. »Ich meine, ich war das schräge Pflegekind, das niemanden hatte, der sich für mich einsetzte. Ich hatte keine Freundinnen und keine Familie. Ich war ein leichtes Ziel. Zwölf Jahre lang wurde ich jeden Tag gehänselt. Auf dem College war ich nicht weniger seltsam, also gingen die Hänseleien dort weiter, aber nicht so schlimm, da die Leute im Allgemeinen mehr daran interessiert waren, ihre Prüfungen zu bestehen oder flachgelegt zu werden. Wie auch immer, als ich in der zehnten Klasse war, gab es diesen Typen, der besonders gemein war. Jeden Tag schlug er mir meine Bücher aus der Hand oder fand etwas an mir, über das er sich lustig machen konnte. Meine Schuhe, meine Haare, meine

Kleidung, irgendwas. Es war furchtbar, aber ich habe es ertragen.

Eines Tages schubste mich der Junge so stark, dass ich gegen die Wand fiel und mir den Kopf stieß. Er lachte darüber, bevor er mir den Rücken zudrehte und mit seiner Clique wegging. Es waren mindestens ein Dutzend Leute, die sahen, wie ich verletzt wurde. Keiner bot mir Hilfe an. Niemand ging zum Rektor deswegen. Keiner wollte sich einmischen und möglicherweise die Aufmerksamkeit auf sich lenken.

Ich will nie so werden wie diese Leute. Es wäre einfacher, wenn ich es ignorieren und mein Leben weiterleben würde. Aber dann wäre ich genau wie diese Kinder damals in der Highschool. Ich kann weder Emile noch den anderen Opfern helfen, für sie ist es zu spät, aber ich kann dem nächsten Mädchen helfen. Ich habe Angst, Gage. Ich will das nicht tun ... aber ich muss es tun.«

Lefty war noch nie in seinem Leben so stolz auf jemanden gewesen. »Es ist nicht leicht, das Richtige zu tun«, sagte er ihr sanft und küsste ihre Schläfe. »Es ist verdammt schwer. Aber ich würde dich nie bitten zu schweigen. Selbst wenn es bedeuten würde, dass du in Sicherheit wärst. Weil ich weiß, dass es dir seelisch schaden würde. Ich hasse es, dass du darin verwickelt bist, aber ich bin so stolz, wie ich nur sein kann, dass du Widerstand leistest. Ich werde alles tun, was nötig ist, um dir durch diese Zeit zu helfen. Ein Tag nach dem anderen, Süße. Das ist es, was wir tun werden, okay?«

»Okay«, sagte sie leise.

»Ich denke, Cruz wird übermorgen hier sein. Du erzählst ihm, was du gesehen hast, und dann überlegen wir uns, wie wir weiter vorgehen.«

»Ich will nicht, dass du mein Babysitter bist«, sagte sie.

»Du bist eine erwachsene Frau, du brauchst keinen Babysitter«, sagte Lefty zu ihr.

»Richtig, und trotzdem verbringst du deine ganze Freizeit

hier mit mir eingesperrt. Ich weiß, dass das nicht deine Vorstellung von Spaß sein kann.«

»Sieh mich an«, sagte Lefty streng. Er wartete, bis sie den Kopf gehoben und er ihre Aufmerksamkeit hatte, bevor er fortfuhr: »Ich bin gern mit dir in meiner Wohnung. Ich weiß, dass du dich nicht so siehst, aber du bist interessant und lustig. Du bist beruhigend. Ich habe mich früher nie darauf gefreut, nach der Arbeit nach Hause zu kommen, einfach weil mir meine Wohnung immer dunkel und kalt erschien. Aber jetzt kann ich es nicht erwarten, Feierabend zu machen, weil ich zu dir nach Hause kommen darf. Ich brauche dich nicht, um das Abendessen für mich zuzubereiten, meine Wäsche zu waschen oder meine Wohnung zu putzen. Dass du einfach auf meiner Couch sitzt und lächelst, wenn ich durch die Tür komme, reicht mir aus, um dankbar zu sein, dass du deinen Weg zu mir nach Texas gefunden hast.«

Sie beäugte ihn skeptisch.

Lefty lachte leise. »Ich lüge nicht, Kins. Ich mag es tatsächlich, dich in meiner Nähe zu haben.«

»Ich will keine Angst haben, deine Wohnung zu verlassen, und trotzdem habe ich das.«

Lefty drehte sich der Magen um. Er hasste das in ihrem Namen. Er drängte sie, ihren Kopf noch einmal an ihn zu lehnen. »Du bist hier keine Gefangene. Ich möchte nur, dass du sehr vorsichtig bist. Wir haben deinen Wagen ein paar Häuserblocks weiter in der Nähe eines anderen Wohngebäudes geparkt, nur um sicher zu gehen. Aber wenn du rausgehen willst, werde ich dir das nicht verbieten. Wie ich schon sagte, du bist erwachsen. Und du hast dich selbst aus D.C. heraus und sicher nach Texas gebracht.«

»Aber das ist es ja gerade, je länger ich an einem Ort bin, desto größer ist die Chance, dass derjenige, der mich töten wollte, mich findet.«

Lefty nickte. »Ich weiß.« Und das wusste er wirklich. Ein Teil von ihm wollte sie tatsächlich in seiner Wohnung einsperren und nie wieder gehen lassen. Aber das konnte er nicht tun. »Ich wünschte, ich könnte rund um die Uhr bei dir bleiben. Obwohl du dann wahrscheinlich anfangen würdest, mich zu hassen, weil du es leid wärst, dass ich dich wie ein liebeskrankes Hündchen anstarre und dir hinterherlaufe.« Er drückte ihre Schultern und ließ sie wissen, dass er einen Scherz gemacht hatte ... in gewisser Weise. »Aber ich habe einen Job, den ich machen muss. Mein Chef ist ziemlich verständnisvoll, aber ich bin mir nicht sicher, ob er mir erlauben würde, wie eine Schnecke zu Hause zu sitzen, bis die ganze Sache mit dem Botschafter geklärt ist.«

»Das würde ich nie von dir verlangen«, sagte Kinley.

»Ich weiß, dass du das nicht würdest. Aber es wird der Zeitpunkt kommen, an dem ich auf eine Mission gehen muss. Dann bist du auf dich allein gestellt und musst dir Lebensmittel und andere wichtige Dinge besorgen.«

»Ich muss mir auch überlegen, was ich geldtechnisch machen werde«, sagte sie.

»Im Moment brauchst du dir darüber keine Gedanken zu machen«, sagte Lefty entschieden.

»Wie kannst du das sagen?«, fragte sie und zog sich wieder von ihm zurück. »Ich muss etwas essen. Und ich kann nicht ewig in deinem Bett schlafen.«

»Warum nicht?« Die beiden Worte fielen, ohne nachzudenken. Lefty seufzte. »Sieh mal, du weißt doch, wie gern ich dich hierhabe. Es ist nicht gerade eine Belastung. Und es ist nicht so, dass du mir Haus und Hof wegnehmen würdest. Ich habe eine Menge Geld, Kins. Genug für dich, um dich hier zu verstecken, bis die Sache geklärt ist. Außerdem hat Gillian gesagt, dass du ihr bei ein paar Telefonaten und Verhandlungen geholfen hast. Vielleicht kann sie dich in der Zwischenzeit als Aushilfe anstellen.«

Kinley blinzelte, dann runzelte er die Stirn. »Ich würde sie nie um Geld bitten, wenn ich ihr helfe.«

»Deshalb wird sie wahrscheinlich darauf bestehen, dich zu

bezahlen«, entgegnete Lefty. »Hör zu, ich will damit nur sagen, dass du dir das alles nicht sofort überlegen musst. Bleib hier bei mir. Ohne Verpflichtungen.«

»In der Sekunde, in der du mich satthast, musst du es mir sagen«, verlangte Kinley streng.

Lefty konnte nicht anders, er lachte.

»Mach dich nicht über mich lustig«, sagte Kinley.

»Tue ich nicht«, versicherte Lefty. »Das würde ich *nie* tun. Aber der Gedanke, dass ich von dir genug haben könnte, ist urkomisch. Du bist so unauffällig, dass es nicht einmal lustig ist. Ich könnte sagen, dass ich manchmal vergesse, dass du hier bist, aber das wäre eine Lüge. Selbst wenn du deine Bücher liest und wir stundenlang kein Wort miteinander reden, bin ich mir immer noch bewusst, dass du hier bei mir bist.«

Kinley leckte sich über die Lippen. »Mir geht es bei dir genauso. Für jemanden, der sein ganzes Leben lang allein war, dachte ich, es würde schwer sein, mit jemandem zusammenzuleben. Aber das ist es nicht. Ich schaue gern von meinem Buch auf und sehe dich neben mir sitzen.«

»Gut. Bist du müde?« Lefty wusste, dass die Frage abrupt war, aber plötzlich fiel ihm nichts ein, was er mehr wollte, als in seinem Bett zu liegen und sie zu halten.

»Ein wenig.«

»Warum gehst du nicht schon mal vor und machst dich fertig? Ich räume hier draußen auf und schließe ab. Ist es immer noch okay für dich, wenn ich bei dir im Bett bin?«

Sie nickte schüchtern. »Aber ich bin noch nicht bereit für ...«

»Ich weiß. Ich auch nicht. Ob du es glaubst oder nicht, ich schlafe nicht mit Frauen, nur weil sie verfügbar sind.«

»Okay.«

»Okay«, wiederholte er.

Sie lächelte ihn an, stand dann auf und ging in Richtung seines Schlafzimmers.

Während Lefty das Geschirr wegräumte, das sie an diesem

Abend benutzt hatten, kam ihm der Gedanke, dass sein Leben in Zukunft so aussehen könnte. Gemütlich. Heimelig. Entspannt. Und er freute sich darauf, mit Kinley in seinem Bett zu liegen.

Sein Schwanz zuckte in seiner Hose und er ermahnte sich selbst. »Ruhig, Junge«, murmelte er, bevor er zur Tür ging, um sich zu vergewissern, dass sie fest verschlossen war. Er hätte Kinley zwar sagen können, dass er ihre Entscheidung respektierte, darüber zu sprechen, was sie in Paris gesehen hatte, aber das bedeutete nicht, dass er es gut fand. Sie brachte sich selbst in Gefahr, und das hasste er. Aber er würde alles tun, um dafür zu sorgen, dass er sie schützen konnte.

Er gab ihr zehn Minuten Zeit, um sich umzuziehen und ins Bett zu gehen, und öffnete dann vorsichtig die Tür zu seinem Schlafzimmer. Kinley hatte das Licht im Bad angelassen, damit er nicht über etwas stolperte, wenn er hereinkam.

Er lächelte über ihre Fürsorglichkeit, machte sich im Bad fertig und zog sich bis auf seine Boxershorts aus. Er überlegte, ob er eine Jogginghose anziehen sollte, entschied sich dann aber, dass er sie an sich drücken wollte, auch wenn es eine Qual wäre. Haut an Haut.

Er zog die Decke zurück und atmete tief ein, genoss den schwachen Duft von Vanille, der ihm in die Nase stieg. Kinley trug kein Parfüm, aber die Lotion, die sie gern benutzte, verströmte gerade genug von einem dezenten Duft, dass er wusste, dass er nie wieder in der Lage sein würde, Vanille zu riechen und nicht an sie zu denken.

Ohne zu zögern, streckte er die Hand aus und zog Kinley an seine Seite. Er lächelte, als sie sich sofort an ihn schmiegte und ihren Arm über seinen Bauch legte.

»Bequem?«, fragte er.

»Ja.«

»Gut«, entgegnete er mit Genugtuung. »Wenn ich dich zu sehr bedränge, kannst du dich ruhig zurückziehen.«

»Du bedrängst mich nicht. Du erinnerst mich an einen

Teddybären, den ich mal hatte. Ich schlief jede Nacht mit ihm ein und er tröstete mich.«

»Was ist aus ihm geworden?«, fragte er, ohne nachzudenken.

Kinley zuckte mit den Schultern. »Keine Ahnung. Ich wurde in ein anderes Heim verlegt und er passte nicht in die Mülltüte, die mir zum Packen gegeben wurde.«

»Eine Mülltüte?«, wiederholte er schockiert.

»Ja. Eine richtige Reisetasche habe ich erst in der Mittelstufe bekommen.«

Lefty holte tief Luft und zügelte sein Temperament. »Nun, wenn du mich als großen alten Teddybären sehen willst, ist das okay für mich.«

Sie kicherte leise und Lefty prägte sich das Geräusch ein. Sie lachte nicht oft, und kichern tat sie noch seltener. »Was ist so lustig?«, fragte er und versuchte, verletzt zu klingen.

Sie lachte wieder. »Sei nicht beleidigt. Ich meine, ja, du bist tröstlich, aber du bringst auch die Schmetterlinge in meinem Magen zum Flattern, und wenn du mit den Fingern durch das Haar in meinem Nacken streichst, bekomme ich eine Gänsehaut auf den Armen. Bei meinem Teddy ist das nie passiert.«

Von ihrer Reaktion auf ihn zu hören ließ Lefty erleichtert aufseufzen. Er war nicht der Einzige, der von ihrer Nähe betroffen war. Das machte es irgendwie leichter, einfach den Moment zu genießen und sich nicht von der Lust hinunterziehen zu lassen, die er direkt unter seiner Haut spüren konnte.

»Schlaf, Süße. Ein Tag nach dem anderen.«

»Ein Tag nach dem anderen«, wiederholte sie.

Überraschenderweise schlief Lefty dieses Mal ziemlich schnell ein. Vielleicht hatte er sich daran gewöhnt, sie zu halten, oder er war einfach nur erschöpft von einem langen Tag. Was auch immer der Grund war, er wusste, dass er sich am Morgen wahrscheinlich so ausgeruht fühlen würde wie schon lange nicht mehr. Möglicherweise wie noch nie.

KAPITEL ZWÖLF

Kinley saß nervös gegenüber von Cruz Livingston, dem FBI-Agenten, den Gage durch Freunde von Freunden kannte. Er war groß, sogar größer als Gage und der Rest der Jungs in seinem Team. Er war mindestens einen Kopf größer als ihre eigenen ein Meter fünfundsechzig, und das allein machte sie schon sehr nervös.

Sein schwarzes Haar war kurz geschnitten ... und er sah sie gerade stirnrunzelnd an.

»Entspann dich, Cruz«, sagte Gage in einem fast tödlichen Ton.

»Wir treffen uns ja nicht gerade auf eine Tasse Tee«, erwiderte Cruz.

Kinley konnte nicht anders, sie musste lächeln.

Als Cruz zurücklächelte, entspannte sie sich ein wenig. Sie war sehr froh, dass er zugestimmt hatte, sich hier mit ihr zu treffen, in Gages Wohnung. Allein der Gedanke, nach San Antonio fahren zu müssen, stresste sie. Hier fühlte sie sich sicher. In Texas herumzufahren, vor allem in einer großen Stadt, würde ihr das Gefühl geben, eine riesige Zielscheibe auf dem Rücken zu tragen.

»Wie ich höre, haben Sie eine spannende Geschichte zu erzählen«, sagte Cruz.

Kinley nickte.

»Okay. Lassen Sie sich Zeit. Lassen Sie nichts aus, egal wie klein oder unbedeutend es Ihrer Meinung nach auch sein mag. Ich sage nicht, dass das FBI den Fall übernehmen wird, aber wenn das bisschen, das ich schon weiß, wahr ist, dann denke ich, dass die Sache sehr ernst ist.«

Es war ernst, das wusste Kinley. Sie holte tief Luft und begann, dem Mann ihr gegenüber alles zu erzählen, was sie gesehen hatte.

Es dauerte ein paar Stunden, vor allem weil Cruz sie immer wieder unterbrach und nach weiteren Informationen fragte. Als sie fertig war, war Kinley erschöpft. Als wäre sie gerade einen Marathon gelaufen oder so.

Während sie ihre Geschichte erzählte, saß Gage neben ihr und legte ihr seine Hand auf den Schenkel. Sie fühlte sich durch seine ständige Anwesenheit getröstet. Er unterbrach sie nicht, mischte sich nicht ein, um etwas hinzuzufügen, von dem er dachte, dass sie es vielleicht ausgelassen hatte. Er war einfach da. Sie hatte noch nie jemanden gehabt, der sie so unterstützte, wie Gage es tat. Ohne zu urteilen und ohne Vorbehalte.

»Sie verstehen, dass das FBI nicht zuständig ist, da die Taten des Gassenmörders in Paris vollbracht wurden, oder?«, fragte Cruz.

Kinley nickte. »Ich weiß. Aber ich dachte mir, dass Sie vielleicht mit der Polizei dort zusammenarbeiten könnten. Ich bin bereit auszusagen, was ich gesehen habe, aber ich weiß nicht, wie ich mit jemandem in Frankreich in Kontakt treten soll.«

»Dabei können wir helfen«, sagte Cruz, aber es war offensichtlich, dass er noch tief in Gedanken versunken war.

»Woran denkst du?«, fragte Gage.

»Dass wir Stryker nicht dafür kriegen können, dass er das

Mädchen umgebracht hat ... aber was ist, wenn das nicht sein erster Mord war?«

»Das haben wir auch schon überlegt«, sagte Gage mit einem Nicken.

»Er könnte sein Handwerk sozusagen hier in den Staaten verfeinert haben, bevor er als Botschafter nach Frankreich beordert wurde. Und die Kinderpornografie könnte ein weiterer Weg sein, an ihn heranzukommen, und auch an Brown.«

Gage nickte.

Kinley schwenkte den Kopf zwischen den beiden Männern hin und her, während sie sprachen.

»Ich muss mit meinem Vorgesetzten sprechen, aber ich denke, es ist sehr wahrscheinlich, dass wir einen guten Fall haben«, sagte Cruz.

Sie sackte in ihrem Sitz zusammen, erleichtert, dass er ihr nicht nur glaubte, sondern auch helfen wollte.

»Aber – und das wird Ihnen nicht gefallen, Kinley – aufgrund dessen, was Sie mir darüber erzählt haben, dass jemand versucht hat, Sie zu verletzen, rate ich Ihnen dringend, sich ins ZSP aufnehmen zu lassen.«

»Nein. Verdammt, nein!«, wandte Gage ein.

Kinley runzelte die Stirn. »Was ist das ZSP?«

»Das Zeugenschutzprogramm«, erklärte Gage zwischen zusammengebissenen Zähnen, während er Cruz weiter anfunkelte.

»Es ist nicht ideal, das verstehe ich«, begann Cruz, aber Gage unterbrach ihn.

»Nicht ideal?«, stieß er hervor. »Was für ein Witz. Erstens hat Kinley nichts falsch gemacht. Du weißt so gut wie ich, dass die meisten der geschützten Zeugen in diesem Programm selbst Kriminelle sind, die sich gegen jemanden gewandt haben, um ihre eigene Schuld zu verringern.«

»Ich habe nie gesagt, dass sie schuldig ist«, sagte Cruz leichthin.

»Zweitens«, fuhr Gage fort, als hätte der Agent nicht gesprochen, »sie zu verstecken würde sie von all ihren Freunden wegbringen. Ihr die Unterstützung vorenthalten. Es gibt eine Menge Korruption in D.C. und es ist nur ein Wort in Gegenwart der falschen Person nötig, und schon wäre sie ein leichtes Ziel. Nein, das ist eine schlechte Idee.«

»Wie lange?«, fragte Kinley. Sie spürte Gages Blicke auf sich, aber sie drehte den Kopf nicht.

Cruz zuckte mit den Schultern. »Das hängt davon ab, wie schnell der Fall vorankommt. Es hört sich so an, als hätten wir eine Menge Arbeit vor uns, um sowohl Brown als auch Stryker zu recherchieren. Mindestens ein paar Monate. Höchstwahrscheinlich aber Jahre.«

Kinley fröstelte. Sie hatte keine Lust, sich jahrelang zu verstecken. Vielleicht wäre sie nicht so abgeneigt gewesen, bevor sie nach Texas gekommen war, aber in der kurzen Zeit, die sie bei Gage verbracht hatte, hatte sie endlich verstanden, was es hieß, Freunde zu haben. Sie hatte nie vermisst, was sie nicht hatte, aber sie wusste ohne Zweifel, dass sie Gillian, Trigger und all die anderen schrecklich vermissen würde, wenn sie jetzt ging, um ins Zeugenschutzprogramm aufgenommen zu werden.

Sie drehte sich um und sah Gage an. Und es war unmöglich, sich vorzustellen, ihn jahrelang nicht zu sehen oder mit ihm zu sprechen. Sie hatte immer gedacht, sie käme gut allein zurecht. Sie genoss ihre eigene Gesellschaft und hatte nie das Gefühl gehabt, dass ihr etwas fehlte. Aber jetzt? Es war sowohl ein Segen als auch ein Fluch, dass sie Gage getroffen hatte. Sie ertappte sich dabei, dass sie ihn vermisste, während er bei der Arbeit war. Es war schwer, sich vorzustellen, dass sie in ihr altes Leben zurückkehren und alles allein machen würde.

»Darf ich darüber nachdenken?«, fragte sie.

Sie wusste, dass Gage sie stirnrunzelnd ansah, aber sie hatte die Aufmerksamkeit wieder auf Cruz gerichtet.

»Natürlich. Aber jeder Tag, der vergeht, ist ein weiterer Tag, an dem derjenige, der angeheuert wurde, um Sie zum Schweigen zu bringen, eine Chance hat, an Sie heranzukommen.«

Sie wusste, dass er besonders vorsichtig war, vielleicht sogar versuchte, ihr Angst zu machen ... und es funktionierte.

»Niemand wird an sie herankommen«, knurrte Gage.

»Wirklich? Und bewachst du sie rund um die Uhr?«, fragte Cruz. »Bist du jede Minute des Tages an ihrer Seite? Was ist, wenn du im Einsatz bist? Wer wird dann auf sie aufpassen? Du kannst sie nicht in deiner Wohnung gefangen halten, Lefty. Im ZSP könnte sie zumindest ein relativ normales Leben führen. Sie könnte einen Job haben. Sie könnte mit Freundinnen ausgehen ... könnte sich verabreden.«

Kinley spürte, wie Gage sich bei dieser Bemerkung anspannte, aber Cruz redete weiter.

»Hier ist sie eine leichte Beute. Wir reden hier von einem Freund des Präsidenten«, sagte Cruz in leisem Ton. »Wenn ich denken würde, dass das ein klarer Fall ist, würde ich nie so etwas wie das ZSP vorschlagen, aber ich denke, du weißt genauso gut wie ich, dass sich das immer weiter hinziehen wird. Die Verdächtigen werden alles tun, um ihren Arsch zu retten, das heißt, sie werden Kinleys Namen auf jede erdenkliche Weise durch den Dreck ziehen. Sie haben ihr ja schon Hochverrat vorgeworfen. Sie wird nirgendwo hingehen können, ohne erkannt zu werden. Die Presse wird draußen auf dem Parkplatz campieren. Und wenn du zu einer Mission gerufen wirst, wird sie allein hier sein.«

»Sie wird nicht allein sein«, beharrte Gage.

Cruz' Stimme wurde etwas sanfter. »Du weißt, was ich meine. Jemand hat schon einmal versucht, sie zu töten. Wenn die Ermittlungen abgeschlossen sind und Stryker und möglicherweise Brown verhaftet werden, dann wird die Kacke *wirklich* am Dampfen sein. Wer auch immer vorher versucht hat, sie zu töten, wird noch verzweifelter sein, sie auszuschalten, bevor sie aussagen kann.«

Kinley hatte es nicht bemerkt, aber sie hatte angefangen zu zittern. Sich die Hölle vorzustellen, die ihr Leben werden sollte, war kein Spaß. Sie war ein introvertierter Mensch. Sie wollte nicht zum Gegenstand von Klatsch und Tratsch für die Presse werden.

Gage rückte näher und legte seinen Arm um ihre Schultern, um sie an seine Seite zu ziehen. Es war unangenehm, da sie beide noch auf den Stühlen an seinem Tisch saßen, aber sie fühlte sich besser, einfach weil er da war.

»Was ist, wenn sie nicht aussagt?«, fragte Gage.

Cruz zuckte mit den Schultern. »Ich würde sagen, die Chancen, dass jemand hinter ihr her ist, stehen immer noch fifty-fifty.«

»Scheiße«, murmelte Gage.

»Ich werde aussagen«, erklärte Kinley entschlossen. »Du weißt, warum ich das machen muss«, sagte sie zu Gage. »Du weißt das.«

»Ihr müsst euch nicht sofort entscheiden«, sagte Cruz nach einem Moment. »Ich muss zurück nach San Antonio und ein paar Anrufe tätigen. Wir müssen Kinleys Anschuldigungen überprüfen, um zu sehen, wie viel Wahres dahintersteckt, bevor wir etwas entscheiden. Es ist nicht sehr wahrscheinlich, dass Stryker nur aufgrund ihrer Aussage verurteilt wird, wir müssen mehr herausfinden. Die Dienststelle muss sich mit unseren Kollegen in Paris in Verbindung setzen und Details über den Gassenmörder einholen. Wir müssen nach Beweisen suchen, Videos, digitalen Fußabdrücken und so weiter. Wenn das erledigt ist und feststeht, dass Kinley als Zeugin aufgerufen werden könnte, können wir uns wieder unterhalten.«

»Wie lange?«, wollte Gage wissen.

»Ein paar Wochen. Vielleicht mehr, vielleicht weniger«, sagte Cruz.

Kinley entspannte sich innerlich. Aus irgendeinem Grund dachte sie, dass sie in diesem Moment gehen müsste. Dass sie mit Cruz zur Tür hinausgehen würde und das war's dann.

Alles, was sie mit Gage zu haben geglaubt hatte, wäre in einem Augenblick vorbei gewesen.

Cruz drehte sich zu ihr um. »Sie haben das Richtige getan«, sagte er.

Kinley schnaubte. »Ja. Aber das Richtige fühlt sich im Moment nicht sehr gut an.«

»Ich weiß«, erwiderte Cruz mitfühlend. »Ich habe auch mal undercover gearbeitet. Es war die Hölle. Jeder Tag fühlte sich an, als hätte ich ein Stück meiner Seele verloren. Ich wusste, dass ich das Richtige tat, aber es war der härteste Job, den ich je gemacht habe. Ich mochte es nicht, jemand anderes zu sein. Aber nachdem sich der Staub gelegt hatte, haben wir die bösen Jungs erwischt, und sie werden nie wieder jemandem etwas antun.« Cruz wandte den Blick zu Gage, als er fortfuhr: »Und ich dachte, dieser Job wäre das Ende für mich und die Frau, mit der ich den Rest meines Lebens verbringen wollte. Und obwohl es die Dinge sicherlich schwieriger gemacht hat, sind wir uns am Ende dadurch nähergekommen.«

»Undercover und verdammt noch mal irgendwo versteckt zu sein, wo wir nicht miteinander reden oder uns sehen können, ist nicht das Gleiche, Cruz.«

»Du hast recht. Das ist es nicht. Ich versuche nur zu sagen ... Ich verstehe die Aufopferung. Kinley zu bitten, das ZSP in Betracht zu ziehen, steht nicht ganz oben auf meiner Liste der Dinge, die Spaß machen.« Dann griff Cruz in seine Tasche und zog eine Visitenkarte heraus. Er legte sie vor Kinley auf den Tisch. »Wenn Ihnen irgendetwas einfällt, egal für wie belanglos Sie es halten, melden Sie sich bei mir. Haben Sie ein Wegwerfhandy?«

»Ja«, antwortete Gage für sie.

»Gut. Es ist wahrscheinlich das Beste, wenn Sie sich vorerst kein neues Handy auf Ihren eigenen Namen zulegen. Sie haben gute Arbeit geleistet, nicht weiter aufzufallen, aber bei all den SMS und E-Mails, die Lefty Ihnen geschickt hat, bevor

Sie hierherkamen, wird jemand, der sich in Ihre Konten hackt, annehmen, dass es eine Verbindung zwischen Ihnen gibt.«

Das hatte Kinley befürchtet. »Aber ich habe ihm nicht geantwortet.«

»Stimmt. Aber das heißt nicht, dass nicht jemand nach ihm suchen wird, um zu sehen, ob er Kontakt zu Ihnen hatte. Das ist eine weitere Gefahr, wenn Sie hier bei ihm bleiben.«

Kinley biss die Zähne zusammen. Sie hatte gewusst, dass es für Gage gefährlich sein konnte, zu ihm zu kommen, aber sie vertraute darauf, dass er sie beide beschützen würde. Alles andere war zu gewagt, um es in Betracht zu ziehen.

Als weder Kinley noch Gage einen Kommentar abgaben, stand Cruz auf, und Gage und Kinley folgten ihm.

Sie gingen gemeinsam zur Eingangstür. Cruz griff nach einer ihrer Hände und drückte sie sanft. »Fürs Protokoll: Ich finde es großartig, was Sie tun. Es ist nicht leicht, sich gegen Tyrannen zu behaupten. Und nach dem, was ich über Stryker weiß, ist er definitiv ein Tyrann. Ich melde mich bald wieder.«

Sie nickte und dankte ihm noch einmal, dass er den ganzen Weg nach Killeen gekommen war. Dann war er weg und Gage verschloss die Tür hinter ihm.

Sie zuckte überrascht zusammen, als Gage plötzlich ihre Hand ergriff und begann, sie zurück in die Wohnung zu ziehen, und Kinley konnte nichts anderes tun, als hinter ihm her zu stolpern.

Er setzte sich auf das Ende der Couch und zog an ihrem Arm. Kinley landete auf seinem Schoß. Eine Hand ließ er an ihren Nacken wandern, um sie festzuhalten, mit der anderen umklammerte er ihre Beine.

»Ich kann dir Sicherheit bieten«, knurrte er.

Anstatt sich vor ihm zu fürchten oder sich darüber zu ärgern, wie er sie behandelte, spürte Kinley, wie sich ihre Brustwarzen vor Erregung verhärteten und sie zwischen ihren Beinen feucht wurde. Noch nie hatte es jemand gewagt, sie auf diese Weise zu behandeln. Entweder hielten die Menschen

Abstand, weil sie sie für seltsam hielten, oder sie berührten sie kaum.

Gage behandelte sie, als wäre es sein gutes Recht. Als wäre es ein normaler Teil ihrer Beziehung, sie zu berühren ... was, wie sie feststellte, auch so war. Er hatte sie mehr berührt als jeder andere zuvor.

Seit sie sich erinnern konnte, war sie immer eine Außenseiterin gewesen, wenn es um Zuneigung ging. Sie bekam nicht wirklich Zuneigung von ihren Pflegeeltern, weder Küsse noch Umarmungen. Und je älter sie wurde, desto weniger wurden die seltenen zärtlichen Berührungen.

Manche Leute wären sauer, wenn sie durch den Flur geschleift und gezwungen würden, auf dem Schoß von jemandem zu sitzen. Sie wären wirklich sauer, wenn man sie so fest im Griff hielte, dass sie keine andere Wahl hätten, als in das extrem emotionale Gesicht des Menschen zu schauen, der sie so festhielt.

Vielleicht war Kinley verkorkster, als ihr bewusst war, denn sie mochte die Art, wie Gage sie hielt. Sie mochte es sogar sehr. Es war kraftvoll, aber nicht im Geringsten schmerzhaft. Es erinnerte sie daran, wie er sie im Bett hielt; daran, wie er sie selbst im Schlaf festhielt, als würde er nie zulassen, dass jemand sie ihm entriss.

Sie hielt sich mit einer Hand an seinem Bizeps fest, mit der anderen umklammerte sie sein T-Shirt.

»Hast du mich gehört, Kinley?«, fragte er. »Ich kann dir Sicherheit bieten.«

»Ich weiß«, sagte sie zu ihm.

»Wirklich?«

Sie nickte, so gut sie konnte, während er mit der Hand ihren Nacken hielt. »Aber Cruz hat recht, du kannst nicht den ganzen Tag bei mir sein, und das jeden Tag. Du hast einen Job. Früher oder später wirst du zu Einsätzen berufen.«

Sie konnte sehen, dass er nicht sicher war, was er sagen

sollte, um diesen Punkt zu widerlegen. Ein Muskel in seinem Kiefer zuckte, als er sie anstarrte.

Kinley fühlte sich mutiger und weiblicher als je zuvor in ihrem Leben, und sie legte eine Hand an seine Wange. »Ich wusste, dass mein Leben sich verändert hatte, als ich die Nachrichtensendung über das ermordete Mädchen sah. Ich wusste nur nicht, dass es mich zu dir führen würde.«

Ihre Worte taten, was sie sich erhofft hatte, sie milderten viel von der Qual, die sie in seinen Augen sah. »Ich kann dich nicht verlieren, wenn ich dich gerade erst gefunden habe«, sagte er leise.

Kinley schnürte sich die Kehle zu und sie hätte nicht antworten können, selbst wenn ihr Leben davon abgehangen hätte. Sie hatte diesem Mann immer wieder gesagt, dass sie nichts Besonderes war. Sie hatte keine Ahnung, was um alles in der Welt er in ihr sah, was noch kein anderer in ihrem ganzen Leben getan hatte. Aber sie empfand dasselbe für ihn.

»Wir treffen jetzt keine Entscheidung«, sagte sie, als sie sich wieder gefasst hatte. »Das FBI könnte entscheiden, dass das, was ich gesehen habe, nichts war. Dass Stryker auf keinen Fall ein Mörder sein kann. Vielleicht habe ich mir eingebildet, dass mich jemand schubst; ich war nicht gerade in guter Verfassung, nachdem ich gefeuert worden war.«

»Du hast gesehen, was du gesehen hast«, sagte Gage standhaft. »Spiel es nicht herunter. Und wenn du sagst, du wurdest geschubst, dann wurdest du geschubst. Ich halte nicht viel von Zufällen«, sagte er zu ihr. »Das Timing für alles, was passiert ist, war einfach zu perfekt.«

Das war genau das, was Kinley auch glaubte. Es fühlte sich gut an zu hören, dass er ihre Gedanken bestätigte.

»Ich will nicht, dass du ins Zeugenschutzprogramm gehst«, sagte er nach einem Moment. »Alles in mir sträubt sich dagegen. Du wärst auf dich allein gestellt, und wer auch immer hinter dir her ist, könnte dich immer noch finden, was dich zu einer leichten Beute machen würde. Wenigstens hast du hier bei mir Freunde und Menschen, die dir den Rücken freihalten. Es ist nicht ideal, das weiß ich, aber ich kann mit Ghost reden, einem Freund von mir, der früher in einem anderen Delta-Team war. Er ist immer noch in der Armee, aber er und sein Team haben sich von den Deltas zurückgezogen. Sie können helfen, dich zu beschützen, wenn ich im Einsatz bin.«

Kinley wollte nicht an jemand anderen abgeschoben werden, aber gleichzeitig versuchte Gage, an alles zu denken, was er tun konnte, um sie zu beschützen, wenn er nicht da war. Wie konnte sie das nicht zu schätzen wissen?

Ohne nachzudenken, beugte Kinley sich vor und berührte Gages Lippen.

Sie verstummte, als sie ihn knurren hörte.

Eine Sekunde lang dachte sie, sie wäre zu weit gegangen, hätte ihre Grenzen überschritten. Aber als sie versuchte, sich zurückzuziehen, wurde der Griff in ihrem Nacken fester. Gages Lippen öffneten sich unter ihren und er neigte den Kopf, um ihnen beiden mehr Spielraum zu geben.

Mit ihrer Hand immer noch an seiner Wange und seiner in ihrem Nacken konnte sie nicht anders, als sich von Gage umschlungen zu fühlen.

Sein Kuss war nichts, was sie je zuvor erlebt hatte. Sie hatte schon andere Männer geküsst, mehr aus Neugierde, was es damit auf sich hatte. Aber nichts bereitete sie auf den Rausch der Gefühle vor, der ihren Körper durchströmte, als Gages Zunge an ihren Lippen vorbeiglitt und sich mit ihrer vereinigte.

Kinley umklammerte sein Hemd noch fester und lehnte sich an ihn, weil sie mehr wollte. Und Gage gab ihr gern genau das, was sie brauchte.

Wie lange sie auf seiner Couch saßen und sich küssten, wusste sie nicht, aber als er sich schließlich zurückzog, stöhnte Kinley auf und versuchte, seinen Lippen zu folgen. Sie wollte nicht aufhören. Wollte niemals aufhören.

»Kins«, flüsterte er. »So sehr mir das auch gefällt, wir müssen damit aufhören.«

Sie öffnete die Augen und sah, dass er nur Zentimeter von ihrem Gesicht entfernt war. Seine Pupillen waren riesig und seine Lippen waren rosa und leicht geschwollen. Sie stellte sich vor, dass sie wahrscheinlich genauso aussah.

Sie wimmerte.

Das Lächeln, das sich auf seinem Gesicht ausbreitete, war beinahe genug, um sich damit abzufinden, dass er ihren Kuss beendete. Aber nur beinahe.

»Ich weiß, glaub mir, ich will auch nicht aufhören.«

»Warum tun wir es dann?«, jammerte sie.

Er beugte sich vor und küsste ihre Stirn, bevor er sagte: »Weil ich dich gleich hier auf dieser Couch nehmen werde, wenn ich jetzt nicht aufhöre.«

»Und das ist schlecht, weil ...«, fragte sie.

»Weil dein erstes Mal nicht auf meiner Couch sein wird, und das direkt nach einem anstrengenden Morgen, an dem du mit dem FBI darüber gesprochen hast, einen Serienmörder hinter Gitter zu bringen«, sagte er bestimmt.

Kinley konnte ihn nur anstarren. Sie hatte gewusst, dass Gage ein guter Mann war. Wie sollte sie auch nicht? Aber je mehr Zeit sie mit ihm verbrachte, desto klarer wurde ihr, wie erstaunlich er wirklich war. »Den meisten Männern wäre das egal«, platzte es aus ihr heraus.

»Ich bin nicht wie die meisten Männer«, erwiderte er, ohne eine Miene zu verziehen.

»Ich weiß. Du bist der Typ Mann, der sich um eine Frau sorgt, die er nie getroffen hat und die sich in Gefahr begeben hat, auch wenn sie es zu dem Zeitpunkt nicht wusste. Du bist der Typ Mann, der sein Wort hält, auch wenn die Frau, mit der er zu kommunizieren versucht, es nicht tut. Der Typ, der eine kranke Frau in seiner Wohnung willkommen heißen würde und sich zwei Tage lang um sie kümmert, selbst wenn sie mit Fieber völlig außer sich ist und überall hinkotzt. Du bist der

Typ, der der besagten Frau ihr Bett überlassen würde, auch wenn sie nicht mehr krank ist. Und du bist der Typ Mann, der etwas in mir sieht, das noch nie jemand gesehen hat.«

»Nein«, sagte er mit einem Kopfschütteln. »Ich bin der Typ Mann, der keine Ahnung hat, was zum Teufel mit jedem anderen Kerl auf der Welt los ist, der dir jemals begegnet ist ... und der nur an seine eigenen Bedürfnisse denkt.«

»Ist es das, was du tust?«

»Ja«, sagte er energisch. »Ich will mit dir ausgehen, Kinley. Ich möchte, dass wir fest zusammen sind.«

Daraufhin kicherte sie ein wenig. »Gage, es ist ja nicht so, als gäbe es andere Jungs, die auch nur im Entferntesten daran interessiert wären, mit mir auszugehen.«

»Gut«, sagte er kurz und bündig. »Ich weiß, das ist ungewöhnlich«, fuhr er fort. »Ich meine, wir wohnen zusammen, aber ich will dich nicht ausnutzen. Ich möchte dich weiterhin kennenlernen. Filme ansehen, kochen, lesen ... und das ist eines der seltsameren Dinge an unserer Verbindung, aber ich möchte weiterhin mit dir in meinen Armen einschlafen und morgens mit dir aufwachen.«

Seine Hand lag immer noch in ihrem Nacken, aber er hatte den Griff gelockert und mit dem Daumen streichelte er die empfindliche Haut an ihrem Hals, sodass sich überall eine Gänsehaut bildete. »Ich fürchte, je mehr Zeit du mit mir verbringst, desto mehr wirst du erkennen, dass es nicht gelogen war, dass ich eigenartig bin«, sagte sie.

»Und ich habe Angst, dass du, je mehr Zeit du mit mir verbringst, herausfindest, dass ich nicht der Mann bin, für den du mich in deiner Vorstellung gehalten hast. Ich bin kein Superheld, Kins. Ich bin nur ein Kerl. Ich habe Schwächen wie jeder andere. Ich bin herrisch, überfürsorglich und ich liebe es ein bisschen zu sehr, Sport zu sehen. Ich kann es nicht ertragen, eine dieser dummen Realityshows im Fernsehen zu sehen, nicht mal für dich. Ich habe einen Job, der unberechenbar ist, und ich werde dich zurücklassen müssen, um mit irgendeinem

Scheiß fertigzuwerden, der öfter auftaucht, als mir lieb ist. Ich möchte sagen, dass du in meinem Leben an erster Stelle stehst, aber die Realität ist, dass die Armee an erster Stelle steht ... zumindest bis ich in Rente gehe.«

Er hielt inne, als wartete er auf ihre negative Reaktion. Kinley zuckte mit den Schultern. »Und?«

»Und was?«

»Ist es das? Das sind all deine Schwächen?«

Er grinste und schüttelte den Kopf. »Nein. Das ist nur die Spitze des Eisbergs.«

»Gage, ich erwarte nicht, dass du perfekt bist.«

»Das ist auch gut so«, sagte er schnell.

»Lass mich ausreden«, fauchte sie.

»Tut mir leid, füge das Unterbrechen zur Liste hinzu«, sagte er mit einem Lächeln.

Sie wollte sich über ihn ärgern, aber sie konnte es nicht. Nicht, wenn er so verdammt süß war. »Mein ganzes Leben lang habe ich versucht herauszufinden, was mit mir nicht stimmt. Warum ich nicht liebenswert war. Warum niemand mich behalten wollte. Ich kam zu dem Schluss, dass es mein Los im Leben war, allein zu sein. Und damit hatte ich kein Problem, Gage. Dann kamst du und gabst mir das Gefühl, normal zu sein. Du hast nicht gezögert, mir in Afrika zu helfen, und hast mich wie eine Frau behandelt. Nein, das ist nicht wahr. Du hast mich dazu gebracht, mich besonders zu fühlen.

Ich habe dir schon gesagt, dass es mich wahnsinnig gemacht hat. Dass du wohl Wahnvorstellungen hattest oder so und dass ich dir deshalb nicht zurückgeschrieben habe. Aber dann warst du in Paris genauso unglaublich. Als ich niemanden mehr hatte, an den ich mich wenden konnte, dachte ich sofort an dich. Ich habe den ganzen Weg nach Texas gebetet, dass du mich nicht anschaust und mich fragst, was zum Teufel ich hier mache. Ich wollte nicht krank werden, aber ich schätze, mit dem ganzen Stress und dass ich nicht richtig gegessen und im Wagen geschlafen habe, war es einfach zu viel. Und du hast dich um mich gekümmert. Ich weiß, du verstehst nicht, was das für mich bedeutet, aber es reicht zu sagen, dass das noch nie jemand für mich getan hat. Und du kanntest mich nicht einmal.«

»Ich kannte dich«, sagte Gage.

Kinley schüttelte den Kopf. »Du weißt, was ich meine.«

»Ich weiß, was du meinst, aber ich schreibe nicht jeder Frau, die ich während eines Jobs treffe, E-Mails und SMS, Kinley. Du bist der einzige Mensch, zu dem ich je diese unmittelbare Verbindung gespürt habe.«

Sie schluckte schwer und beendete ihren Gedanken. »Ich kann nicht versprechen, dass ich dich nicht in Verlegenheit bringe, weil ich ständig das Falsche sage. Ich kann nicht versprechen, supersozial zu sein; meistens werde ich lieber zu Hause bleiben, als auszugehen und mit anderen abzuhängen. Aber ich kann dir versprechen, dich immer mit Respekt zu behandeln. Dich nie zu betrügen. Da zu sein, wenn du über die Arbeit reden willst, und da zu sein, wenn du nicht über die Arbeit reden willst. Ich weiß, ich bin nicht der beste Fang, aber ich schwöre, dass ich alles in meiner Macht Stehende tun werde, um dir das Leben leicht zu machen.«

»Ach, Süße«, sagte Gage leise, aber er ging nicht näher darauf ein.

Er zog sie an sich und sie schmolz förmlich vor Freude an seine Brust, schlang ihren Arm um ihn und hielt ihn so fest, wie er sie hielt.

»Ich kann nicht in die Zukunft sehen«, sagte er nach einem Moment. »Ich habe keine Ahnung, wie es mit Stryker oder diesem Fall weitergehen wird. Und ich bin entsetzt, dass niemand gesehen hat, was für ein Juwel du bist, aber das ist deren Verlust und mein Gewinn. Wie wäre es, wenn wir die Dinge weiterhin einen Tag nach dem anderen angehen? Wir verabreden uns, du bleibst hier, bis wir mehr wissen, und wir sehen, wie es läuft, okay?«

Kinley nickte. »Okay.«

Schweigen umgab sie für ein oder zwei Minuten, bevor Kinley sagte: »Gage?«

»Ja?«

»Ich bin vielleicht noch Jungfrau, aber unser Kuss hat mir gefallen. Und zwar sehr.«

Sie spürte mehr als dass sie ihn lachen hörte. »Mir auch, Süße.«

»Verabredungen bedeuten, dass wir mehr davon machen werden, richtig?«

Diesmal war sein Lachen lauter. »Oh ja, wir werden mehr davon machen. Ich weiß, dass du gesagt hast, du hättest schon mal Spielzeug benutzt und wärst schon mal gekommen, aber wie sehr bist du eigentlich noch Jungfrau?«

Kinley setzte sich auf und sah ihn verwirrt an. »Ich glaube, es gibt nur eine Art von Jungfrau, Gage.«

Er grinste, aber der Ausdruck in seinen Augen war zärtlich. »Es fällt mir schwer, dieses Gespräch zu führen, weil der Gedanke, dass jemand anderes dich anfasst, mich dazu bringt, ihm wehtun zu wollen, aber ... hast du schon mal einen Schwanz gesehen? In natura? Hat schon mal jemand deine Muschi angefasst? Dich zum Kommen gebracht? An deinen Brüsten gesaugt? Ich weiß, ich bin grob, aber ich versuche herauszufinden, wie unschuldig du bist.«

Kinley wusste, dass ihr Gesicht wahrscheinlich in Flammen stand, aber wenn Gage ein Erwachsener sein konnte, während er darüber sprach, konnte sie das auch. »Ich habe schon mal einen Zungenkuss gehabt, obwohl das, was *wir* gerade gemacht haben, um Längen besser war als alles, was ich je erlebt habe. Ein Typ hat mal seine Hand unter mein Hemd geschoben, aber er hat meine Brust zu sehr gequetscht, also habe ich ihm in die Leistengegend getreten. Unnötig zu sagen, dass er mich als prüde bezeichnete, und das war das letzte Mal, dass ich mit ihm ausging.«

Auf den grimmigen Ausdruck in Gages Augen hin fuhr sie

schnell fort: »Ich hatte schon mal einen Kerl, der mir kurz seinen Schwanz gezeigt hat, zählt das auch?«

»Nein«, sagte Gage, dann schloss er die Augen und schüttelte den Kopf.

»Was ist mit Penis-Bildern in den sozialen Medien? Zählen die?«

Er öffnete die Augen. »Du verarschst mich doch jetzt, oder?«

Sie schüttelte den Kopf. »Eigentlich nicht. Ich versuche, deine Frage zu beantworten und gleichzeitig nicht wie eine totale Verliererin zu wirken.«

»Du bist keine Verliererin, wenn du noch nie den Schwanz von einem Mann gesehen oder angefasst hast, Kinley.«

»Ich bin neunundzwanzig und immer noch Jungfrau. Das ist erbärmlich«, sagte sie zu ihm.

»Das ist schön«, konterte Gage.

»Ich habe masturbiert«, sagte sie, weil sie dieses Gespräch hinter sich bringen wollte. »Ich habe einen Dildo an mir selbst benutzt, aber ich habe nicht verstanden, was daran so toll sein soll. Es tat weh und es hat mir wirklich nichts gegeben. Aber ich mag meinen Vibrator.«

»Verhütung?«, fragte Gage mit fester Stimme.

Kinley schüttelte den Kopf. »Nicht nötig. Meine Periode ist regelmäßig und es ist nicht so, als hätte ich aus anderen Gründen die Pille nehmen müssen.«

»Bist du allergisch gegen Latex?«, fragte er.

Kinley zuckte mit den Schultern. »Ich weiß es nicht.«

Gage nickte. »In Ordnung, wir werden das nach unserem ersten Mal sehen. Aber das alles gibt mir zumindest einen Anhaltspunkt.«

»Willst du ... willst du immer noch mit mir ausgehen?«, fragte sie schüchtern.

»Wenn du glaubst, dass mich die Tatsache, dass ich Kondome benutzen muss, wenn wir miteinander schlafen, und die Tatsache, dass ich der erste Mann sein werde, der dich berührt, dich schmeckt, in dich eindringt, abtörnt, bist du verrückt«, sagte er völlig ernst. »Kinley, je näher ich dich kennenlerne, desto mehr Interesse habe ich. Wir werden es langsam angehen, wenn es darum geht, intim zu werden, aber du musst wissen, dass ich dich will. Ich denke schon seit Monaten an dich, seit ich dich in Afrika zum ersten Mal getroffen habe, und dich in Paris und in den letzten Wochen kennenzulernen hat mein Verlangen, mehr über dich zu erfahren, nur noch verstärkt.«

»Okay«, flüsterte sie.

»Nur okay?«, fragte er.

Kinley nickte.

»Und fürs Protokoll ... du kannst mich jederzeit und auf jede Weise berühren, die du willst. Nichts ist für dich tabu.«

Sie blinzelte überrascht. »Sogar deinen ...« Sie konnte es nicht aussprechen, stattdessen deutete sie mit dem Blick auf seinen Schoß.

Er brach in Gelächter aus. »Ja, sogar meinen Schwanz«, bestätigte Gage. »Ich möchte, dass du dich bei mir vollkommen wohlfühlst, bevor wir es tun.«

»Wirst du mich auch anfassen?«, fragte sie.

Es dauerte ein paar Sekunden, bis er antwortete: »Vielleicht.«

Kinley schmollte. Ein gottverdammter Schmollmund. Und es war ihr sogar egal. »Das ist nicht fair.«

»Ich versuche, ein Gentleman zu sein«, sagte er.

»Wir sind hier nicht im achtzehnten Jahrhundert.«

»Das ist mir bewusst. Aber du hattest keine guten Beispiele oder Vorbilder, wenn es um Beziehungen geht. Ich möchte dir zeigen, wie es ist, einmal im Mittelpunkt zu stehen.«

Kinley wusste nicht, was sie dazu sagen sollte.

»So wenig ich auch das Thema wechseln möchte, aber ich muss es tun«, sagte Gage nach einem Moment. »Cruz hat recht, wir müssen sehr, sehr vorsichtig sein. Wir haben keine Ahnung, wie lange dieser Fall dauern wird, und du könntest jede Minute des Tages in Gefahr sein. Du darfst deine Sicherheit niemals für selbstverständlich halten, okay?«

Kinley nickte.

»Du bist keine Gefangene in dieser Wohnung. Es steht dir frei, zu kommen und zu gehen, wie es dir beliebt. Ich würde dich jedoch bitten, meinen Geländewagen anstatt dein Auto zu nehmen. Trage eine Mütze und sprich mit niemandem, den du nicht kennst. Wenn du Gillian oder jemand anderen mitnehmen kannst, wäre das ideal. Es könnte einen Fall ohne dich geben, aber er wird nicht so überzeugend sein, und je mehr Zeit vergeht, desto verzweifelter wird Stryker werden.« Er drückte seine Lippen an ihre Schläfe und sprach weiter. »Ich habe es ernst gemeint. Ich habe dich gerade erst gefunden, Kinley. Ich darf dich nicht verlieren.«

»Ich werde vorsichtig sein«, versprach sie.

»Okay.«

Wie lange sie zusammen auf seiner Couch saßen, wusste Kinley nicht genau. Sie wusste nur, dass sie es liebte, seine Hände auf sich zu haben und seine festen Oberschenkel unter sich zu spüren. Sie mochte noch Jungfrau sein, aber sie war keine Nonne. Sie wollte wissen, wie gut Sex sein konnte. Und sie wollte, dass Gage es ihr beibrachte.

Als er endlich aufstand, hatte Kinley ihre Libido wieder unter Kontrolle. Sie hörte zu, wie er Trigger anrief und ihm erzählte, was Cruz gesagt hatte. Dann reichte er ihr das Telefon und sie redete eine Weile mit Gillian. Danach rief er alle anderen in seinem Team an und informierte sie darüber, dass das FBI nun involviert war und sie hoffentlich in Kürze erfahren würden, ob sie glaubten, dass es irgendeine Art von Verfahren gegen Stryker und Brown geben würde, und ob die französischen Behörden mit ihr sprechen und die beiden Männer strafrechtlich verfolgen wollten.

Sie verbrachten den Rest des Tages zurückgezogen in Gages Apartment. Er bestellte ein paar Sicherheitskameras für das Innere seiner Wohnung, nur für den Fall, und Kinley tat ihr

Bestes, um sich in einem weiteren Buch zu verlieren, das Gillian ihr geliehen hatte.

Was den Tag anging, so war er intensiv gewesen, aber als Gage am Abend zu ihr ins Bett kroch, war Kinley überraschend entspannt. Eigentlich sollte sie sich aufregen, sich den Kopf über das Zeugenschutzprogramm zerbrechen, sich Sorgen machen, ob das FBI ihr glauben würde – und was Stryker tun würde, wenn er herausfand, dass gegen ihn ermittelt wurde. Aber stattdessen konnte sie an nichts anderes denken als daran, wie schön es sich anfühlte, Gages Arm um sich zu haben und sich an ihn zu kuscheln.

»Gage?«, fragte sie, als sie aneinandergekuschelt unter seiner Decke lagen und er das Licht ausgemacht hatte.

»Ja?«

»Wenn das hier ungewöhnlich ist, ist es mir egal.«

»Mir auch«, erwiderte er und spannte einen Moment lang den Arm um sie an.

Dann schloss sie die Augen und fiel prompt in einen traumlosen Schlaf, zufrieden mit dem Wissen, dass sie in Gages Armen sicher war und dass er wie durch ein Wunder etwas in ihr sah, das er mochte und beschützen wollte. Es war ein berauschendes Gefühl und Kinley wusste, sie würde nie wieder dieselbe sein, sollte er jemals beschließen, dass er sich geirrt hatte, und mit ihr Schluss machen.

»Ich habe sie gefunden«, sagte Simon King zu Stryker.

»Wo?«

»In Texas. Sie hält sich bei diesem Gage auf, genau wie wir vermutet haben. Aber es wird nicht leicht sein, an sie heranzukommen.«

»Warum nicht?«, fragte Stryker.

»Weil sie seine Wohnung nicht oft verlässt. Sie verkriecht sich. Und Gage ist kein Durchschnittsmensch.«

»Scheiße. Und wie lange?«

»Ich weiß es nicht«, antwortete King. »Ich werde nichts tun, mit dem ich meine eigene Freiheit riskiere. Irgendwann wird sie einen Fehler machen und ich werde da sein, um zuzuschlagen, wenn sie es tut. Sie haben allerdings ein anderes Problem.«

»Was denn?«

»Sie hat sich heute mit einem FBI-Agenten getroffen.«

»Scheiße!«, schrie Stryker auf. »Woher wissen Sie das?«

»Na ja, er trug kein Schild um den Bauch, aber wenn Sie glauben, ich erkenne einen verdammten FBI-Agenten nicht, wenn ich einen sehe, sind Sie ein Idiot«, sagte Simon. »Er kam in die Wohnung und war stundenlang da oben. Wenn Sie gehofft haben, dass sie den Mund hält, würde ich sagen, Sie haben verdammt viel Pech.«

»Ich will, dass diese Schlampe leidet«, knurrte Stryker.

Simon war kein Mann, der sich viel um andere kümmerte. Er hatte ein hartes Leben geführt, hatte gelernt, dass der einzige Mensch, auf den er zählen konnte, er selbst war. Er war ein Einzelgänger, der hoch bezahlte Jobs annahm, wenn sein Geld knapp wurde. Normalerweise hätte er diesen Job abgelehnt, denn sich in irgendetwas einzumischen, das mit Politik zu tun hatte, bedeutete, betrogen zu werden, aber er konnte sich die Gage von einer Million Dollar nicht entgehen lassen. Jetzt zwei Millionen. Und er war bereit, geduldig zu sein, zu warten, bis der richtige Moment gekommen war. Und es war ihm auch egal, ob sie leiden würde. Sein Job war es, sie zu töten. Punkt. Auf jede Art und Weise, die der Auftraggeber verlangte.

»Das wird sie«, sagte Simon selbstbewusst zu dem Mann am anderen Ende der Telefonleitung.

»Ich meine es ernst. Schießen Sie ihr nicht einfach in den Kopf und das war's dann. Ich will, dass sie weiß, warum sie verprügelt wird und warum sie einen langen, langsamen Tod stirbt.«

Simon lachte leise. »Sie sind ein bisschen blutrünstig, was?«

»Sie können mich mal«, sagte Stryker. »Mein ganzes Leben steht hier auf dem Spiel, und wenn diese Schlampe denkt, sie kann mich fertigmachen, dann irrt sie sich. Ich habe viele Ärsche geküsst, um dorthin zu gelangen, wo ich jetzt bin, und ein kleiner Niemand wird mir das nicht kaputt machen!«

»Schön. Aber Sie müssen geduldig sein. Ich muss den Zeitplan ihres Freundes beobachten und verstehen. Und herausfinden, wann der beste Zeitpunkt ist, sie zu schnappen.«

»Sagen Sie mir Bescheid, wenn es erledigt ist«, verlangte Stryker.

»Das werde ich.«

»Und rufen Sie mich nur wieder an, wenn Sie gute Nachrichten für mich haben.«

»Ich brauche noch mal fünftausend, um mich über Wasser zu halten.«

Der Botschafter schwieg einen Moment lang am anderen Ende der Leitung. »Sie sind ein Scheißkerl«, fauchte er schließlich.

»Hey, ich schlafe nicht in meinem Wagen«, sagte Simon zu ihm. »Auf keinen Fall. Und ich muss essen. Und es ist nicht einfach, hier unten im Hintergrund zu verschwinden. Ich bin ein großer Kerl, und dieser Delta und seine Freundin werden mich früher oder später bemerken. Jetzt, wo das FBI involviert ist, muss ich untertauchen. Und um das zu tun, brauche ich mehr Kohle. Da ich hier bin, weil *Sie* es wollen, werden Sie mich mit dem versorgen, was ich brauche, um unerkannt bleiben zu können. Sonst könnte ich morgen wieder abreisen, mir wäre das egal.«

»Gut. Fünftausend, aber nicht mehr«, mahnte Stryker. »Sie müssen den Scheiß erledigt kriegen.«

»Das werde ich. In ein paar Wochen, wenn sie nicht mehr ganz so sehr auf der Hut ist und ich weiß, dass die Chance, dass ich erwischt werde, gering ist. War nett, mit Ihnen zu reden«, sagte Simon und legte auf.

Er hasste Drake Stryker, aber er liebte das Geld mehr, als dass er es ablehnte, für den Kerl zu arbeiten.

Er empfand nichts für Kinley Taylor. Sie war nur ein Ziel. Es war nichts Persönliches, es war geschäftlich.

Er würde sie noch eine Weile beobachten, vielleicht ihre Schwächen herausfinden. Jeder hatte welche. Dann würde er sie aus der Wohnung holen und den Job beenden.

Er freute sich sogar darauf, ein wenig Spaß mit ihr zu haben. Es war schon eine Weile her, dass er sich mit einem Ziel Zeit lassen konnte. Die meisten Kunden wollten, dass er ihre Feinde schnell tötete. Damit es wie ein Unfall oder ein zufälliges Verbrechen aussah.

Er lächelte und machte sich eine mentale Notiz, zum Baumarkt zu gehen und etwas Klebeband zu besorgen. Ja, Miss Taylor beizubringen, dass sie sich um ihre eigenen Angelegenheiten hätte kümmern sollen, würde ein Spaß werden ... zumindest für ihn.

KAPITEL DREIZEHN

Kinley hatte keine Ahnung, wie es dazu gekommen war, dass sie nur wenige Kilometer von Gages Wohnung entfernt in einem Restaurant saß und sich mit Devyn, Gillian und Gillians drei Freundinnen Wendy, Ann und Clarissa kaputtlachte.

Sie hatte sich nie mit anderen Frauen verstanden, hatte nie viel mit ihnen gemeinsam gehabt. Aber während der letzten Woche hatte sie sich fast jeden Tag mit Gillian getroffen. Kinley hatte ihr bei der Suche nach Veranstaltungsorten geholfen und nach neuen und aufregenden Möglichkeiten, die sie ihren Kunden anbieten konnte.

Eines Tages, als sie in Gillians und Triggers Wohnung eintraf, war Devyn dort gewesen. Zuerst war sie verlegen gewesen, da sie die andere Frau nicht wirklich kannte, und dann war da noch die unangenehme Tatsache, dass sie Lucky auf ihren Bluterguss hingewiesen hatte. Aber Devyn hatte diesen Tag nicht erwähnt oder irgendetwas darüber, warum sie sich entschlossen hatte, nach Killeen zu ziehen, und erzählte stattdessen lustige Geschichten über Grover und darüber, wie er sie beschützt hatte und ein bisschen ein harter Kerl gewesen war, selbst als sie noch klein waren.

Mit jedem Tag, der verging und an dem kein Bösewicht aus

dem Gebüsch sprang, um ihr aufzulauern, wurde Kinley mutiger und traute sich mehr und mehr, ihren täglichen Geschäften nachzugehen. Aber sie war nicht dumm. Sie verließ immer mit jemand anderem die Wohnung, meistens mit Gage, manchmal mit Gillian, und sie antwortete nie, wenn jemand tagsüber an Gages Wohnungstür klopfte, wenn er bei der Arbeit war – zumindest nicht, wenn sie nicht wusste, wer da sein könnte.

Außerdem erhielt sie fast jeden Tag Anrufe vom FBI. Cruz hatte sich ein paarmal gemeldet, ebenso wie andere Agenten, die ebenfalls an dem Fall arbeiteten. Sie waren immer höflich und aufmerksam, nannten ihren Namen und baten darum, dass sie die Außenstelle in San Antonio zurückruft, um ihre Identität zu überprüfen, bevor sie mit ihnen über den Fall sprach. Es gab ihr ein besseres Gefühl, dass sie so um ihre Sicherheit besorgt waren.

Ein Staatsanwalt aus D.C. hatte ebenfalls angerufen – und ihr gesagt, dass sie den Fall gegen Brown und Stryker vorantreiben würden, sobald sie genügend Informationen hätten. Es wurden Durchsuchungsbefehle für ihre elektronische Ausrüstung ausgestellt, und er hatte ihr gesagt, dass er wenig Zweifel daran hatte, dass sie zumindest wegen Kinderpornografie angeklagt werden könnten.

Die französische Polizei war *sehr* daran interessiert, mit ihr zu sprechen. Die Beamten waren begeistert darüber, dass sie vielleicht endlich eine Spur im Fall des Gassenmörders hatten. Kinley war nicht glücklich über die Möglichkeit, zurück nach Paris zu müssen, um über das, was sie gesehen hatte, verhört zu werden, aber Gage hatte ihr versichert, dass er alles tun würde, um bei ihr zu sein, falls das passieren sollte.

Cruz hatte sie darüber informiert, dass die Dinge sehr schnell voranschreiten würden, zumindest schnell in Bezug auf die Bundesregierung. Er hatte große Hoffnungen, dass sowohl Stryker als auch Brown in einigen Wochen verhaftet werden würden. Und obwohl sie ihr Bestes taten, um die Ermittlungen geheim zu halten, war es möglich, dass Informationen durchsickerten. Wenn und falls das geschah, würde sie noch mehr auf ihre Sicherheit achten müssen.

Während sie froh war, dass die Fälle gegen Stryker und Brown definitiv vorankamen, war sie noch glücklicher, dass es schien, als hätte sie einige wahre Freundinnen gefunden.

Gillian hatte kürzlich erwähnt, dass sie und ihre Freundinnen schon eine Weile nicht mehr ausgegangen waren, also hatten sie beschlossen, sich zu treffen. Und es war ausgerechnet Gage gewesen, der sie gedrängt hatte, einem Abendessen zuzustimmen, was sie überraschte. Er hatte ihr gesagt, dass sie rausgehen und der Welt zeigen müsse, dass sie sich nicht verstecken würde, als hätte sie etwas falsch gemacht.

Erst als er gesagt hatte, dass er, Trigger und Lucky dort sein würden, um auf sie aufzupassen, hatte sie sich überreden lassen teilzunehmen.

Und sie hatte sehr viel Spaß. Sie fühlte sich normal. Wie eine Frau, die mit ihren Freundinnen unterwegs war, ohne auch nur die geringsten Sorgen zu haben. Devyn erzählte ihnen von ihrer abenteuerlichen Jobsuche, die offenbar nicht so gut lief, wie sie gehofft hatte. Die meisten Tierkliniken in der Gegend hatten keine freien Stellen, und da sie keine Referenzen hatte, waren die, die Personal brauchten, ihr gegenüber skeptisch, da sie niemanden hatte, der für sie bürgte.

Ann, Wendy und Clarissa waren so witzig, wie es nur Freundinnen sein können, die sich seit Jahren kennen. Kinley hatte erwartet, dass sie sich vielleicht wie eine Außenseiterin fühlen würde, aber sie hatten keine Mühen gescheut, sie einzubeziehen. Es war ein tolles Gefühl.

»Wendy, wie läuft es mit dir und Wyatt?«, fragte Ann. »Habt ihr schon über das H-Wort gesprochen?«

»Haare? Heuballen? Hummer?«, witzelte Wendy.

Ann rollte mit den Augen. »Heiraten, du Dummchen«, sagte sie.

»Wir sind erst seit etwa sechs Monaten zusammen, dafür ist

es noch ein bisschen früh. Wir können nicht alle so sein wie Gillian und Walker.«

»Hey, zieh mich da nicht mit rein!«, sagte Gillian lachend.

»Ihr seid zusammengezogen und habt euch etwa drei Sekunden später verlobt«, sagte Clarissa.

Es war leicht zu erkennen, dass Gillians Freundinnen sie nur necken wollten, aber das Gespräch war Kinley trotzdem unangenehm.

»Wenn der Mann, der dir nicht aus dem Kopf geht, dich dazu bringt, bei ihm einzuziehen, um dich zu beschützen, würdest du dann Nein sagen?«, fragte Gillian mit einem Lächeln. Sie wartete nicht auf eine Antwort und redete weiter. »Nein. Du würdest zustimmen und die Gelegenheit nutzen, ihn besser kennenzulernen, in der Hoffnung, dass er genauso toll ist, wie du gedacht hast. Und wenn du herausfindest, dass er tatsächlich genauso erstaunlich ist, wirst du nicht zögern, Ja zu sagen, wenn er dir den perfekten Verlobungsring zeigt und dich bittet, den Rest deines Lebens an seiner Seite zu verbringen.«

»Also, wann ist der große Tag?«, fragte Ann.

Gillian lächelte. »Ich bin mir noch nicht sicher. Ich weiß nur, dass es überhaupt nicht aufwendig sein wird. Ich will keine große, ausgefallene Party. Ich habe Walker schon gesagt, dass ich sie *nicht* plane. Ich mache beruflich schon genug von dem Scheiß. Eines Tages werden wir wahrscheinlich einfach zum Standesamt gehen und es hinter uns bringen.«

»Ich werde nie mit einem Typen zusammenziehen«, sagte Devyn wie aus heiterem Himmel.

Alle warfen ihr neugierige Blicke zu.

»Ich meine, nach außen hin sehen sie aus, als hätten sie sich im Griff. Sie sind nett zu alten Damen im Laden und sagen all die richtigen Dinge. Aber wenn man es am wenigsten erwartet, dann *bumm!* Sie wenden sich gegen dich. Sagen verletzende Dinge, lügen, stehlen und kümmern sich nur um sich selbst. Ich werde auf keinen Fall riskieren, mich in jemanden zu verlieben, nur damit er mich mit seiner Masche ködert. Nein danke. Ich werde für die nächste Zeit Single bleiben. So ist es viel einfacher.«

Auf ihre kleine Ansprache folgte Schweigen und selbst Kinley war ein wenig verblüfft.

»Meine Güte, Devyn. Was ist passiert?«, fragte Gillian.

Die andere Frau seufzte. »Das spielt keine Rolle. Ich freue mich für dich und Trigger. Er scheint wirklich ein netter Kerl zu sein. Aber nein. Keine Männer für mich.«

»Weiß Lucky das?«, fragte Ann und gestikulierte mit dem Kopf in Richtung der Männer, die an der Theke saßen.

»Lucky?«, fragte Devyn, wobei sich eine Röte auf ihren Wangen ausbreitete.

»Du weißt, dass er in letzter Zeit besonders aufmerksam war«, sagte Gillian. »Ich habe gehört, wie er Grover neulich nach dir gefragt hat.«

»Was hat er gesagt?«, fragte Devyn.

Alle grinsten über ihr Interesse. »Er wollte nur wissen, wie du dich eingelebt hast und ob du Glück bei der Jobsuche hattest.«

Devyn zuckte mit den Schultern. »Ach, was soll's. Er ist ein Freund von Grover, das ist alles.«

»Ich bin mir da nicht so sicher«, beharrte Gillian. »Walker sagt, er hätte Lucky noch nie so auf eine Frau fixiert gesehen.«

Devyn schnaubte. »Ja, richtig. Mit einem Namen wie Lucky hat er es sicher nicht auf Frauen abgesehen.«

»Er hat diesen Spitznamen nicht, weil er Glück bei den Frauen hat«, sagte Gillian. »Zumindest nicht, soweit ich weiß. Ich schätze, dass er auf Missionen außergewöhnlich viel Glück hat. Zum Beispiel ist er immer zur richtigen Zeit am richtigen Ort. Er wurde einfach öfter nicht erschossen, als sie zählen können, und er scheint immer derjenige zu sein, der die Beweise findet, nach denen sie suchen.«

»Wie auch immer«, sagte Devyn wieder. »Ich bin nicht interessiert.«

»Hmmm«, brummte Clarissa.

»Wirklich nicht«, beharrte Devyn. »Aber egal, ich weiß nicht, warum ihr alle über mich tratscht. Wir sollten lieber Kinley ausfragen, was mit ihr und Lefty los ist.«

»Na so was. Du hast uns gerade eine lange Anti-Männer-Rede gehalten. Warum sollten wir nicht versuchen, *deine* Meinung zu ändern?«, schlug Gillian mit einem Lächeln im Gesicht vor.

Alle lachten.

»Aber jetzt, wo du es erwähnst ... was ist mit dir und Lefty los?«, fragte Clarissa nicht ganz so unschuldig.

Kinley hatte gerade einen Schluck von ihrer Margarita genommen, als sich fünf Augenpaare auf sie richteten, und sie verschluckte sich fast an ihrem Drink. »Ich?«, fragte sie und zermarterte sich das Hirn nach einer Möglichkeit, das Thema zu wechseln, aber sie hatte kein Glück.

»Ja, du. Du lebst quasi mit Lefty zusammen. Sind die Gerüchte wahr? Sind Linkshänder besser im Bett als Rechtshänder?«, fragte Wendy mit einem Lächeln.

Alle kicherten, aber Kinley wurde plötzlich ganz rot vor Verlegenheit. Sie war nicht bereit für diese Art von Geplänkel. Sie hatte noch nie eine Freundin gehabt, mit der sie tratschen konnte. Und sie hatte nicht das Wissen, um über Sex auf eine Art und Weise zu sprechen, die diese Frauen denken ließ, sie sei erfahrener, als sie es war.

Gillian legte ihre Hand auf die von Kinley. »Wir machen uns nicht über dich lustig«, sagte sie leise.

»Ich weiß«, sagte Kinley. »Es ist nur ... ich weiß auch nicht.«

Einen Moment lang herrschte Schweigen am Tisch.

»Du weißt was nicht?«, fragte Clarissa.

»Ich weiß nicht, ob Gage besser im Bett ist als andere Männer, weil ich noch nie Sex hatte.«

Kinley hatte nicht vorgehabt, einfach damit herauszuplatzen, dass sie noch nie Jungfrau war, aber es schien eine neue Angewohnheit von ihr zu sein.

Sie war so ein Sonderling. Warum hatte sie das zugegeben?

»Ernsthaft?«, fragte Ann.

Kinley nahm einen großen Schluck von ihrem Getränk und nickte.

»Ich finde das irgendwie cool«, sagte Wendy. »Ich meine, ich habe meine Jungfräulichkeit verloren, als ich fünfzehn war, und es sofort bereut. Ich wünschte, ich hätte es länger ausgehalten.«

»Nicht wahr?«, stimmte Clarissa zu. »Je älter man ist, wenn man sie verliert, desto besser kennt man sich und weiß, was man mag.«

»Genau«, stimmte Ann zu. »Mein erstes Mal war furchtbar. Es tat so weh, dass ich dachte, ich würde in zwei Hälften geteilt. Und dem Jungen war das scheißegal. Er stieß einfach weiter in mich hinein und versuchte, mich zu befriedigen. Es war ihm egal, dass ich mich unter ihm vor Schmerzen krümmte.«

»Mädels«, sagte Gillian, aber Ann war in Fahrt.

»Ich hatte nicht mal einen Orgasmus, bis ich ungefähr zwanzig war, und selbst dann musste ich mich um mich selbst kümmern, denn der Typ hatte keine Ahnung, was eine Klitoris ist.«

»Habt ihr beim ersten Mal viel geblutet?«, fragte Wendy. »Ich nicht, und ich fand das so merkwürdig, und mein damaliger Freund glaubte nicht, dass ich noch Jungfrau war.«

»Mädels!« Gillian versuchte es erneut, aber ihre Freundinnen schenkten ihr keine Beachtung.

»Oh mein Gott, ich habe alles voll geblutet«, sagte Ann. »Erst als der Kerl fertig war und sich zurückzog, sah er nach unten. Ich schwöre, er dachte, er hätte etwas in mir zerstört. Anstatt dass er mich tröstete, musste ich ihn beruhigen. Er wollte mich fast ins Krankenhaus bringen.«

»Mädels!«, schrie Gillian jetzt fast. »Ihr macht Kinley wahnsinnig!«

Die anderen vier Frauen drehten sich um und sahen Kinley

an, und sie wusste, dass ihr das Entsetzen ins Gesicht geschrieben stand.

»Scheiße, tut mir leid, Kinley. Es war wirklich nicht so schlimm«, sagte Ann kleinlaut.

Kinley konnte es nicht verhindern. Sie lachte. Und als sie einmal angefangen hatte zu lachen, konnte sie nicht mehr aufhören. Aufgrund des Alkohols, den sie getrunken hatte, und in Kombination mit ihrer Verlegenheit kicherte sie einfach weiter. Dann schlossen die anderen sich ihr an, bis alle sechs vor Lachen fast heulten.

»E-es tut mir l-leid«, sagte Kinley, als sie wieder sprechen konnte. »Ann hatte gerade gesagt, dass sie dachte, sie würde sterben, und lenkte dann ein: ›So schlimm war es aber nicht‹«, brachte Kinley heraus. Und das brachte alle wieder aus der Fassung.

Als sie sich endlich beruhigt hatten, wandte Gillian sich an Kinley. »Ich bewundere die Tatsache, dass du nicht nachgegeben hast und Sex hattest, nur um ihn zu haben.«

Kinley hob eine Hand, um sie zu stoppen. »Ich hätte ihn schon vor langer Zeit gehabt, wenn es jemanden gegeben hätte, der daran interessiert gewesen wäre.« Niemand hatte etwas darauf zu erwidern und Kinley wusste, dass sie die Sache nur wieder peinlich gemacht hatte. »Ich bin nicht wie ihr«, sagte sie leise. »Ich bin nicht hübsch. Ich trage kein Make-up. Ich kann keine hohen Absätze tragen, weil mir dann die Füße wehtun, und ich würde wahrscheinlich umknicken, wenn ich versuche, damit zu laufen. Ich bin extrem introvertiert. Nicht viele Jungs haben sich jemals wirklich die Zeit genommen, mich kennenzulernen, und die wenigen, die es getan haben, haben ziemlich schnell gemerkt, dass ich langweilig bin und ihre Mühe nicht wert.«

»Jetzt hör mir mal zu«, sagte Devyn, beugte sich vor und ergriff Kinleys Hand von der anderen Seite des Tisches, »scheiß auf diese Typen. Es ist besser, auf den einen Mann zu warten, der dich *wirklich* versteht, als auf die harte Tour zu lernen, dass sie alle Trottel sind. Und glaub mir, die meisten Männer sind tatsächlich Arschlöcher. Du bist ein wenig eigenartig, Kinley, und wenn andere nicht sehen können, wie cool eigenartig sein kann, ist das ihr Verlust, nicht deiner.«

Kinley wollte wegen der Worte der anderen Frau nicht so emotional werden, aber sie konnte nicht anders.

»Lefty ist einer der guten Männer da draußen«, sagte Gillian zu ihr. »Ich schätze, du kannst nichts falsch machen, wenn du dich von ihm in den Sex einführen lässt.«

»Ich weiß, dass er es ist«, sagte Kinley. »Er ist wahrscheinlich *zu* gut für mich.«

»Vergiss das«, sagte Wendy. »Da spricht jemand anderes aus dir. Ich kenne deine Vorgeschichte nicht, aber du musst zu deiner Einzigartigkeit stehen. Du solltest denken, dass *du* zu gut für die meisten Männer da draußen bist, nicht andersherum.«

»Genau«, stimmte Ann zu. »Warum solltest du dich einfach jedem hingeben? Nein, sie müssen dafür arbeiten. Dir beweisen, dass sie deine Zeit wert sind.«

Kinley lächelte. Das gefiel ihr. Sie war nicht ganz einverstanden damit, aber die Idee gefiel ihr.

»Und jetzt erzähl uns, wie das Zusammenleben mit Lefty läuft«, sagte Gillian. »Ich weiß, dass du wegen der Gefahr, in der du schwebst, dort bist, aber erzähl uns von *ihm*.«

»Warte – du bist in Gefahr?«, fragte Wendy und setzte sich aufrecht hin.

»Was können wir tun, um zu helfen?«, fragte Clarissa.

»Ernsthaft? Was ist los?«, mischte Ann sich ein.

Kinleys Augen füllten sich mit Tränen. Diese Frauen kannten sie nicht wirklich und trotzdem waren sie besorgt. »Danke, Leute, aber Gage hat alles im Griff«, erklärte Kinley ihnen.

»Wenn du irgendetwas brauchst, wir sind da«, sagte Wendy zu ihr.

»Schon gut, schon gut«, sagte Gillian mit einer Handbewegung. »Erzähl uns vom Zusammenleben mit Lefty.«

»Wir schlafen zusammen.«

Als die Augenbrauen aller fünf Frauen in die Höhe schossen, schüttelte Kinley den Kopf. »*Schlafen*. Das war's. Eine Zeit lang lag er auf der Couch, aber eines Morgens, nachdem ich ins Wohnzimmer kam und mit ihm einschlief, beschlossen wir, das Bett zu teilen.«

»Du und Lefty teilt euch ein Bett, aber schlaft nur darin?«, fragte Ann ungläubig.

Kinley nickte. »Er hat mir gesagt, dass ich ihn anfassen kann, wie und wo ich will.«

»Fantastisch«, hauchte Clarissa.

»Und hast du?«, fragte Wendy.

Kinley war es schon wieder peinlich, aber irgendwie machten diese Frauen es ihr leicht, mit ihnen zu reden. Oder vielleicht war es der Tequila in den Getränken. Sie schüttelte den Kopf.

»Warum nicht?«, wollte Ann wissen.

»Ich ... ich will einfach nicht, dass die Dinge seltsam werden«, sagte Kinley. »Na ja, seltsamer, als sie es ohnehin schon sind. Ich liebe es, in seinen Armen zu schlafen, und ich will wirklich nicht, dass er nicht mehr da sein *möchte*.«

»Warum würde er nicht mehr bei dir sein wollen, wenn du ihn anfasst?«, fragte Wendy und klang aufrichtig verwirrt.

»Ich weiß es nicht. Ich schätze, ich habe einfach nur Angst.«

»Kinley«, sagte Gillian ernsthaft, »wenn Lefty sagt, dass es okay ist, wenn du ihn anfasst, dann ist es okay, wenn du ihn anfasst.«

Während der nächsten zehn Minuten gaben die anderen Frauen Kinley alle möglichen Ratschläge, wie und wo sie Gage berühren sollte. Sie war knallrot, als sie fertig waren, aber ihre Ratschläge halfen.

Sie konnte nicht anders, als erneut zu erröten, als Gage, Trigger und Lucky zu ihrem Tisch hinüberwanderten.

»Sieht so aus, als hättet ihr viel Spaß«, stellte Trigger fest.

»Auf jeden Fall«, stimmte Gillian zu. »Aber wir sind bereit zu gehen, nicht wahr, meine Damen?«, fragte sie und zwinkerte Kinley zu.

»Jup, definitiv bereit«, stimmte Wendy zu.

»Tom wartet wahrscheinlich schon sehnsüchtig auf mich«, sagte Ann.

»Und Johnathan weiß nicht, dass er darauf wartet, dass ich nach Hause komme ... aber er tut es«, sagte Clarissa mit einem Lächeln.

Die Jungs schauten nur verwirrt, aber Kinley tauschte einen wissenden Blick mit Gillian.

»Diesmal übernehme ich die Rechnung«, sagte Ann, aber Gage schüttelte den Kopf.

»Ich habe sie schon bezahlt«, erklärte er.

»Arschloch«, murmelte Trigger. »Als du auf der Toilette warst, stimmt's?«

Gage grinste nur.

»Es liegt mir fern, mich darüber zu beschweren, dass jemand anderes das Essen und die Getränke bezahlt«, sagte Ann mit einem Lächeln. »Danke.«

»Gern geschehen«, sagte Gage zu ihr.

Lucky hatte nichts gesagt, aber als die Frauen begannen, vom Tisch aufzustehen, war er da, um Devyn unter die Arme zu greifen. Kinley fragte sich, ob zwischen den beiden mehr war, als Devyn sich hatte anmerken lassen, aber sie dachte nicht lange darüber nach, denn in der Sekunde, in der sie aufstand, schwankte sie gefährlich.

Gage war sofort zur Stelle. Er legte den Arm um ihre Taille und beugte sich hinunter. »Wie viele Margaritas hattest du?«, fragte er.

Kinley zuckte mit den Schultern. »Zwei. Warte ... vielleicht drei?«

Er lachte leise. »Komm schon, du kleine Trinkerin. Bringen wir dich nach Hause.«

Nach Hause. Kinley gefiel der Klang dieser Worte.

Sie verabschiedete sich von den anderen und ließ sich von Gage zu seinem Wagen führen. Er half ihr hinein, bevor er zur Fahrerseite ging. Sie beobachtete ihn, er schien ständig den Kopf zu drehen, um nach Gefahren Ausschau zu halten. Seine Aufmerksamkeit gab ihr ein sicheres Gefühl.

Die Fahrt zurück zu seiner Wohnung verging schnell und bevor sie sichs versah, stand sie in seinem Wohnzimmer. »Schaffst du es, dich fürs Bett fertig zu machen, ohne umzufallen?«

Kinley lächelte zu ihm hoch. Sie war zwar betrunken, nahm aber immer noch alles wahr, was um sie herum geschah. »Jup.«

»Scheiße, bist du süß. Dann geh schon mal. Ich schließe nur die Tür ab und komme dann nach.«

Kinley nickte und ging den Flur entlang zu seinem Schlafzimmer. Sie machte sich keine Gedanken darüber, wohin sie ihre Kleidung warf, als sie sich auszog, sie nahm sich allerdings die Zeit, sich die Zähne zu putzen, bevor sie mit einem weiteren von Gages T-Shirts ins Bett kletterte.

Sie beobachtete, wie er hereinkam und im Bad verschwand. Kurze Zeit später kam er in einer Jogginghose wieder zum Vorschein.

Er legte sich wie jeden Abend ins Bett, aber ausnahmsweise war Kinley nicht damit zufrieden, sich an ihn zu kuscheln und einzuschlafen. Vielleicht war es der Alkohol, der durch ihre Adern floss. Vielleicht lag es an all den Ratschlägen, die sie von den anderen Frauen bekommen hatte, wie sie ihn anfassen sollte. Aber sie wollte heute Nacht mehr als nur schlafen.

Als er sich auf den Rücken legte und den Arm um sie schlang, schob Kinley ein Bein über seinen Oberschenkel und legte ihre Hand auf seinen nackten Bauch. Sie spürte, wie er sich unter ihrer Handfläche zusammenzog – und er versteifte sich, als sie mit den Fingern gegen seinen Hosenbund stieß.

»Kins?«

»Hmmm?«

»Bist du nicht müde?«

Sie sah zu ihm auf und sagte schlicht und ergreifend: »Nein.«

»Verdammt«, fluchte er, während er den Kopf zurück in die Kissen fallen ließ und die Augen schloss.

Kinley zögerte einen Moment, aber als er nicht nach ihrer Hand griff und sie wegschob, lächelte sie und ließ ihre Finger wandern.

Sie zeichnete seinen Waschbrettbauch und die Muskeln entlang seiner Hüften nach, die direkt zu seiner Leiste führten. Diese Muskeln spannten sich unter ihrer Berührung an, aber als er stöhnte und sich bewegte, machte sie weiter.

Als sie ihre Finger unter den Bund seiner Jogginghose schob, merkte sie sofort, dass er keine Unterwäsche trug. Das grobe Haar zwischen seinen Beinen kitzelte an ihren Fingern, aber sie verstummte, als sie seinen harten Schwanz berührte.

»Hör nicht auf«, flüsterte er.

Das war die Bestätigung, die sie brauchte.

Mit langsamen Bewegungen legte Kinley ihre Hand um ihn und erkundete ihn.

Seine Haut war weich, doch sein Schwanz selbst war so richtig hart. Sie konnte spüren, wie er in ihrer Hand pulsierte, und als sie mit ihrer Handfläche zur Spitze und wieder nach unten fuhr, verteilte sich seine Erregung entlang seines Schafts, was es ihr einfacher machte, ihre Hand zu bewegen.

Stöhnend legte Gage sich zu einer Seite, schob seine Jogginghose nach unten, bis sie unter seinem Hintern lag, und befreite seinen Schwanz aus der Enge seiner Kleidung. Weil sie ihn sehen wollte, schob Kinley die Decke beiseite.

Sie spürte, wie sich ihre Brustwarzen unter ihrem Hemd verhärteten, und Nässe bedeckte ihre Oberschenkel. Mutig hatte sie ihre Unterwäsche weggelassen und zum ersten Mal begann sie zu begreifen, wie aufregend Sex sein konnte. So begierig hatte sie sich noch nie bei jemand anderem gefühlt.

Nicht mal beim Ansehen von Pornos war sie so erregt gewesen. Aber Gages Schwanz in ihrer Hand zu spüren und mit eigenen Augen zu sehen, wie sehr es ihm gefiel, was sie mit ihm machte, törnte sie enorm an.

Sie stützte sich auf einen Ellbogen und konzentrierte sich darauf, all die Ratschläge, die sie vorhin bekommen hatte, in die Tat umzusetzen.

Es dauerte nicht lange, bis Gage begann, die Hüfte nach oben zu drücken, während sie ihre Hand nach unten streifen ließ. Sie verfielen in einen Rhythmus, und als sie einen Blick auf Gages Gesicht warf, verlor sie jegliches Interesse daran zu beobachten, was sie mit ihrer Hand tat.

Seine Augen waren geschlossen und er atmete heftig durch die Nase ein und aus. Seine Hände hatte er in die Decke neben seiner Hüften gekrallt und sie konnte sehen, dass seine Brustwarzen fest und hart waren. Alles an ihm war herzzerreißend schön.

Kinley fühlte sich mächtiger, als sie sich jemals zuvor gefühlt hatte. *Sie* schenkte ihm das hier. Sie. Der Sonderling, der früher nie Freundinnen hatte. Ihr war klar, dass er wahrscheinlich auf jede Frau so reagieren würde, die ihre Hand um seinen Schwanz legte, aber sie schob das in den Hintergrund. *Sie* war jetzt hier, und sie war es, die ihm dieses Vergnügen bereitete.

In diesem Moment riss er die Augen auf, als spürte er, dass sie ihn ansah. Sie konnte kaum das Braun seiner Iris sehen, da seine Pupillen stark geweitet waren. Er leckte sich über die Lippen und bevor sie wusste, was er vorhatte, hatte er nach oben gegriffen und sie im Nacken gepackt. Ihr Rhythmus geriet ins Stocken, als er sie nach unten zog und ihre Lippen mit den seinen umschloss.

Als seine Zunge begann, erotisch in ihren Mund ein- und auszustoßen, fand sie mit ihrer Hand ihren alten Rhythmus wieder.

Gage zog seinen Mund von ihrem weg und keuchte: »Ich komme gleich, Süße.«

Es war eine Warnung, die Kinley nicht brauchte. Sie spürte, wie sich seine Hoden zusammenzogen. Sie riss ihren Blick von seinem Gesicht los und sah nach unten. Jeder Muskel in seinem Bauch war angespannt und seine Hüften zuckten krampfhaft, als er seiner Erlösung immer näher kam.

»Kins!«, stöhnte er, als er noch einmal nach oben stieß.

Sie war fasziniert, als Sperma aus der Spitze seines Schwanzes schoss. Sie streichelte ihn weiter und schon bald war ihre Hand mit seiner Flüssigkeit bedeckt. Sie konnte sich ein Lächeln nicht verkneifen, und als er stöhnte und ihre Hand aus dem Weg schob und begann, sich selbst zu streicheln, wie es ihm gefiel, seufzte sie zufrieden.

Die ganze Sache, angefangen an dem Zeitpunkt, an dem sie ihre Finger in seine Hose gesteckt hatte, bis hin zu dem Zeitpunkt, an dem er kam, konnte nicht länger als sechs Minuten gedauert haben, aber es war ihr egal, wie schnell es ging. Sie war begeistert, dass er sich von ihr berühren ließ und dass es ihm nicht peinlich war, vor ihr zum Höhepunkt zu kommen.

Als sie auf ihre Hand hinuntersah, die mit seinem Sperma bedeckt war, hatte sie plötzlich das Bedürfnis zu wissen, wie er schmeckte. Bevor sie darüber nachgedacht hatte, was sie da tat, führte sie ihre Hand zum Mund und leckte zögerlich an ihrem Zeigefinger.

Es war ein wenig salzig und bitter und gar nicht so, wie sie es sich vorgestellt hatte.

Als Gage stöhnte, schaute sie nach unten und sah, dass er sie beobachtete.

Errötend sah sie weg, zum ersten Mal peinlich berührt. Bevor sie sich von ihm wegbewegen konnte, um sich die Hand zu waschen, rollte Gage sich auf die Seite und nahm sie mit sich.

Kinley blickte überrascht zu ihm auf. Ihr T-Shirt war hochgerutscht und sie spürte seine nasse Länge an ihrem Oberschenkel. Er war nicht mehr hart, aber sie konnte nicht anders, als die Beine zu spreizen, um ihm Platz zu machen.

Er atmete immer noch schwer und sie konnte den Ausdruck in seinen Augen nicht deuten. Einen Moment lang hatte sie Angst. Sie war so verletzlich, wie eine Frau nur sein konnte. Gage war größer als sie und sie hatte es ihm sehr leicht gemacht, sich zu nehmen, was er wollte.

Sie verfluchte sich dafür, dass sie kein Höschen angezogen hatte, und starrte ihn unsicher an.

»Du brauchst keine Angst vor mir zu haben«, sagte er leise.

Und einfach so entspannte sich Kinley. Das hier war Gage. Er würde ihr nicht wehtun.

Sie war sich nicht sicher, was sie mit ihrer klebrigen Hand machen sollte, also streckte sie sie zur Seite aus. Aber Gage ließ das nicht zu. Er nahm ihre Hand, verschränkte seine Finger mit ihren und führte ihre Hände zwischen sich zusammen.

»Gage, ich muss mir die Hand waschen.«

»Sex ist schmutzig«, sagte er.

Sie legte den Kopf schief. »Was?«

»Sex ist schmutzig«, wiederholte er. »Das ist nichts, wofür man sich schämen muss.«

»Ähm ... okay.«

»Und nichts ist zwischen uns tabu. *Nichts.*«

Kinley entspannte sich ein bisschen mehr. »Alles klar.«

»Und ich muss sagen, das war verdammt phänomenal. Ich habe nicht annähernd so lange durchgehalten, wie ich es wollte. Ich meine, in der Sekunde, in der du die Hand um mich geschlossen hast, war ich bereit zu explodieren. Nächstes Mal werde ich besser sein.«

Kinley leckte sich über die Lippen und nickte.

»Danke, Süße. Hat dir das Spaß gemacht?«

»Ja.«

»Gut. Und gefällt es dir, wie ich schmecke?«

Sie schloss kurz die Augen, dann versuchte sie, sich daran zu erinnern, dass er gesagt hatte, sie müsse sich nicht vor ihm schämen. Sie öffnete die Augen und begegnete seinem Blick. »Ich wollte nur wissen, wie es schmeckt. Es ist nicht schrecklich, aber ich bin mir auch nicht sicher, ob es so gut ist.«

Er lachte leise. »Zur Kenntnis genommen. Aber fürs Protokoll: Ich kann es verdammt noch mal nicht erwarten, dich zu probieren.«

Jetzt wusste Kinley, dass sie errötete.

Als wüsste er, dass er zu weit gegangen war, rollte Gage sich auf den Rücken und zog sie an seine Seite. Er zog seine Jogginghose wieder hoch und griff nach der Decke.

»Willst du dich nicht frisch machen?«, fragte sie.

»Nicht unbedingt«, murmelte er. »Ich hatte gerade einen unglaublichen Orgasmus und bin müde. Ich halte dich in meinen Armen und ich genieße das Gefühl, dich bei mir zu haben. Ich mag es, wenn du betrunken bist, Kinley, aber merke dir, ich möchte, dass du das noch einmal machst, wenn du nicht gerade völlig betrunken bist, okay?«

Kinley nickte und schloss die Augen. Ihr Körper summte vor Lust, aber es fühlte sich gut an zu wissen, dass Gage keinen Druck auf sie ausübte, sich von ihm berühren zu lassen oder etwas anderes zu tun. Sie mochte es, ihm Lust zu bereiten. Es gefiel ihr zu wissen, dass sie ihn innerhalb von Minuten zum Kommen bringen konnte.

Gerade als sie einnickte, bewegte sich Gage sich unter ihr und beugte sich zu dem Tisch neben dem Bett.

»Was ist los?«, fragte sie.

»Nichts«, sagte er ruhig. »Ich habe nur vergessen, dir das hier vorhin zu geben. Ich habe es online bestellt. Es ist von einer Firma namens FLATOUTbear mit Sitz in Australien. Er ist aus australischem Schafsfell und es ist das Weichste, was ich je in meinem Leben gefühlt habe. Der Körper hat keine Füllung, er besteht nur aus Leder, das vom Schafsfell umhüllt ist. Ich dachte, es würde dir vielleicht gefallen.«

Kinley starrte auf den Teddybären, den er ihr hinhielt. Er war dunkelbraun und sah ein wenig seltsam aus. Der Körper war völlig flach, wie der Name schon andeutete, und er hatte einen leicht schwabbeligen Kopf. Es war eine bemerkenswert süße Geste ... und sie war sich nicht sicher, was sie sagen sollte. Sie griff mit ihrer sauberen Hand nach ihm.

In der Sekunde, in der sie das Plüschtier berührte, verliebte sie sich. Es war das Weichste, was sie je angefasst hatte.

»Nachdem du mir von dem Teddybären erzählt hattest, den du verloren hast, als du klein warst, fühlte ich mich schlecht und wollte ihn ersetzen. Ich werde nicht immer hier sein, um mit dir zu kuscheln, besonders wenn ich im Einsatz bin oder lange arbeiten muss, also dachte ich, dass er dir vielleicht gefällt.«

So etwas hatte noch nie jemand für sie getan. Oh, sie hatte schon Geschenke bekommen, aber keines war so bedeutungsvoll gewesen wie dieses. Da sie den Bären nicht schmutzig machen wollte, legte sie ihn auf Gages Brust und rieb ihre Wange daran. »Ich liebe ihn«, flüsterte sie.

»Das freut mich«, flüsterte er zurück.

Eine Träne entkam ihrem Auge, aber sie bewegte sich nicht. Sie war überwältigt von ihren Gefühlen.

Sie hatte Freunde.

Sie hatte Gage berührt, und es war nicht seltsam gewesen.

Und jetzt hatte Gage ihr das aufmerksamste Geschenk gemacht, das sie je bekommen hatte.

Ihr Leben mochte für jemanden von außen schrecklich aussehen, auf der Flucht vor einem Mörder und der Möglichkeit, gegen einige ziemlich mächtige Politiker aussagen zu müssen, aber Kinley war ehrlich gesagt nie glücklicher gewesen.

KAPITEL VIERZEHN

Eine weitere Woche war vergangen und Lefty war vorsichtig optimistisch. Cruz war in ständigem Kontakt gewesen und hatte sie wissen lassen, dass Brown höchstwahrscheinlich entweder heute oder morgen zum Verhör mitgenommen werden würde. Stryker wurde in Frankreich überwacht und Cruz hoffte, dass die Pariser Polizeibeamten in naher Zukunft auch mit ihm sprechen würden.

Er hatte auch niemand Verdächtiges in der Nähe seines Wohngebäudes herumhängen sehen. Er hatte nicht gespürt, dass jemand sie beobachtete, und er hatte niemanden gesehen, der fehl am Platz wirkte. All das bedeutete nicht, dass niemand da war, aber je mehr Zeit verging, desto größer wurde die Wahrscheinlichkeit, dass derjenige, der hinter ihr her war, entweder nicht herausgefunden hatte, wohin sie verschwunden war, oder kein Interesse mehr hatte, sie zu finden.

Kinley hatte begonnen, ein wenig mehr ohne ihn an ihrer Seite auszugehen. Sie war nicht verrückt genug, um allein durch die Gegend zu ziehen – das war ein sicherer Weg, um Ärger heraufzubeschwören –, aber sie war mit Gillian einkaufen gegangen und hatte Devyn zu einem Vorstellungsgespräch begleitet.

Lefty liebte es, sie aufblühen zu sehen, während sich ihre Freundschaft mit den anderen Frauen vertiefte. Wenn es jemals jemanden gegeben hatte, der Freundinnen brauchte und verdiente, dann war es Kinley.

Aber es war ihre Zeit zu zweit, während der er sich am wohlsten fühlte. Kinley war neugierig und nach dem ersten Abend, an dem sie ihn angefasst hatte, war sie nicht zurückhaltend gewesen, ihn weiter zu berühren. Natürlich machte das die Nächte für ihn zwar angenehm, aber auch frustrierend. Er wollte Kinley so nehmen, wie er es sich erträumt hatte, aber er versuchte immer noch, in ihrem Tempo vorzugehen. Auf keinen Fall wollte er, dass sie sich in irgendeiner Weise unwohl fühlte.

Gestern Abend hatte sie gefragt, ob sie Oralsex an ihm ausprobieren könnte. Da wollte er nicht Nein sagen. Als sie seinen Schwanz in den Mund genommen hatte, musste er sich festhalten und Baseball-Statistiken aufsagen, um nicht in ihrem Mund zu explodieren. Er wusste, was sie vom Schlucken hielt, und obwohl er es genossen hatte, ihren Mund um sich zu haben, wollte er nichts tun, was sie in Zukunft vom Oralverkehr abhalten würde.

Sie hatte ihn mit ihrer Hand befriedigt ... und dann zaghaft gefragt, ob er *sie* vielleicht berühren wolle.

Er hatte eine sehr lange Woche darauf gewartet, dass sie fragte. Es war eine Qual für ihn gewesen, nicht die Hand nach ihr auszustrecken. Er hasste es, ihr nicht die gleiche Freude zu schenken, die sie ihm bereitet hatte. Aber er hatte versprochen, dass er nichts tun würde, wozu sie nicht bereit war.

Keine Sekunde später, nachdem die Worte ihren Mund verlassen hatten, waren seine Finger zwischen ihren Beinen und er hatte sie zum ersten Mal gespürt. Sie war durchnässt und es dauerte nicht lange, bis er *sie* zum Orgasmus gebracht hatte.

Gage war normalerweise kein geduldiger Mann. Als Einzelkind wurde ihm so ziemlich alles gegeben, was er wollte, wann er es wollte. Aber er wusste ohne den geringsten Zweifel, dass das Warten darauf, dass Kinley sich ihm hingab, eines der besten Geschenke sein würde, die er je in seinem Leben bekommen würde. Und er würde warten, wie lange es auch immer dauern würde, bis sie sich wohl dabei fühlte, ihm ihre Jungfräulichkeit zu schenken.

Er hatte sich nie dem Druck aussetzen wollen, mit einer Jungfrau zusammen zu sein. Schon in der Highschool und auf dem College hatte er sich von den unerfahrenen Mädchen ferngehalten. Aber er konnte an nichts anderes denken als daran, wie schön ihr Zusammenkommen sein würde.

Es war Mittagszeit und er hatte gerade mit Kinley telefoniert. Sie wollte in etwa einer Stunde mit Gillian in den Supermarkt gehen. Sie sagte, sie hätte am Abend ein Überraschungsessen für ihn geplant, und er konnte es kaum erwarten. Ihrer Meinung nach war sie nicht die beste Köchin der Welt, sie hatte nie das Verlangen gehabt, es zu lernen, und auch niemanden gehabt, der interessiert genug war, es ihr beizubringen, aber jetzt, wo sie mit ihm zusammenlebte, wollte sie, dass er jeden Abend zu nahrhaften Mahlzeiten nach Hause kam.

Er hatte gerade aufgelegt, nachdem er ihr gesagt hatte, sie solle vorsichtig sein, als er sich umdrehte und sah, dass sein Team ihn beobachtete.

»Was?«, fragte er.

»Sieht so aus, als würde es zwischen dir und Kinley gut laufen«, stellte Brain fest.

Lefty konnte seinen Tonfall nicht deuten. »Das stimmt, aber ich bin mir nicht sicher, was euch das angeht.«

»Es geht uns etwas an, weil du unser Freund bist und wir sie mögen«, mischte Oz sich ein.

»Sie wohnt jetzt seit ein paar Wochen bei dir. Wir wissen, dass ihr Fall schnell voranschreitet, mit den Leuten, die befragt werden, und der Überwachung und allem, aber trotzdem ... Wir sehen dich in letzter Zeit während der Freizeit nicht so oft. Wir wollen nur wissen, dass es ihr gut geht«, sagte Grover.

Lefty war sich nicht sicher, ob er sauer sein sollte, dass seine Freunde denken könnten, es ginge ihr *nicht* gut, oder erfreut, dass sie sich genug um Kinley sorgten, um zu fragen. »Kinley ist ... Sie ist anders«, sagte Lefty und versuchte, die passenden Worte zu finden, um ihre Beziehung zu erklären.

»Das wissen wir«, sagte Lucky. »Deshalb fragen wir uns, was zwischen euch beiden vor sich geht. Wir machen uns auch Sorgen um sie, verstehst du?«

»Was denkt ihr denn? Ich tue so, als würde ich mich um die Tatsache sorgen, dass sie die letzten lebenden Momente eines Mädchens miterlebt hat, nur um ein bisschen Sex zu haben?«

Einen langen Moment sagte niemand etwas und Leftys Worte schienen in dem kleinen Pausenraum, den sie für ihr Mittagessen nutzten, widerzuhallen.

Dann sagte Trigger: »Ich glaube, sie machen sich nur Sorgen um euch beide. Es war für uns alle offensichtlich, wie sehr du sie mochtest, und dann ist sie hier aufgetaucht und du hast sie in deine Wohnung geholt und dich in ihre Probleme eingemischt, ohne einen zweiten Gedanken zu verschwenden. Und du hältst uns über den Fall auf dem Laufenden, aber nicht über eure Beziehung. Wir versuchen nur herauszufinden, wo die Dinge zwischen euch beiden stehen.«

Trigger hatte recht. Er hatte nicht viel über Kinley gesprochen, einfach weil es sich unhöflich anfühlte, und er wollte auf keinen Fall hinter ihrem Rücken über sie reden. Besonders, nachdem sie eingezogen war. So ein Typ war er nie gewesen, und er wollte jetzt nicht damit anfangen.

Er beschloss, die Dinge auf die unverblümteste Weise klarzustellen, die er sich vorstellen konnte. »Ich habe keinen Sex mit ihr.«

Die Gesichter seiner Freunde schwankten zwischen Überraschung und Verwirrung.

»Hast du nicht?«, fragte Brain.

»Nein.«

»Warum nicht?«

Luckys Frage war ein wenig beleidigend, aber Lefty wusste, dass er nicht versuchte, ein Arschloch zu sein.

»Weil sie nicht wie andere Frauen ist. Sie wurde in der Vergangenheit verletzt. Sehr sogar. Stell dir vor, du bist sechs Jahre alt und lebst bei einer Familie. Du magst sie, und alle sind nett zu dir. Die nettesten Menschen, bei denen du je gelebt hast. Sie schlagen dich nicht, lassen dich nicht hungern und ignorieren dich nicht. Dann, eines Tages, kommst du von der Schule nach Hause und sie geben dir einen Müllsack mit deinen Klamotten und sagen dir, dass es ihnen leidtut, aber sie ziehen um und können dich nicht mitnehmen. Dass du bei einer anderen Familie leben musst. Wie würdest du dich dabei fühlen?«

Als Kinley ihm diese Geschichte erzählt hatte, war Lefty stinksauer gewesen. Wie jemand so gefühllos gegenüber einem Kind sein konnte, war ihm unbegreiflich.

Er fuhr fort: »Sie wurde immer wieder im Stich gelassen, bis sie lernte, niemandem außer sich selbst zu vertrauen. Als sie in die Highschool kam, war sie als das ›arme Pflegekind‹ bekannt, das niemand wollte. Sie zog sich zurück und ihre Klassenkameraden machten einen großen Bogen um sie – wenn sie sie nicht gerade mobbten. Irgendwie schaffte sie es, das College zu überstehen und einen tollen Job zu bekommen. Aber dieser Job war in Washington, D.C. und ihr wisst alle so gut wie ich, wie falsch und furchtbar Leute in der Politik sein können. Sie hatte noch nie echte Freunde«, sagte Lefty.

»Bevor sie hier in Texas auftauchte, war ich von ihr fasziniert. In Afrika behielt sie inmitten des Pöbels einen klaren Kopf. Dann unterhielten wir uns und ich merkte, dass sie klug war und ich wirklich gern mit ihr zusammen war. Als wir in Paris waren, haben wir uns noch besser verstanden. Das Entscheidende ist, dass wir in erster Linie Freunde sind. Ich will sie auf keinen Fall in irgendeine Beziehung drängen. Aber – und es kotzt mich an, dass ich *euch* das sage, bevor ich mit *ihr* darüber gesprochen habe – ich möchte, dass sie hierbleibt. Ich möchte sie weiterhin besser kennenlernen. Und ja, ich kann mir vorstellen, für eine sehr lange Zeit mit ihr zusammen zu sein, aber ich gehe es langsam an. Ich möchte sie nicht verängstigen und sie dazu bringen, dass sie entscheidet, ich sei kein guter Kandidat für einen Freund.«

Lefty wusste, dass er zu viel redete. Dass er seine Freunde nicht zu Wort kommen ließ, aber er konnte nicht aufhören. Er holte tief Luft und gab dann etwas anderes zu.

»Sie hatte noch nie einen richtigen Freund. Sie war noch *nie* mit jemandem zusammen ... wenn ihr wisst, was ich meine. Zuerst hat mich das beunruhigt, aber je mehr ich in ihrer Nähe bin, desto schockierter bin ich. Jemand hätte sie sich schon längst schnappen müssen. Sie ist erstaunlich. Großzügig, freundlich und sie hat einen Kern aus Stahl. Das musste sie auch, um ihre Kindheit zu überleben, ohne eine gemeingefährliche Irre zu werden.

Ja, sie lebt mit mir zusammen. Ja, wir schlafen miteinander, aber wir haben keinen Sex. Ich habe sie noch nicht berührt ... nicht oft. Ich will, dass sie mich so sehr will, wie ich sie will. Jede Nacht schlafe ich mit dem Gedanken ein, dass ich der glücklichste Mistkerl der Welt bin, sie an meiner Seite zu haben, und ich möchte jeden einzelnen Menschen in ihrem Leben töten, der ihr das Gefühl gab, ein Stück Dreck an seinem Schuh zu sein. Ich hasse es, dass sie verängstigt ist. Ich hasse es, nicht zu wissen, ob noch jemand hinter ihr her ist, und ich hasse es *wirklich*, dass irgendwann der Zeitpunkt kommt, an dem wir zu einer Mission gerufen werden und ich sie allein lassen muss. Aber ich würde es noch mehr hassen, mich von euch zu trennen, weil ihr nicht verstehen könnt oder wollt, wie besonders sie für mich ist.«

Er war praktisch am Schnaufen, als er fertig war, aber das war Lefty egal. Seine Freunde mussten verstehen, wie wichtig

Kinley für ihn war, und wenn sie irgendetwas taten, wodurch sie sich unwohl fühlte, würden sie sich vor ihm verantworten müssen.

Aber anstatt sauer zu sein, lächelten alle seine Freunde.

»Ich kann nicht glauben, dass du dir eine waschechte Jungfrau gesucht hast«, stichelte Doc.

Lefty zuckte nicht einmal mit der Wimper.

Doc merkte, dass er wahrscheinlich das Falsche gesagt hatte, und machte schnell einen Rückzieher. »Ich meine, das ist toll, Mann. Es spielt keine Rolle, nicht für uns.«

»Kein einziges Wort darüber verlässt diesen Raum«, sagte Lefty zwischen zusammengebissenen Zähnen. »Weißt du was? Ich habe ein bezauberndes Leben geführt. Meine Eltern sind immer noch zusammen und glücklich verheiratet. Ich hatte eine fantastische Kindheit. Ich war verwöhnt, das gebe ich zu. Ich genoss die Highschool und hatte eine Menge Freunde. Ich bin der Armee beigetreten und war stark genug, um es zur Delta Force zu schaffen, und jetzt habe ich in euch allen großartige Freunde. Kinleys Leben war alles andere als einfach. Sie wurde von einem Heim ins andere geschoben, ohne dass eine einzige Familie Interesse daran hatte, sie für immer zu behalten. Ihre Schulzeit war die Hölle, und selbst als sie einen Job in D.C. bekam, war sie immer noch allein. Aber ich weiß tief im Inneren, dass sie hundertprozentig stärker ist als ich. Was sie durchgemacht hat, hätte die meisten anderen gebrochen. Aber stattdessen ist sie nett, mitfühlend, freundlich, und wie durch ein Wunder ... scheint sie *mich* zu mögen.

Wenn ich in ihrer Nähe bin, wird mir klar, wie viel ich verpasst habe. Wir haben eine Verbindung. Eine, die echt ist. Ich liebe es, mit euch rumzuhängen, aber es hat einfach etwas zu wissen, dass sie in meiner Wohnung auf mich wartet, das mich vervollständigt. Ich kann es nicht erklären.«

»Ich habe es verstanden«, sagte Trigger mit einem Nicken. »Es ist schwer zu erklären, bis man eine Frau hat, die man liebt und die einen ebenfalls liebt.«

»Wenn es um Liebe geht, bin ich mir nicht sicher«, sagte Lefty.

Trigger lachte leise und rollte mit den Augen. »Du liebst sie«, sagte er mit Überzeugung. »Wenn du das nicht tätest, würdest du hier nicht stehen und sie verteidigen. Du würdest ein paar Sticheleien von uns einstecken und ansonsten die Klappe halten.«

Lefty dachte einen langen Moment lang darüber nach. Anstatt sich bei dem Gedanken zu gruseln, fühlte es sich richtig an.

»Dass wir uns nach ihr erkundigt haben, lag nicht daran, dass wir neugierig waren«, erklärte Brain ihm, »sondern weil wir Kinley mögen. Und es ist offensichtlich, dass sie dich mit Sternen in ihren Augen ansieht.«

Das fühlte sich gut an.

»Was gibt's Neues in ihrem Fall?«, fragte Oz.

Lefty war froh, dass er das Thema von seiner Beziehung zu Kinley auf etwas lenken konnte, in dem sie alle Experten waren. Er erzählte ihnen von seinem letzten Telefonat mit Cruz.

»Also holen sie Brown heute ab?«, fragte Grover.

»Das ist der Plan«, antwortete Lefty mit einem Nicken.

»Und Stryker wird überwacht? Werden seine Telefongespräche abgehört?«, wollte Lucky wissen.

»Ja.«

»Wie nimmt Kinley alles auf?«, fragte Doc.

»So gut, wie man es erwarten kann. Sie war eine Zeit lang sehr nervös, wollte die Wohnung gar nicht verlassen. Aber ich glaube, es geht ihr schon viel besser, jetzt, wo auch andere wissen, was sie gesehen hat, und sie glauben ihr.«

»Sie muss trotzdem vorsichtig sein«, mahnte Brain.

»Ich weiß, und das ist sie auch. *Wir* sind es. Aber sie ist erwachsen. Ich kann nicht jede Minute des Tages an ihrer Seite sein, und das weiß sie. Ich habe ihr gesagt, wonach sie Ausschau halten muss. Sie geht nicht an die Tür, wenn ich nicht zu Hause bin, solange sie niemanden erwartet. Und sie verlässt das Haus nie allein. Wir sind so vorsichtig, wie wir können, ohne sie zu einer Gefangenen zu machen. Cruz hatte mit uns über das Zeugenschutzprogramm gesprochen, aber wir haben uns dagegen entschieden.«

Sobald die Worte aus seinem Mund kamen, wusste er, dass sie nicht ganz der Wahrheit entsprachen. Sie hatten nie darüber gesprochen, dass sie ins Zeugenschutzprogramm gehen sollte, nachdem Cruz gegangen war. Er hatte ihr gesagt, dass er nicht wollte, dass sie es tat, und sie hatte ihn geküsst und das war's. Der Gedanke, dass sie irgendwo versteckt wurde, wieder einmal ohne Freunde und ohne zu wissen, wem sie vertrauen konnte, war abscheulich. Er hasste das für sie, besonders jetzt, wo sie erfahren hatte, wie wichtig es war, wahre Freunde zu haben.

»Zeugenschutzprogramm, hm?«, fragte Brain. »Das ist eine ernste Sache.«

Lefty nickte. »Stryker ist ein enger Freund des Präsidenten. Ich vermute, dass viele Leute nicht glücklich darüber sind, dass seine schmutzige Wäsche in der Öffentlichkeit gewaschen wird, vor allem, wenn sie beinhaltet, dass er ein Mörder ist.«

»Sie wird also aussagen?«, fragte Oz.

»Ja. Der egoistische Teil von mir wünscht sich, sie würde es nicht tun, weil sie sich damit direkt ins Fadenkreuz von wer weiß wie vielen Leuten begibt, aber davon will sie nichts hören. Das ist nur eine weitere Art, wie sie mich jeden verdammten Tag verblüfft. Sie könnte leicht vergessen, was sie gesehen hat, oder behaupten, sie hätte sich geirrt; stattdessen ist sie entschlossen, für das einzustehen, was richtig ist. Für die ermordeten Kinder in Frankreich und all die anderen, die von Stryker und Brown verletzt worden sein könnten.«

Die Männer schwiegen eine Sekunde lang, dann sagte Brain: »Wenn ihr irgendetwas braucht, egal was, dann wisst ihr, dass ihr nur ein Wort sagen müsst, richtig?«

Lefty nickte. Er war vielleicht nicht immer einer Meinung

mit seinen Freunden, aber er wusste ohne Frage, dass er sie Tag und Nacht anrufen konnte und sie für ihn da sein würden. Für ihn *und* Kinley, besonders jetzt, da sie wussten, wie es um sie stand. »Ich weiß das zu schätzen. Ernsthaft.«

Trigger seufzte. »Jetzt, wo wir das aus dem Weg geräumt haben, sind wir bereit, wieder reinzugehen und herauszufinden, was zum Teufel die Terroristen im Moment vorhaben?«

Alle nickten und begannen, sich aus dem Pausenraum zu begeben. Grover bildete das Schlusslicht und blieb vor Lefty stehen, der die Tür für alle aufhielt. »Ich freue mich für dich und Kinley«, sagte er.

»Freu dich noch nicht zu sehr«, sagte Lefty zu ihm. »Wir sind noch dabei, uns kennenzulernen. Ich bin mir nicht sicher, wo ich bei ihr stehe, und dann ist da noch die ganze Sache mit der Aussage, die wir hinter uns bringen müssen.«

»Ihr werdet es schon schaffen«, sagte Grover, ohne zu zögern. »Sie ist gut für dich, und du bist definitiv gut für sie.«

»Danke, Mann.«

Grover nickte.

»Hast du etwas mehr über Devyns Situation in Missouri herausgefunden?«, fragte Lefty leise.

Grover schüttelte den Kopf. »Nein, und das macht mich wahnsinnig. Mir erzählt sie nur, dass sie erwachsen ist und alles unter Kontrolle hat. Aber ich kann nicht anders, als mir Sorgen zu machen. Du weißt doch, dass sie Leukämie hatte, als sie noch klein war, und das hat dazu geführt, dass wir alle extrem auf sie aufpassen.«

»Sie hatte *Leukämie*?«

Lefty sah zu Lucky hinüber. Weder er noch Grover hatten gesehen, dass er zurückgeblieben war, und er hatte offensichtlich ihr Gespräch mitgehört.

»Ja. Es stand eine Weile auf Messers Schneide, aber sie hat es überstanden, und obwohl sie fast dreißig ist, haben meine anderen Schwestern und ich immer noch das Bedürfnis, auf sie aufzupassen. Ich bin mir nicht sicher, ob Spencer, mein

Bruder, sich um irgendjemanden außer sich selbst kümmert, aber das ist eine andere Geschichte. Wie auch immer, eines Tages bekam ich plötzlich diese Sprachnachricht, in der sie mir mitteilte, dass sie hierher nach Killeen zieht. Es macht keinen Sinn, ich weiß, dass sie das Abenteuer liebt und impulsiv ist, aber ich glaube nicht, dass sie so ohne Weiteres ihren Job gekündigt hätte. Irgendwas stimmt nicht und sie will nicht mit mir reden. Es ist zum Verrücktwerden«, sagte Grover, während er sich mit der Hand durch die Haare fuhr.

Lefty konnte den Blick nicht von Lucky abwenden. Der andere Mann sah extrem aufgewühlt aus, als er die Neuigkeiten über Devyn hörte. Übermäßig sogar. Sie alle hatten Grovers Schwester während der letzten Wochen kennengelernt, aber Luckys Reaktion erschien ein wenig seltsam.

»Wie auch immer, ich werde weiter nachfragen. Sie hat heute Morgen angerufen und gesagt, dass sie den letzten Job, auf den sie sich beworben hat, bekommen hat, also ist das gut. Das bedeutet, dass sie hoffentlich eine Weile hierbleiben wird. Das gibt mir Zeit, mich um sie zu kümmern und dem Rest der Familie Bericht zu erstatten.«

»Sie wird schon mit dir reden«, sagte Lefty beruhigend.

»Das hoffe ich.«

Und damit verließen die beiden Männer den Raum und folgten Lucky auf dem Weg zurück in die Besprechung, die sie vor der Mittagspause begonnen hatten.

Kinley lächelte Gillian an, als sie den Lebensmittelladen verließen und zu ihrem Rav4 gingen. Sie kam sich ein wenig albern vor, weil sie aus dem Abendessen, das sie für Gage geplant hatte, eine so große Sache gemacht hatte, aber Gillian hatte nicht über sie gelacht.

Kinley wusste, dass Gage versuchte, sich gesund zu ernähren, weil er seinen Körper so gut wie möglich in Form halten musste. Er konnte jederzeit zu einem Einsatz gerufen werden und selbst fünf Kilo Fett an seinem Körper konnten den Unterschied zwischen einem effektiven Kampf und einer Belastung für sein Team bedeuten.

Also hatte sie online nach verschiedenen Rezepten für Hühnchen gesucht. Es war mager und voller Proteine, und obwohl sie es nicht mit irgendetwas Dickmachendem überziehen wollte, wollte sie auch mehr tun, als es nur normal zu braten.

Sie hatte ein Rezept für Hähnchen mit Parmesankruste gefunden, das fantastisch aussah, und das Beste daran war, dass das Rezept nicht übermäßig kompliziert zu sein schien. Das war gut, denn Kinley hatte festgestellt, dass sie eine furchtbare Köchin war. Gage konnte sich einfach irgendetwas vorstellen, die Zutaten zusammenwerfen und ein leckeres Essen zubereiten, aber als sie das versucht hatte, schmeckte es wie etwas, das ein Dreijähriger im Garten mit Schlamm und Sand gemacht hatte.

Sie hatte in Gages Schränken nachgesehen und festgestellt, dass sie ein paar Zutaten für das Gericht besorgen musste, und Gillian hatte angeboten, sie zu begleiten. Kinley hatte den Vormittag mit der anderen Frau verbracht und ihr dabei geholfen, sich ein paar Dinge auszudenken, die eine Gruppe von Neunjährigen auf einer Geburtstagsparty mit Piratenthema machen konnte, die lustig und nicht zu kitschig waren, und dann waren sie nach dem Mittagessen zum Laden gefahren.

»Bist du sicher, dass es keine große Sache ist, rüberzukommen und mir zu helfen?«, fragte Kinley Gillian.

»Natürlich. Ich mache das gern. Ich meine, ich bin kein Profikoch, aber zu zweit kriegen wir das Rezept sicher hin, ohne das Haus niederzubrennen.«

Sie kicherten beide. Dann sagte Gillian: »Ich wollte eigentlich nicht fragen ... aber ich muss es tun. Läuft es immer noch gut mit dir und Lefty?«

Kinley wurde rot und nickte. »Wir haben nicht ... du weißt

schon, aber wir kommen voran. Ich bin ehrlich gesagt überrascht, wie sehr ich genieße, was wir zusammen machen. Ich dachte, es würde unangenehm sein, aber stattdessen fühlt es sich völlig natürlich an, und ich verstehe jetzt den Reiz.«

»Den Reiz am Sex?«, fragte Gillian mit einem Schnauben.
»Oh ja, es gibt definitiv einen Reiz«, sagte sie mit einem Lächeln.

Und zum ersten Mal verstand Kinley den Ausdruck der Zufriedenheit, der über das Gesicht ihrer Freundin huschte. In der Vergangenheit hatte sie immer so getan, als wüsste sie nicht, was es damit auf sich hatte, aber nach den letzten paar Nächten, in denen sie den Mut aufgebracht hatte, sich von Gage anfassen zu lassen, hatte sie das Gefühl, eine ganze Menge verpasst zu haben. Aber dann wiederum dachte sie, dass sie nicht dasselbe fühlen würde, wenn es jemand anderes als Gage wäre, der sie berührte. Er hatte einfach etwas an sich. Seit sie ihn getroffen hatte, fühlte sie sich ... wie zu Hause.

Was eine große Sache war, da sie nie wirklich ein Zuhause gehabt hatte. Kein richtiges. Ihre Wohnungen waren immer nur Orte zum Schlafen gewesen. Aber die von Gage war ein Ort der Zuflucht. Ein Ort der Sicherheit. Und wenn er bei ihr war, war es befriedigender, neben ihm zu sitzen und zu lesen, als jede Beziehung, die sie bisher gehabt hatte.

Ja, man konnte mit Sicherheit sagen, dass Gage Haskins das Beste war, was ihr je passiert war. Es war verdammt beängstigend, denn sie hatte immer alles verloren, was ihr etwas bedeutet hatte. Von dem vor langer Zeit verloren gegangenen Teddybären bis hin zu den Pflegeeltern, von denen sie dachte, sie könnte sie lieben.

Wenn sie Gage verlor, würde sie sich nie davon erholen. Kinley wusste das bis ins Mark ihrer Knochen. Sie liebte ihn und fürchtete sich gleichzeitig zu Tode vor ihm. Er hatte die Macht, sie zu zerstören, wenn er mit ihren Problemen oder ihrer Eigenartigkeit nicht zurechtkam. Also war ihr Plan, über ihre Gefühle zu schweigen und abzuwarten, wohin die Zukunft führte.

Wenn Gage sie wollte, wenn er sie wie durch ein Wunder lieben konnte, würde sie nie etwas tun, was ihn dazu bringen würde, seine Meinung zu ändern.

Sie näherten sich gerade Gillians kleinem Geländewagen, als Kinley einen Mann bemerkte, der auf sie zukam. Er hatte eine schwarze Hose und ein weißes, langärmeliges Hemd an. Seine dunkle Krawatte passte zu seiner Hose und ihr kam der Gedanke, dass er wahrscheinlich einer der vielen religiösen Pilger war, die in dieser Gegend verkehrten.

Verärgert darüber, dass sie sich mit ihm auseinandersetzen mussten – denn Kinley versuchte immer, höflich zu sein, auch wenn sie keine Lust hatte, sich eine Rede über die Rettung der Menschheit anzuhören –, war sie überrascht, als der Mann ihren Namen sagte, als er sich näherte.

»Kinley Taylor, ich bin so froh, dass ich Sie gefunden habe.«

Gillian hielt ihren Einkaufswagen an und trat einen Schritt vor Kinley. »Wer sind Sie? Was wollen Sie?«

»Entschuldigung«, rief der Mann und trat einen Schritt zurück. »Mein Name ist Robert Turner. Ich bin vom FBI. Es hat einige Fortschritte in Miss Taylors Fall gegeben und wir glauben, dass sie in Gefahr sein könnte. Ich wurde angewiesen, sie in die nächstgelegene Außenstelle in Austin zu bringen, bis Mr. Haskins benachrichtigt ist und zu ihr kommen kann.«

Kinleys Herz begann, heftig zu klopfen. »Was ist passiert?«

Der Mann blickte sie mitfühlend an. »Walter Brown wurde verhaftet und Drake Stryker wird gerade in Paris verhört. Wir müssen Sie wirklich an einen sicheren Ort bringen, Miss Taylor.«

Gillian streckte ihre Hand aus und sagte: »Wenn Sie wirklich vom FBI sind, zeigen Sie mir Ihren Ausweis.«

Der Mann zögerte nicht. Er griff in seine Gesäßtasche und zog eine lederne Brieftasche heraus. Er klappte sie auf und hielt sie hoch. Auf der einen Seite war ein silbernes Abzeichen, auf der anderen waren die Worte FBI, sein Bild und sein Name zu sehen.

»Gut gemacht, dass Sie nach einem Beweis gefragt haben. Man kann nie vorsichtig genug sein, besonders in Ihrer Situation, Miss Taylor.«

Die Tatsache, dass er sofort seinen Ausweis vorzeigte und sie für ihre Vorsicht lobte, trug viel dazu bei, dass Kinley sich besser fühlte.

Robert Turner war gepflegt und sah ziemlich gut aus. Er war wahrscheinlich nicht ganz eins achtzig groß. Sein Gesicht war glatt rasiert und mit seinen blauen Augen schaute er ihr, ohne zu zögern, direkt ins Gesicht.

»Sie sind nicht sicher, wenn Sie hier draußen im Freien stehen«, mahnte er.

»Hat Cruz Sie geschickt?«, fragte Kinley.

»Cruz? Oh ja. Ja, natürlich. Er wäre selbst hergekommen, aber er ist damit beschäftigt, so viele Informationen wie möglich von den französischen Behörden zu bekommen«, erklärte Robert. Dann drehte er sich um und gestikulierte in Richtung einer schwarzen viertürigen Limousine. »Mein Wagen steht gleich hier.«

Gillian drehte sich um und sah erst Kinley an, dann wieder den FBI-Agenten. Ihre Stirn war gerunzelt und sie wirkte besorgt. »Wie haben Sie Kinley hier im Lebensmittelladen aufgespürt?«

»Ich bin zuerst zu ihrer Wohnung gefahren und ihr Nachbar hat mir gesagt, wohin Sie unterwegs sind. Ich kam hierher in der Hoffnung, Sie zu erwischen«, sagte Robert sanft.

Das machte Sinn. Kinley hatte tatsächlich eine von Leftys Nachbarinnen gesehen, als sie auf dem Weg nach draußen war. Sie hatte mit der älteren Frau ein paar Höflichkeiten ausgetauscht und sie gefragt, ob sie etwas aus dem Lebensmittelladen bräuchte, da sie dorthin unterwegs war.

»Ich denke, wir sollten Cruz anrufen und uns vergewissern, dass das alles echt ist«, sagte Gillian.

Kinley nickte und zückte ihr Handy. Sie tippte Cruz' Nummer ein, die sie sich eingeprägt hatte. Das Telefon klingelte, aber am anderen Ende nahm niemand ab. »Er geht nicht ran«, sagte Kinley.

»Weil er bis zum Hals in Arbeit steckt«, erklärte der FBI-Agent. »Ich bin sicher, er wird Sie anrufen, sobald er ein oder zwei Minuten für sich hat.«

Kinley fühlte sich sofort schuldig. »Sie haben recht«, sagte sie. Nachdem sie ihre Entscheidung getroffen hatte und erleichtert war, dass sowohl Walter als auch Drake in Gewahrsam waren, wandte sie sich an Gillian. »Es tut mir leid«, entschuldigte sie sich. »Ich hatte keine Ahnung, was heute alles passieren würde. Hätte ich das gewusst, hätte ich dich nie in die Öffentlichkeit gebracht.«

»Ist schon okay«, beruhigte Gillian sie.

»Ich frage nur ungern, aber kannst du meine Einkäufe in deine Wohnung bringen, bis ich wieder nach Hause kann? Ich bin mir nicht sicher, wann ich zurückkomme.«

»Natürlich. Mach dir darüber keine Sorgen.«

»Willst du mir später bei der Zubereitung des Hühnchens helfen?«, fragte Kinley.

»Das weißt du doch.«

»Danke.« Kinley sah den FBI-Agenten an. Er wirkte nicht ungeduldig, was sie zu schätzen wusste. Er drehte ständig den Kopf, als würde er permanent nach Gefahr Ausschau halten. Es erinnerte sie an etwas, das Gage tun würde. Sie umarmte Gillian und bedankte sich erneut.

»Hör auf, mir zu danken«, schimpfte Gillian. »Du würdest das sofort für mich tun, und es ist keine große Sache. Ich stelle deine Sachen einfach in meinen Kühlschrank, bis du nach Hause kommst.«

»Okay. Ich rufe dich so bald wie möglich an, um dir zu sagen, was los ist.«

»Das solltest du besser«, drohte Gillian spöttisch. »Geh schon. Wir sehen uns bald wieder.«

Kinley wandte sich an Robert. »Okay, ich bin so weit.«

Der FBI-Agent nickte und gab ihr ein Zeichen, ihm vorauszugehen, als sie zu seinem Wagen gingen. Er öffnete die Tür auf der Beifahrerseite und wartete, bis sie saß, bevor er die Tür schloss und auf die andere Seite joggte. Er sah sie nicht an, als er den Motor startete und aus der Parklücke fuhr.

Kinley blickte zurück zu Gillian und sah sie immer noch in der Mitte des Parkplatzes stehen. Sie winkte, aber Gillian sah sie offenbar nicht, denn sie winkte nicht zurück.

Als sie sich wieder umdrehte, holte Kinley tief Luft. Sie hatte befürchtet, dass so etwas passieren würde, aber ihres Wissens sollte es noch ein paar Tage dauern, bis Stryker von der Pariser Polizei verhaftet wurde. Sie fragte sich, was passiert war, dass sie jetzt schon gegen ihn vorging. Ehrlich gesagt war es eine Erleichterung.

Sie waren schon eine Weile unterwegs und fuhren auf der Schnellstraße nach Süden in Richtung Austin, als Kinley sich vorbeugte, um nach ihrer Handtasche zu greifen.

»Was machen Sie da?«, fragte Robert.

»Ich rufe Gage an. Ich weiß, Sie haben gesagt, dass er auf dem Weg ist, aber ich bin sicher, er macht sich Sorgen um mich.«

»Ich fürchte, das können Sie nicht tun«, sagte Robert.

»Was? Warum nicht?«

»Weil Ihr Telefon abgehört werden könnte.«

»Es ist ein Wegwerfhandy«, informierte Kinley ihn. »So wie Cruz es mir empfohlen hat.«

Sie sah, wie Roberts Kiefer zuckte.

»Was?«, fragte Kinley, die plötzlich sehr nervös war.

Robert sah zu ihr hinüber – und sie erschauderte bei dem Ausdruck in seinen Augen. »Es tut mir fast leid, dass ich das tun muss ... aber nicht wirklich«, sagte Robert.

Kinley runzelte die Stirn. »Was tun?«

»Das hier«, sagte Robert.

Bevor sie wusste, was geschah, schnellte sein Arm hoch und er schlug ihr ins Gesicht.

Kinleys Kopf wurde nach hinten geschleudert und prallte gegen die Glasscheibe auf ihrer Seite. Sie ließ ihre Handtasche fallen und hob die Hände, um ihre pochende Wange zu umfassen.

Bevor sie etwas anderes tun konnte, als sich zu fragen, was zum Teufel da passierte, schlug er sie erneut. Und dann noch einmal.

»Stopp!«, schrie sie und versuchte, die Hände schützend vor ihr Gesicht zu halten, aber Robert – oder wie auch immer er heißen mochte – lachte nur.

»Stryker hat gesagt, ich könne mir Zeit lassen und ein bisschen Spaß mit dir haben ... und ich hatte mich noch nicht entschieden, ob ich dich töten und es schnell hinter mich bringen sollte oder nicht. Ich glaube, ich habe gerade beschlossen, noch etwas zu spielen.«

Seine Worte hatten kaum Zeit, sie zu erreichen, da bewegte sich seine Faust schon wieder auf sie zu.

Sie versuchte auszuweichen, seinen Arm zu ergreifen, aber er war zu schnell. Seine Faust traf ihren bereits pochenden Wangenknochen und dieses Mal war der Schmerz zu groß, als dass sie ihn hätte ertragen können. Sie verlor das Bewusstsein, während in ihren Ohren ein böses Lachen widerhallte.

KAPITEL FÜNFZEHN

Als Kinley zu sich kam, brauchte sie einen Moment, um sich darüber klar zu werden, wo sie sich befand und warum ihr Gesicht so sehr schmerzte. Sie öffnete die Augen – na ja, zumindest eines, das andere war zugeschwollen – und erkannte, dass sie in einer Art Lagerhaus war.

»Du bist endlich wach, hm?«, fragte jemand.

Kinley drehte sich um und sah den offensichtlich falschen FBI-Agenten, der immer wieder einen hölzernen Baseball-schläger in seine Handfläche schlug, während er auf sie zukam. Er hatte sich eine Jeans und ein schwarzes T-Shirt angezogen. Die Krawatte und das weiße Hemd waren verschwunden und er sah ausgesprochen böse aus.

»Du willst nicht mit mir reden? Das ist okay«, sagte er. »Ich ziehe es eigentlich vor, wenn meine Frauen schweigen.«

»Wer sind Sie?«, krächzte Kinley und wollte ihn hinhalten. Wenn sie nur ihr Gehirn zum Arbeiten bringen könnte, würde sie vielleicht einen Ausweg finden.

Verdammt, wem wollte sie etwas vormachen? Sie steckte tief in der Scheiße, und sie wusste es.

Er blieb etwa einen Meter vor ihr stehen und verbeugte sich, als wäre er ein Gentleman aus einer vergangenen Ära.

»Simon King, zu Ihren Diensten«, sagte er mit einem Grinsen. »Und um die Sache klarzustellen, falls du mit dem Gedanken spielst, den morgigen Tag zu erleben ... Stryker hat mich angeheuert, dich zu töten.«

Kinley atmete scharf ein. Verdammt.

»Ich muss zugeben, dass ich mir die zwei Millionen Dollar, die ich für diesen Job bekomme, redlich verdient habe. Ich dachte, es würde einfach sein, dich auszuschalten, aber irgendwie hattest du damals in D.C. Glück. Es wäre schneller gegangen, wenn du dich einfach vor den Zug geworfen hättest.« Er schüttelte den Kopf und lächelte. »Aber du bist abgehauen und hast mich gezwungen, dich zu jagen. Du warst auch schlauer, als ich erwartet hätte, besonders für eine Frau. Ich beobachte dich schon seit Wochen. Ich habe versucht, deinen Zeitplan herauszufinden und mir eine Möglichkeit zu überlegen, wie ich an dich herankomme. Ich dachte schon, ich müsste mir deinen Freund vorknöpfen. Oder die hübsche kleine Stute, die heute bei dir war. Normalerweise versuche ich, keine Kollateralschäden zu hinterlassen, aber in deinem Fall hätte ich eine Ausnahme gemacht.«

Kinley gefror das Blut in den Adern und sie starrte zu dem Mann hoch, der sie töten sollte. Das war der Grund, warum sie überhaupt erst gezögert hatte, nach Texas zu kommen, weil sie niemanden sonst in ihre Probleme hineinziehen wollte. Sie wollte nicht, dass jemand anderes ihretwegen verletzt wurde.

Simon ging in die Hocke und starrte ihr in das eine gute Auge. »Das ist nichts Persönliches. Rein geschäftlich«, sagte er fast beiläufig. »Ich wurde angeheuert, um dich zu töten, und genau das werde ich auch tun. Wie gesagt, es warten zwei Millionen Dollar auf mich, wenn du tot bist.«

»Mich zu töten macht Sie nicht besser als ihn«, sagte Kinley und tat ihr Bestes, um nicht zu weinen.

Simon prustete ein Lachen heraus. »Ist. Mir. Egal«, stieß er hervor. »Ich bin schon so lange in diesem Beruf, wie ich mich erinnern kann. Und bisher hat mich noch niemand erwischt.

Ich bin gut. Der Beste. Alles, was mich interessiert, ist das Geld. Du bedeutest mir nichts. Du bist ein Niemand. Dich zu töten macht mir rein gar nichts aus.«

Er stand auf und Kinley sah, wie er die Finger um den Griff des Schlägers schloss.

»Bist du bereit?«

»Fick dich«, flüsterte sie.

Er grinste. »Nee, das ist nicht meine Masche. Ich stehe auf Schmerz, Schätzchen. Und du wirst gleich erfahren, wie gut ich darin bin, ihn zu verursachen.«

Bevor sie aufspringen und versuchen konnte zu entkommen, schwang Simon den Schläger in seinen Händen.

Kinley schrie auf, als er sie in die Seite traf. Sie spürte, wie etwas brach, und wusste, dass es eine ihrer Rippen war. Dann holte er noch mal aus. Und noch mal.

Trotz des Schmerzes konnte sie erkennen, dass er nicht seine ganze Kraft in die Schläge steckte. Er spielte mit ihr, genau wie er es angekündigt hatte.

Als er es leid war, sie mit dem Schläger zu bearbeiten, begann er, seine Füße zu benutzen. Er trat sie immer und immer wieder und lachte die ganze Zeit über.

Als Kinley glaubte, nichts mehr aushalten zu können, ließ er sich auf die Knie fallen und zog ihren fast widerstandslosen Körper unter sich. Er griff über ihre Brust und schlang seine Hände um ihren Hals.

Kinley griff nach oben und versuchte, sich in sein Gesicht zu krallen, aber er hielt sich knapp außerhalb ihrer Reichweite. Sie schaffte es, ihre Fingernägel in seinen Hals zu schlagen, aber er hielt sie fest, und schon bald konnte sie nur noch daran denken, Luft in ihre Lunge zu bekommen.

Sie hatte keine andere Wahl, als zu seinem Gesicht hinaufzustarren. »Mach dir keine Sorgen, Süße. Ich werde dich noch nicht umbringen. Ich fange gerade erst an.«

Lefty war müde. Seine Arbeitstage waren in letzter Zeit lang gewesen, da sie sich auf eine weitere Mission vorbereiteten. Sie recherchierten über terroristische Gruppen im Nahen Osten und es sah so aus, als würde die Regierung bald ein weiteres hochrangiges Ziel für sie haben.

Er machte sich Sorgen, Kinley zu verlassen, vor allem, wenn das FBI und die Pariser Behörden bald gegen Brown und Stryker vorgehen würden. Es schien, als würde alles um sie herum immer unsicherer werden, je besser die Dinge zwischen ihm und Kinley standen.

Er hatte den ganzen Tag in Besprechungen verbracht – ein paar schwachsinnige politische Themen und andere, die interessanter waren und mögliche zukünftige Fälle betrafen, in die er und sein Delta-Team verwickelt sein könnten. Jetzt freute er sich darauf, nach Hause zu fahren und Zeit mit Kinley zu verbringen.

Als Lefty auf sein Telefon schaute, sah er, dass er einen Anruf von Gillian verpasst hatte, was ein wenig seltsam war. Er wusste nicht, warum Triggers Freundin ihn anrufen sollte.

Er klickte auf die Nachricht – und erstarrte, als er hörte, was Gillian zu sagen hatte.

Hey, Lefty, ich bin's, Gillian. Kinley und ich waren gerade im Lebensmittelladen und ein FBI-Agent hielt uns auf dem Weg nach draußen an und sagte, er wurde geschickt, um Kinley abzuholen und sie nach Austin zu bringen. Er sagte, Walter Brown sei verhaftet worden und Drake werde in Paris verhört. Sein Name ist Robert Turner und er zeigte uns seine FBI-Marke und alles. Kinley versuchte, Cruz anzurufen, aber er ging nicht ran. Es schien alles in Ordnung zu sein, aber nachdem ich es schon einmal vermasselt habe, als ich weder Walker noch dir erzählt habe, dass Kinley in der Stadt war, wollte ich es nicht noch einmal vermasseln, indem ich euch nicht sofort Bescheid gebe. Ich bin sicher, es ist nichts und alles ist in Ordnung, aber ich wollte zumindest anrufen. Wir sprechen uns später. Oh, und ich habe die Lebensmittel, die Kinley gekauft hat, hier in unserer Wohnung, also kannst du jederzeit vorbeikommen und sie abholen. Mach's gut.

Lefty wurde umgehend übel. »Scheiße«, fluchte er und lief so schnell er konnte zu seinem Wagen. Er brauchte mehr Informationen, und er brauchte sie jetzt. Und der beste Weg, diese Informationen zu bekommen, bestand darin, mit Gillian zu reden.

Lefty fuhr so schnell er sich traute und wählte Cruz' Nummer.

Sobald der andere Mann abnahm, sagte er: »Cruz, hier ist Lefty. Bitte sag mir, dass das FBI veranlasst hat, dass Kinley heute abgeholt und nach Austin in Sicherheit gebracht wird.«

Er konnte sehen, dass er den FBI-Agenten überrumpelt hatte, aber Cruz antwortete sofort. »Scheiße. Nein. Nicht dass ich wüsste. Rede mit mir.«

Lefty erzählte ihm alles, was er wusste, und das war nicht viel. »Ich bin gerade auf dem Weg zu meinem Apartmentgebäude. Bleib dran, ich bin auf dem Weg nach oben, um mit Gillian zu reden.« Er lief die Treppe hinauf zu Triggers und Gillians Wohnung. Die Tür wurde fast sofort geöffnet, nachdem Lefty begonnen hatte, dagegen zu hämmern.

Lefty schob sich wortlos an seinem Freund vorbei und suchte nach Gillian. Sie stand in der Mitte des Wohnzimmers, ihre Augen geweitet und besorgt.

»Erzähl mir alles über den Mann, der behauptet hat, ein FBI-Agent zu sein.«

»Er war keiner ... oder?«, fragte sie.

»Ich bezweifle es«, sagte Lefty ihr.

»Ich wollte dich gerade anrufen«, sagte Trigger. »Gillian hat mir erzählt, was passiert ist, sobald ich zu Hause war.«

»Ich habe Cruz auf Lautsprecher«, sagte Lefty. »Gillian, erzähl uns alles, woran du dich erinnerst.«

Das tat sie. Sie erzählte ihnen, wie das Fahrzeug aussah, gab ihnen eine Beschreibung des Mannes, der sich als Agent ausgegeben hatte, wie er sich nannte und alles, was er ihnen gesagt hatte.

»Soweit ich weiß, wurde Brown heute diskret in D.C. aufgegriffen«, erzählte Cruz ihnen. »Ihm werden mehrere Dinge vorgeworfen, das Schwerwiegendste ist Kinderpornografie. Sein Computer im Büro war sauber, aber er hat sein von der Regierung ausgegebenes Handy benutzt, um Videos herunterzuladen, und sein privater Laptop zu Hause war voll von diesem Scheiß. Soweit ich weiß steht Stryker unter Beobachtung. Die Pariser Behörden ermitteln noch und versuchen, Beweise gegen ihn zu sammeln. Sie wollen ihm keinen Hinweis geben, sodass er fliehen kann, bevor sie bereit sind, ihn zu verhaften.«

»Und ohne Kinley ist ihr Fall um einiges schlechter dran«, sagte Lefty. Es war keine Frage und Cruz versuchte nicht einmal, ihm zu widersprechen. »Er hat sie erwischt«, flüsterte Lefty. »Wenn wir sie nicht finden ... ist sie so gut wie tot.«

»Das darfst du nicht denken«, befahl Cruz. »Ich werde Verstärkung anfordern. Gillian sagte, sie seien auf dem Weg nach Austin, also geben wir eine Fahndung nach seinem Wagen heraus und stellen sicher, dass jeder Polizist in der Gegend seine Augen und Ohren offen hält.«

Lefty schätzte Cruz' sofortigen Aufruf zum Handeln, aber er wusste in seinem Inneren, dass es nicht genug sein würde. Er wollte es nicht denken, aber er hatte das Gefühl, dass seine Kinley bereits tot war. Wenn Strykers Auftragskiller effizient war, hätte er ihr eine Kugel in den Kopf gejagt, sobald er sie aus dem Lebensmittelladen weggebracht hatte.

»Oh, Lefty!«, rief Gillian aus. »Fast hätte ich es vergessen, ich habe mir das Kennzeichen des Kerls aufgeschrieben. Kurz bevor er zu weit weg war, dachte ich, es wäre vielleicht eine gute Idee.«

»Gib es mir«, befahl Cruz, der Gillian offensichtlich gehört hatte.

Lefty las die Zahlen und Buchstaben von Gillians Telefon ab, wo sie sie notiert hatte.

»Das ist eine große Sache«, sagte Cruz. »Das ist gut.«

Lefty wollte sich freuen, aber er wusste, dass es immer noch sehr unwahrscheinlich war, dass jemand das Fahrzeug finden würde, bevor es zu spät war. Er senkte den Kopf und bedankte sich bei Cruz. »Halte mich auf dem Laufenden«, bat er.

»Natürlich. Ich muss jetzt auflegen und ein paar Anrufe tätigen«, sagte Cruz entschuldigend.

»Okay. Danke für all deine Hilfe. Das bedeutet mir viel.«

»Ich weiß, dass es sich im Moment nicht gut anfühlt, aber ich habe einige sehr enge Freunde, die schon mal in deiner Lage waren. Sie dachten, alle Hoffnung sei verloren, aber sie haben ein Wunder erlebt. Hör nicht auf, an Wunder zu glauben, Gage.«

Als er seinen Vornamen hörte, zuckte Lefty zusammen. Der einzige Mensch, der ihn Gage nannte, war seine Mutter ... und Kinley. »Bis später«, sagte er und beendete das Gespräch. Er schätzte Cruz' Versuch, ihm Hoffnung zu machen, aber es war im Moment sehr schwer zu glauben, dass ein professioneller Auftragskiller irgendwie einen Fehler machen würde. Es war wahrscheinlich, dass Kinley schon seit Stunden tot war.

»Ich habe Doc eine SMS geschickt und er ruft die anderen an«, sagte Trigger. »Wir machen uns auf den Weg und suchen nach ihr.«

»Und wo?«, fragte Lefty beunruhigt. »Sie könnte inzwischen überall sein. Es ist schon Stunden her, dass sie entführt wurde. Du weißt so gut wie ich, dass die Umgebung um Austin unglaublich weitläufig ist. Er hat ihre Leiche wahrscheinlich schon irgendwo entsorgt. Ganz zu schweigen davon, dass er wahrscheinlich nicht mal nach Süden gefahren ist, da er *sagte*, dass er das tun würde. Er sitzt wahrscheinlich schon in einem Flugzeug nach D.C. *Scheiße!*«

Ohne nachzudenken, drehte Lefty sich um und warf sein Telefon, so fest er konnte. Es flog quer durch den Raum und zerschellte in hundert Stücke, als es auf die Wand traf. Er hörte Gillian schreien, aber er bekam das Bild einer gebrochenen und blutenden Kinley nicht aus dem Kopf, die hilflos irgendwo im Dreck lag. Sterbend oder tot. Und er konnte nichts dagegen tun.

Ausnahmsweise hatte Trigger nichts zu sagen. Er war immer derjenige, der dem Team aufmunternde Worte zusprach und allen sagte, dass sie durchhalten sollten, dass alles in Ordnung kommen würde. Aber Lefty glaubte nicht, dass dieses Mal alles in Ordnung sein würde.

»Nun, wir werden hier nicht einfach rumsitzen und warten«, entschied Trigger schließlich.

Lefty nahm einen tiefen Atemzug und nickte. Er versuchte, sich zusammenzureißen. Kinley brauchte ihn, und er würde verdammt sein, wenn er sie jetzt im Stich ließ.

Kinley hatte keine Ahnung, wie spät es war. Sie wusste nur, dass sie seit einer gefühlten Ewigkeit im Kofferraum von Simons Wagen lag. Sie war sich ziemlich sicher, dass er sich verfahren hatte, was lustig gewesen wäre, wenn sie nicht so viel Angst gehabt und wenn sie nicht so starke Schmerzen gehabt hätte.

Es stellte sich heraus, dass Simon es mochte, sie zu würgen, bis sie ohnmächtig wurde, dann loszulassen und sie wieder zu Bewusstsein kommen zu lassen. Er hatte es mindestens dreimal getan und jedes Mal dachte sie, das war's. Dass sie nun sterben würde. Aber als er sie das letzte Mal gewürgt hatte, merkte sie, dass er sie losließ, sobald sie sich nicht mehr wehrte und schlaff wurde. Sie dachte, dass sie das vielleicht später gegen ihn verwenden könnte. Natürlich nur, wenn es ein Später für sie gab.

Sie hatte praktisch keine Möglichkeit, sich gegen ihn zu wehren. Als sie das letzte Mal das Bewusstsein wiedererlangt hatte, stellte sie fest, dass Simon ihre Hände vor ihr mit Klebeband fixiert hatte, dann hatte er ihr Klebeband um den Oberkörper und die Beine gewickelt. Sie war im Grunde eine Mumie; sie konnte die Arme nicht bewegen, um ihr Gesicht und ihren Hals zu schützen, und sie konnte ihn jetzt auch nicht mehr treten.

Er hob sie ohne große Schwierigkeiten auf und legte sie in den Kofferraum seines Wagens, wobei er lachte, als sie den Kopf drehte und sich übergab, weil die Bewegung so sehr schmerzte. Ihre Augen waren so stark geschwollen, dass sie nur noch durch Schlitze sehen konnte, aber irgendwie war sie noch am Leben.

Während sie im Kofferraum herumrollte und hörte, wie Simon fluchte und etliche Wendungen machte, dachte sie an etwas zurück, das Gillian ihr einmal gesagt hatte. Sie hatte behauptet, dass die Leute im Allgemeinen keine Ahnung haben, wie stark sie sein können, bis sie keine Wahl haben. Kinley hatte sich nie stark gefühlt. Sie hatte ein furchtbares Leben gehabt und sich irgendwie durchgeschlagen, aber sie hatte sich nie für besonders stark gehalten.

Als sie da lag, wurde ihr klar, dass sie stark sein *musste*, wenn sie das hier überleben wollte. Simon hatte sie nicht einfach erschossen, wie es die meisten Auftragsmörder getan hätten. Nein, er hatte beschlossen, ihr so viel Schmerz zuzufügen, wie er konnte. Und er hatte bisher einen verdammt guten Job gemacht. Sie hatte Schmerzen. Schlimme Schmerzen. Aber der Gedanke daran, wie Gage sich fühlen würde, wenn er merkte, dass sie und Gillian reingelegt worden waren, tat noch mehr weh.

Kinley beschloss, alles zu tun, was sie tun musste, um zu überleben. Sie hatte Serien über wahre Verbrechen gesehen und Bücher gelesen. Einige Opfer stellten sich tot und andere wehrten sich. Nun, sich zu wehren kam nicht infrage. Sie hatte es versucht und war dabei gescheitert. Ihre einzige andere Option war es, Simon glauben zu lassen, dass er sie erfolgreich umgebracht hatte.

Natürlich würde das nicht funktionieren und es bestand eine hohe Wahrscheinlichkeit, dass sie nie wieder das Tageslicht sehen würde, vor allem, wenn er ihr einfach in den Kopf schoss.

Kinley wusste auch, dass sie auf sich allein gestellt war. Sie wusste, dass Lefty und seine Freunde ihr Möglichstes tun würden, um sie zu finden ... aber sie würden scheitern. Zum Teufel, Simon hatte offensichtlich keine Ahnung, wo er war, wie sollte Lefty sie da finden? Und den Windungen der Straße nach zu urteilen, auf der sie sich befanden, vermutete Kinley, dass sie sich nicht mehr in der Gegend von Killeen befanden. Ihrer Einschätzung nach waren sie wahrscheinlich irgendwo in den Hügeln um Austin. Ihr Magen drehte sich bei jeder Senke, die das Fahrzeug durchfuhr, und sie war definitiv reisekrank, etwas, das nur passierte, wenn sie in den Bergen war.

Kinley wollte, dass Simon anhielt und gleichzeitig weiterfuhr. Ihre Atemzüge kamen in kurzen Abständen, denn es tat weh, tief einzuatmen, und jede Bewegung ihres Körpers, der im Kofferraum mitrollte, war quälend. Aber sie wusste, wenn er anhielt, würde ihr Albtraum weitergehen. Simon hatte ihr definitiv ein paar Knochen gebrochen, und sie würde nie den Ausdruck der Genugtuung auf seinem Gesicht vergessen, als er über ihr schwebte und seine Hände um ihren Hals legte.

Es konnte zehn Minuten oder eine Stunde später gewesen sein, als sie Simon wieder fluchen hörte und der Wagen endlich langsamer wurde.

Kinley tat ihr Bestes, um sich zu wappnen, und zuckte dennoch zusammen, als der Kofferraum sich öffnete.

Simon stand über ihr. Draußen war es völlig dunkel.

»Zeit zum Sterben«, sagte Simon ruhig, als würde er ihr

etwas so Belangloses wie die Uhrzeit mitteilen. Er beugte sich vor, packte sie an den Schultern, zog sie aus dem Kofferraum und ließ sie auf den Boden fallen. Die Bewegung reichte aus, um schwarze Flecke vor Kinleys Augen tanzen zu lassen. Er hätte ihr genauso gut ein Messer in die Seite rammen können.

Sie versuchte, den Kopf zu heben, aber es tat zu sehr weh, also drehte sie ihn stattdessen. Sie sah, dass sie sich mitten auf einer schmalen Landstraße befanden, und sie hörte etwas, das sich wie Wasser in der Nähe anhörte. Aber sie vernahm keine anderen Geräusche. Keine anderen Fahrzeuge, keine Vögel, keine Geräusche, die auf irgendeine Zivilisation schließen ließen. Es gab sogar Unkraut, das durch den Asphalt wuchs, als wäre die Straße nicht sehr stark befahren, was Kinley den Magen umdrehen ließ.

Simon hatte es offensichtlich eilig, denn er nahm sich nicht die Zeit, sie zu verspotten und ihr genau zu sagen, was er vorhatte, was er bis zu dem Zeitpunkt getan hatte. Er beugte sich einfach über ihre Beine und begann, etwas um sie zu wickeln.

Kinley versuchte, sich gegen ihn zu wehren, aber ihr Versuch war schwach und Simon lachte sie nur aus. Als er mit dem, was er tat, fertig war, grunzte er zufrieden und streckte sich dann wieder über ihre Brust. »Es hat Spaß gemacht, dich fertigzumachen«, sagte er, während er seine Hände noch einmal um ihren Hals legte. »Aber auf mich warten zwei Millionen Dollar und ich muss herausfinden, wo zum Teufel ich bin und wie ich von hier wegkomme. Das war nicht gerade das, was ich geplant hatte, aber ich muss diesen Scheiß erledigen, solange es dunkel ist. Irgendwelche letzten Worte?«

»Karma kennt keine Gnade«, krächzte Kinley. Sie wollte noch mehr sagen, aber sie hatte kaum Zeit, tief durchzuatmen, bevor Simons Griff fester wurde.

Sie wehrte sich instinktiv gegen ihn, weil sie *wirklich* nicht sterben wollte, aber es war sinnlos. Simon war stärker als sie, ihre Hände und Arme waren völlig bewegungsunfähig, und sie konnte absolut nichts tun, um sich zu schützen.

Sie erinnerte sich daran, woran sie im Kofferraum gedacht hatte, und zwang sich, ihren Körper zu entspannen und schlaff zu werden.

Sie geriet innerlich in Panik, als er dieses Mal seine Hände nicht sofort wegzog.

Er wollte sie jetzt *wirklich* umbringen. Mit ihm war nicht mehr zu spaßen.

Kinleys letzter Gedanke, bevor ihre Welt schwarz wurde, war, wie am Boden zerstört Gage sein würde, wenn jemand eines Tages ihre Leiche finden würde.

Simon King fuhr nach Osten, weg von der verdammten Brücke, die er gefunden hatte, und rief die Kontaktnummer an, die er für Drake Stryker hatte. Es klingelte und klingelte, und schließlich ging die Mailbox ran.

Er fluchte über sein Pech und hoffte, diesen verdammten Job bald hinter sich gebracht zu haben, also hinterließ er eine Nachricht.

»Hier ist King. Es ist erledigt. Ich habe ein Foto als Beweis geschickt. Wenn ich das vereinbarte Geld nicht innerhalb von vierundzwanzig Stunden auf meinem Konto habe, hole ich Sie. Verarschen Sie mich nicht, Stryker. Ich bin kein Mann, den Sie verärgern wollen.«

Er beendete das Gespräch und warf das Telefon auf den Sitz neben sich.

Dieser Job war von Anfang an eine einzige Qual gewesen. Er hatte viel länger in diesem verdammten Killeen in Texas herumhängen müssen, als er vorgehabt hatte. Es gab zu viele Soldaten und alle waren so verdammt freundlich. Das machte es schwerer, sich anzupassen, um seine Tarnung nicht auffliegen zu lassen. Er wollte sich seiner Zielperson nicht mitten am Tag und in der Öffentlichkeit nähern, aber sie hatte ihm keine andere Wahl gelassen.

Sie war zu schlau gewesen. Zu misstrauisch. Und natürlich hatte ihr Zusammenleben mit diesem verdammten Delta-Force-Typen nicht gerade geholfen.

Simon lächelte. Aber er hatte es ihr gezeigt. Es hatte Spaß gemacht, sie zu verprügeln. Er liebte es, sie schreien und weinen zu hören. Er hatte nicht immer die Chance zu spielen, wenn er ein Ziel ausschalten sollte. Die Ekstase erfüllte ihn jedes Mal, wenn ihr Körper unter ihm schlaff wurde, wenn seine Hände um ihre Kehle geschlungen waren. Er hätte tagelang mit ihr spielen können ... aber er wollte sein Geld mehr, als ihr Heulen und Flehen zu genießen.

Er hatte einen perfekten Ort gefunden, um sie im Colorado River zu versenken, aber dann hatte er sich verfahren. Die Straßen sahen in der Dunkelheit alle ganz anders aus. Am Ende musste er sich mit der verdammten Brücke begnügen, die er zufällig gefunden hatte. Er hatte ein Foto mit seinem Handy gemacht, nachdem er sie erwürgt hatte, als Beweis für ihren Tod. Er hatte keine Ahnung, wie weit es bis zum Wasser war, aber es klang ziemlich weit, als er einen Stein über die Brücke geworfen hatte. Dann hatte er den Betonklotz an den Knöcheln der Schlampe festgebunden, um sie zu beschweren, und sie hinuntergeworfen.

Das Geräusch, das ihr Körper machte, als er unten aufschlug, war befriedigend auf eine Art, die Simon nicht erklären konnte.

Er fühlte sich gut, weil er einen weiteren Job zufriedenstellend erledigt hatte, und träumte davon, wofür er sein ganzes Geld ausgeben würde, als er blaue Lichter in seinem Rückspiegel sah.

»Scheiße. *Verflixt.* Verdammt noch mal!«, fluchte er. Er holte tief Luft und murmelte: »Bleib ganz ruhig, King. Die haben doch keine Ahnung.«

Sofort setzte er den Blinker und fuhr an den Straßenrand.

Es schien eine Ewigkeit zu dauern, bis der Polizist aus seinem Wagen ausstieg.

Doch anstatt auf ihn zuzugehen, beobachtete Simon, wie er seine Pistole zog.

»Zeigen Sie mir Ihre Hände!«, schrie der Beamte.

Simon krampfte sich der Magen zusammen.

»Scheiße!«, fluchte er erneut. Nicht nur, dass ihm dieser Job vom ersten Tag an auf die Nerven gegangen war, nun sah es auch noch so aus, als wäre er weiterhin vom Pech verfolgt, obwohl er seinen Auftrag inzwischen erfüllt hatte.

Es gab nur einen Grund, warum der Polizist auf ihn zielte, bevor er überhaupt zu seinem Fahrzeug gegangen war, um mit ihm zu reden. Wenn der Kerl ihn festnehmen wollte, würde er jetzt merken, dass Simon King nicht so leicht unterzukriegen war.

Er öffnete die Wagentür und lief eilig in Richtung der Wildnis am Straßenrand, ohne sich umzudrehen.

Lefty saß als Beifahrer in Brains 2008er Dodge Challenger und versuchte, positiv zu bleiben. Es war das Schwerste, was er je in seinem Leben tun musste. Alles in ihm schrie, er solle das in Ordnung bringen. Aber er konnte es nicht. Keiner konnte das.

Sie waren auf dem Weg nach Süden in Richtung Austin, um ziellos umherzufahren, aber Lefty brachte es nicht übers Herz, seinem Team zu sagen, dass es höchstwahrscheinlich nichts nützen würde. Er nahm an, dass die anderen es genauso gut wussten wie er.

Brains Telefon klingelte und Lefty ging ran. Sein eigenes Handy war vollkommen zerstört und es bestand keine Hoffnung, dass es repariert werden konnte, also musste er sich auf seine Freunde verlassen, um Informationen zu bekommen. Lefty bedauerte seinen Ausbruch, vor allem, weil Kinley ihn jetzt nicht mehr anrufen konnte, falls sie auf wundersame

Weise entkam, aber er konnte nicht ändern, was er getan hatte.

»Hallo?«

»Lefty, ich bin's, Oz. Die Polizei hat einen Wagen angehalten, auf den Gillians Beschreibung passt. Dasselbe Kennzeichen und alles.«

Leftys Adrenalinspiegel stieg in die Höhe. »Ernsthaft?«

»Ja.«

»Wo?«

»Auf der Bundesstraße 1431 in Richtung Osten, zurück nach Round Rock.«

»Und?«, fragte Lefty ungeduldig.

»Das ist alles, was wir im Moment wissen.«

»Ist Kinley in dem Wagen?«

»Negativ, zumindest nach dem zu urteilen, was sie sehen können. Allerdings haben sie den Kofferraum noch nicht überprüft.«

Dieser Gedanke führte dazu, dass Lefty sich am liebsten übergeben hätte, aber er beherrschte sich. »Brain, wir müssen auf die 1431. Die liegt im Westen«, sagte Lefty.

»Nun, Mist, könntest du noch ungenauer sein?«, beschwerte sich Brain, der sofort abbremste und den Blinker setzte, um bei der nächsten Ausfahrt abzufahren.

»Ich bin mir nicht sicher, ob es eine gute Idee ist, dorthin zu fahren«, sagte Oz. »Wenn er es geschafft hat, Kinley zu töten ...« Die Stimme seines Freundes verstummte.

»Vergiss es. Wenn dieser Arsch dort ist, dann hat er Kinley entweder irgendwo in dieser Richtung abgeladen oder sie ist bei ihm. So oder so, ich muss dort sein.«

»In Ordnung. Pass auf dich auf. Wenn du und Brain in einen Unfall verwickelt werdet, hilft das Kinley nicht. Wir fahren auch alle in diese Richtung.«

»Danke.«

»Das tun wir gern, das weißt du doch«, sagte Oz. »Bis später.«

Lefty beendete das Gespräch und rief sofort eine Karte auf. »Okay, bieg hier ab und dann rechts. Ich lotse dich zur 1431.«

Brain gab keinen Kommentar ab, sondern lenkte den Wagen nur ein wenig zu schnell, als er die Ausfahrt hinuntereilte.

Fünfundzwanzig Minuten später waren vor ihnen blinkende rote und blaue Lichter zu sehen. Sie waren wirklich mitten im Nirgendwo und Lefty wurde nicht gerade warm ums Herz bei dem Gedanken, was der Täter hier draußen gemacht hatte. Er hielt den Atem an, als sie sich den Fahrzeugen näherten. Brain hielt an und Lefty stieg aus und ging auf den nächsten Polizisten zu, bevor Brain überhaupt den Motor abgestellt hatte.

»Warten Sie«, sagte ein Polizist und hielt ihm die Hand hin. »Bleiben Sie sofort stehen.«

»Wie ist die Lage? Dieser Mann hat meine Freundin entführt«, sagte Lefty eindringlich.

Seine Worte schienen keine Wirkung auf den Polizisten zu haben. »Ich muss Sie bitten, sich zu entfernen«, sagte er streng.

Lefty bemühte sich, um den Mann herum zu sehen, und ihm wurde das Herz schwer, als er den offenen Kofferraum, jedoch keine Kinley in der Nähe sah.

Brain war inzwischen hinter ihm angekommen und er tat sein Bestes, dem Polizisten zu erklären, wer sie waren und warum sie dort waren. Es bedurfte einiger schneller Erklärungen seitens Brain – Lefty hätte kein zusammenhängendes Wort herausbringen können, selbst wenn sein Leben auf dem Spiel gestanden hätte –, aber schließlich rief der Polizist einen Vorgesetzten herbei, um mit ihnen zu sprechen.

»Es tut mir leid, aber außer dem Fahrer war niemand in dem Wagen«, erklärte er ihnen.

»Was ist passiert? Wo ist er? Was hat er über Kinley gesagt?« Lefty feuerte die Fragen auf den armen Mann ab, ohne ihm eine Chance zu geben zu antworten.

»Er ist abgehauen. In der Sekunde, in der der Wagen

anhielt, ist er losgelaufen. Der Polizist verfolgte ihn, konnte ihn aber nicht mehr einholen, bevor er verschwand.«

»Haben Sie Spürhunde angefordert?«

»Wir arbeiten daran«, sagte der Polizist.

Lefty ließ den Kopf sinken und er fuhr sich mit der Hand übers Gesicht. Er konnte es nicht fassen. Sie konnten nicht so nahe herangekommen sein, nur um jetzt zu versagen. Nicht nur, dass Kinley nicht da war, auch der Mann, der sie entführt hatte, höchstwahrscheinlich ein Auftragsmörder, war entkommen.

»Was ist mit dem Wagen? Irgendwelche Anhaltspunkte?«, fragte Brain.

Dem Polizisten schien jetzt unbehaglich zumute zu sein. »Auf dem Beifahrersitz lag ein Feuerzeug und es gibt Hinweise darauf, dass irgendwann jemand im Kofferraum war.«

»Was für Hinweise?«, fragte Lefty und fürchtete sich vor der Antwort.

»Blut. Und eine Rolle Klebeband.«

»Das ist alles?«, hakte Brain nach.

Der Polizist zuckte mit den Schultern. »Da könnte noch mehr sein, aber wir wollten den möglichen Tatort nicht verunreinigen, also haben wir uns zurückgezogen und warten nun auf einen Abschleppwagen. Wir bringen das Fahrzeug zurück aufs Revier und lassen es vom Kriminallabor gründlich untersuchen. Das Gleiche gilt für das Handy.«

Das war alles schön und gut, aber es würde nicht helfen, Kinley zu finden.

Als er ein Geräusch hinter sich hörte, drehte Lefty sich um und sah, dass der Rest des Teams eingetroffen war. Er ging auf die anderen zu, ohne ein weiteres Wort an den Polizisten zu richten. Er hörte, wie Brain sich bei dem Mann für seine Zeit bedankte.

»Was ist hier los?«, fragte Trigger.

»Es ist das Fahrzeug, sie war im Kofferraum, aber sie ist

nicht mehr drin. Der Fahrer ist abgehauen und ist flüchtig«, fasste Lefty zusammen.

»Irgendeine Idee, wo er Kinley versteckt hat?«, fragte Grover.

»Nein. Aber sie ist irgendwo hier draußen. Er wäre nicht auf dieser Straße gewesen, wenn sie es nicht wäre«, sagte Lefty voller Überzeugung.

»Also gehen wir los und suchen sie«, sagte Lucky sachlich.

Brain trat vor. »Wir müssen das koordinieren. Wir können nicht einfach ziellos umherfahren.«

Lefty nickte, aber er löste sich von seinen Freunden und starrte hinaus in die Dunkelheit, die ihn umgab. Er schloss die Augen. Er konnte hören, wie sein Team Pläne schmiedete, wer wo suchen sollte, und wie sich die Polizisten in der Ferne unterhielten.

Er hoffte, dass er bei ihrer Suche nach Kinley irgendwie auf den Mann stieß, der sie entführt hatte. Er würde ihn, ohne zu zögern, umbringen.

Die Zikaden waren laut in der Nacht und das Geräusch beruhigte ihn. Es war dasselbe Geräusch, das er und Kinley von seinem Bett aus gehört hatten, als sie neulich Abend nach einem dieser seltenen Stürme das Fenster geöffnet hatten. Er hatte sie gerade zu einem Orgasmus geleckt und sie hatte sich bei ihm revanchiert, bevor sie es mit ihrer Hand zu Ende gebracht hatte. Sie waren entspannt und glücklich, und sie hatte irgendeine Bemerkung darüber gemacht, wie sie von den Insekten mit einem Ständchen belohnt wurden.

Es schien eine Ewigkeit her zu sein, obwohl er wusste, dass es nur ein paar Tage waren. Der Gedanke, nie wieder ihr leises Kichern zu hören oder sie in seinen Armen zu halten, machte ihn beinahe körperlich krank.

»Halte durch, Kins. Wo immer du bist, halte durch. Ich komme dich holen.«

Seine Worte schienen zu ihm zurück zu hallen, spöttisch in ihrer Aussichtslosigkeit.

»Bereit, Lefty?«, rief Brain.

Lefty hatte keine Ahnung, wie lange er schon am Straßen-rand stand und in die Dunkelheit starrte, aber er schüttelte sich innerlich. »Bereit«, entgegnete er und drehte sich um, um sich seinen Freunden wieder anzuschließen. Wenn jemand Kinley finden konnte, dann war es sein Team.

KAPITEL SECHZEHN

Kinley lag im nassen Schlamm und blieb so still, wie sie nur konnte. Sie hatte den Kopf gedreht, damit sie atmen konnte, aber sie hatte Angst, sich zu bewegen, für den Fall, dass Simon von der Straße aus zuschaute.

Sie erinnerte sich nicht daran, was passiert war, nachdem er sie das letzte Mal gewürgt hatte, aber so, wie ihr Körper schmerzte, wusste sie, dass er sie über die Brücke geworfen haben musste.

Sie lag in dem kalten, matschigen Schlamm eines schnell fließenden Flusses. Wie durch ein Wunder war sie nicht auf den vielen Steinen und Trümmern gelandet, die keine drei Meter von ihr entfernt lagen. Sie war auch nicht in den tiefen Teil des Wassers geschleudert worden.

Es war stockdunkel und Kinley konnte kaum das Wasser sehen, das sie in der Nähe rauschen hörte. Sie nahm an, dass Simon es so eilig gehabt hatte, dass er dachte, der Fluss sei breiter, als er tatsächlich war. Vielleicht so breit wie die Brücke. Aber zu ihrem Glück war er das nicht. Es war noch mehr Glück, dass Simon sich nicht vergewissert hatte, dass sie tot war, bevor er ihre »Leiche« über den Rand geworfen hatte.

Er war ein ziemlich beschissener Mörder – nicht dass sie sich beschwert hätte.

Verdammt, vielleicht war sie sogar tatsächlich tot gewesen oder hatte zumindest nicht geatmet, aber als sie auf dem Boden aufschlug, wurde ihr Körper irgendwie in einen Schockzustand versetzt, sodass sie wieder anfing, Luft zu holen. Sie hatte keine Ahnung, was passiert war. Sie wusste nur, dass sie wie durch ein Wunder am Leben war.

Aber Kinley war klar, dass sie nicht außer Gefahr war. Nicht im Entferntesten. Simon könnte zurückkommen. Es könnte eine Überschwemmung geben. Sie könnte innerlich verbluten – denn irgendetwas stimmte definitiv nicht mit ihr. Sie konnte nicht tief einatmen, und jedes Einatmen fühlte sich an, als würde jemand auf sie einstechen.

Ihr Kopf schmerzte und ihr war übel, was bedeutete, dass sie wahrscheinlich eine Gehirnerschütterung hatte. Ganz zu schweigen davon, dass ihr rechter Knöchel pochte und wahrscheinlich gebrochen war. Der Schlamm hatte ihr das Leben gerettet, aber das bedeutete nicht, dass der Sturz von der Brücke keinen ernsthaften Schaden angerichtet hatte.

Nachdem gefühlt einige Stunden vergangen waren, wusste Kinley, dass sie etwas tun musste. Sie konnte nicht einfach daliegen und hoffen, dass jemand zufällig über die Brücke schauen würde, wenn derjenige mit einer Geschwindigkeit von hundert Stundenkilometern vorbeifuhr ... nicht dass sie während der ganzen Zeit, in der sie im Schlamm gelegen hatte, mehr als zwei Fahrzeuge gehört hätte.

Und jedes Mal, wenn sie einen Wagen gehört hatte, dachte sie, das war's. Dass Simon zurückgekommen wäre, um zu beenden, was er angefangen hatte. Aber als die Fahrzeuge vorbeifuhren, ohne langsamer zu werden, begann Kinley zu begreifen, dass sie in großen Schwierigkeiten steckte. Sie brauchte Hilfe.

Und die konnte sie nur bekommen, wenn sie es irgendwie

schaffte, aus diesem Fluss heraus und auf die Straße zu gelangen.

Aber von hier bis dorthin konnten es genauso gut hundert Kilometer sein. Kinley versuchte, sich zu bewegen, und merkte schnell, dass etwas um ihre Knöchel gebunden war, das sie beschwerte.

Simon hatte wirklich geplant, dass sie im Wasser landete, und wenn sie es irgendwie geschafft hätte, alles andere zu überleben, was er ihr angetan hatte, wäre sie ertrunken.

Tränen liefen ihr aus den Augen und Kinley fühlte eine solche Verzweiflung in sich aufsteigen, dass sie nicht sicher war, ob sie sich selbst aus dieser Situation befreien könnte.

Unter Aufwendung ihrer ganzen Energie rollte sie sich auf den Rücken. Sie wollte schreien, weil die Bewegung ihre Verletzungen noch schlimmer erscheinen ließ als zwei Sekunden zuvor, aber dann hörte sie etwas über das Rauschen des Wassers in der Nähe hinweg.

Zikaden. Sie waren laut, als riefen sie zu ihr. Sie schrien sie an, sich zu bewegen. Dass sie nicht einfach wie ein nutzloser Klumpen Fleisch daliegen sollte.

Sie erinnerte sich daran, wie sie und Gage sie gehört hatten, als sie nach einem der umwerfendsten Erlebnisse ihres Lebens in seinem Bett gelegen hatten.

Allein der Gedanke an Gage gab ihr den Auftrieb, den sie brauchte.

Sie war nicht tot. Simon hatte versagt. Sie weigerte sich, an die Tatsache zu denken, dass er es mit Sicherheit wieder versuchen würde. Nicht nur, weil sie immer noch gegen Stryker aussagen könnte, wenn sie noch lebte, sondern weil er sauer sein würde, dass er beim ersten Mal versagt hatte. Und Kinley wusste, wenn er eine zweite Chance bekäme, würde er dafür sorgen, dass er Erfolg hätte. Sie hätte eine Kugel im Kopf, bevor sie wüsste, was los wäre.

Aber das Wichtigste zuerst. Sie musste das Klebeband von

ihrem Körper bekommen. Sie konnte sich nicht wie ein Wurm aus der Schlucht und dem Flussbett winden.

Es tat weh, sich zu bewegen. Sehr sogar. Solche Schmerzen hatte sie in ihrem ganzen Leben noch nie gespürt. Aber wenn sie zurück zu Gage wollte, musste sie es ertragen.

Sie verlor sich in ihren Gedanken und fragte sich, ob Gage und seine Freunde auf einer Mission jemals verletzt worden waren.

Natürlich waren sie das, immerhin waren sie Delta-Force-Soldaten. Sie sprangen nicht einfach in der Wüste herum und sagten den Leuten, sie sollten »sich benehmen«.

Sie benutzte dieses humorvolle Bild, um sich am Leben zu halten. Sie rieb das Klebeband um ihren Oberkörper an den wenigen Steinen unter ihr und bewegte und verrenkte ihren Körper, so gut sie konnte. Es war unerträglich, aber sie hörte nicht auf.

Es dauerte eine Weile. Eine ganze Weile. Der nasse Schlamm unter ihr schien dabei zu helfen, das Klebeband zu lockern, oder zumindest machte er sie rutschig genug, um sich leichter zu bewegen. Als sie das Band um ihre Taille herunter-geschoben hatte, war es einfacher, ihre Arme zu bewegen, und es dauerte nicht mehr so lange, sich von dem kilometerlangen Band um ihre Hände zu befreien.

Sie wollte das Klebeband, das sie entfernt hatte, gerade so weit wie möglich von sich wegwerfen, als ihr etwas auffiel. Es war wahrscheinlich DNA darauf. Sie hatte gesehen, wie Simon seine Zähne benutzt hatte, um es von der Rolle zu reißen. Sie musste es aufbewahren. Es vor weiterer Verunreinigung schützen.

Ihr Körper protestierte und sie rollte so viel Klebeband zusammen, wie sie konnte, wobei sie darauf achtete, dass das Ende, an dem Simon seine Zähne benutzt hatte, auf der Innen-seite des Balles lag, geschützt vor äußeren Einwirkungen.

Jetzt musste sie das Klebeband um ihre Oberschenkel und Beine herum bearbeiten. Sie konnte sich nicht aufsetzen, der

Schmerz in ihren Rippen war einfach zu groß und das Atmen war fast unmöglich, also ging es wieder langsamer voran. Aber schließlich gelang es ihr, auch das zu entfernen.

Inzwischen hatte der Klebebandball eine beeindruckende Größe und Kinley hatte Zweifel, ob sie ihn mitnehmen sollte. Aber es würde ihr etwas zu tun geben. Sie könnte ihn vor sich her werfen und ihn als Ansporn benutzen, um vorwärtszukriechen.

Das Einzige, was sie noch entfernen musste, bevor sie sich auf den Weg zur Straße machen konnte, war der Betonklotz, der noch an ihren Knöcheln festgebunden war. Sie konnte das Seil nicht erreichen, ohne sich aufzusetzen, und sie konnte diesen brennenden Schmerz nur zehn Sekunden am Stück aushalten, bevor sie sich wieder hinlegen und Luft holen musste.

»Ich kann nicht«, sagte sie laut, nachdem sie sich zum gefühlt hundertsten Mal aufgesetzt hatte, um zu versuchen, das Seil zu entknoten. Sie lag auf dem Rücken im Schlamm und weinte. Sie weinte darüber, wie sehr sie verletzt war und wie sehr sie Gage brauchte.

Sie weinte eine ganze Weile ...

Aber dann hätte sie schwören können, dass sie seine Stimme hörte, die nach ihr rief.

»Gage?«, schrie sie, bekam aber keine Antwort.

Nach einigen weiteren Versuchen, seine Aufmerksamkeit zu erlangen, erkannte sie, dass sie halluzinierte. Gage war nicht da. Keiner war da. Es gab nur sie. Und der einzige Mensch, der sie retten konnte, war sie selbst.

Man weiß nie, wie stark man ist, bis Starksein die einzige Wahl ist, die man hat.

Die Worte gingen ihr immer wieder durch den Kopf. Sie hatte keine andere Wahl, als genau das zu tun. Egal wie weh es tat. Egal wie lange es dauerte. Keiner würde sie hier unten im Schlamm finden. Sie musste sich selbst retten.

Hatte sie nicht eine beschissene Kindheit überlebt?

Hatte sie nicht überlebt, eine Einzelgängerin zu sein?

Hatte sie nicht überlebt, so lange in Washington zu arbeiten, wie sie es tat?

Verglichen damit war das hier ein Kinderspiel.

Okay, nicht wirklich, aber sie verdrängte die Zweifel und machte sich wieder an den Knoten, mit dem der Betonblock an ihrem Körper befestigt war.

Sie musste noch etwa zwanzigmal daran ziehen, aber schließlich, *endlich*, fiel das Seil auf den Schlamm zu beiden Seiten ihrer Füße.

Lächelnd, dann stöhnend darüber, wie sehr sogar *das* wehtat, legte Kinley sich wieder zurück, aber diesmal nicht verzweifelt, sondern triumphierend. Sie hatte es geschafft! Sie hatte sich von dem Klebeband befreit und den verdammten Betonklotz entfernt, der an ihren Knöcheln hing.

Draußen war es immer noch stockdunkel, aber irgendwie fühlte Kinley sich zehnmal leichter, als sie es noch vor zehn Sekunden getan hatte. Mit langsamen Bewegungen rollte sie sich auf den Bauch – und merkte sofort, dass das ungeheuer schmerzhaft war. Sie richtete sich auf Hände und Knie auf und keuchte, als der Schmerz durch ihren Körper schoss. *Oh Gott.*

Obwohl sie eben noch triumphiert hatte, befand sie sich nun wieder in den Tiefen der Verzweiflung. Wie zur Hölle sollte sie aus diesem verdammten Flussbett herausklettern, wenn schon allein der Gedanke an Bewegung schmerzte? Verdammt, selbst das Haar auf ihrem Kopf fühlte sich an, als würde es eine Tonne wiegen und zu schwer sein.

Blut tropfte aus einer klaffenden Wunde an ihrem Kopf und über ihr Gesicht, aber weil ihre Augen so geschwollen waren, nahm sie es kaum wahr. Zähneknirschend griff Kinley nach dem Klebebandknäuel, das sie vorhin entfernt hatte. Sie warf es mit einem schwachen Wurf in Richtung des Ufers. Es landete wahrscheinlich nur wenige Meter von ihr entfernt, und selbst das schien ihr viel zu weit zu sein. Aber sie bewegte zaghaft eine Hand, dann ein Knie und schlurfte vorwärts.

Der Schlamm knirschte unter ihren Fingern und ihr Körper sank in den weichen Boden, aber sie blieb aufrecht.

Sie bewegte die andere Hand und das Knie nach vorn und kippte fast um bei dem Schmerz, der bei der Bewegung durch ihr Becken schoss. Die Tränen fielen ihr jetzt unaufhörlich aus den Augen, aber da sie ohnehin kaum etwas sehen konnte, bemerkte sie es nicht wirklich.

Sie brauchte wahrscheinlich eine Viertelstunde, um die paar Meter bis zu dem Ball aus Klebeband zurückzulegen – aber sie schaffte es.

Kinley drehte sich um und ließ sich auf den Rücken sinken, um sich auszuruhen. Sie konnte die Sterne am Himmel über sich sehen. Sie musste mitten im Nirgendwo sein, denn es gab keine künstliche Beleuchtung, die die Sicht auf die Milchstraße beeinträchtigte.

Sie starrte lange Zeit nach oben, bevor das Geräusch der Zikaden wieder zu ihr durchdrang. Es war, als würden sie sie verhöhnen. Sie herausfordern weiterzugehen. Also mühte Kinley sich erneut ab, um sich auf Händen und Knien abzustützen, und hob das Klebebandknäuel auf. Sie warf es erneut vor sich und kroch langsam und mühselig darauf zu.

Das tat sie wieder und wieder. Und als der Abhang zu steil wurde, um das Knäuel weiter nach oben zu werfen, stieß sie es immer wieder mit dem Kopf an. Es fühlte sich an, als würde sie den Mount Everest besteigen. Es gab Zeiten, da war sie sicher, dass sie es nicht schaffen würde. Sie konnte kaum noch atmen, und jedes Einatmen fühlte sich an, als würde ein Elefant auf ihrer Brust sitzen.

Irgendwann legte sie sich auf den Rücken und machte ein Nickerchen, oder vielleicht wurde sie auch ohnmächtig, sie war sich nicht ganz sicher. Sie wusste nicht, wie viel Zeit vergangen war, als sie aufwachte, da es noch dunkel war, aber sie fühlte sich nicht besser durch diese Pause. Ihre Tränen waren vorerst versiegt und sie hätte für einen Schluck Wasser aus dem Fluss gemordet, den sie schon längst hinter sich gelassen hatte.

Das Einzige, was sie aufrecht hielt, war Gage. Sie behielt den Gedanken an seine braunen Augen im Kopf und jeder Zentimeter, den sie sich vorwärtsbewegte, war für ihn. Sie wollte ihn wiedersehen. Wollte seine Hände auf ihrem Körper spüren. Wollte ihn *in* ihrem Körper spüren. Sie hatte nicht all das in ihrem Leben durchgemacht, um ihn jetzt zu verlieren.

Aber mehr als das wollte sie nicht, dass er sich Vorwürfe machte, weil sie so dumm gewesen war, zu einem Fremden ins Auto zu steigen. Besonders wenn sie wusste, dass jemand versuchte, sie zu töten. Auch wenn er sich hatte ausweisen können, hätte sie es besser wissen müssen. Sie hätte weiter versuchen sollen, Cruz zu erreichen, um die Identität des Kerls zu überprüfen.

Gage würde die Schuld auf sich nehmen, dass sie entführt wurde. Auch wenn er nicht da gewesen war, würde er sich schuldig fühlen. Sie musste leben, und sei es nur, um ihm zu sagen, dass es nicht seine Schuld war.

Also kroch sie weiter. Zentimeter für Zentimeter, voller Schmerz. Ihre Hände und Knie bluteten von den Felsen unter ihr, aber sie spürte sie kaum bei all den anderen Schmerzen.

Als sie endlich am oberen Ende der Schlucht ankam, konnte sie es kaum glauben.

Sie hatte es geschafft.

Jetzt musste sie nur noch zur Straße kriechen. »Nur noch« zur Straße ... richtig. Aber im Vergleich zu dem, was sie gerade vollbracht hatte, war das ein Kinderspiel. Sie musste nur aufpassen, dass sie nicht gleich wieder in Simons Fänge geriet. Sie musste vorsichtig sein, durfte sich nur zeigen, wenn sie sicher war, dass das vorbeifahrende Fahrzeug keine dunkle Limousine war. Aber so langsam, wie sie sich bewegte, war es nicht einfach zu versuchen, die Marke und Farbe eines Wagens zu erkennen und sich dann zu verstecken, wenn es schien, dass es der Auftragsmörder sein könnte.

Aber das Wichtigste zuerst ... sie musste es bis zur Straße schaffen.

Sie hob das Klebebandknäuel auf und warf es noch einmal vor sich her, dann kroch sie ganz langsam darauf zu.

Gage, Gage, Gage, rief sie sich in Gedanken zu, immer und immer wieder. Er würde ihre Belohnung für all den Schmerz und das Leid sein, das sie im Moment empfand.

Zeit hatte keine Bedeutung. Alles, worauf Kinley sich konzentrieren konnte, war das Knäuel Klebeband. Sie ignorierte alles andere. Ihre Kräfte schwanden und sie begann zu glauben, dass sie es nicht mehr bis zur Straße schaffen würde. Nach allem, was sie durchgemacht hatte, wäre das der ultimative Schlag ins Gesicht. Sie durfte jetzt nicht aufgeben.

Es dauerte einen Moment, bis sie merkte, dass sich der Boden unter ihren Händen und Knien verändert hatte.

Er war nicht mehr weich.

Als sie aufblickte, wurde ihr klar, dass sie es geschafft hatte. Sie kniete auf dem Asphalt am Rande einer Straße.

Eine Sekunde lang geriet sie in Panik. Wenn sie auf offener Straße war, konnte Simon sie entdecken. Er würde zu Ende bringen, was er glaubte, schon zuvor geschafft zu haben ... nämlich sie zu töten.

Kinley schüttelte den Kopf. Sie musste das Risiko eingehen. Hoffentlich war er schon lange weg und dachte, sie läge tot auf dem Grund des Flusses. Wenn sie nicht gefunden wurde, würde sie in ein paar Stunden tot sein. Das wusste sie bis in die Tiefe ihrer Seele.

Die Herausforderung, sich aus der Schlucht zu kämpfen, hatte ihren Verstand überwältigt und alles andere verdrängt. Aber jetzt, wo sie es bis zur Straße geschafft hatte, war sie plötzlich erschöpft. Vorsichtig ließ sie sich auf den Boden sinken und drehte sich auf den Rücken.

Es tat weh, sich zu bewegen. Es tat weh zu atmen. Sogar ihre Haut schmerzte. Draußen war es immer noch dunkel, aber sie konnte erkennen, dass der Himmel inzwischen ein kleines bisschen heller war. Sie hatte die ganze Nacht gebraucht, um aus dem Fluss und auf die Straße zu kommen.

Ihre Atemzüge waren flach und jeder einzelne war schmerzhafter als der vorherige. Ihre Finger kribbelten, vielleicht wegen des Sauerstoffmangels, sie hatte keine Ahnung. Aber je länger sie dort am Straßenrand lag, desto mehr entspannte sie sich.

Sie schloss die Augen und fühlte sich, als würde sie schweben. Plötzlich hatte sie keine Schmerzen mehr. Am liebsten hätte sie ein Nickerchen gemacht. Wenn sie nur eine Sekunde ausruhen könnte, würde sie sich besser fühlen.

NICHT EINSCHLAFEN!

Die Stimme war laut in ihrem Kopf und sie zuckte überrascht zusammen, dann stöhnte sie, als die Reaktion ihren geprellten und geschundenen Körper durchschüttelte.

Einen Moment lang hatte sie keine Ahnung, wo sie war und warum ihr alles so wehtat, dann kam alles wieder zu ihr zurück. Sie drehte den Kopf und sah das Knäuel Klebeband neben sich. Wenn nicht bald jemand vorbeifuhr, würde dies ihr Sterbebett sein.

In der Ferne hörte sie ein Geräusch.

Als hätten ihre Gedanken das Fahrzeug herbeigezaubert, tauchten in der Ferne Scheinwerfer auf. Es hörte sich nicht wie eine Limousine an und die Lichter schienen höher über dem Boden zu liegen als bei dem Wagen, den Simon fuhr. Zumindest hoffte sie das.

Da sie wusste, dass sie wahrscheinlich überfahren werden würde, wenn sie sich in die Mitte der Straße schleppte, und auch, dass sie auf keinen Fall aufstehen konnte, um zu versuchen, die Aufmerksamkeit des Fahrers zu erregen, tat Kinley ihr Bestes, um mit dem Arm zu winken.

Die Lichter kamen näher und näher, aber sie wurden nicht langsamer. Das Fahrzeug würde direkt an ihr vorbeifahren.

Kinley wurde das Herz schwer. Ihr Arm pochte, aber sie hörte nicht auf zu winken.

In der einen Sekunde näherte sich das Fahrzeug und in der nächsten flog es quasi an ihr vorbei.

»Nein!«, krächzte Kinley verzweifelt.

Aber in dem Moment, in dem es an ihr vorbeifuhr, sah sie, wie die Bremslichter aufleuchteten, und hörte, wie die Reifen ein wenig quietschten, als der Fahrer versuchte anzuhalten.

Gott sei Dank.

»Bitte sei kein Serienmörder«, flüsterte sie. »Das ist alles, was ich mir im Moment wünsche.«

Sie lag auf dem Rücken und konnte sich nicht mehr bewegen, weil es zu wehtat, also drehte sie den Kopf, um zu beobachten, wie der Wagen ganz langsam rückwärtsfuhr. Er hielt an und sie sah, wie ein Mann aus dem Fahrersitz kletterte und auf sie zu joggte.

Sie blinzelte zu ihm hoch, als er über ihr ragte.

»Heilige Scheiße, sind Sie in Ordnung?«

Es war eine dumme Frage, aber Kinley verzieh ihm. Schließlich hatte er wahrscheinlich noch nie eine blutende und geschlagene Frau am Straßenrand liegen sehen, die fast getötet worden war.

»Nein«, flüsterte sie.

Als wäre das Erscheinen des Mannes alles, worauf sie gewartet hatte, gab ihr Körper endlich nach. Sie hatte es geschafft, sich durch reinen Willen immer weiter zu bewegen. Ihre Gedanken an Gage hatten sie bei Bewusstsein gehalten. Aber jetzt, wo Rettung da war, war es, als würden ihr Geist und ihr Körper abschalten.

Das Letzte, woran sie sich erinnerte, war der Mann, der ein Telefon hervorzog und es sich ans Ohr hielt.

Brain und Lefty waren schon stundenlang unterwegs. Sie hatten keine Ahnung, wonach sie suchten, aber keiner von beiden wollte sich geschlagen geben und nach Killeen zurückkehren.

Lefty starrte aus dem Fenster und hatte Mühe, klar zu

denken. Er war erschöpft und hatte Liebeskummer. Er wollte Kinley einfach nur in die Arme nehmen und ihr sagen, wie sehr er sie liebte, und ihr versprechen, dass er nie wieder zulassen würde, dass jemand sie berührte. Wie er das bewerkstelligen wollte, wusste er nicht, aber irgendwie würde er es schon schaffen.

Das Klingeln von Brains Telefon erschreckte Lefty so sehr, dass er im Sitz zusammenzuckte, aber er erholte sich schnell und griff nach dem Handy.

»'lo?«

»Hier ist Trigger. Sie haben sie gefunden.«

Einen Moment lang drangen die Worte nicht zu ihm durch. Als er sie dann verstand, erstarrte sein ganzer Körper.

»Ist sie ...« Er konnte sich nicht dazu durchringen, die Worte auszusprechen.

»Sie ist auf dem Weg in die Klinik im Westlake Medical Center. Von dort aus wird sie wahrscheinlich nach Fort Worth geflogen.«

Lefty schloss die Augen in fassungsloser Erleichterung. Kinley war am Leben. *Verdammt noch mal, sie war am Leben!*

»Dreh um!«, bellte er Brain zu. »Kinley ist am Leben und auf dem Weg ins Westlake Medical.«

»Echt jetzt?«, keuchte Brain und fuhr bereits an den Straßenrand.

»Wirklich«, entgegnete Lefty.

»Sie ist in schlechter Verfassung«, warnte Trigger.

Und einfach so brach Leftys Erleichterung in sich zusammen.

»Inwiefern schlecht?«, fragte er.

»Ich weiß es nicht. Der Polizist, der mich angerufen hat, hatte keine Details. Aber Lefty ... sie ist am Leben. Wir müssen uns darauf konzentrieren.«

Lefty nickte, aber er konnte sein Gehirn nicht zum Arbeiten bringen. »Wo wurde sie gefunden?«

Trigger erzählte ihm die Details über den Mann, der auf

einer Nebenstraße gefahren war, kilometerweit von dem Ort entfernt, an dem sie gerade suchten, und der eine Frau am Straßenrand hatte liegen sehen, die mit dem Arm winkte und versuchte, ihn zum Anhalten zu bewegen.

»Bist du auf dem Weg ins Krankenhaus?«, fragte Lefty.

»Ja natürlich. Ich weiß nicht, wie lange Kinley dort sein wird, aber ich schätze, die Ärzte werden sie stabilisieren wollen, bevor sie sie in einen Hubschrauber nach Fort Worth verfrachten.«

»Wir werden so schnell wie möglich da sein«, sagte Lefty zu seinem Freund und legte dann auf. »Noch etwa sieben Kilometer, dann bieg rechts ab«, befahl er Brain.

»Wir fahren nicht direkt ins Krankenhaus?«, fragte Brain.

»Nein. Es gibt da etwas, das ich erst sehen muss.«

Brain stellte keine weiteren Fragen, sondern folgte einfach Leftys Anweisungen, als er ihm sagte, wo er abbiegen sollte.

Innerhalb von zwanzig Minuten waren sie an dem Ort angekommen, an dem Kinley gefunden worden war. Er war nicht schwer zu finden, es standen inzwischen drei Streifenwagen am Straßenrand und außerdem ein Einsatzfahrzeug der Spurensicherung. Brain parkte in einiger Entfernung und Lefty stieg aus, ohne ein Wort zu sagen.

Draußen war es jetzt hell genug, um klar zu sehen, und Lefty machte sich nicht die Mühe, einen der Polizisten oder Ermittler anzusprechen, die am Tatort arbeiteten. Er stand einfach am Ende der Brücke über der Schlucht und starrte runter.

Er wusste nicht, was passiert war, aber er konnte es sich vor seinem geistigen Auge vorstellen.

Der Auftragsmörder hatte seine Frau höchstwahrscheinlich von der Seite dieser Brücke geworfen.

Wenn er nach unten sah, schien es kaum möglich, dass sie überlebt hatte. Der Fluss war schnell fließend, aber durch den fehlenden Regen in diesem Sommer noch etwas kümmerlich. Die rechte Seite des Flusses bestand hauptsächlich aus

Schlamm – und nach dem Betonstein mit dem daran befestigten Seil und der tiefen Einbuchtung im Schlamm zu urteilen war Kinley dort gelandet.

Es machte Lefty krank. Aber er zwang sich, noch ein paar Augenblicke dort zu verweilen.

Er sah, wo sie aus dem Schlamm gekrochen und das steile Ufer hinaufgeklettert war. Er sah, wo ihre Spuren unter einigen Bäumen verschwanden. Mit dem Blick verfolgte er den wahrscheinlichsten Weg, den sie genommen hatte, bevor sie auf dem Asphalt am Straßenrand ankam. Dort lag ein Knäuel Klebeband, um das herum orangefarbene Kegel aufgestellt waren.

Aber es war das Blut, das im Morgenlicht auf dem schwarzen Asphalt glänzte, das seinen ganzen Körper gefrieren ließ.

Das war *Kinleys* Blut. Sie hatte dort blutend am Straßenrand gelegen, als der Passant sie bemerkt und den Notruf gewählt hatte.

Lefty war schon oft in lebensbedrohlichen Situationen gewesen. Er hatte genügend Blut gesehen, um gegen die Schrecken des Krieges immun zu sein. Aber dies war kein Krieg, und dies war kein Fremder. Dies war die Frau, die er liebte. Die Frau, die er vor nicht einmal vierundzwanzig Stunden in seinen Armen gehalten hatte.

Der Gedanke, dass sie dem Tod so nahe gewesen war, dass sie immer noch sterben konnte, war zu viel.

Er drehte sich um und übergab sich direkt am Straßenrand. Dann stand er da, vornübergebeugt, die Hände auf den Knien, und versuchte, das Gleichgewicht wiederzuerlangen.

Brain trat neben ihn und legte ihm eine Hand auf die Schulter. »Sie ist am Leben, Mann. Das musst du dir vor Augen halten.«

Lefty nickte, aber es fiel ihm schwer, sich zu bewegen.

»Komm schon. Sie braucht dich.«

Diese drei Worte waren das, was Lefty hören musste. Er

stand auf und wischte sich mit dem Handrücken den Mund ab. Er nickte Brain zu und die beiden gingen zurück zum Wagen.

Ohne ein weiteres Wort fuhr Brain in Richtung Austin.

Lefty würde nie erfahren, warum der Auftragsmörder diese Straße gewählt hatte. Diese Brücke. Aber er war dankbar. Wäre der Schlamm nicht gewesen, hätte Kinley sich den Kopf an den Felsen aufgeschlagen. Oder sie hätte ertrinken können. Er wusste, dass die Möglichkeit bestand, dass sie an den Komplikationen ihrer Tortur starb, aber tief in seinem Inneren hatte er das Gefühl, dass es ihr gut gehen würde. Er hatte immer geglaubt, dass sie einen Kern aus Stahl hatte, und zu sehen, wo sie einen brutalen Kampf um ihr Leben geführt hatte, bestätigte das nur.

Halte noch ein wenig durch, Kins. Du schaffst das.

KAPITEL SIEBZEHN

Erst war Kinley bewusstlos, dann war sie hellwach. Aber sie ließ sich nichts anmerken. Wenn Simon noch da war, musste sie sich tot stellen. Das wusste sie so genau, wie sie wusste, dass ihr Name Kinley Taylor war.

Aber in der Sekunde, in der sie Gages tiefe, vertraute Stimme hörte, entfuhr ihr ein Seufzen.

Hatte Simon ihn auch entführt? War sein Leben in Gefahr?

»Kins?«, fragte Gage und sie hörte sein erschrockenes Einatmen.

Sie versuchte zu sprechen. Es kam nichts als ein Krächzen heraus.

»Ganz ruhig, Süße. Es ist alles in Ordnung mit dir. Du bist in Sicherheit, verstehst du?«

Es war, als wüsste er genau, was sie hören musste. Sie nickte, und selbst diese leichte Bewegung tat weh.

»Du hast mehrere gebrochene Rippen, einen gebrochenen Knöchel, eine deiner Lungenflügel wurde punktiert und du hast eine schwere Gehirnerschütterung. Die Ärzte hatten dich für eine Weile in ein künstliches Koma versetzt, um deinen Körper heilen zu lassen. Aber dir geht es gut. Du bist am Leben und ich bin hier.«

Seine Worte klangen, als würden sie in ihrem Kopf umherschwirren, und sie wollte verzweifelt die Augen öffnen und ihm sagen, dass sie ihn liebte, wie die Gedanken an ihn ihr geholfen hatten, am Leben zu bleiben, aber sie war so unglaublich müde.

»Entspann dich einfach, Kins. Ich bin da.«

Sie drückte seine Hand und fiel erneut in einen seligen Schlaf, wo sie keine Schmerzen mehr spürte.

Lefty war in seinem ganzen Leben noch nie so erleichtert gewesen.

Es vergingen drei lange Tage. Als er Kinley zum ersten Mal gesehen hatte, nachdem er endlich in ihr Zimmer im Krankenhaus in Fort Worth gelassen worden war, hatte es ihn alles gekostet, sich nicht erneut zu übergeben.

Sie sah immer noch furchtbar aus.

Ihr Gesicht war geschwollen und geprellt. Ihre Lippen waren rissig und aufgesprungen von einer offensichtlichen Prügelattacke. Die blauen Flecke an ihrem Hals waren entsetzlich und erzählten ihre eigene Geschichte. Sie war gewürgt worden. Mehr als einmal, nach den sich überlappenden fingerförmigen Blutergüssen zu urteilen. Ihre Handflächen und Knie wiesen tiefe Schnitte auf, weil sie in Sicherheit gekrochen war.

Eines Abends, als die Krankenschwester kam, um sie zu baden, hatte er die schrecklichen Prellungen an ihrem Oberkörper gesehen, von denen die Polizei annahm, dass sie von dem Baseballschläger stammten, den sie auf dem Rücksitz des Wagens des Auftragsmörders gefunden hatten.

Der Gedanke, dass seine Kinley fast zu Tode geprügelt worden war, war nahezu unerträglich.

Aber irgendwie war sie immer noch hier. Lebendig.

Es musste einen Grund geben. Der Mörder hatte *zweimal* versucht, sie zu töten, und beide Male versagt.

Das war nicht möglich.

An ihrer Seite sitzend wusste Lefty, dass er sein Leben nicht ohne sie verbringen wollte. Sie war die Eine für ihn. Alles an ihr beeindruckte und faszinierte ihn, und er wollte nicht einen Tag vergehen lassen, ohne mit ihr zu reden. Mit ihr zu lachen. Er brauchte sie in seinem Leben.

Als er da saß und Kinleys Hand hielt, klopfte es an der Tür. Er drehte sich um und sah, wie seine Mutter den Kopf reinsteckte.

Seine Teamkameraden hatten sich ebenfalls mit Besuchen abgewechselt, waren von Killeen hergefahren, um für ein paar Stunden nach ihm zu sehen und sich zu vergewissern, dass es ihm gut ging. Es bedeutete ihm alles, seine Freunde an seiner Seite zu haben und zu sehen, dass sie sich genauso um sie sorgten.

Gillian und Devyn waren ebenfalls aufgetaucht. Gillian fühlte sich schuldig, weil sie Kinley nicht davon abgehalten hatte, mit dem falschen FBI-Agenten mitzugehen, aber Lefty hatte ihr versichert, dass es nicht ihre Schuld war. Und er glaubte das wirklich. Der Mörder war ein Profi. Lefty hatte nicht einmal bemerkt, dass er die Wohnung beobachtete, und er war darauf trainiert, solchen Mist zu bemerken.

»Darf ich reinkommen?«, fragte seine Mutter sanft.

Lefty gab ihr ein Zeichen einzutreten. Im Moment waren nur er und Kinley im Zimmer. Seine Freunde waren für heute alle schon weg.

Als seine Mutter erfahren hatte, was passiert war, hatte sie sich in ein Flugzeug gesetzt und war am nächsten Tag aufgetaucht. Lefty war überrascht gewesen, aber seine Mom hatte einfach gesagt: »Mein Junge braucht mich und ein Mädchen braucht eine Mom. Und da sie keine hat, bin ich für sie da.«

Lefty hatte gewusst, dass seine Mutter Kinley mochte, als sie sich in Paris unterhalten hatten, aber er hatte keine Ahnung, wie sehr Kinley sie beeindruckt hatte.

Molly Haskins schlich sich auf Zehenspitzen ans Bett und

küsste Leftys Kopf. Sie legte eine Hand auf seine Schulter und sagte: »Sie sieht besser aus.«

Lefty tat sein Bestes, um nicht zu schnauben. Wie zur Hölle sie das sagen konnte, wusste er nicht. Kinley sah immer noch furchtbar aus.

»Ich meine es ernst«, sagte seine Mutter, als könnte sie seine Gedanken lesen. »Sie ist nicht mehr so blass und ihre Atmung scheint tiefer zu sein.«

Lefty versuchte, die Frau, die er liebte, objektiv zu betrachten, aber es hatte keinen Zweck.

»Du solltest duschen gehen. Und etwas essen«, sagte Molly.

Lefty schüttelte den Kopf. »Ich gehe hier nicht weg.«

»Das war kein Vorschlag«, sagte seine Mutter mit Nachdruck. »Ich weiß, du bist ein erwachsener Mann, aber du stinkst. Du wirst ihr nichts nützen, wenn du auf dem Stuhl umkippst. Ich verspreche, dass ich nicht von ihrer Seite weiche, bis du zurückkommst. Außerdem weißt du, dass Cruz auch nicht gehen wird.«

Tief einatmend blickte Lefty wieder zur Tür. Er wusste, dass der FBI-Agent sich für das, was mit Kinley passiert war, genauso verantwortlich fühlte wie er selbst. Er hatte persönlich vor dem Krankenhauszimmer Wache gestanden, seit Kinley angekommen war. Soweit er wusste, hatte er seinen Posten nur ein einziges Mal verlassen, um seine Vorgesetzten zu informieren und ein kurzes dreistündiges Nickerchen zu machen. Er war besorgt, weil der Mörder noch nicht gefunden worden war, und Cruz war offensichtlich genauso besorgt um Kinleys Sicherheit wie Lefty und sein Team. Wie der Plan in Bezug auf die Aussage von Stryker, Brown und Kinley weiterging, wusste Lefty nicht. Es war ihm aber auch egal. Ihn interessierte im Moment nur zu sehen, wie Kinleys schöne haselnussbraune Augen sich öffneten und sie ihn erkannte.

»In Ordnung. Ich brauche nur ungefähr eine Viertelstunde«, sagte er zu seiner Mutter.

Sie schüttelte den Kopf. »Eine Stunde. Ich werden Cruz bitten, dich nicht reinzulassen, solltest du vorher zurück sein.«

Lefty presste die Lippen zusammen. Er wollte da sein, falls Kinley wieder aufwachte. Er wollte es nicht verpassen. *Konnte* es nicht verpassen.

»Ich rufe dich an, wenn ich glaube, dass sie aufwacht«, versprach seine Mutter und las seine Gedanken. »Geh, mein Sohn. Mach eine Pause.«

Seufzend nickte Lefty. Er führte Kinleys Hand zu seinem Mund und küsste sie. »Ich bin gleich wieder da«, flüsterte er. »Ich liebe dich.« Dann stand er auf, küsste seine Mutter auf die Wange und ging aus dem Zimmer.

Zeit hatte im Krankenhaus keine Bedeutung. Kinley wusste, dass sie dort war. Wusste, dass Gage an ihrer Seite war. Aber jedes Mal, wenn sie aufwachte, fiel es ihr so schwer, wach zu bleiben. Aber als sie dieses Mal aufwachte, fühlte sie sich, als hätte sie mehr Energie.

Sie öffnete die Augen – und schloss sie sofort wieder.

»Zieh die Vorhänge zu«, befahl Gage jemandem. »Es tut mir leid, Kins. Versuchs noch mal. Öffne deine schönen Augen und sieh mich an.«

Da sie dem Befehl nicht widerstehen konnte, blinzelte Kinley ... und sah direkt in Gages Augen.

»Hey«, sagte er mit einem Lächeln.

Kinley leckte sich die Lippen und krächzte: »Hi.«

Gage schloss für einen Moment die Augen, dann schaute er sie wieder an. »Wie fühlst du dich?«

»Schrecklich«, sagte sie sofort. »Aber ich bin am Leben, also geht es mir gut.«

»Ja, das bist du«, versicherte Gage ihr.

Er hob eine Hand und legte sie an ihre Wange. Es tat weh, aber Kinley achtete darauf, sich das nicht anmerken zu lassen, denn sie liebte es, wenn er sie berührte. Vor allem, da es erst vor Kurzem eine Zeit gegeben hatte, in der sie nicht dachte, dass es jemals wieder passieren würde.

»Wasser?«, fragte er.

»Bitte.«

Er bewegte seine linke Hand, ohne die rechte von ihrem Gesicht zu nehmen. Er führte einen Becher mit einem Strohhalm an ihren Mund und sie nahm dankbar ein paar Schlucke. Es tat weh zu schlucken, aber das kühle Wasser fühlte sich erstaunlich gut an in ihrem wunden Hals.

»Besser?«, fragte Gage.

»Ja, danke«, erklärte Kinley ihm. »Wie lange bin ich schon hier?«

»Sechs Tage«, antwortete Gage.

Kinley blinzelte überrascht. »Wirklich?«

»Ja. Du bist in Fort Worth. Du wurdest von Austin hierhergeflogen. Du wurdest wegen einer kollabierten Lunge behandelt und du hast mehrere gebrochene Rippen. Die Ärzte haben dich in ein künstliches Koma versetzt, damit dein Körper heilen kann. Sie haben die Medikamente aber wieder abgesetzt.«

Kinley nickte. »Was noch?«

»Gebrochener Knöchel, Schnitte, Schürfwunden, Prellungen, Gehirnerschütterung«, erklärte Gage ihr, ohne zu zögern.

Sie schätzte es, dass er nicht um den heißen Brei herumredete.

»Simon?«

»Was?«

»Simon King. Er sagte, das sei sein Name«, erklärte Kinley. Sie sah, wie sich Gages Gesichtsausdruck verhärtete, und er drehte sich um und schnippte mit den Fingern. »Mom, hol Cruz her.«

Kinley zuckte zusammen und Gage spürte es offensichtlich.

»Was?«, fragte er besorgt.

Kinley versuchte, sich zu drehen, um zu sehen, wer mit

ihnen im Zimmer war, aber sie atmete scharf ein bei dem Schmerz, der bei der kleinsten Bewegung durch ihren Körper fuhr.

»Du bist hier sicher«, beruhigte Gage sie, der ihr Einatmen missverstand.

Innerhalb von Sekunden sah Kinley den FBI-Agenten an Gages Seite stehen. »Sie ist wach?«, fragte er.

»Ja. Simon King. Das ist der Name des Arschlochs.«

Cruz nickte und zog einen kleinen Block hervor. »Woran erinnert sie sich noch?«

»Ich liege genau hier«, beschwerte sich Kinley. »Sie können mit *mir* reden.«

Cruz schnitt eine Grimasse. »Tut mir leid. Da Sie geschlafen haben, bin ich es gewohnt, nur mit Lefty hier zu reden.« Er zwinkerte ihr zu, um sie wissen zu lassen, dass er sie nur aufziehen wollte. »Was können Sie uns noch erzählen?«

Ihre Kehle schmerzte und der Schlaf zerrte bereits an ihr, aber Kinley zwang sich, sich zu konzentrieren. »Derselbe Typ, der mich in D.C. umbringen wollte«, sagte sie. »Er behauptete, Stryker würde ihm zwei Millionen Dollar zahlen, um mich zu töten.«

»Er hat Ihnen gesagt, dass Stryker ihn angeheuert hat?«, fragte Cruz.

»Ja.«

»Sonst noch was?«

»Er ist schon seit Wochen hier. Aber er kam nicht an mich heran«, fuhr sie fort.

Dann erinnerte Kinley sich an etwas anderes, das Simon gesagt hatte ...

Er hatte ihr gesagt, dass er auf Gage oder Gillian losgegangen wäre, wenn er nicht bald zu ihr gelangt wäre.

Sie schluckte hart und Tränen traten ihr in die Augen, sowohl wegen des Schmerzes, den das Schlucken verursachte, als auch wegen des Gedankens, dass ihre Freunde ihretwegen in Gefahr waren, genau wie sie erwartet hatte.

Das war *ihre* Schuld.

Sie sagte jedoch nichts; sie wusste, dass sie ihr sagen würden, dass sie sich darüber jetzt keine Gedanken machen sollte.

»Scheiße«, fluchte Gage.

»Ausdrucksweise«, tadelte eine Frau hinter ihm.

»Warum ist deine Mutter hier?«, platzte Kinley heraus. »Bist du in Ordnung?«

Aus irgendeinem Grund lächelte Gage. »Sie ist hier, weil du verletzt wurdest«, erklärte er.

Kinley war schockiert. »Wirklich?«

»Wirklich«, sagte Gage.

Dann erschien Molly Haskins auf der anderen Seite des Bettes. »Warum so überrascht?«, fragte sie. »Du bist wichtig für meinen Sohn, du warst verletzt, ich mag dich sehr, also bin ich hier.«

Kinley war so gerührt, dass sie am liebsten geweint hätte. »Aber du kennst mich doch kaum«, flüsterte sie.

»Du bist mir wichtig, Kinley. Du bist ein erstaunlicher Mensch und ich bin so froh, dass du in Gages Leben getreten bist. Ich weiß, du liebst Notre-Dame so sehr wie ich. Ich weiß, du bist klug und witzig und du brauchst eine Mutter. Ich meine, Gage ist toll, aber er kann die liebevolle Fürsorge einer Mutter nicht ersetzen. Also dachte ich, ich komme vorbei und helfe dir.«

Kinley starrte sie einen Moment lang an, dann schloss sie die Augen fest und begann dann tatsächlich zu weinen.

Molly legte die Hand auf ihre Stirn und strich ihr das Haar zurück. »*Schhh*. Nicht weinen«, flüsterte sie.

Bis Gage sich um sie gekümmert hatte, als sie krank gewesen war, hatte sich noch nie jemand die Mühe gemacht, für sie da zu sein, wenn es ihr nicht gut ging. Kein einziges Mal, seit sie sich erinnern konnte. Aber hier war Gages Mutter und behandelte sie, als wäre sie wichtig. Als würde sie geliebt. Es war überwältigend und Kinley wünschte sich so sehr, die

Tochter dieser Frau zu sein, dass es fast noch schmerzhafter war als das, was Simon ihr angetan hatte.

»Gebt uns eine Sekunde, Mom, Cruz«, bat Gage.

Kinley öffnete die Augen nicht, aber sie hörte, wie die beiden den Raum verließen.

»Sieh mich an, Kinley«, befahl Gage.

Zu müde, um sich gegen ihn zu wehren, tat sie, was er verlangte.

»Ich liebe dich«, sagte Gage, sobald sie seinem Blick begegnete.

Ihr Herz schlug schneller und die Monitore neben ihr piepten tatsächlich alarmierend.

Gage lächelte, sah aber nicht besorgt aus. »Es ist wahrscheinlich nicht fair von mir, dich jetzt damit zu überfallen, aber das ist mir egal. Ich schwöre, als ich hörte, dass du entführt wurdest, blieb mein Leben stehen. Ich konnte nicht atmen und ich wusste, wenn ich dich nicht zurückbekomme, werde ich nie wieder gesund. Ich sage dir das nicht, um dich irgendwie unter Druck zu setzen. Wir werden so weitermachen wie bisher. Langsam und beständig. Aber ich kann dir das nicht verschweigen.

Meine Mom ist deinetwegen hier, Kins. Du bist unglaublich, und das weiß sie. Egal, was zwischen uns beiden passiert, du wirst sie immer haben, verstehst du?«

Kinley nickte.

»Du bist müde«, bemerkte Gage.

Sie nickte wieder.

»Hast du Schmerzen?«

»Ein wenig.«

Gage griff hinüber und drückte den Knopf an ihrer Infusion. »Ein bisschen Morphium sollte die Schmerzen lindern. Mach die Augen zu und ruh dich aus, Süße.«

»Was ist mit Simon? Wurde er gefasst?«

Sie kannte die Antwort, bevor Gage etwas sagte, allein durch seinen Gesichtsausdruck. »Leider nein. Er wurde in der

Nacht, in der du gefunden wurdest, von der Bundespolizei angehalten, aber er ist weggelaufen und die Spürhunde konnten seine Fährte nicht aufnehmen. Aber keine Sorge, du bist in Sicherheit«, sagte er schnell. »Er hat einen Fehler gemacht und sein Telefon zurückgelassen. Soweit ich weiß, war die letzte Nummer, die er anrief, die eines Wegwerfhandys mit französischer Nummer. Es ist keine Frage, wen er angerufen hat. Egal, was es kostet, ich werde dafür sorgen, dass er nicht an dich rankommt.«

Ein Kloß bildete sich in Kinleys Hals. Simon war immer noch da draußen. Und er hatte es nicht geschafft, sie zu töten. Er würde sauer sein über die entgangenen zwei Millionen Dollar, und er würde sie sich holen. Das nächste Mal würde er dafür sorgen, dass sie tatsächlich tot war. Keine »Spielchen« mehr. Er würde ihr in den Kopf schießen und es hinter sich bringen. Das wusste sie so gut, wie sie ihren Namen kannte.

Einen dritten Versuch würde sie nicht überleben. Aber was noch wichtiger war ... über wen würde er an sie rankommen?

»Schlaf, Kinley. Cruz ist hier und passt auf dich auf, und mein Kommandant hat mir erlaubt, hierzubleiben, bis du entlassen wirst. Du bist in Sicherheit.«

Sie schloss die Augen und versuchte, sich zu entspannen, aber die Zufriedenheit, die sie noch vor einem Moment empfunden hatte, als sie hörte, dass Gage sie liebte, war verschwunden. Sie war *nicht* in Sicherheit. Und jeder, mit dem sie in Kontakt kam, war es ebenso wenig. Wie war ihr Leben nur so verdammt kompliziert geworden?

KAPITEL ACHTZEHN

Zwei weitere Tage waren vergangen und als Gage und seine Mutter gingen, um zu frühstücken – auf ihr Drängen hin –, wusste Kinley, dass dies ihre einzige Chance sein würde, mit Cruz unter vier Augen zu sprechen.

Gages Freunde waren ständig da und sie war überrascht, dass er zugestimmt hatte, sie allein zu lassen, aber sie stellte es nicht infrage. Sie hatte jetzt die Chance, mit dem FBI-Agenten zu reden, und sie musste sie nutzen.

Sie hatte immer noch starke Schmerzen, aber die Ärzte versicherten ihr, dass die Schmerzen normal seien, weil gebrochene Rippen eine lange Zeit brauchten, um zu heilen. Die Schwellung in ihrem Gesicht war endlich soweit abgeklungen, dass sie wieder klar sehen konnte. Sie hatte in den Spiegel geschaut, als sie zum ersten Mal zur Dusche gehumpelt war, und hatte geweint. Gages Mutter hatte ihr geholfen und zuerst war sie verunsichert gewesen, aber dann hatte sie sie einfach gehalten, bis sie ihre Gefühle wieder unter Kontrolle hatte.

Sie war mit blauen Flecken übersät. Ihr Oberkörper sah schlimm aus und sie konnte sich an jedes einzelne Mal erinnern, als Simon sie mit diesem verdammten Schläger verprügelt hatte. Aber es war ihr Hals, der sie am meisten entsetzte.

Sie konnte sich deutlich an die Freude in Simons Augen erinnern, als er sich über ihren hilflosen Körper kniete und seine Hände um ihre Kehle schlang. Er hatte es genossen, sie zu erwürgen.

Aber jeder blaue Fleck machte sie entschlossener zu leben. Sie würde weder Simon King noch Drake Stryker die Genugtuung geben zu wissen, dass sie sie getötet hatten.

In diesem Moment hatte sich eine Idee in ihrem Kopf gebildet, und sie hatte die letzten zwei Tage damit verbracht, es sich auszureden ... vergeblich.

Es war die einzige Möglichkeit. Es war scheiße und sie wollte es nicht tun, aber Simon würde nicht verschwinden. Er würde sie für immer verfolgen, wenn sie das *nicht* tun würde.

Als Molly und Gage also den Raum verließen, rief sie nach Cruz. Er erschien innerhalb von Sekunden, sah tadellos aus und nicht so, als hätte er die letzte Woche über sie gewacht.

»Ich möchte ins Zeugenschutzprogramm«, erklärte sie ihm ohne Vorrede.

Seine Augen leuchteten auf und er zog einen Stuhl ans Bett heran. »Warum jetzt?«, fragte er. »Brown ist im Gefängnis und die Pariser Polizei hat Stryker festgenommen. Er hat einen guten Anwalt, aber nach allem, was man hört, wird er verurteilt werden.«

»Wegen Mordes?«, fragte Kinley.

Sie sah die Antwort in Cruz' Augen, noch bevor er den Kopf schüttelte. »Nicht ohne Ihre Zeugenaussage. Es gibt ein Überwachungsvideo von ihm, wie er mit Emile im Restaurant des Hotels zu Abend isst, aber es gibt nicht genügend Beweise, dass er sie getötet hat. Seine DNA war in ihr, aber er behauptet, der Sex war einvernehmlich. Er wird wegen Vergewaltigung verurteilt, weil er Sex mit einer Minderjährigen hatte, aber er behauptet, sie hätte das Hotel allein verlassen und er hätte sie nicht mehr gesehen.«

»Sie brauchen meine Aussage, um ihn mit ihrem Mord in Verbindung zu bringen«, sagte Kinley schlicht.

Cruz seufzte und nickte.

»Simon wird nicht aufhören, bis ich tot bin«, erklärte sie ihm.

»Das Geld wurde bereits bezahlt«, informierte Cruz sie.

Das überraschte Kinley, aber es änderte ihre Meinung nicht. »Das spielt keine Rolle. Wenn er nicht schon weiß, dass ich überlebt habe, wird er stinksauer sein, wenn er es erfährt. Er wird wiederkommen, um mich zu holen. Um den Job zu beenden.«

Cruz starrte sie an, sagte aber nichts dazu.

»Das wird er«, flüsterte sie. »Und es wird ihm egal sein, wer zwischen ihm und meinem Tod steht. Er hat Gage bedroht. Und Gillian. Und ich weiß, es wäre ihm egal, wenn er einen der anderen verletzen müsste. Er hat mich *wochenlang* beobachtet, Cruz. Er weiß, wer wichtig für mich ist. Er wird hinter ihnen her sein, nur um an mich ranzukommen. Er hat mit mir *gespielt* ... seine Worte, nicht meine. Er wird alle verletzen oder töten, die mir wichtig sind, bevor er mir eine Kugel verpasst. Ich will, dass Stryker für das bezahlt, was er getan hat. Ich will, dass Emile und all die anderen Mädchen Gerechtigkeit erfahren. Aber noch mehr als das muss ich den einzigen Menschen beschützen, der mich je geliebt hat.«

»Lefty«, sagte Cruz.

»Gage«, stimmte Kinley zu.

Nach einem Moment sagte er: »Wenn Sie das tun, dürfen Sie ihn überhaupt nicht kontaktieren. Keine Briefe. Keine E-Mails. Nichts.«

»Ich weiß.«

»Man kann nicht sagen, wie lange es dauert, bis Strykers Fall vor Gericht kommt.«

Kinley nickte.

»Und selbst dann, wenn das, was Sie sagen, wahr ist, werden Sie nicht sicher sein. Sie werden Lefty vielleicht nicht wiedersehen können. Nie wieder. Sind Sie bereit, Ihr Glück zu opfern, und möglicherweise auch seins?«

»Ja.«

»Er wird nicht zustimmen. Er wird versuchen, es Ihnen auszureden«, sagte Cruz zu ihr.

»Deshalb will ich nicht, dass er es erfährt, bevor ich weg bin.«

Cruz atmete scharf ein. »Das ist ihm gegenüber nicht fair.«

Kinleys Augen füllten sich mit Tränen. »Ich muss es auf diese Weise tun. Sonst lasse ich mich von ihm zum Bleiben überreden. Er hat einen Job, Cruz. Er kann nicht rund um die Uhr auf mich aufpassen. Simon wird mich früher oder später erwischen, und ich kann nicht zulassen, dass Gage sich deswegen Vorwürfe macht.«

Cruz presste die Zähne zusammen. Dann sagte er schließlich: »Sie können nicht gehen, ohne Ihre Beweggründe zu erklären.« Er hob eine Hand, um ihren Protest zu stoppen. »Das sind Sie ihm schuldig. Hinterlassen Sie ihm wenigstens einen Brief. Er liebt Sie«, sagte Cruz und beugte sich vor. »Männer wie Lefty und seine Kameraden lieben nicht so leicht. Sie wissen, dass sie ein gefährliches Leben führen. Auf keinen Fall wollen sie eine Frau oder eine Familie zurücklassen, wenn sie während einer Mission sterben. Wenn Sie spurlos verschwinden, wird er den Verstand verlieren. Er wird es nicht verstehen. Er wird sich nicht auf seinen Job konzentrieren können. Das wollen Sie doch nicht, oder?«

Sie schüttelte den Kopf und die Tränen, die sie so gut es ging zurückgehalten hatte, drohten nun ihr über die Wangen zu fließen.

»Denken Sie gut nach, bevor Sie zustimmen«, sagte Cruz zu ihr. »Wenn Sie in das Programm eintreten, werden Sie allein sein, und Sie können mit niemandem Kontakt aufnehmen, den Sie hier kennengelernt haben.«

»Ich war schon immer allein«, sagte Kinley traurig. »Ich hätte nie erwartet, einen Mann wie Gage zu finden. Ich weiß nicht, wie oder warum er mich liebt, aber ich tue das für *ihn*.«

Daraufhin sah Cruz traurig aus. »Ich weiß, dass Sie das für

ihn tun. Und ich denke, es ist das Mutigste und Ehrenhafteste, was ich je in meinem Leben gesehen habe.«

»Ich möchte bald gehen. Je früher, desto besser«, sagte Kinley zwischen zwei Schluchzern.

»Ich bin mir nicht sicher, ob es Ihnen schon gut genug geht, um verlegt zu werden. Es wird sehr anstrengend sein, und Sie wollen doch einen Rückfall vermeiden, oder?«

»Ich muss das so schnell wie möglich machen«, argumentierte Kinley. »Es würde mich umbringen, Gage anzulügen. Und Sie wissen so gut wie ich, dass Simon wahrscheinlich schon erfahren hat, dass ich überlebt habe. Die Sensation, dass eine verprügelte, fast tote Frau am Straßenrand aufgegriffen wurde, stand überall in den Zeitungen, auch wenn mein Name nicht genannt wurde. Er ist nicht dumm. Er wird es herausfinden. Er wird darauf brennen, mich zu finden.«

»In Ordnung. Sie haben jetzt etwas Zeit, um Ihren Brief zu schreiben. Wenn Sie fertig sind, geben Sie ihn mir. Ich sorge dafür, dass Lefty ihn bekommt, sobald Sie weg sind. Sie verstehen, dass nicht einmal ich wissen werde, wo Sie sind, richtig?«

Sie nickte. Es war verdammt beängstigend zu wissen, dass sie in eine fremde Stadt gebracht werden und im Grunde auf sich allein gestellt sein würde, aber wenn es bedeutete, dass Gage in Sicherheit war, würde sie es tun.

Cruz stand auf, beugte sich zu ihr und küsste sie auf die Stirn.

»Stellen Sie sich nur vor«, sagte Kinley mit dem Versuch eines Lächelns, »wenn ich weg bin, können Sie nach Hause zu Ihrer Familie gehen, und Sie müssen nicht mehr auf mich aufpassen.«

»Mickie weiß genug über das, was ich tue, um völlig einverstanden damit zu sein, dass ich so lange hier bin, wie es nötig ist.«

»Sie klingt nach einer guten Frau.«

»Das ist sie«, sagte Cruz.

Und einen Moment lang war Kinley verdammt eifersüchtig. Sie wollte diese Frau für Gage sein. Aber es hatte nicht sollen sein.

»Ich warte direkt vor der Tür. Ich klopfe an, wenn ich Lefty und Molly zurückkommen sehe, damit Sie den Brief verstecken können. Wenn Sie fertig sind, bevor sie zurückkommen, rufen Sie einfach, dann hole ich ihn mir.«

»Danke.«

»Bedanken Sie sich nicht bei mir«, sagte Cruz unwirsch. »Ich bin überhaupt nicht glücklich darüber, aber das heißt nicht, dass ich es nicht für das Richtige halte. Ich werde alles tun, was ich kann, um diesen Simon King für Sie zu finden, Kinley. Damit Sie sicher nach Hause zu Lefty zurückkehren können.«

Sie war wieder aufgewühlt und konnte nur nicken. *Nach Hause zu Lefty.* Diese Worte hatten noch nie so schön geklungen. Vielleicht abgesehen davon, als er ihr gesagt hatte, dass er sie liebte.

Nachdem er einen Block und einen Stift vom Tisch auf der anderen Seite des Raumes geholt und ihr gereicht hatte, nickte Cruz, ging zur Tür und ließ Kinley mit ihren Gedanken allein.

Sie dachte, der Brief würde schwer zu schreiben sein. Aber die Worte flossen ihr aus den Fingern. Sie wusste nicht, ob sie sich auf eine Weise erklärte, die Gage verstehen würde, aber sie wusste aus tiefstem Herzen, dass sie das Richtige tat. Wenn Simon zurückkam, um sie zu holen, würde er feststellen, dass sie weg war, und er würde keinen Grund haben, noch jemandem wehzutun. Zumindest hoffte sie, dass das der Fall sein würde.

Sie rief nach Cruz und er steckte ihren Brief gerade noch rechtzeitig ein, bevor Gage, seine Mutter und Brain zurückkehrten.

»Habt ihr gut zu Mittag gegessen?«, fragte sie. »Ich wusste nicht, dass Brain auch vorbeikommen würde.«

»Das wusste ich auch nicht«, sagte Gage zu ihr. »Und ja, das Essen war gut. Ich habe dir ein Geschenk mitgebracht«, sagte

Gage und hielt ihr einen Becher hin. »Vanille-Milchshake«, erklärte er mit einem Lächeln.

Kinley nahm ihn und zwang sich, nicht zu weinen. Er erinnerte sich an die Geschichte, die sie ihm erzählt hatte, wie eine ihrer Lieblings-Pflegemütter, eine von denen, von denen sie dachte, sie könnte sie adoptieren, sie zu ihrem Geburtstag zum Essen eingeladen und ihr einen Vanille-Milchshake gekauft hatte. Seitdem liebte sie dieses Getränk, auch wenn es mit der Familie nicht geklappt hatte.

Sie genoss den Shake, lachte und plauderte und versuchte, alles zu vergessen, was bald passieren würde.

Gages Mutter reiste später am Nachmittag ab und Kinley prägte sich alles über Gage ein, als es Abend wurde. Sie wusste, dass dies vielleicht das letzte Mal war, dass sie ihn sah, und sie wollte, dass die Zeit stehen blieb. Aber das tat sie natürlich nicht.

Sie und Molly hatten Gage irgendwie davon überzeugt, in der Nacht zuvor das Krankenhaus zu verlassen und in ein Hotel zu gehen, um etwas Schlaf zu bekommen. Es hatte ihm sehr gutgetan, denn er sah weniger gestresst aus, als er am Morgen zurückkam.

Und nun musste Kinley ihn nur davon überzeugen, sie noch einmal für die Nacht zu verlassen, um zurück ins Hotel zu fahren. Es dauerte eine Weile, aber schließlich stimmte er gegen zwanzig Uhr zu, sich auf den Weg zu machen. Es half, dass Brain sich freiwillig bereit erklärte, zu bleiben und auf sie aufzupassen.

»Wenn ich es nicht besser wüsste, würde ich sagen, du versuchst, mich loszuwerden«, neckte er.

Kinley hoffte, dass die Schuldgefühle, die sie empfand, sich nicht in ihrem Gesicht zeigten. »Niemals«, sagte sie. »In einer perfekten Welt würde ich nie von deiner Seite weichen. Ich würde dort festsitzen wie eine Klette. Du müsstest mit mir herumhumpeln, angeheftet an dich wie ein Parasit oder so.«

Er lachte leise, was ihre Absicht gewesen war. Auch wenn

ihre Worte lustig waren, meinte sie sie hundertprozentig. »So ähnlich wie der Teddybär, der neben dir sitzt, hm?«

Kinley nickte. Gage hatte den weichen Teddy mitgebracht, den er für sie besorgt hatte, und er schaffte es, die sterile Welt des Krankenhauses ein wenig erträglicher zu machen. »Ich liebe diesen Teddy. Wenn es für eine erwachsene Frau nicht unpassend wäre, einen Teddybären mit sich herumzutragen, würde ich ihn überall mit hinnehmen.«

»Mach, was du willst, Süße«, sagte Gage lächelnd zu ihr. »Wenn dich jemand wegen deines Teddys anmacht, sag ihm, er soll sich verpissen.«

Sie lächelte zu ihm hoch.

»Wir sehen uns morgen früh«, sagte Gage sanft. »Soll ich dir was mitbringen?«

Sie schüttelte den Kopf, weil sie wusste, dass sie in Tränen ausbrechen würde, wenn sie sprach. Kinley wollte Gage so gern sagen, dass sie ihn liebte, aber sie konnte es nicht. Sie musste dieses bisschen Abstand zwischen ihnen bewahren, um nicht selbst den Verstand zu verlieren.

Gage beugte sich hinunter und umarmte sie sanft, und Kinley atmete tief ein und zog ein letztes Mal seinen Duft tief ein.

»Ich liebe dich, Kins. Schlaf gut. Du wirst sicher sein, wenn Brain über dich wacht.«

»Ich weiß«, log sie. Sie war nicht sicher, und niemand um sie herum war es.

Er küsste sie auf die Lippen. Es war nicht leidenschaftlich, aber es war auch nicht keusch. Seine Zunge kam heraus und er leckte ihr sanft über ihre immer noch rissigen Lippen. »Wir sehen uns morgen«, flüsterte er, als er sich aufrichtete.

»Bis dann«, krächzte Kinley.

Mit einem letzten Winken verließ Gage den Raum.

Kinley schloss die Augen und zwang sich, nicht in Schluchzen auszubrechen. Brain war schlau. Er würde merken, dass etwas nicht stimmte, und würde Gage sofort anrufen und ihm sagen, dass er zurückkommen solle.

»Ist alles in Ordnung?«, fragte Brain.

»Ich bin nur müde«, antwortete Kinley mit einem Seufzer. Das war nicht mal gelogen. Ihr ganzer Körper schmerzte und sie wusste, dass die heutige Nacht hart werden würde, geistig und körperlich. Cruz hatte vorhin einen Moment Zeit gefunden, um ihr zu sagen, dass alles arrangiert war und die Begleiter, die beauftragt worden waren, sie aus dem Krankenhaus zu holen, gegen Mitternacht da sein würden.

Sie führte eine Weile Small Talk mit Brain und erfuhr mehr über ihn. Zum Beispiel, dass er mehrere Sprachen beherrschte. Er hatte einfach mit den Schultern gezuckt und gesagt, er habe ein »Händchen« dafür, was eine Untertreibung war. Er gab zu, dass er sich nicht oft verabredete, weil er schon lange keine Frau mehr gefunden hatte, bei der es klick gemacht hatte.

»Und was braucht es, damit es bei dir klick macht?«, fragte Kinley, aufrichtig daran interessiert, die Antwort zu hören.

Brain zuckte mit den Schultern. »Jemanden, der sich für mehr interessiert als dafür, welche Nagellackfarbe gerade in Mode ist«, sagte er vage. »Ich will jemanden, mit dem ich reden kann und der mich versteht.«

»Du bestrafst also Frauen im Allgemeinen dafür, dass frühere Freundinnen dich nicht verstanden haben?«, fragte sie etwas mürrischer, als sie es vielleicht beabsichtigt hätte, wäre sie nicht wegen der bevorstehenden Nacht gestresst gewesen.

»Das habe ich nicht gesagt«, beharrte Brain.

»Wirklich? Denn so hat es sich für mich irgendwie angehört«, sagte sie. »Nicht viele Menschen sind so klug wie du, Brain. Ich meine, ich erinnere mich an nichts, was ich in der Highschool in Mathe gelernt habe, und das Einzige, was ich auf Spanisch sagen kann, ist: ›¿Dónde está el baño?‹ Nach deinen hohen Ansprüchen zu urteilen klingt es so, als solltest du nicht mal mein Freund sein.«

»Es ist mir egal, dass du auf Spanisch nur fragen kannst, wo das Bad ist«, sagte Brain spöttisch. »Du bist die Frau von Lefty, also bist du auch meine Freundin.«

»Oh, na ja, danke, dass du mich so magst, wie ich bin«, sagte Kinley, dann zuckte sie zusammen, als sie sich in die falsche Richtung bewegte und ihre Rippen sich beschwerten.

»Alles in Ordnung mit dir?«

»Ja. Es tut nur immer noch weh, wenn ich mich falsch bewege.« Sie seufzte. »Es tut mir leid, dass ich so mürrisch bin. Ich bin gestresst und mache mir wegen allem Sorgen. Aber Brain ... ich glaube, du lässt dir eine ziemlich tolle Frau entgehen, weil du nach jemandem suchst, der auf demselben akademischen Niveau ist wie du, der dich intellektuell verstehen kann.«

»Ich habe nicht wirklich gesagt, dass ich will, dass sie klug ist«, sagte Brain.

»Das hast du *irgendwie* schon«, wandte Kinley ein. »Ich bin keine Frau, die Nagellack trägt, aber wenn ich es wäre, würde ich wahrscheinlich wollen, dass er zu meinen Outfits passt. Oder zumindest eine neutrale Farbe hätte, damit es nicht komisch aussieht. Würde das bedeuten, dass du nicht mein Freund sein willst?«

»Nein«, sagte Brain.

»Was hast du *dann* gemeint?«

»Ich weiß es nicht«, sagte er und klang jetzt selbst ein wenig mürrisch.

»Dann sei uns Frauen gegenüber etwas nachsichtig«, sagte Kinley sanft. »Viele von uns verstecken aus guten Gründen vor der Welt, wer wir wirklich sind. Wir haben Angst davor, wie wir behandelt werden. Oder dass man auf uns herabschaut, wegen unserer Vergangenheit, wegen dem, was wir tief in uns drin sind. Versuch doch mal, etwas offener auf Frauen zuzugehen. Du könntest überrascht sein, mit wem du dich gut verstehst, wenn du es versuchst.«

Kinley war erschöpft, als sie ihren kleinen Vortrag beendet hatte. Sie wusste nicht, wie Brain ihrer Meinung nach hätte reagieren sollen – sie hätte aber nicht damit gerechnet, dass er tief einatmet, wieder ausatmet und dann den Kopf hängen lässt.

»Du hast recht.«

»Ich weiß«, sagte Kinley mit einem kleinen Lächeln.

»Ich habe nur ... mein ganzes Leben lang war ich nur für das nützlich, was ich kenne. Ich liebe die Jungs, aber selbst sie sehen mich nur als ein wandelndes Gehirn. Verdammt, so habe ich meinen Spitznamen bekommen.«

»Blödsinn«, wandte Kinley ein. »Ich weiß, dass Gage sich einen Dreck darum schert, wie schlau du bist. Ich meine, ja, ich bin mir sicher, dass es bei Missionen nützlich ist, aber du kannst nicht zulassen, dass sich die Leute auf eine bestimmte Fähigkeit verlassen, und dich dann umdrehen und sauer sein, wenn sie nicht darüber hinwegsehen können. Sie können nicht darüber hinwegsehen, wenn du sie nicht lässt, Brain. Es ist okay, wenn du nicht alle Antworten kennst. Niemand erwartet von dir, dass du perfekt bist.«

»Ach nein?«, konterte er.

»Nein. Denn perfekt ist langweilig. Sei einfach du selbst, und wenn du versuchst, Frauen mit deinem riesigen Gehirn zu beeindrucken, hör auf. Sei einfach du selbst. Und lass sie so sein, wie sie ist. Vielleicht wird sie keinen Hochschulabschluss haben oder zwanzig Sprachen beherrschen, aber das heißt nicht, dass sie dich nicht von ganzem Herzen lieben kann. Willst du wissen, was die meisten Frauen wirklich wollen?«

»Gott, ja. Bitte«, flehte er spöttisch.

Kinley konnte sich ein Lächeln nicht verkneifen. »Wir wollen gewollt werden. Mehr nicht.«

Brain schaute skeptisch.

»Wenn es hart auf hart kommt, wollen wir einen Mann, der uns will und nur uns. Und sich nicht scheut, es uns wissen zu lassen. Wir brauchen keine teuren Geschenke und riesige Häuser. Wir brauchen die Zeit unseres Mannes. Sein Lächeln. Kleine Dinge wie Teddybären und Milchshakes, die uns zeigen, dass er an uns denkt. Das war's, Brain. Wenn du eine Frau findest, der du die Welt schenken willst, und alles, was *sie* will, bist du, dann weißt du, dass du die Richtige gefunden hast.«

Brain musterte sie und Kinley wandte den Blick nicht von ihm ab. »Bei dir klingt das so einfach.«

Sie schnaubte. »Ist es aber nicht. Es gibt eine Menge Schlampen da draußen. Das weißt du genauso gut wie ich. Frauen, die nicht gelernt haben, dass das Schlimmste im Leben ist, nicht geliebt zu werden. Wenn du eine Frau findest, die dich genau so braucht, wie du bist, dann hältst du sie fest und lässt sie nie wieder los, egal was passiert.«

»So ähnlich wie das, was Lefty mit dir gemacht hat, hm?«, fragte Brain.

Und einfach so war der Schmerz über das Wissen, dass sie den Mann, den sie liebte, verletzen würde, wieder da. Selbst das Wissen, dass sie das Richtige tat, reichte nicht aus, um den Schmerz in ihrem Herzen zu lindern. »Ja«, flüsterte sie.

Sie unterhielten sich noch ein wenig und dann schaltete Brain den Fernseher ein. Sie sahen gerade einen Film – Kinley hatte keine Ahnung, was es war, da sie auf nichts anderes achtete als auf das Klicken des Sekundenzeigers auf der Uhr an der Wand, der ihr mitteilte, dass sie bald gehen musste –, als eine Krankenschwester, die Kinley noch nie zuvor gesehen hatte, an die Tür klopfte.

»Es ist Zeit für eine Dusche«, sagte sie fröhlich.

»Und das ist mein Stichwort, einen Spaziergang zu machen«, sagte Brain lächelnd. »Ist das in Ordnung für dich?«

»Natürlich«, sagte Kinley und ihr Herz hämmerte in ihrer Brust.

Das war es. Sie duschte nie nachts, also wusste sie, dass die Krankenschwester ein Teil des Plans sein musste, sie aus dem Krankenhaus zu schmuggeln. Sie würde Brain vielleicht nie wiedersehen. Es tat nicht so weh wie der Abschied von Gage, aber es schmerzte trotzdem. Sie durfte nichts sagen, was ihn misstrauisch machen würde.

»Ich bin in einer Stunde zurück, ist das genügend Zeit?«, fragte er.

»Mehr als genügend«, sagte die Schwester.

Brain winkte ihr vom Türrahmen aus zu. »Hab keine Angst, die Schmerzmittel zu nehmen, Kins«, sagte er.

»Werde ich nicht«, flüsterte sie, dann war er weg.

Zwanzig Sekunden später erschien Cruz in der Tür. »Sind Sie bereit?«, fragte er.

Das war sie nicht. Sie hatte ungefähr eine Million Zweifel, aber sie musste es tun. Sich daran zu erinnern, wie bösartig und gleichzeitig erfreut Simon ausgesehen hatte, als er sie gefoltert hatte, machte die Entscheidung einfacher.

»Helfen Sie ihr in den Rollstuhl«, befahl er der Krankenschwester.

»Ja, Sir«, sagte die Frau und Kinley erkannte, dass sie gar keine Krankenschwester war. Sie musste eine Agentin sein. Ihre Betreuerin. Die Person, die sie von Texas und Gage wegbringen sollte.

»Nehmen Sie das zuerst«, sagte die Frau und hielt ihr eine Tablette und einen Becher Wasser hin. »Das wird nicht angenehm werden und es wird gegen die Schmerzen helfen, während wir Sie hier rausbringen.«

Kinley fragte nicht einmal, was es war. Sie schluckte die Tablette hinunter und tat ihr Bestes, um sich aufzusetzen. Der Schmerz schoss durch ihren Oberkörper, aber sie zuckte nicht einmal zusammen. Sie hatte die Entscheidung getroffen, das hier zu tun, und sie musste sich zusammenreißen und weg sein, bevor Brain zurückkam.

Sie hatte keine Ahnung, was Cruz ihm sagen wollte und wie er ihn davon abhalten wollte, sofort Gage anzurufen, aber das war nicht ihr Problem. Sie musste sich nur darauf konzentrieren, von ihrem Bett in den Rollstuhl zu kommen. Und dann vom Rollstuhl in den Wagen, den das FBI geschickt hatte. Eine

Minute nach der anderen. Sie würde das hier genauso durchstehen, wie sie es aus der Schlucht und den Abhang hinauf geschafft hatte. Sie dachte bei jedem Schritt an Gage.

Als man sie gerade aus dem Raum rollen wollte, schrie sie: »Warten Sie!«

Alle blieben stehen.

»Bitte, ich hätte fast meinen Bären vergessen«, flüsterte Kinley.

Cruz ging zum Bett hinüber und holte das bereits lieb gewonnene Tier. Er legte es ihr in die Arme und beugte sich hinunter, um ihr einen Kuss auf den Scheitel zu geben. »Viel Glück, Kinley. Wie ich schon sagte, ich werde alles tun, was ich kann, um Simon King zu finden und dafür zu sorgen, dass er keine Bedrohung mehr für Sie oder diejenigen ist, die Sie lieben, damit Sie nach Hause kommen können.«

»Danke«, sagte sie, bevor die »Schwester« begann, sie aus dem Zimmer zu rollen.

Sie warf einen Blick zurück, kurz bevor sie in den Aufzug stiegen, und sah, dass Cruz sie beobachtete. Sie hob eine Hand und winkte wie ein Trottel, und bekam im Gegenzug ein Nicken.

Kinley wusste, dass es für eine sehr lange Zeit, vielleicht sogar für immer, das letzte Mal war, dass sie jemanden aus ihrem alten Leben sehen würde. Sie weinte den ganzen Weg zum Wagen und noch einige Stunden danach.

KAPITEL NEUNZEHN

Am nächsten Morgen ging Gage mit einem Lächeln den Flur entlang in Richtung Kinleys Zimmer. Es ging ihr schnell besser, und bald würden die Ärzte sie nach Hause entlassen.

Er hatte angefangen, Pläne zu machen, wenn sie wieder in seiner Wohnung war. Eine Alarmanlage war bereits installiert worden, was für eine Wohnung ein bisschen übertrieben war, aber er wollte kein Risiko eingehen, was ihre Sicherheit betraf. Er hatte einen Peilsender bestellt, den sie tragen sollte, damit er und sein Team immer wussten, wo sie war.

Er würde nichts an seinem Job ändern können ... aber wenn er zum Stützpunkt zurückkehrte, würde er mit seinem Kommandanten über die Möglichkeit sprechen, aus dem Team auszusteigen.

Er tat es nur ungern, da er es liebte, ein Mitglied der Delta Force zu sein, aber er liebte Kinley mehr. Und er konnte sie nicht beschützen, wenn er sich Tausende von Kilometern entfernt in einem anderen Land aufhielt. Er würde mit Ghost reden und herausfinden, was er davon hielt, dass Lefty sich seinem Team in einer Trainingsfunktion auf dem Stützpunkt anschloss, und dann würde er weitersehen.

Er war sofort besorgt, als er bemerkte, dass Cruz nicht vor

Kinleys Zimmer saß. Seine Ruhe verwandelte sich in Angst und er joggte praktisch den Rest des Weges den Flur hinunter.

Lefty öffnete die Tür – und ihm blieb fast das Herz stehen, als er sah, dass das Zimmer leer war. Das Bett war frisch gemacht, die Badezimmertür stand offen und Kinley war nirgends zu sehen.

Er drehte sich auf den Fersen um und stieß fast mit Brain und Cruz zusammen. Sie waren offensichtlich hinter ihm ins Zimmer gekommen. Er hatte sie nicht einmal gehört.

»Wo ist Kinley?«, bellte Lefty.

»Sie ist gegangen«, sagte Cruz.

Das ganze Blut wich aus Leftys Gesicht. »Aber ... aber gestern Abend ging es ihr noch gut.«

Fluchend schüttelte Cruz den Kopf. »Entschuldige, Mann, ich meine nicht *tot*. Ich meine, sie ist weg. Sie ist im Zeugenschutzprogramm.«

Es dauerte einen Moment, bis die Worte des FBI-Agenten zu ihm durchdrangen – und als sie es taten, war Lefty wütender als je zuvor in seinem Leben. Er stürzte auf Cruz zu und wollte schon zuschlagen, als Brain ihn aufhielt.

»Es war ihre Entscheidung!«, erklärte ihm sein Teamkamerad.

Der Fokus von Leftys Wut wechselte von Cruz zu seinem Teamkameraden. Er löste sich ruckartig aus seinem Griff. »Was weißt du denn davon?«, stieß er hervor.

»Ich wusste von gar nichts, bis ich gegen Mitternacht von einem Spaziergang zurückkam und ihr Zimmer so vorfand. Das hat mich auch zu Tode erschreckt und ich war bereit, das Team zu rufen, als Cruz sich zu mir setzte und mir erklärte, was los war. Ich wollte dich sofort anrufen, nachdem er mir die Geschichte erzählt hatte, aber seine Vorgesetzten schalteten sich ein. Sie nahmen mir das Telefon weg und verboten mir, das Krankenhaus zu verlassen.«

»Das ist doch Schwachsinn!«, tobte Lefty. Er konnte nicht glauben, dass das passierte. Dann wandte er sich an Cruz. »Was

zum Teufel ist hier los? Wir haben uns gegen das Zeugenschutzprogramm entschieden. Sie ist sowieso noch nicht fit
genug, um das Krankenhaus zu verlassen! Jemand muss
endlich reden. *Sofort!*«, rief Lefty verzweifelt. Er konnte nicht
verstehen, was hier vor sich ging. War Kinley weg? Hatte man
sie gezwungen, ins Zeugenschutzprogramm einzutreten? Wenn
ja, würde er nicht ruhen, bis er sie gefunden hatte und sie
wieder in seinen Armen lag.

Cruz hielt ihm ein Stück Papier hin und wie ein Kind
wollte Lefty es ihm aus der Hand schlagen.

»Es ist ein Brief. Von Kinley für dich«, sagte Cruz.

Lefty starrte ihn an und wollte ihn nicht anfassen. Er wollte
nicht wissen, warum sie gegangen war. Hatte er etwas falsch
gemacht? Hatte sie gedacht, er könnte sie nicht beschützen?
Ihm wurde übel.

»Lies ihn, Lefty«, befahl Cruz.

Langsam, mit dem Wissen, dass ihre Worte ihn zerreißen
würden, griff Lefty nach dem Stück Papier.

Er faltete es auf und hätte am liebsten geweint, als er ihre
Handschrift sah. Sie war unordentlich, eine Mischung aus
Schreibschrift und Druckschrift, und er würde sie überall
erkennen.

Gage,

*sei nicht böse auf Cruz, es war meine Entscheidung, und nur
meine Entscheidung.*

*Wir haben darüber geredet, was Simon mir angetan hat, aber
ich habe dir nicht verraten, dass er hinter dir her gewesen wäre,
wenn er mich nicht in die Finger bekommen hätte. Oder Gillian.
Oder den anderen Jungs aus dem Team. Das hat er mir deutlich
gesagt.*

*Als ich die Entscheidung traf, nicht zu ignorieren, was ich
gesehen hatte, hatte ich keine Ahnung, was die Konsequenzen sein
würden, aber selbst wenn ich es gewusst hätte …*

Aber es war meine Entscheidung. Und ich werde auf keinen Fall die einzigen Menschen in meinem Leben in Gefahr bringen, die mir das Gefühl gegeben haben, geliebt zu werden. Wenn man das nie hatte, tut man alles, was nötig ist, um es zu behalten. Und das bedeutet, dafür zu sorgen, dass keiner von euch meinetwegen in Gefahr gerät.

Simon ist immer noch da draußen. Er wird nicht aufhören, bis ich tot bin. Um Gillian und dich zu beschützen, muss ich gehen.

Mach dir keine Sorgen um mich. Ich komme schon zurecht. Ich habe mein ganzes Leben allein verbracht, das ist keine große Sache. Aber du solltest wissen, dass ich jeden Tag an dich denken werde. Jedes Mal wenn ich eine Zikade höre, werde ich an dich denken. Jedes Mal wenn ich den Teddybären umarme, den du mir geschenkt hast, werde ich an dich denken. Und jedes Mal, wenn ich die Nachrichten sehe, werde ich mich fragen, ob es dir gut geht.

Bitte sei vorsichtig. Ich kann das nur tun, weil ich weiß, dass du irgendwo da draußen bist. Lebendig und wohlauf. Ich wüsste nicht, was ich tun würde, wenn du es nicht wärst.

Ich liebe dich. Ich habe es bisher nicht gesagt, weil ich Angst hatte, dass ich dann nicht mehr würde gehen können. Aber es ist nur fair, dass du es weißt.

Ich will dir sagen, dass du auf mich warten sollst. Dass du nicht aufgeben sollst, dass ich zurückkomme. Aber es könnte Jahre dauern, bis es sicher sein wird ... wenn überhaupt. Also, warte nicht auf mich, Gage. Lebe dein Leben. Sei glücklich.

Ich werde dich nie vergessen.

In Liebe

Kins

Lefty konnte sehen, wo die Tinte am Ende verschmiert war, als hätte sie geweint. Am liebsten hätte er das Stück Papier in seinen Händen zerknüllt und gegen die Wand geworfen. Nie hatte er seine Entscheidung, für die Nacht zu gehen, mehr bereut als in dieser Sekunde.

Sorgfältig faltete Lefty den Zettel, steckte ihn in seine Tasche und atmete tief durch. Nach ein paar Minuten drehte er sich zu Cruz und Brain um. »Das war's also«, sagte er emotionslos.

»Ich habe ihr versprochen, dass ich alles tun werde, um Simon King zu finden und dafür zu sorgen, dass er keine Gefahr mehr für sie darstellt«, erklärte Cruz ihm.

Lefty nickte. »Danke.«

Die Männer sahen sich einen langen Moment an. »Es tut mir leid, Lefty«, sagte Cruz.

Lefty hatte darauf nichts zu erwidern. Er nickte einfach wieder.

»Wenn du noch ein paar Tage brauchst, kann ich mit dem Kommandanten sprechen«, sagte Brain zu ihm.

»Mir geht's gut. Ich habe das Gefühl, dass es das Beste ist, wieder an die Arbeit zu gehen«, sagte Lefty.

Brain musterte ihn nur.

»Wenn ihr mich entschuldigt, ich muss meine Mutter anrufen und sie wissen lassen, was los ist, und sehen, ob ich ihr nicht einen Flug nach Hause besorgen kann. Cruz, ich weiß es zu schätzen, dass du hier bist, und obwohl ich sauer bin, dass du mich nicht wenigstens gewarnt hast, dass sie über diesen Schritt nachdenkt, bin ich sicher, dass ich mich irgendwann damit abfinden werde.« Dann nickte er beiden Männern zu und verließ das Zimmer.

Er erinnerte sich nicht daran, wie er durch das Krankenhaus ging und zu seinem Pritschenwagen zurückkehrte, aber plötzlich fand er sich hinter seinem Lenkrad sitzend wieder.

Er holte den Zettel raus und las ihn noch einmal.

Kinley liebte ihn.

Er wollte seine Wut darüber herausschreien, wie unfair diese Situation war. Sie hatte ihr ganzes Leben damit verbracht, nach Liebe zu suchen, und sie war ihr entrissen worden.

Dann weinte er. Riesige, gewaltige Schluchzer, die seinen Körper erschütterten.

Er weinte, weil sie so viel durchgemacht hatte und weil er so verdammt stolz auf sie war. Er hasste es, dass sie diese Entscheidung ohne ihn getroffen hatte, aber er konnte nicht wütend auf sie sein.

Als er sich endlich unter Kontrolle hatte, holte Lefty tief Luft. Er wischte sich mit der Rückseite seines Armes über das Gesicht und griff nach seinem neuen Telefon. Er konnte im Moment nicht an ihrer Seite sein, aber das hieß nicht, dass er nicht alles in seiner Macht Stehende tun würde, um auf sie aufzupassen.

Er wählte eine Nummer, die er sich vor langer Zeit einge-prägt hatte. Er hätte nie gedacht, dass er je einen Grund haben würde, sie zu benutzen, aber er konnte sich keinen besseren Grund als Kinley vorstellen.

»Hallo?«, antwortete der Mann am anderen Ende.

»Hier ist Gage Haskins, du kennst mich vielleicht als Lefty. Ich brauche deine Hilfe.«

»Natürlich weiß ich, wer du bist, Lefty. Was kann ich für dich tun?«

Es war fast unwirklich, dass er mit dem berüchtigten Tex sprach. Der ehemalige SEAL, der nach dem Verlust seines Beines in den medizinischen Ruhestand versetzt worden war und der jetzt ein Computergenie war, das alles daransetzte, Militärpersonal im ganzen Land zu helfen.

»Meine Frau wurde gerade ins Zeugenschutzprogramm aufgenommen. Ich möchte, dass du ein Auge auf sie wirfst. Ich bitte dich nicht, mir zu sagen, wo sie ist oder was sie tut. Es wäre mir sogar lieber, wenn du es nicht tätest. Ich habe das Gefühl, wenn ich etwas darüber wüsste, was sie durchmacht, wäre es mir unmöglich, meinen Job zu machen und jeden Tag zu überstehen.«

Lefty fuhr fort, Tex zu erklären, warum sie im Zeugenschutzprogramm war, und erzählte ihm ebenfalls ein wenig über ihren Hintergrund.

»Ich liebe sie«, schloss er. »Ich dachte immer, Liebe wäre dieses leichte, sanfte Gefühl, das mich zufrieden machen würde. Aber das ist es nicht. Es hat mich wütend und ängstlich gemacht, und ich weiß, dass ich alles, was ich im Laufe der Jahre gelernt habe, einsetzen würde, um für sie zu töten, wenn es nötig wäre. Ich muss nur wissen, dass jemand anderes als die Regierung auf sie aufpasst. Dafür sorgt, dass sie hat, was sie braucht, um sicher zu sein. Kannst du das tun?«

»Ja«, sagte Tex prompt. »Das kann ich definitiv tun. Ich verspreche, dass ich alles tun werde, was ich kann, um dafür zu sorgen, dass sie in Sicherheit ist, bis ihr wieder zusammen sein könnt.«

»Ich weiß nicht, ob das möglich sein wird«, sagte Lefty ehrlich. »Aber zu wissen, dass sie nicht ganz auf sich allein gestellt ist, beruhigt mich.«

»Sie wird nicht allein sein«, schwor Tex.

»Ich danke dir.«

»Bedanke dich nicht bei mir«, sagte der andere Mann unwirsch. »Ich weiß, wenn es meine Frau oder meine Kinder wären, würdest du das Gleiche tun.«

»Ich stehe in deiner Schuld.«

»Wenn du nicht sofort damit aufhörst, werde ich sauer«, sagte Tex.

Lefty hätte gelacht, wenn er nicht so traurig gewesen wäre. Tex' Hass auf jede Art von Dankbarkeit war legendär.

»Du sagtest, der Auftragsmörder heißt Simon King?«, fragte Tex.

»Ja.« Allein den Namen des Mannes zu hören machte ihn wütend. »Das hat er ihr zumindest gesagt. Es ist wahrscheinlich ein Deckname.«

»Hmmm. Ich habe etwas Arbeit zu erledigen und muss ein paar Hinweisen nachgehen. Ich kenne ein paar Leute, die sich mehr als glücklich schätzen werden, sich darum zu kümmern, einen weiteren Bösewicht von diesem Planeten zu entfernen. Du hast mein Wort, dass man sich um deine Frau kümmern wird. Wir sprechen uns später.« Dann legte Tex auf.

Lefty schaltete sein eigenes Handy aus und warf es auf den Sitz neben sich. Er umklammerte das Lenkrad fest und verblieb noch eine ganze Weile auf dem Parkplatz. In seinem Kopf drehte sich alles. Er hatte kein Problem damit, dass Tex Simon King fand und Leute schickte, um ihn auszuschalten. Je früher, desto besser, soweit es ihn betraf.

Dann drehten sich seine Gedanken wieder um Kinley. Er war erstaunt, dass sie für eine Frau, die nie Liebe gekannt und nur einen Verlust nach dem anderen erlebt hatte, mehr Liebe in sich trug als irgendjemand sonst, den er je getroffen hatte. Sie hatte ihr eigenes Glück für ihn geopfert. Und für Gillian. Und sein Team.

Kopfschüttelnd startete Lefty schließlich seinen Wagen. Er würde zum Hotel seiner Mutter fahren und persönlich mit ihr reden. Dann würde er zurück nach Killeen fahren und einen Tag nach dem anderen angehen. Kinley hatte ein großes Opfer für ihn gebracht; er wollte ihr Opfer nicht entwürdigen, indem er sich in seiner Trauer suhlte.

Zwei Monate später

Der erste Monat, nachdem Kinley gegangen war, war hart gewesen. Lefty verbrachte die Tage wie ein Zombie. Er hielt seine Gefühle verschlossen, sprach selten, lachte selten. Er wusste, dass seine Freunde sich Sorgen um ihn machten, aber er konnte sich einfach nicht dazu durchringen, sich für irgendetwas zu interessieren.

Er aß schlecht und bekam gerade noch genügend Schlaf, um zu funktionieren.

Die Dinge spitzten sich zu, als er auf einer Mission im Nahen Osten war. Sie sollten einen hochrangigen Terroristen finden und eliminieren. Lefty war leichtsinnig gewesen und hatte sich in Situationen gestürzt, ohne sich zu vergewissern, dass sie sicher waren. Zum Glück war niemand verletzt oder getötet worden, aber sein Team hatte ihn auf dem Rückweg in die Staaten zur Rede gestellt.

»Du musst dich zusammenreißen!«, wütete Trigger. »Du wirst dich noch umbringen lassen.«

»Was macht das schon?«, schrie Lefty.

»Es ist wichtig!«, brüllte Trigger, als er seinem Freund ins Gesicht schlug. »Ich weiß, du bist verletzt. Aber verdammt, Lefty, was glaubst du, wie Kinley sich fühlen wird, wenn sie zurückkommt, nachdem das alles vorbei ist, nur um festzustellen, dass du den Arsch nicht hochbekommen hast und dich hast umbringen lassen?«

»Sie wird nicht zurückkommen!«, rief Lefty aus, die Hände zu Fäusten geballt, bereit zum Kampf.

»Das weißt du doch gar nicht!«, schrie Trigger sofort zurück. Dann holte er tief Luft. »Nenn mich verrückt, aber bei einer Liebe, wie ihr beide sie habt, glaube ich nicht, dass es einen Weg gibt, dass sie *nicht* zurückkommen wird. Ich weiß nicht wie und ich weiß nicht wann, aber wenn sie wieder in dein Leben zurückkehrt, willst du ihr dann sagen, dass du während ihrer Abwesenheit ein Dummkopf warst, oder willst du ihr sagen, wie du ihr Opfer und ihre Stärke geehrt hast, indem du nach vorn geschaut hast und stark für sie warst?«

Dieses Gespräch war ein Wendepunkt für Lefty gewesen. Trigger hatte recht gehabt. Er wollte der Typ Mann sein, der das große Opfer wert war, das Kinley gebracht hatte. Sie war gegangen, um ihn zu beschützen, und wenn er sich umbringen lassen würde, weil er mit ihrer Entscheidung nicht zurechtkam, würde das diese Entscheidung auf die schlimmste Weise beleidigen.

Obwohl er also nicht gerade glücklich war, konnte er seinen Kummer weit genug verdrängen, um zu funktionieren.

Am Ende eines jeden Tages in seine Wohnung zurückzukehren war der schwierigste Teil seines Lebens ohne Kinley. Ihr Geruch war verblasst und meistens schlief er lieber auf der Couch, als sich seinem leeren Bett stellen zu müssen.

Der einzige Trost, den er hatte, war, seine Fenster zu öffnen und die Zikaden zu hören. Er hoffte, dass Kinley ebenfalls den Insekten lauschte und an ihn dachte, wo auch immer sie war.

Lefty stand in seiner Küche und aß ein Mikrowellengericht, als sein Telefon klingelte. Er ging davon aus, dass es Gillian oder einer aus seinem Team war, der nach ihm sehen wollte, wie sie es sonst immer taten, und nahm den Hörer ab und hielt ihn sich ans Ohr. »Hallo?«

»Lefty, ich bin's, Cruz. Ich habe ein paar Neuigkeiten für dich.«

Lefty verkrampfte sich der Magen und die wenigen Bisse der nach Pappe schmeckenden Mahlzeit, die er hinuntergeschlungen hatte, rotierten in seinem Bauch. »Ja?«

»Simon King ist tot.«

Das war nicht das, was Lefty zu hören erwartet hatte. »Bist du dir sicher?«

»Ja. Es gab einen Vorfall in Montana. Ein Polizist hielt an, um ein verlassenes Fahrzeug am Straßenrand zu überprüfen. Ein Mann wurde auf dem Fahrersitz gefunden, tot. Erst bei der Autopsie wurde klar, dass ihn jemand getötet hatte. Ihm wurde genügend Morphium gespritzt, sodass sein Herz innerhalb weniger Minuten aufhörte zu schlagen. Er hatte keinen Ausweis bei sich, also wurde seine DNA in die landesweite Datenbank eingegeben, um herauszufinden, wer er war. Erinnerst du dich an das Knäuel Klebeband, das Kinley so mühsam die Schlucht hochgeschoben hatte? Es war DNA darauf, so wie sie es vermutet hatte. Speichel von der Stelle, wo Simon es mit seinen Zähnen abgerissen hatte. Sie passte zu dem toten Mann in Montana.«

Alles in Lefty entspannte sich vor Erleichterung. »Ist Kinley in Montana?«, fragte er.

»Nicht nach dem, was ich gehört habe«, sagte Cruz.

Lefty dankte Tex im Geiste dafür, dass er so gute Beziehungen hatte. Niemand sonst hätte King finden können.

Dann kam ihm etwas in den Sinn. »Also kann sie nach Hause kommen. Jetzt, wo der Mörder tot ist, wird sie in Sicherheit sein.«

»Du weißt so gut wie ich, dass sie nicht sicher ist«, konterte Cruz. »Stryker mag in Frankreich in Haft sein, aber das heißt nicht, dass er nicht jemand anderen anheuern kann, um Kinley nachzustellen. Bis sie aussagt und er für immer weggesperrt wird, ist sie im Zeugenschutzprogramm sicherer.«

Lefty wusste das, aber er hatte sich an ein kleines bisschen Hoffnung geklammert, dass er sie vielleicht, nur vielleicht, zurückbekommen würde. Der Schmerz in seinem Herzen, weil er sie vermisste, war ungebrochen. Er hatte sich damit abgefunden, aber das bedeutete nicht, dass er nicht alles tun würde, um sie zurückzubekommen.

»Irgendwelche Neuigkeiten, wann der Prozess stattfinden wird?«, fragte Lefty.

»Leider nein. Aber das FBI arbeitet eng mit den französischen Beamten zusammen, um so viele Beweise wie möglich gegen Stryker zu sammeln.«

»Wird Browns Selbstmord einen Unterschied machen? Wird es dem Fall schaden?«

Kinleys alter Chef war vor eineinhalb Wochen tot in seiner Zelle aufgefunden worden. Es wurde als Selbstmord angesehen, aber Lefty hatte seine Zweifel. Er kannte die Details nicht, aber es schien ein schrecklicher Zufall zu sein, dass er sich Stunden vor einem Treffen mit den Kriminalbeamten umgebracht hatte. Es gab Gerüchte, dass er aussagen und Stryker den schwarzen Peter zuschieben wollte, um seine eigene Strafe zu mindern.

»Das sollte es nicht. Das FBI hat Korrespondenz zwischen

ihm und Stryker, die Videos von jungen Mädchen enthielt. Sie schrieben sich auch an dem Abend, in der Emile Arseneault ermordet wurde, und planten, sich auf einen Drink in Browns Zimmer zu treffen. Das bringt sie mit dem Mädchen in Verbindung. Die DNA der beiden wurde auch an ihrer Leiche gefunden.«

»Aber es widerlegt nicht Strykers Behauptung, er habe Emile zuletzt gesehen, als sie gegen Mitternacht das Zimmer verließ.«

»Nein. Das tut nur Kinleys Aussage«, sagte Cruz.

Lefty seufzte. »Ich weiß es zu schätzen, dass du mir das mit King erzählt hast«, sagte er zu Cruz.

»Natürlich. Ich melde mich, wenn ich etwas über den Fall höre.«

»Ich weiß das zu schätzen.«

»Es wird bald vorbei sein«, sagte Cruz feierlich.

»Ich weiß.« Und Lefty wusste es wirklich. Er hoffte nur, dass Kinley dann nach Texas zurückkehrte und sie dort weitermachen konnten, wo sie aufgehört hatten.

Er beendete das Gespräch, nachdem er sich verabschiedet hatte, und warf den Rest seines ungegessenen Abendessens weg. Er ging hinüber zu seiner Couch und fuhr sich mit der Hand über das Gesicht.

Lefty war erschöpft. Geistig und körperlich. Aber er würde weitermachen. Einen Tag nach dem anderen. Das war das Mindeste, was er für seine Kinley tun konnte. Sie hatte es irgendwie geschafft, aus der Schlucht zu kriechen, mit Verletzungen, die sie hätten töten müssen. Im Vergleich dazu war das, was er gerade durchmachte, ein Kinderspiel.

Ich werde so lange warten, wie es nötig ist, schwor er sich im Stillen.

Drei Monate später hatte Lefty sich gerade in seine Wohnung zurückgezogen, als es laut an seiner Tür klopfte. Er hatte gehofft, drei Tage Einsamkeit zu haben, um Kinley in Ruhe zu vermissen und sich von der intensiven Mission zu erholen, von der er und sein Team gerade zurückgekehrt waren. Diesmal waren sie in Südamerika gewesen und Lefty hätte nie gedacht, dass er es zugeben würde, aber er zog die Wüste dem Dschungel bei Weitem vor.

Er öffnete seine Tür und sah Trigger dort stehen. Er hatte seinen Teamkameraden vor weniger als einer Minute zum letzten Mal gesehen, als sie sich getrennt hatten, um in ihre jeweiligen Wohnungen zu gehen.

»Zu mir, los!«, bellte Trigger.

Aus Angst, dass Gillian etwas zugestoßen war, überlegte Lefty nicht lange, stürmte zur Tür hinaus und folgte Trigger. Sie gingen in seine Wohnung und Lefty war erleichtert, Gillian gesund und munter auf der Couch sitzen zu sehen.

Aber er hatte nicht einmal Zeit, sie zu begrüßen, bevor Trigger auf den Fernseher zeigte und sagte: »Schau mal.«

Verwirrt wandte Lefty die Aufmerksamkeit den Nachrichten zu. Gillian hielt eine Fernbedienung in der Hand und als er aufpasste, drückte sie den Knopf, um das Programm fortzusetzen.

Der Prozess gegen den US-Botschafter in Frankreich, Drake Stryker, begann heute in Paris. Er wird beschuldigt, der »Gassenmörder« zu sein und nicht nur Emile Arseneault, sondern auch mindestens fünf andere Teenager getötet zu haben.

Beim Betreten des Gerichtsgebäudes sah man die geheimnisvolle Zeugin der Anklage, Miss Kinley Taylor. Da keine Presse in den Gerichtssaal gelassen wurde, weiß niemand genau, was sie gesehen hat und was für eine Art von Zeugin sie ist, aber ihre Aussage soll entscheidend für den Fall der Staatsanwaltschaft sein.

Der Präsident hat sich nicht zu dem Fall geäußert, außer dass

Mr. Stryker nach seiner Verhaftung als Botschafter abgelöst wurde. Wir werden den Fall aufmerksam verfolgen und Ihnen weitere Informationen geben, sobald sie verfügbar sind.

Gillian drückte wieder die Pausentaste.

Lefty war verwirrt. Er war froh, dass der Prozess endlich in Gang kam, und er liebte es, Kinley sehen zu können, aber war das wirklich der Grund, warum Trigger ihm fast einen Herzinfarkt beschert hatte? »Und?«, fragte er seine Freunde.

»Schau es noch mal an«, befahl Trigger.

Und obwohl es eine Qual war, Kinley zu sehen und sie nicht berühren oder mit ihr sprechen zu können, sah er sich den Nachrichtenausschnitt noch einmal an. Sie sah relativ gesund aus, wenn auch ein paar Pfunde leichter. Er sehnte sich danach, sie in die Arme zu nehmen, und wünschte sich mehr als alles andere, ein Flugticket nach Paris zu kaufen, nur um zu versuchen, einen Blick auf sie zu werfen.

Als Lefty immer noch nicht sicher war, was Trigger ihm zeigen wollte, schaute er ihn mit verwirrtem Blick an.

»Scheiße. Sieh es dir *noch mal* an, und achte auf die Person, die neben ihr geht«, sagte Trigger.

Dieses Mal, als der kurze Film abgespielt wurde, starrte Lefty nicht mehr auf Kinley, sondern richtete die Aufmerksamkeit auf den Mann an ihrer Seite. Er atmete scharf ein und drehte sich zu Trigger um. »Ist das ...«

Trigger nickte.

In diesem Moment klingelte Leftys Telefon. Auf dem Display stand »Unbekannt« und er nahm das Gespräch an. »Hallo?«

»Ich bin's, Merlin«, sagte der Mann am anderen Ende der Leitung.

»Ich sehe dich gerade im Fernsehen«, erklärte Lefty.

»Verdammt. Ich hatte gehofft, dich zu erreichen, bevor du das siehst«, sagte der andere Delta-Soldat. »Wie sich herausgestellt hat, wurden wir auf eine Sondermission nach Paris geschickt, um eine sehr wertvolle Zeugin in einem hässlichen Prozess zu bewachen. Wir sind alle fünf hier und wir behalten die Zeugin genau im Auge. Soweit wir wissen, hat jemand seine Beziehungen spielen lassen, damit wir den Job bekommen.«

Lefty schloss die Augen und schwankte auf seinen Füßen. Er spürte, wie Trigger seinen Ellbogen ergriff und ihn zur Couch lenkte. Er ließ sich darauf fallen. »Ist sie ... verdammt.« Er wusste nicht, was er fragen sollte.

»Sie ist fantastisch«, sagte Merlin. »Im Moment sitzt sie im Hotelzimmer und spielt Karten mit Woof, Zip und Jangles ... und tritt ihnen dabei in den Hintern, wenn ich das so sagen darf. Vorhin hat sie auch Duff zum Lächeln gebracht, ist das zu glauben? Wir hätten es nicht für möglich gehalten.

Und noch etwas Lustiges ... nach diesem Job werden wir alle nach Texas versetzt. Wenn ich es nicht besser wüsste, würde ich sagen, dass jemand seine Hand im Spiel hatte, um uns aus D.C. herauszuholen. Was, versteh mich nicht falsch, wir sehr begrüßen. Nach allem, was wir gesehen und gehört haben, steht das Beschützen von Politikern nicht gerade auf unserer Hitliste.«

»Ihr kommt nach Texas, um dauerhaft einem neuen Stützpunkt zugewiesen zu werden?«, fragte Lefty.

»Jup.«

Tex. Das musste er gewesen sein. Er hatte nicht nur irgendwie Simon gefunden und den Mistkerl ausgeschaltet und das andere Delta-Team dazu gebracht, Kinley zu bewachen, er hatte auch dafür gesorgt, dass sie nach Texas verlegt wurden.

Scheiße, er schuldete Tex etwas. Und zwar gewaltig.

Nicht dass der Mann jemals zugeben würde, dass er etwas getan hatte.

»Sie weiß nicht, dass ich anrufe«, sagte Merlin. »Aber wenn du mit ihr reden willst ...« Seine Stimme verstummte.

Wollte er mit der Frau reden, die er mehr liebte als das Leben selbst? Verdammt, ja.

Aber er würde es nicht tun.

Lefty ließ die Schultern sacken. Es klang, als ginge es ihr gut. Merlin und sein Team würden für ihre Sicherheit sorgen und auf sie aufpassen. Das Letzte, was sie brauchte, war der emotionale Aufruhr, mitten während der verdammten Verhandlung mit ihm zu reden. Lefty kam sich dumm vor, weil er sich unsicher fühlte, wenn es um Kinley ging, aber er wollte nicht noch mehr Drama in ihr Leben bringen. Es war besser, die Dinge so laufen zu lassen, wie sie liefen.

»Ich möchte es, aber ich kann nicht«, krächzte Lefty. »Wenn ich ihre Stimme höre, wird es mich zerreißen. Aber bitte ... beschütze sie für mich.«

»Du brauchst gar nicht zu fragen. Wir kennen ihre Geschichte. Sie stand in dem Infopaket, das wir bekommen haben. Sie ist der Grund, warum wir tun, was wir tun. Um die Unschuldigen zu beschützen und so weiter. Ich schwöre dir als Delta, sie kommt gesund und munter nach Hause.«

Lefty wollte fragen, was das bedeutete. Nach Hause zu ihm oder zurück in das Zuhause, das sie sich mit Hilfe des Zeugenschutzprogramms geschaffen hatte? Aber er war zu feige, um nachzuhaken. »Ist sie in Ordnung?«, fragte er leise.

»Sie ist ein bisschen zu dünn für meinen Geschmack und sie ist offensichtlich gestresst, aber sie hält sich wacker. Sie hat neulich einen Witz darüber gemacht, was der Richter wohl denken würde, wenn sie dieses seltsame flache Plüschbären-Ding zur emotionalen Unterstützung mit in den Gerichtssaal bringen würde.«

Lefty lächelte daraufhin. Sie hatte immer noch den Teddybären, den er ihr geschenkt hatte. Es war nur eine Kleinigkeit, aber sie bedeutete ihm die Welt. Zum ersten Mal seit Monaten fühlte er sich leichter.

Vielleicht, nur vielleicht, gab es Hoffnung für sie.

»Ich freue mich schon darauf, dass ihr Idioten hier nach

Texas kommt. Es wird Spaß machen, euch beim Training in den Arsch zu treten.«

»Als ob«, sagte Merlin mit einem Schnauben.

Dann wurde Lefty wieder ernst. »Wenn du irgendetwas brauchst, sag einfach Bescheid. Passt für mich auf Kinley auf, und ich stehe für immer in eurer Schuld.«

»Wir werden sie sicher beschützen, und ich bin beleidigt, dass du denkst, du müsstest irgendetwas tun, damit wir unseren Job machen können.«

»Sie ist mehr als ein Job«, konterte Lefty. »Sie ist mein Leben.«

»Umso mehr Grund für uns, dafür zu sorgen, dass sie in Sicherheit ist«, sagte Merlin.

Lefty hörte jemanden im Hintergrund etwas sagen, konnte es aber nicht ganz verstehen.

»Ich muss Schluss machen. Die Zeugin hat Hunger und ich bin dran, uns ein paar Macarons und Espresso zu besorgen.«

»Die mit Vanille sind ihre Lieblingssorte«, flüsterte Lefty.

»Verstanden. Lefty?«

»Ja?«

»Halte durch. Das Ganze wird bald vorbei sein.«

»Ich hoffe es«, sagte Lefty. »Mach's gut.«

»Bis später«, sagte Merlin.

Er saß geschockt auf der Couch und hatte Mühe zu begreifen, was er gerade gehört hatte.

»Jangles und sein Team kommen also nach Texas?«, fragte Trigger.

Lefty nickte.

»Fantastisch. Es wird gut sein, ein anderes Team, das wir kennen und dem wir vertrauen, hier auf dem Stützpunkt bei uns zu haben.«

»Lefty?«, fragte Gillian und er spürte ihre Hand auf seinem Arm. »Ist alles in Ordnung?«

Er nahm einen tiefen Atemzug und nickte. »Ja. Ich glaube schon.« Und kaum waren die Worte aus seinem Mund, wurde

Lefty klar, dass es ihm tatsächlich gut ging. Er vermisste Kinley immer noch wie verrückt und machte sich jede Sekunde eines jeden Tages Sorgen um sie. Aber zu wissen, dass der Prozess endlich stattfand und dass fünf Männer auf sie aufpassten, trug viel dazu bei, ihn zu beruhigen. Zu wissen, wo sie war und dass sie nicht allein war, beruhigte ihn ungemein.

»Danke, dass du mir den Beitrag gezeigt hast«, sagte Lefty, als er aufstand.

»Willst du bleiben?«, fragte Gillian.

Lefty lachte leise. Es klang etwas eingerostet, fühlte sich aber gut an. »Ich bleibe nicht die erste Nacht bei euch, wenn wir von einer Mission zurück sind.«

Gillian errötete und Trigger grinste nur.

Lefty ging zur Tür, sein Teamkamerad direkt hinter ihm. »Danke noch mal, dass du mich geholt hast«, sagte er zu ihm.

»Klar doch. Bist du wirklich in Ordnung?«

»Überraschenderweise ja. Seit Kinley weg ist, habe ich jeden Tag denselben Albtraum. Sie ist in einem Zimmer und weint, weil sie ganz allein ist. Da Merlin und sein Team jetzt bei ihr sind, weiß ich, dass sie *nicht* allein ist. Das klingt dumm, aber ...«

»Es ist nicht dumm«, beruhigte Trigger ihn. »Hoffentlich ist sie bald wieder zu Hause. Jetzt, wo Simon tot ist und sie ihre Aussage gemacht hat, wird es für niemanden mehr einen Grund geben, sie tot sehen zu wollen.«

»Es sei denn, Stryker ist ein schlechter Verlierer«, sagte Lefty achselzuckend.

»Ganz ehrlich? Ich glaube, er hat im Moment genug um die Ohren. Er müsste jemandem ein hübsches Sümmchen zahlen, um sie zu töten, und ich bin mir nicht sicher, ob er bereit wäre, diesen Weg noch einmal zu gehen, nachdem er zwei Millionen Dollar an Simon verloren hat. Nicht nur das, aber mit der Scheidung, die er gerade durchmacht, und den Anwaltskosten wette ich, dass er gar nicht das Geld hat, um noch einmal jemanden zu engagieren, der sie verfolgt. Ich bin kein Hellseher, aber ich schätze, wenn das hier vorbei ist, ist es wirklich vorbei.«

»Ich hoffe es.«

»Sie wird zurückkommen«, sagte Trigger zuversichtlich.

»Das hoffe ich auch«, wiederholte Lefty. »Ich werde mich jetzt aufs Ohr hauen.«

»Sag mir Bescheid, wenn du noch etwas hörst«, sagte Trigger.

»Mach ich. Bis später.«

»Bis später.«

Lefty machte sich auf den Weg zurück in seine Wohnung und fühlte sich ein kleines bisschen wohler. Mit etwas Glück würde er Kinley bald wieder in seinem Leben und in seinen Armen haben. Doch jetzt konnte er nur warten und hoffen, dass sie den Weg zu ihm nach Hause finden würde.

KAPITEL ZWANZIG

Kinley fühlte sich, als müsste sie sich übergeben.

Es war über sieben Monate her, dass sie Gage gesehen oder gesprochen hatte. Zweihundertfünfzehn Tage, um genau zu sein. Und sie hatte an jedem einzelnen dieser zweihundertfünfzehn Tage an ihn gedacht. Sie ging mit ihm in Gedanken schlafen und wachte auf und vermisste ihn.

Sie hatte keine Freundinnen gefunden, während sie in New York City gelebt hatte. Nicht nur das, sie hatte auch nicht mit offenem Fenster schlafen können, um den Geräuschen der Zikaden zu lauschen. Alles, was sie gehört hatte, waren Hupen, Sirenen und Menschen. Sie vermisste Texas und konnte es kaum erwarten, aus der Stadt herauszukommen.

Als Teil ihres Ortswechsels hatte sie einen Job in der Öffentlichen Bibliothek von New York in der dreiundfünfzigsten Straße bekommen und verbrachte die meisten Tage damit, Regale einzuräumen. Ein Vorteil des Jobs war, dass sie so viel lesen konnte, wie sie wollte, aber dadurch vermisste sie Gillian und alle anderen nur noch mehr.

Ihre Einzimmerwohnung war nüchtern und kahl und passte an den meisten Tagen ganz zu ihrer Stimmung. Als sie gehört hatte, dass Simon getötet worden war, hatte sie die flüchtige Hoffnung gehabt, dass sie nach Texas zurückkehren könnte, aber ihre Betreuer hatten diese Hoffnung zunichtegemacht, indem sie ihr sagten, sie sei immer noch in Gefahr.

Die Aussage in Strykers Prozess war schrecklich gewesen, aber Merlin, Woof, Jangles, Zip und sogar den mürrischen Duff bei jedem Schritt an ihrer Seite zu haben, trug viel dazu bei, dass sie sich besser fühlte. Sie kannte sie aus ihrem alten Leben, und selbst diese kleine Verbindung war genug, um sie zu beruhigen.

Stryker war wegen Kinderpornografie schuldig gesprochen worden, aber, was noch wichtiger war, er war auch für den Mord an Emile Arseneault verurteilt worden. Er wurde nicht für die Morde an den anderen Teenagern angeklagt, von denen die Ermittler glaubten, dass der Gassenmörder sie getötet hatte, weil es nicht genügend Beweise gab, aber seine Strafe von sechzig Jahren ohne Bewährung hätte genauso gut ein Todesurteil sein können. Er würde nie aus dem französischen Gefängnis herauskommen und Kinley hätte nicht erleichterter sein können.

In Paris hatte sie Emiles Eltern kennengelernt, und obwohl sie eigentlich nicht miteinander kommunizieren konnten, hatten sie sich irgendwie verstanden. Es hatte sich gut angefühlt, bei diesem Prozess etwas zu bewirken. Ihre Aussage würde ihre Tochter nicht zurückbringen, aber es hatte verhindert, dass eine andere Familie so leiden musste wie sie.

Kinley hatte gedacht, sie würde Paris vielleicht verlassen und direkt nach Texas gehen, aber das war nicht der Fall. Offenbar bewegte sich die Regierung sehr langsam, selbst wenn es darum ging, jemanden in sein altes Leben zurückkehren zu lassen.

Ihre Betreuer hatten vorgeschlagen, dass sie zu ihrer eigenen Sicherheit vielleicht in New York bleiben und nicht versuchen sollte, sich wieder in das Leben zu integrieren, das sie zurückgelassen hatte, aber Kinley wusste, dass sie es versuchen musste. Gage würde ihr vielleicht nicht verzeihen können, dass sie einfach so gegangen war. Es war feige von ihr gewesen, nicht mit ihm über ihre Entscheidung zu sprechen, aber damals hatte es sich wie ihre einzige Wahl angefühlt.

Es hatte eine Weile gedauert, bis sie sich von ihren Verletzungen erholt hatte, aber genau wie in der Schlucht hatte sie die Dinge eine Minute nach der anderen angepackt. Einen Tag nach dem anderen. Eine Woche nach der anderen.

Und jetzt war sie hier in Killeen.

Merlin hatte ihr gesagt, dass er und sein Team nach Texas ziehen würden, und er hatte ihr seine Nummer gegeben. Kinley wusste, sie hätte Trigger anrufen können oder irgendjemand anderen aus Gages Team, aber sie hatte zu viel Angst.

Merlin war sicher. Er blieb eine Nacht mit ihr auf und hörte sich ihre ganze rührselige Geschichte an. Vom ungewollten Pflegekind, das nie adoptiert wurde, bis zu ihrer Entscheidung, ins Zeugenschutzprogramm zu gehen. Er hatte sie weder unterbrochen noch ihr gesagt, dass sie verrückt sei. Er hatte einfach nur zugehört. Dann hatte er sie umarmt und gesagt, dass Gage ein Glückspilz sei. Er hatte ihr seine Nummer gegeben und gesagt, sie solle ihn anrufen, wenn sie bereit sei, nach Killeen zurückzukehren.

Das hatte sie dann auch getan.

Und er hatte es geschafft, dieses Treffen heute Abend zu arrangieren.

Als sie draußen vor der Kneipe stand, hatte Kinley Bedenken und Zweifel. Das war eine dumme Idee. Was, wenn sie hineinging und Gage mit einer anderen flirten sah? Was, wenn er inzwischen eine andere Freundin gefunden hätte? Ihre Rückkehr würde die Dinge für alle peinlich machen.

Dann atmete sie tief durch. Sie war nicht mehr derselbe Mensch, der sie vor sieben Monaten gewesen war. Oder sogar vor neun Monaten. Das, was sie durchgemacht hatte, und die Liebe zu Gage hatten sie verändert. Sie fühlte sich stärker. Es kümmerte sie nicht mehr, dass sie seltsam war. Sie war, wie sie war, und wenn jemand sie nicht mochte, war das egal.

Gage hatte ihr gezeigt, dass mit ihr nichts verkehrt war. Er und seine Mutter hatten getan, was in neunundzwanzig Jahren niemand anderes geschafft hatte ... sie hatten ihr gezeigt, dass sie liebenswert war, so wie sie war. Sie hatte sie dazu gebracht, sich selbst zu mögen.

Sie straffte die Schultern und holte tief Luft. Was war das Schlimmste, was passieren konnte? Gage hätte so wütend sein können, dass er sich in eine andere verliebt hatte, oder?

Natürlich wäre sie dann am Boden zerstört, aber egal was passierte, sie würde es überstehen. Sie hatte alles andere überlebt, was das Leben ihr beschert hatte, sie würde auch das hier überleben.

Sie marschierte auf die Tür der Kneipe zu und öffnete sie, bevor sie kneifen konnte.

Der Geräuschpegel drinnen war wahnsinnig laut und Kinleys Kopf begann sofort zu pochen. Sie hatte festgestellt, dass sie seit ihrer Gehirnerschütterung viel empfindlicher auf laute Geräusche reagierte, aber sie weigerte sich, jetzt einen Rückzieher zu machen.

Im Raum war es schummrig und die blinkenden Lichter auf der Tanzfläche machten es schwer, jemanden zu erkennen, aber sie ging weiter in Richtung Theke. Merlin hatte ihr eine SMS geschickt und gesagt, dass sich dort alle aufhielten. Kinley hatte sieben lange Monate auf diesen Tag gewartet, und sie war mehr als bereit, es hinter sich zu bringen. Was auch immer passieren würde, passierte.

Aber in der Sekunde, in der sie Gage erblickte, verschwand ihre Tapferkeit, als wäre sie nie da gewesen. Sie fühlte sich, als wäre sie wieder sieben Jahre alt und wartete darauf, von ihrem Sachbearbeiter zu hören, ob die derzeitige Familie, bei der sie lebte, sie adoptieren wollte (was nie der Fall gewesen war).

Einer nach dem anderen sahen die Männer, die um Gage herumstanden, sie und verstummten. Es wäre komisch gewesen, wenn es nicht um ihr Leben gegangen wäre. Trigger stieß Brain mit dem Ellbogen an, der wiederum Oz anstupste. Langsam, aber sicher hatte sich Gages gesamtes Team umgedreht, um sie anzustarren.

Dann sah Zip sie und er erregte Merlins Aufmerksamkeit. Dann lächelten Jangles und Woof breit, als sie sie bemerkten. Aber es war Duff, der den ersten Schritt machte. Er ging auf sie zu, beugte sich hinunter und küsste sie auf die Wange.

»Wurde auch Zeit, dass du kommst«, sagte er schroff, während er seinen Arm um ihren schlang und sie zur Gruppe schob.

»Kinley!«, keuchte Gillian und Tränen liefen ihr über die Wangen.

Kinley bemerkte kaum, dass Devyn, Ann, Wendy und Clarissa auch dort standen ...

Sie konnte den Blick nicht von Gage lösen.

Doch dann drehte er ihr den Rücken zu, stellte seinen Drink auf die Theke, stützte die Hände auf den Tresen und ließ den Kopf sinken.

Kinley wurde das Herz schwer.

Sie hatte nicht gewusst, was genau sie als Reaktion von Gage erwarten sollte, aber das war es nicht.

Sie löste sich auf Duffs Umarmung und drehte sich um, um blindlings zur Tür zu stolpern.

Sie hatte sich geirrt. Sie konnte mit Gages Zurückweisung doch nicht umgehen. Nicht nach allem, was sie geopfert hatte. All ihre aufmunternden Worte, zu akzeptieren, was auch immer passiert, waren Unsinn. Es fiel ihr schwer zu atmen und sie wusste, wenn sie da nicht rauskam, würde sie sich ernsthaft blamieren, indem sie in Tränen ausbrach.

Sie war kaum ein paar Schritte gegangen, als jemand sie am Arm festhielt. Sie wurde herumgewirbelt und plötzlich stand sie Gage Auge in Auge gegenüber.

Eine Sekunde lang stand sie wie erstarrt da, aber beim ersten Einatmen seines vertrauten Geruchs schmolz sie dahin.

Sie spürte, wie er fest seine Arme um sie legte, und sie tat es ihm gleich. Sie schmiegte sich fester an ihn, wollte ihren

Körper mit seinem verschmelzen. Sie standen da, mitten in einer überfüllten Kneipe, mit dröhnender Musik und Leuten, die sie anrempelten, ohne ein Wort zu sagen. Sie klammerten sich einfach aneinander. Kinley konnte sich nicht überwinden, ihn loszulassen.

Nach einigen sehr emotionalen Momenten erkannte Kinley schließlich, dass das Drängeln gegen sie keine anderen Leute waren ... sondern Gages Körper, der vor Schluchzen bebte.

Zu spüren, wie er die Fassung verlor, ließ auch sie ihren eigenen Kampf gegen die Tränen verlieren.

Nach ein paar weiteren Momenten flüsterte Gage ihr ins Ohr: »Du bist zurückgekommen.«

Kinley nickte. »Das war die ganze Zeit mein Plan. Ich wollte zurückkommen, sobald du in Sicherheit bist.«

»Verlass mich nie wieder!«, flehte er. »Ich kann das nicht noch einmal durchmachen.«

Sie zog sich zurück, bis sie sich gegenseitig betrachteten. »Das werde ich nicht«, versicherte sie ihm.

»Versprich es mir«, befahl er.

»Ich verspreche es«, wiederholte sie.

»Heirate mich«, platzte Gage heraus.

»*Was?*«

»Heirate mich«, sagte er noch einmal. »Wenn wir verheiratet sind, kann uns niemand mehr trennen. Nicht ohne einen furchtbaren Kampf.«

Kinley drehte sich der Magen. »Ist das der einzige Grund?«

»Verdammt, nein!«, sagte Gage, ohne zu zögern. »Ich liebe dich. Ich glaube, ich liebe dich heute mehr als beim letzten Mal, als ich dich gesehen habe. Ich hatte viel Zeit, über das nachzudenken, was du getan hast, und deine Stärke erstaunt mich mit jedem Tag mehr, Kinley. Ich bin nicht annähernd so stark wie du, aber ich hoffe, dass du vielleicht ein bisschen auf mich abfärbst.«

Kinley schnaubte und schüttelte den Kopf.

Er führte seine Hände zu ihrem Gesicht und hielt sie still, während er sich herunterbeugte und sanft ihre Stirn küsste. Dann ihre Nase. Dann ihre Wangen. Dann schließlich presste er seine Lippen auf die ihren. »Ich liebe dich, Kins. Ich hätte nie erwartet, dass ich so für jemanden empfinden würde. Als du gingst, wurde mir klar, wie sehr ich mich darauf verlassen hatte, dich in meinem Leben zu haben. Sogar nach nur ein paar kurzen Wochen. Wirst du einen ehrbaren Mann aus mir machen?«

Für einen Heiratsantrag war das nicht gerade romantisch. Sie standen mitten in einer überfüllten Kneipe und im Hintergrund spielte eine Boyband aus den Neunzigern. Aber für Kinley war es das Schönste, was ihr je passiert war.

»Ich glaube nicht, dass ich das beantworten kann, bevor ich nicht herausgefunden habe, was für eine Art von Liebhaber du bist«, neckte sie und war mutiger und glücklicher als je zuvor in ihrem Leben. »Ich meine, was ist, wenn wir im Bett nicht kompatibel sind? Ich liebe dich und so, aber das würde eine Heirat unangenehm machen und wäre auf lange Sicht extrem enttäuschend.«

Wortlos wischte Gage sich die Tränen von den Wangen und Kinley hatte noch nie einen so leidenschaftlichen Ausdruck auf dem Gesicht eines Mannes gesehen. Zumindest keinen, der auf *sie* gerichtet war. Er drehte sich nicht um, um sich von seinen Freunden zu verabschieden, er nahm einfach ihre Hand in seine und begann, sie zur Tür zu ziehen.

Kinley schaffte es, allen zuzuwinken, und sah, wie Gillian ihren Daumen und ihren kleinen Finger hochhielt, als würde sie in ein Telefon sprechen, während sie »Ruf mich an« murmelte.

Die elf Männer, die an der Theke standen, grinsten alle, klatschten sich gegenseitig ab und stießen mit ihren Getränken an.

Sie war begeistert, dass sie sich für sie und Gage freuten, aber im Moment konnte sie nur daran denken, was Gage mit ihr anstellen würde, wenn sie zurück in seine Wohnung kamen.

Sie hatte von diesem Moment geträumt und sich gefragt, was und wann es endlich passieren würde, aber sie hätte sich nichts Besseres vorstellen können, als dass Gage seine eiserne Kontrolle verliert und sie nimmt, als könnte er keine Sekunde mehr von ihr getrennt sein.

Lefty hatte keine Erinnerung an die Fahrt zurück zu seiner Wohnung. Alles, woran er denken konnte, war die Frau, die neben ihm saß. Sie hatte ihre Hand auf seinem Oberschenkel und es fühlte sich an, als würde sie ein Loch in seine Jeans brennen. Er brauchte sie. *Jetzt.*

Kinley liebte ihn. Er hatte ihre Worte gelesen, aber bis vor ein paar Minuten hatte er sie nicht gehört. Und wenn sie sichergehen wollte, dass sie zueinander passten, bevor sie seinen Heiratsantrag annahm, war er mehr als glücklich, ihr den Gefallen zu tun.

Sein Gewissen versuchte ihm zu sagen, dass er es langsamer angehen sollte. Dass er mit ihr reden und herausfinden sollte, wo sie im letzten halben Jahr gewesen war. Dass er sie wieder kennenlernen sollte, bevor er sie in etwas stürzte, für das sie vielleicht noch nicht bereit war. Aber als sie ihre Finger nicht mehr ganz so unschuldig an der Innenseite seines Oberschenkels entlang bewegte und gegen seinen bereits steinharten Schwanz stieß, ging jeder Gedanke an Warten den Bach runter.

Sie schien irgendwie anders zu sein. Selbstsicherer. Er hatte sie geliebt, wie sie vorher war, aber er hatte das Gefühl, dass diese neue Kinley ihn umhauen würde.

Nachdem er geparkt hatte, zerrte er sie über den Sitz und ließ ihr nicht einmal Zeit, aus dem Wagen zu steigen. Er riss sie in seine Arme und schloss die Tür mit seiner Hüfte. Dann schritt er die Treppe zu seiner Wohnung hinauf, als würde sie nicht mehr als ein Kind wiegen.

Zu zweit schafften sie es, seine Tür aufzusperren und hineinzugelangen, bevor er völlig die Kontrolle verlor und sie gegen die Wand vor seiner Wohnung drückte.

Aber in der Sekunde, in der sich die Tür hinter ihnen schloss und er das schicke Sicherheitssystem, das er ihretwegen gekauft hatte, ausgeschaltet hatte, entspannte sich etwas in Lefty. Sie war hier. Zu Hause. In ihrer Wohnung. Etwas von der Dringlichkeit, die er empfunden hatte, als er sie sah, verblasste.

Er ließ ihre Beine auf den Boden sinken und sie stand da und sah ihn mit einem Ausdruck absoluter Liebe in ihren Augen an.

»Sei dir sicher«, sagte er zu ihr.

»Das bin ich«, erwiderte sie, ohne zu zögern. »Ich denke seit Monaten an nichts anderes als an dich. Na ja, okay, das ist eine kleine Lüge. Ich habe nicht an Sex gedacht, bis meine gebrochenen Rippen verheilt waren, weil das echt wehtat, aber als sie verheilt waren und ich wieder ohne Schmerzen zum Orgasmus kommen konnte, konnte ich an nichts anders denken als an dich.«

Lefty legte den Kopf schief und musterte die Frau vor ihm. »Du bist anders«, sagte er.

Sie runzelte die Stirn. »Ist das schlimm?«

»Ganz und gar nicht. Es ist nur eine Beobachtung.«

»Ich hatte viel Zeit zum Nachdenken«, erklärte sie ihm. »Mein ganzes Leben lang habe ich zugelassen, dass das, was andere Leute über mich denken, das definierte, was ich über mich selbst dachte. Ich dachte nicht, dass ich *stark* sei, überhaupt nicht. Aber als es hart auf hart kam, habe ich mir bewiesen, dass ich stark bin. Und obwohl ich nie bereuen werde, ins Zeugenschutzprogramm gegangen zu sein, musst du wissen, dass es das Härteste war, was ich je in meinem Leben getan habe. Dich zurückzulassen und nicht zu wissen, ob du mich jemals wiedersehen willst, verfolgte mich jeden Tag. Ich dachte, wenn du mich siehst, bist du enttäuscht. Dass es dir leidtun würde, mich wiederzusehen.«

»Niemals«, hauchte Lefty. »Ich konnte einfach nicht glauben, was ich sah. Dass du wirklich da warst. Ich brauchte eine Sekunde, um meine Fassung wiederzuerlangen. Und als ich mich umdrehte, warst du schon wieder weg. Auf keinen Fall hätte ich das zugelassen. Nie im Leben. Du kamst zu mir zurück und ich lasse dich nie wieder gehen. Du hast es versprochen. Jeder zukünftigen Bedrohung werden wir uns gemeinsam stellen, verstanden?«

Kinley lächelte. »Verstanden.«

»Nun ... ich glaube, wir müssen noch mehr über diese Orgasmen reden, die du dir selbst beschert hast ... und zwar in allen Einzelheiten«, sagte er schmunzelnd, ging langsam rückwärts und zog sie mit sich, als er auf den Flur zu ihrem Schlafzimmer zusteuerte.

»Weniger reden, mehr machen«, witzelte Kinley.

Lefty lachte und war so glücklich wie schon seit Monaten nicht mehr. »Was immer du willst«, schwor er, dann ergriff er ihre Hand und drehte sich um, wobei er jetzt schneller ging. Er stieß die Schlafzimmertür auf und zog sie an die Seite des Bettes.

Ohne Worte ließ er seine Hände zum Saum ihres eng anliegenden schwarzen Hemdes gleiten, und er begann, es über ihren Kopf zu heben. Sie protestierte nicht und hob brav die Arme, was ihm die Arbeit erleichterte. Er hielt nicht inne, um sie anzustarren, sondern machte sich sofort an die Arbeit, den Knopf ihrer Jeans zu öffnen.

Sie erwiderte seinen Blick und gemeinsam schoben sie ihre Hosen nach unten und zogen sie aus. Lefty riss sich das T-Shirt über den Kopf und starrte auf die schönste Frau, die er je in seinem Leben gesehen hatte. Ihr BH und ihr Höschen waren aus einfacher schwarzer Baumwolle, aber er war noch nie so erregt gewesen wie in diesem Moment.

»Du wirst beim ersten Mal die Führung übernehmen müssen«, erklärte Kinley ihm nervös. »Ich meine, ich weiß, wie die Dinge funktionieren, aber da ich es noch nie gemacht habe, bin ich ein bisschen überfordert.«

»Ich werde mich um dich kümmern, Kins«, sagte Lefty zu ihr, der nicht im Geringsten nervös war. Er war noch nie mit einer Jungfrau zusammen gewesen, aber das hier war Kinley. Er würde ihr nie wehtun. Niemals. Er griff nach unten und zog sie an seinen Körper, er liebte das Gefühl von Haut an Haut. Er umarmte sie fest und schloss die Augen, dankbarer als er es jemals erwartet hätte, dass sie wieder zu Hause war.

Kinley war nervös, aber es war eine schöne Nervosität. Sie liebte das Gefühl von Gage an ihr, aber sie wollte, brauchte, mehr.

Gerade als sie den Mund öffnete, um ihm zu sagen, er solle weitermachen, zog er sich zurück. Er griff hinter sie und öffnete den Verschluss ihres BHs. Schüchtern senkte sie die Arme und ließ das Kleidungsstück zu ihren Füßen auf den Boden fallen. Er starrte sie nicht an, sondern bewegte seine Hände zu ihren Hüften, schob ihre Unterwäsche ebenfalls nach unten und zog sie ihr aus. Dann schob er die Bettdecke zur Seite und gab ihr ein Zeichen, ins Bett zu steigen. Während sie das tat, zog Gage seine eigenen Boxershorts aus.

Sie erhaschte einen Blick auf seinen langen, harten Schwanz, bevor er zu ihr auf die Matratze kletterte. Bevor sie sich Gedanken darüber machen konnte, wohin sie ihre Hände legen sollte und was nun passieren würde, war Gages Mund auf ihrem. Er ließ nicht locker bei dem Kuss. Er ließ sieben Monate der Sorge und des Vermissens in sie einfließen, und sie tat das Gleiche.

Mit einer Hand umfasste sie seinen Rücken, mit der anderen seinen Oberarm, und sie hielt sich an ihm fest, während sie sich küssten, als hinge ihr Leben davon ab. Seine Zunge war fordernd und sie kam ihm sofort nach, ließ ihn ein, als hätte sie das schon ihr ganzes Leben lang getan. Eine Hand ließ er an ihrem Körper hinunterwandern, bis er ihre Brust umfasste. Mit den Fingern spielte er mit ihrer Brustwarze, zwickte und rieb sie, bis sie keuchte und den Rücken krümmte.

Sein Mund ließ er an ihrem Hals hinunterwandern, saugte und leckte, bis er ihre Brust erreichte. Seine Lippen übernahmen, wo seine Finger gewesen waren, und er küsste und quälte ihre steife Brustwarze, bis Kinley hätte schwören können, ihren Herzschlag in ihrem Nippel zu spüren.

Nachdem er an beiden Brustwarzen gesaugt und ein paar Knutschflecke auf ihren Brüsten hinterlassen hatte, wanderte Gage an ihrem Körper hinunter. Er stieß ihre Oberschenkel auseinander und ließ sich zwischen ihren Beinen nieder. Er hatte das schon einmal getan, aber nicht, als sie völlig nackt war, und irgendwie fühlte es sich in diesem Moment viel intimer an. Vielleicht lag es daran, dass sie wusste, was danach kommen würde. Er würde sie endlich so lieben, wie sie es sich schon so lange erträumt hatte.

Anstelle des sanften Leckens, das er beim letzten Mal angewendet hatte, klammerte Gage sich an ihre Muschi, als wäre er ein hungriger Mann. Sie stöhnte auf und hielt sich an seinem Kopf fest, während er sich zwischen ihren Beinen vergnügte. Er leckte mit der Zunge an ihr und als er immer wieder an ihrer Klitoris saugte, war es fast schon schmerzhaft. Aber Kinley hatte nicht vor, sich zu beschweren. Nie im Leben.

Sie liebte Gage und sie hätte sich nie träumen lassen, dass ein Mann es so sehr genießen könnte, eine Frau zu lecken, wie er es zu mögen schien.

Als er eine Hand nach oben bewegte und mit einem seiner Finger in ihren jungfräulichen Körper eindrang, konnte sie nur noch stöhnen. Er saugte an ihrer Klitoris, als er einen weiteren Finger hinzufügte. Der doppelte Angriff führte Kinley über den Abgrund.

Sie kam mit einem kleinen Schrei und spürte, wie Gage in seiner eigenen Erregung stöhnte. Als er den Kopf anhob, war sein Dreitagebart mit ihren Säften bedeckt. Er hob seine Hand, steckte sich den Finger in den Mund und leckte jeden Tropfen ihrer Erregung ab.

Dann erhob er sich auf die Knie, beugte sich vor und drückte dabei ihre Beine auseinander.

Kinley dachte, es wäre ihr peinlich, ihre Beine zum ersten Mal für einen Mann zu spreizen, aber dies hier war Gage. Außerdem konnte sie den Blick nicht von der sehr großen Erektion in seiner Hand abwenden. Er streichelte sich selbst und stöhnte dabei.

»Ich will dich so nehmen«, krächzte er. »Ich habe nichts Ansteckendes, ich schwöre es. Ich war seit fast zwei Jahren mit niemandem mehr zusammen. Lange bevor ich dich getroffen habe.«

»Okay«, zischte Kinley und wollte ihn mehr in sich haben als ihren nächsten Atemzug.

»Ich will aber nicht, dass du schwanger wirst«, fuhr er fort. »So wenig ich es auch erwarten kann, deinen Bauch mit unserem Kind zu sehen, möchte ich dich für eine Weile ganz für mich allein haben.«

Kinley seufzte tief. Der Gedanke gefiel ihr. Sehr sogar. »Ich nehme die Pille«, gab sie zu.

Gage konzentrierte den Blick auf sie und er legte fragend den Kopf schief.

»Ich wusste, dass ich zurückkommen würde. Und dass ich wollte, dass du mit mir schläfst. Und nur für den Fall, dass es klappt, wollte ich vorbereitet sein.«

Sein Blick trübte sich erneut vor Lust. »Danke, verdammt«, sagte er leise. Dann beugte er sich vor, schnappte sich ein Kissen und schob es ihr unter die Hüften. Er strich mit der Spitze seines Schwanzes an ihrer feuchten Spalte entlang, drang aber nicht in sie ein. Er machte das so lange, dass Kinley ungeduldig wurde. Sie griff zwischen sie und schloss ihre Hand um seine Erektion. Sanft zog sie ihn zu sich heran. »Hör auf herumzualbern und mach mich zu der Deinen, Gage«, forderte sie.

»Du gehörst mir«, sagte er zu ihr. Dann, ohne den Blick von ihren Beinen zu nehmen, setzte er sich an ihre Öffnung und begann, sanft in sie zu stoßen. »Sag mir, wenn ich dir wehtue«, sagte er zwischen zusammengebissenen Zähnen.

Das tat er nicht. Kinley hatte mit ihrem neuen Vibrator während der letzten Monaten ausgiebig trainiert. Sie hatte ihn an sich selbst benutzt und versucht, so zu tun, als wäre es Gage. Sie war sich ziemlich sicher, dass er ihr nicht wehtun würde, und er fühlte sich auf jeden Fall um einiges besser an als das Stück Silikon, das sie bisher benutzt hatte.

»Mehr«, stöhnte sie, als er schon halb drin war.

»Bist du sicher?«, fragte er.

»Absolut«, beruhigte Kinley ihn. Sie griff nach seinen Pobacken, als er sich über sie beugte, und versuchte, ihn in sich hineinzuziehen.

»Also gut«, flüsterte er, während er seine harte Länge langsam, aber stetig bis zum Anschlag in sie hineinschob.

Es zwickte ein wenig, da er länger war als ihr Vibrator, aber sein Eindringen tat nicht weh. Sie kannte definitiv den Unterschied zwischen ein wenig Unbehagen und echtem Schmerz.

Er blieb regungslos in ihr und sie atmeten beide heftig und nahmen das Gefühl des anderen in sich auf.

»Verdammt«, sagte er nach einem Moment. »Ich habe wirklich noch nie in meinem Leben etwas so Gutes gefühlt. Und ich will dir auch keinen Honig ums Maul schmieren, wenn ich das sage. Du bist heiß und nass und drückst meinen Schwanz so fest, dass ich mich wirklich beherrschen muss, um nicht sofort zu kommen.«

Kinley hatte gedacht, Verbalerotik beim Sex wäre peinlich, aber es war verdammt sexy. Sie drückte ihre inneren Muskeln noch fester zusammen und lächelte, als er stöhnte.

»Gefällt es dir, mich zu quälen?«, fragte er, gab ihr aber

keine Chance zu antworten. Er zog sich zurück und glitt dann langsam wieder in sie hinein.

Jetzt war es an Kinley zu stöhnen.

»Gefällt dir das?«

»Oh ja«, keuchte sie.

Gage lachte leise. »Ich werde schneller werden, aber sag mir, wenn es wehtut.«

Kinley nickte und hielt sich an Gages Oberarmen fest, als er begann, seine Hüften schneller zu bewegen. Er stieß immer wieder in sie hinein und Kinley konnte nur noch stöhnen und keuchen. Sie grub ihre Fingernägel in seine Haut und tat ihr Bestes, um ihre Beine noch weiter zu spreizen. Sie konnte nicht glauben, wie gut er sich anfühlte. Ihre eigenen sexuellen Erlebnisse mit sich selbst fühlten sich nicht so an wie das hier. *Niemals.*

»Fester!«, bettelte sie.

»Fass dich an«, befahl Gage.

Sie blickte verwirrt zu ihm auf.

»Ich weiß, dass du weißt, wie das geht. Fass zwischen uns und besorg es dir. Ich will spüren, wie du kommst, während ich in dir bin.«

Er lächelte, als ihre Muskeln sich bei dem Gedanken verkrampften.

»Das gefällt dir, nicht wahr? Es gefällt dir zu wissen, dass es mich um den Verstand bringt.«

Das tat es. Und zwar sehr. Sie antwortete nicht verbal, aber sie brachte sofort eine Hand zwischen sie und streichelte sich. Sein Bauch stieß bei jedem Stoß gegen ihre Hand und der Winkel war nicht sehr gut, aber das war alles egal. Alles, was zählte, waren Gage und die Tatsache, dass sie endlich Liebe machten. Es fühlte sich wie die größte Belohnung an nach allem, was sie durchgemacht hatten.

»Schneller, Süße«, keuchte er. »Ich bin kurz vorm Durchdrehen und zu spüren, wie deine heiße, feuchte, jungfräuliche Muschi mich zusammendrückt, und zu wissen, dass ich der einzige Mann bin, der jemals hier drin war und jemals hier drin sein *wird*, ist nicht gerade hilfreich.«

Kinley wollte mit den Augen rollen angesichts seiner übertriebenen Höhlenmenschen-Einstellung, aber sie konnte es nicht. Sie stand selbst am Rande des Abgrundes und sie wollte den Orgasmus mit ihm in ihr mehr als alles andere. Ihre Finger bewegten sich schneller, ebenso wie seine Hüften. Gage stieß seinen Schwanz in sie hinein und nach ein paar weiteren Stößen wusste sie, dass sie am Ziel war.

»Ich komme!«, warnte sie, bevor sie den Kopf zurückwarf, den Rücken durchdrückte und ihre Hüften gegen ihn stieß.

»Verdammt, ja«, stöhnte er. Er beugte sich nach oben, zog ihren Hintern auf seine Oberschenkel und hielt sie an sich gedrückt, während er selbst über den Abgrund stürzte. Kinley spürte einen Schwall von Feuchtigkeit zwischen ihren Beinen, konnte aber nichts anderes tun, als in seiner Umklammerung zu bleiben und zu versuchen zu atmen.

Ohne sich aus ihrem Inneren zu befreien, fiel Gage zur Seite und zog sie auf sich. Sie lag auf seiner verschwitzten Brust und versuchte immer noch, nach Luft zu schnappen. Sie war auf sehr angenehme Weise wund, und sie fühlte sich völlig ausgelaugt.

»Und?«, fragte Gage nach einem Moment.

Kinley schaffte es, die Augen zu öffnen und sich aufzurichten, um ihn anzuschauen. »Was und?«

»Du hast die Ware sozusagen getestet. Willst du mich jetzt heiraten?«

Kinley konnte nicht anders, sie kicherte. Dann lachte sie so sehr, dass sie nicht mehr aufhören konnte. Sie spürte, wie Gage aus ihrem Körper glitt, und wollte sich darüber beschweren, konnte es aber wegen ihres Kicherns nicht.

Ehe sie sichs versah, lag sie wieder auf dem Rücken und Gage schwebte über ihr. Er lächelte.

»Was?«, fragte sie, als sie wieder atmen konnte.

»Ich habe noch nie etwas Schöneres gesehen als dich nackt und lachend in meinem Bett«, sagte er ernst.

Kinley schmolz dahin. »Ja, Gage.«

»Ja, du willst mich heiraten?«

Sie nickte.

»Mein Dad wird dich zum Traualtar führen wollen. Und meine Mom wird mit dir gehen wollen, um ein Kleid auszusuchen. Aber das bedeutet nicht, dass ich Monate warte, um die Dinge zwischen uns offiziell zu machen. Du musst das alles sehr schnell organisieren.«

Kinleys Augen füllten sich mit Tränen. »Wirklich?«

Er wusste, warum sie so emotional war. »Wirklich. Meine Mutter würde dich adoptieren, wenn sie könnte, aber das wäre zu viel des Guten. Meine Familie ist deine Familie, Süße. Du wirst feststellen, dass meine Mom wahrscheinlich viel zu schnell anfangen wird, Enkel zu erwarten, aber ignoriere ihr Nörgeln einfach. Ich habe nicht gescherzt, als ich sagte, dass ich dich für eine Weile für mich haben will. Vielleicht fünf Jahre oder so. Es wäre nicht sicher für dich, Kinder zu bekommen, wenn wir noch länger warten, aber ich will es noch eine Weile hinausschieben. Ist das in Ordnung?«

Kinley nickte. Sie hatte nicht gedacht, dass sie jemals Kinder haben würde. Zur Hölle, sie musste Sex haben, damit das eine Möglichkeit war, und das hatte sie überhaupt nicht auf dem Schirm gehabt.

»Ich habe keinen Ring, aber ich werde mir bald einen besorgen. Was immer du willst.«

»Nichts Großes«, sagte sie sofort.

Er nickte.

»Ich meine es ernst«, warnte Kinley. »Je größer der Ring, desto größer das Ziel für Diebe.«

Er verzog das Gesicht, aber er nickte. »Stimmt. Okay, Süße. Ich werde dir etwas Geschmackvolles und Einzigartiges besorgen, genau wie du.«

»Ich liebe dich«, platzte Kinley heraus.

»Ich liebe dich auch«, gab er zurück.

Sie schloss die Augen und ließ seine Worte auf sich wirken. Als sie sie wieder öffnete, war er immer noch da und sah sie an. »Ich hätte nie im Leben gedacht, dass ich diese Worte einmal hören würde. Ich dachte nicht, dass ich liebenswert bin. Dann habe ich dich getroffen.«

»Dann hast du mich getroffen«, stimmte Gage zu.

Er bewegte die Hüften und Kinley spürte, wie sein Schwanz gegen ihre immer noch klatschnassen Falten stieß. »Bist du wund?«, fragte er.

Das war sie, aber nicht genug, um einem von ihnen das zu verweigern, was sie brauchten. Sie schüttelte den Kopf.

Als wüsste er, dass sie nur Mist redete, drang Gage langsam und sanft in sie ein. Dann fuhr er fort, mit ihr zu schlafen, als wäre sie ein zerbrechliches Stück Glas. Ihr Liebesspiel war nicht mehr so verzweifelt wie zuvor, aber es war nicht weniger schön.

Diesmal kam sie nicht zum Orgasmus, aber es war fast genauso aufregend zu sehen, wie Gage den Verstand verlor, als er sich tief in ihren Körper versenkte. Er rollte sich auf die Seite und zog sie noch einmal auf sich. So hatten sie bisher noch nicht geschlafen; normalerweise lag sie nur teilweise auf ihm. Sie begann, sich zu bewegen, aber er hielt sie an ihrem Platz.

»Bleib«, murmelte er.

Kinley gehorchte und kuschelte sich dichter in den Mann, den sie liebte. Sie wusste, dass ihr Leben nicht immer rosig sein würde, aber sie hatten bereits die absolute Hölle überstanden. Mit seinem Job zurechtzukommen und was auch immer das Leben sonst noch für sie bereithielt, würde im Vergleich dazu ein Kinderspiel sein.

EPILOG

Brain freute sich für seine Teamkameraden, aber Trigger und Lefty gingen ihm auch auf die Nerven mit ihren ständigen Diskussionen darüber, wie toll ihre Freundinnen waren. Und jetzt quälten die beiden den Rest des Teams mit ihren Hochzeitsplänen.

Gillian und Trigger hatten vor, bald zum Standesamt zu gehen und danach eine ausgelassene Party zu feiern. Und Lefty und Kinley wollten in San Francisco den Bund fürs Leben schließen. Seine Mutter wollte eine riesige Party für die beiden schmeißen und sie dachten sich, dass sie dort auch ihr Gelübde ablegen könnten.

Brain liebte seine Freunde, aber der Gedanke, dass er nie haben würde, was sie hatten, lastete in letzter Zeit schwer auf ihm.

Er war der schlaue Kerl. Der Techniker. Der Mann, den sie brauchten, wenn sie recherchieren wollten.

Er war auch der Letzte, der angemacht wurde, wenn sie ausgingen.

Früher hatte ihn das nie gestört, aber als er täglich miterlebte, wie glücklich Trigger und Lefty waren, wurde ihm klar, wie sehr er sich eine eigene Frau wünschte.

Aber jemanden lieben zu wollen und zu wissen, wie man ihn findet, waren zwei völlig verschiedene Dinge.

Als sie damals in Texas stationiert wurden, hatte Brain ein Haus gekauft. Es schien eine gute Investition zu sein. Der damalige Immobilienmarkt begünstigte Käufer, und sollte die Armee seinen Dienstort ändern, könnte er es jederzeit vermieten. Aber in diesem Haus mit den drei Schlafzimmern in einer netten Nachbarschaft zu leben, brachte ihn nur dazu, sich *noch* einsamer zu fühlen.

Brain seufzte. Er hatte es lange genug aufgeschoben, in die Kneipe zu gehen, um mit den Jungs abzuhängen. Er war nicht wirklich in einer geselligen Stimmung, aber er wusste, wenn er nicht hinging, würde er nur in seinem Haus sitzen und sich über Scheiß aufregen, den er nicht kontrollieren konnte, also schnappte Brain sich sein Portemonnaie, steckte es in seine Gesäßtasche und machte sich auf den Weg zu seiner Garage.

Er kletterte in seinen Dodge und fuhr rückwärts aus der Einfahrt.

Brain kam an der Kneipe an und holte tief Luft, bevor er sich zwang, aus seinem Wagen auszusteigen. In Gedanken ging er bereits durch, was er als Ausrede benutzen würde, um früher zu gehen, als er die Tür öffnete.

In der einen Sekunde stand er noch in der Kneipe und schaute sich nach den Jungs um, und in der nächsten kam eine Frau mit einem entschlossenen – und nervösen – Gesichtsausdruck direkt auf ihn zu.

Er hatte gerade noch Zeit, die Tatsache zu erfassen, dass sie fast so groß war wie er, etwa einen Meter fünfundsiebzig, und wahrscheinlich auch ungefähr in seinem Alter war. Sie trug eine schwarze Jeans, die sich auf faszinierende Weise an ihren Körper schmiegte. Ein Paar Converse- Sneakers und ein T-Shirt mit der Aufschrift »Biete medizinische Hilfe gegen Tacos« vervollständigten ihr Outfit. Mit dem Blick aus ihren braunen Augen schien sie ihn zu durchbohren, als sie auf ihn zukam.

Brain lächelte sie an – und war schockiert, als sie direkt auf ihn zukam und ihm die Arme um den Hals legte.

»Ich gebe dir zwanzig Dollar, wenn du mich so küsst, als würdest du es ernst meinen.«

Ihre Stimme war heiser und Brain hätte schwören können, dass er Verzweiflung hörte. Er hatte keine Zeit, ihr zu sagen, dass er sie gern küssen würde, aber nicht für Geld, als sie ihre Hand an seinen Hinterkopf legte und sich nach vorn beugte.

Zuerst war ihr Kuss unbeholfen, nur ein Berühren ihrer Lippen. Dann schlang Brain einen Arm um die Taille der Frau und machte einen Schritt nach vorn, wobei er sie nach hinten neigte.

Sie keuchte überrascht auf und wechselte von ihrem Griff um seinen Hals zu seinem Oberarm.

Brain nutzte aus, dass sich ihr Mund öffnete, und er änderte ihren Winkel nur leicht ... und küsste sie, wie er schon lange keine Frau mehr geküsst hatte. Langsam und tief.

Das leise Stöhnen, das sie von sich gab, ermutigte ihn, nicht aufzuhören. Er konnte sehen, dass sie muskulös und stark war, aber im Moment, nach hinten gebeugt, war sie völlig hilflos in seinen Armen.

Und das gefiel ihm verdammt gut.

Als er ein paar Rufe um sie herum hörte, wusste Brain, dass er aufhören musste, aber es dauerte einen Moment, bis sein Gehirn mit seinem Mund und seinen anderen Körperteilen kommunizieren konnte. Schließlich löste er seinen Mund von ihrem und richtete sie wieder auf. Sie starrten sich für eine lange, intensive Sekunde an.

Brain registrierte, dass sie beide keuchten, und ihm gefiel, wie ihre Lippen aussahen, ganz geschwollen und rosa. Er konnte nicht umhin zu bemerken, dass sich ihre Brustwarzen unter ihrem Hemd und ihrem BH aufgerichtet hatten.

»Du hättest mir einfach sagen können, dass du einen neuen Freund hast, Aspen«, sagte eine gereizte Stimme hinter ihr.

Die Frau leckte sich über die Lippen und seufzte frustriert.

Brain sah, wie sie ein stummes »Entschuldigung« in seine Richtung mimte, bevor alle Emotionen aus ihrem Gesicht verschwanden und sie sich dem Mann hinter ihr zuwandte. Sie schlang einen Arm um Brains Taille und er hatte kein Problem damit, sie an seine Seite zu ziehen.

»Ich *habe* es dir gesagt, Derek. Ich habe es dir vor eineinhalb Monaten gesagt, als ich mit dir Schluss gemacht habe. Ich habe es dir mindestens dreimal per SMS gesagt. Und ich habe es dir heute Abend *wieder* gesagt, als du hier aufgetaucht bist und mich angefleht hast, wieder mit dir zusammenzukommen. Ich habe unsere Beziehung hinter mir gelassen. Und das solltest du langsam auch.«

Der Mann sah aus, als wäre er Mitte dreißig, und sein Schmollmund ließ ihn nicht gerade schöner aussehen. Aber es war der Schimmer von reinem, unverfälschtem Zorn in seinen Augen, der Brain beunruhigte.

»Wie hast du ihn überhaupt kennengelernt? Ich dachte, dass du jeden Tag mit den Rangers trainierst.«

»Wir kennen uns schon eine ganze Weile«, antwortete Aspen.

Da er wusste, dass die Dinge sehr schnell unangenehm werden konnten, streckte Brain dem anderen Mann die Hand entgegen. »Ich heiße Kane Temple. Die meisten nennen mich Brain.«

Derek schaute angewidert auf die Hand, die Brain ihm hinhielt, dann runzelte er die Stirn und schaute Aspen an. »Brain? Ernsthaft?«

Sie zuckte nur mit den Schultern.

»Na dann. Aber glaube nicht, dass du wieder angekrochen kommen kannst, sobald er dir das Herz bricht«, stieß Derek hervor.

»Werde ich nicht, keine Angst«, versicherte Aspen ihm keck.

»Ich glaube, es ist nun an der Zeit zu gehen«, sagte Brain,

verärgert darüber, dass der andere Mann den Hinweis nicht zu verstehen schien.

Als Derek den Mund öffnete, um etwas zu sagen, das er wahrscheinlich bereut hätte, hatte Brain genug. »Komm schon, Baby. Ich sehe meine Freunde da hinten. Ich bin sicher, sie haben uns einen Platz frei gehalten.« Er führte sie von dem wütenden Mann weg und lenkte Aspen in Richtung seiner Teamkameraden.

Sie blickte einmal zurück und Brain nahm an, dass Derek gegangen war, denn sie blieb stehen und er konnte nicht anders, als dasselbe zu tun.

»Vielen Dank. Es tut mir leid, dass ich dich da reingezogen habe. Er hat mich einfach nicht in Ruhe gelassen und ich wusste mir nicht mehr anders zu helfen, als ihm glasklar zu machen, dass ich nichts mehr mit ihm zu tun haben will.« Sie griff nach der kleinen Handtasche, die sie am Körper trug.

»Wenn du auch nur versuchst, mich für diesen Kuss zu bezahlen, werde ich sauer sein«, sagte Brain zu ihr.

Sie erstarrte und sah ihn mit großen Augen an.

»Wie wäre es, wenn wir von vorn anfangen?«, schlug Brain vor. Er trat einen Schritt zurück und streckte seine Hand aus. »Ich bin Brain.«

»Aspen Mesmer«, sagte sie, während sie ihre Hand in seine legte.

Brain schüttelte sie, dann führte er sie an seine Lippen und küsste ihren Handrücken.

»Du musst wirklich nicht mit mir rumhängen, ich bin sicher, er ist weg«, sagte Aspen. »Meine Freundinnen sind gerade gegangen und ich sollte mich jetzt auch auf den Weg machen.«

»Du brauchst keine Angst vor mir zu haben«, wandte Brain ein, dem der nervöse Ausdruck in ihren Augen nicht gefiel.

Sie richtete die Schultern auf und stellte sich aufrecht hin. »Ich habe doch keine Angst vor dir.«

»Gut. Denn ich habe nicht gelogen. Meine Freunde sind

hier und warten auf mich. Und Triggers und Leftys Verlobte ebenfalls. Du wirst nicht die einzige Frau in unserer Gruppe sein und alle werden einen Riesenspaß an dem haben, was gerade passiert ist.«

Sie zögerte.

»Auf die Gefahr hin, wie der Sonderling zu klingen, der ich bin, muss ich sagen, dass es sehr lange her ist, dass mein Körper gekribbelt hat, wenn ich eine Frau geküsst habe. Und dich gehen zu lassen, ohne dich kennengelernt zu haben, gibt mir das Gefühl, benutzt worden zu sein.«

Ihre Lippen zuckten. »Nun, ich habe dich doch auch irgendwie benutzt, oder nicht?«, fragte sie. »Ich nehme an, das Mindeste, was ich tun kann, ist, dich auf ein Bier einzuladen.«

»Gut, dann ist es beschlossen«, sagte Brain und war so aufgeregt wie schon lange nicht mehr. »Und da wir jetzt zusammen sind, ist es wohl nur fair, dass du meine Freunde kennenlernst.«

»Wir sind nicht zusammen«, argumentierte sie, aber sie wich nicht zurück, als er nach ihrer Hand griff.

»Aber du hast dem armen Derek gerade gesagt, dass wir es sind. Es würde nicht gut aussehen, wenn er auf dem Parkplatz herumlungert und darauf wartet, mit dir zu reden, und wir nicht zusammen weggehen, oder?«

»Du hältst dich für ziemlich schlau, nicht wahr?«, fragte sie.

Brain zuckte mit den Schultern. »Ich habe den Spitznamen Brain nicht bekommen, weil ich dumm bin.«

»Gott bewahre mich vor eingebildeten Soldaten«, sagte Aspen und rollte mit den Augen.

»Woher weißt du, dass wir Soldaten sind?«, fragte Brain.

»Mit Leuten wie euch habe ich in meinem Beruf genug zu tun.«

»Und was machst du beruflich?«, fragte Brain.

»Ich bin Sanitäterin«, erklärte Aspen ihm.

Brain legte den Kopf schief, während er die Frau neben sich musterte. Das war das Letzte, was er von ihr erwartet hatte, und er konnte nicht leugnen, dass es ihn faszinierte. Aber bevor er sie mehr darüber fragen konnte, hörte er, wie sein Name gerufen wurde.

»Hey, Brain, wird aber auch Zeit, dass du kommst!«, rief Oz.

»Wer ist deine Freundin?«, fragte Doc, als sie sich näherten.

»Leute, das ist Aspen. Meine Freundin.«

»Nein, bin ich nicht«, konterte sie.

Brain konnte nicht anders, als über die verwirrten Gesichter seiner Freunde zu lachen. Das konnte ja heiter werden.

Holen Sie sich jetzt Buch 3 von Delta Team Zwei, *Ein Held für Aspen*!

BÜCHER VON SUSAN STOKER

Delta Team Zwei
Ein Held für Gillian
Ein Held für Kinley
Ein Held für Aspen
Ein Held für Jayme
Ein Held für Riley
Ein Held für Devyn
Ein Held für Ember
Ein Held für Sierra

Die Delta Force Heroes:
Die Rettung von Rayne
Die Rettung von Emily
Die Rettung von Harley
Die Hochzeit von Emily
Die Rettung von Kassie
Die Rettung von Bryn
Die Rettung von Casey
Die Rettung von Wendy
Die Rettung von Sadie
Die Rettung von Mary

Die Rettung von Macie
Die Rettung von Annie (Feb 2022)

Mountain Mercenaries:
Die Befreiung von Allye
Die Befreiung von Chloe
Die Befreiung von Morgan
Die Befreiung von Harlow
Die Befreiung von Everly
Die Befreiung von Zara
Die Befreiung von Raven

Ace Security Reihe:
Anspruch auf Grace
Anspruch auf Alexis
Anspruch auf Bailey
Anspruch auf Felicity
Anspruch auf Sarah

SEALs of Protection:
Schutz für Caroline
Schutz für Alabama
Schutz für Fiona
Die Hochzeit von Caroline
Schutz für Summer
Schutz für Cheyenne
Schutz für Jessyka
Schutz für Julie
Schutz für Melody
Schutz für die Zukunft
Schutz für Kiera
Schutz für Alabamas Kinder
Schutz für Dakota

Die SEALs von Hawaii:

Die Suche nach Elodie
Die Suche nach Lexie
Die Suche nach Kenna
Die Suche nach Monica
Die Suche nach Carly
Die Suche nach Ashlyn
Die Suche nach Jodelle

BIOGRAFIE

Susan Stoker ist die New York Times, USA Today und Wall Street Journal Bestsellerautorin der Buchreihen »Badge of Honor: Texas Heroes«, »SEAL of Protection«, »Die Delta Force Heroes« und einigen mehr. Stoker ist mit einem pensionierten Unteroffizier der US-Armee verheiratet und hat in ihrem Leben schon überall in den Vereinigten Staaten gelebt – von Missouri über Kalifornien bis hin zu Colorado. Zurzeit nennt sie die Region unter dem großen Himmel von Tennessee ihr Zuhause. Sie glaubt ganz und gar an Happy Ends und hat großen Spaß daran, Geschichten zu schreiben, in denen Romantik zu Liebe wird.

Besuchen Sie Susan im Netz!
www.stokeraces.com
facebook.com/authorsusanstoker
twitter.com/Susan_Stoker
bookbub.com/authors/susan-stoker
instagram.com/authorsusanstoker
Email: Susan@StokerAces.com